Andrej

安德烈·托尔斯泰

〔瑞典〕卡罗拉·汉松 著

李之义 译

人民文学出版社

著作权合同登记号 图字 01—2016—1503

The translation of this book is sponsored by the Swedish Arts Council

图书在版编目(CIP)数据

安德烈·托尔斯泰/(瑞典)卡罗拉·汉松著;李之义译.—北京:人民文学出版社,2016
ISBN 978-7-02-011698-0

Ⅰ.①安… Ⅱ.①卡…②李… Ⅲ.①传记文学—瑞典—现代 Ⅳ.①I532.55

中国版本图书馆 CIP 数据核字(2016)第 121993 号

责任编辑 张福生 李丹丹
装帧设计 柳 泉 吴 慧
责任印制 王景林

出版发行 人民文学出版社
社 址 北京市朝内大街 166 号
邮政编码 100705
网 址 http://www.rw-cn.com

印 刷 三河市鑫金马印装有限公司
经 销 全国新华书店等

字 数 250 千字
开 本 880 毫米×1230 毫米 1/32
印 张 11.25 插页 2
版 次 2017 年 5 月北京第 1 版
印 次 2017 年 5 月第 1 次印刷

书 号 978-7-02-011698-0
定 价 39.00 元

如有印装质量问题,请与本社图书销售中心调换。电话:010-65233595

目　　次

序言

我年轻的时候,有一次母亲带着我去斯德哥尔摩音乐厅参加诺贝尔奖的颁发仪式。当年文学奖的获得者是鲍利斯·帕斯捷尔纳克——但是他没有亲自到场领奖。然而给他的颁奖辞使他的灵魂在讲坛上空飞翔,使他像自己长篇小说里的一位人物那样亲临现场。这次活动给我留下深刻的印象。回到家里以后我马上阅读《日瓦戈医生》并决定学习俄语,也慢慢开始接触俄罗斯文学,后来俄罗斯文学成了我学术研究的主业。然而我一直没有深入研究俄语,却千方百计从事文学创作——我自认为是对俄语的一次反叛。

众所周知,托尔斯泰在俄罗斯文学中占有特殊的地位。不仅是因为他的长篇小说、故事和戏剧作品,而且还因为他是一个社会批评家和精神领袖。他是和平主义者,反对暴力。他信仰上帝,但痛恨教会,政治上他是无政府主义者,认为通过新的宪法无法根除社会不公,而只有靠每一个人的努力才能做到。世界通过爱才能变得更好,他的信条是——不能仅仅遵循耶稣在山上布道的内容,还应该从佛教和道教获取灵感。托尔斯泰喜欢引用老子的观点:

生活节俭、天人合一以及与邻为善。这些都是人们乐于信奉的。托尔斯泰不仅受人爱戴，当时还被视为某种先知。他的影响遍及全世界，人们有理由说，在他那个时代，俄罗斯有三大权力中心：沙皇、教会和列夫·托尔斯泰。

二十世纪九十年代初期我曾多次去俄国旅行，访问过亚斯纳亚·波利亚纳，那个位于莫斯科南二百公里的庄园，托尔斯泰和他的家庭曾生活在那里。我被那个美丽的地方深深地吸引，时间在那里似乎凝固了，如果说我似乎看到了年迈的托尔斯泰带着几个学生沿着林荫大道走下来，隐约看到远处水塘和游泳更衣室旁边的孩子，我丝毫不会感到奇怪。如果说过去我喜欢托尔斯泰的长篇小说和故事，那么此时我被人们在亚斯纳亚·波利亚纳的生活所吸引。回到瑞典以后，我深入研究能找到的各种传记素材，阅读大量的书信、传记、当事人的陈述、回忆录和日记——那里的一切都让我着迷、入神。

强烈感染我的是，托尔斯泰一家人以某种奇特的方式生活在现实与诗境交融的世界中。在这种交融的世界里，生活本身不仅构成创作的基础，而且——在很大程度上——反过来又被作品所影响和创造。人们不仅写日记——还互相传看和讨论所读日记的真实程度。像绝大多数作家一样，托尔斯泰也从周围环境获取灵感。

托尔斯泰在长篇小说创作中大量使用自己的资料，特别是自己的日记。但是令人称道的是，他的作品反过来也塑造了现实。比如在《家庭幸福》这部作品中他就细致地描写了他同自己的妻子索菲娅·安德烈耶夫娜相恋的过程。他描写了订婚、结婚、婚后最初的岁月以及后来出现的问题。他写的一切都与现实相同，使用的语言都来自自己的日记——奇怪的仅仅是，作品的内容发生在他们相识几年之前。这一点显示出，托尔斯泰不仅在自己那个年代是一位先知，在自己的家庭里也是如此。

托尔斯泰一家有过十三个孩子。其中五个很小就夭折了，长大成人的八个孩子当中三女五男。安德烈是这个家庭中第九个孩子。我所以对他感兴趣有几个原因。首先我觉得他是一个复杂而神秘的人物，他比其他任何一位兄弟姐妹受父亲家长制思想和先知权力的影响都大。托尔斯泰写过一个剧本，名为《活尸》，一个人过着花天酒地、醉生梦死的生活，最后被迫自杀——这是安德烈的父亲、作家认为唯一可以进行道德自辩的一个情节。安德烈知道，他自己就是剧本主人公的原型。我确信在他一生中采取的很多行动都是为了抗议这种先知和预言。我所以要写关于安德烈这部小说，另一个带有更深个人色彩的原因是，安德烈有别于其他家庭成员，他从来不写日记——这使作为作家的我有更大的想象空间和发挥的可能。除此之外，不写日记也使有关他个人方面的情节安排会更加灵活、自由。

卡罗拉·汉松

第　一　章

1

他的脑海里闪过一个念头，这片陌生大地上的天空与他童年时的亚斯纳亚一样，布满繁星，黑得令人害怕。

他感到心一直在激烈而又不规则地跳动，发现双手在颤抖：就在几分钟之前，就在火车重新启动和最后一声汽笛鸣叫之前，在一片黑压压的士兵斗篷中，在熙熙攘攘的躯体、苍白的面孔和闪亮的金属片之中，他似乎看到了父亲的身影，啊，就在人头攒动的车站出口处，他好像真的看到了父亲——尽管他心里明白，此时父亲在几百公里之外。真像从天而降，父亲一下子就站在那里，一只手紧紧抓住那个易碎的木围栏，另一只手拿着那顶浅灰色毡帽。尽管父亲所在的地方与他成功挤上的那列火车之间相距遥远，他似乎仍能清楚地看到那微微的驼背、深陷的面颊，斑白的两鬓清晰地被黑色的羊皮大衣反衬出来——他也看到，父亲那明亮、刚毅的目光对着他，带着他熟悉的父亲所有的深深的蔑视和慈爱的表情。有一瞬间，他觉得父亲挥动帽子向他致意，特别奇怪，那姿态似乎更多的是欢迎而不是告别。

他突然想起几周前那个同样漆黑、繁星密布的晚上，父亲把他送到图拉火车站。父亲那时应该处于怎样奇妙的精神状态下啊！——他现在震惊地想到。

父亲对他的决定是多么深恶痛绝！杀人，参加战争，还美其名曰保卫祖国——他不是经常听父亲这样说吗？——违背父亲的信念。啊，他的父亲甚至不止一次，而是多次向他表示，不幸当中的万幸是，他，安德烈，作为传令兵被打死的风险很大，而他自己射杀和打死别人的机会很少。

尽管最近一年父亲在信中反复强调，儿子对他是多么重要，他很爱他。

父亲在图拉火车站时不是兴高采烈吗？他记得父亲张着没牙的嘴对着他微笑，不止一次笑出了声。他甚至把手放在他的肩膀上，这亲昵的动作几乎令他，安德烈，大声哭起来。

“当然，”他继续想，“父亲仅仅把我送到图拉。没有再远送，没有最终送到我的军团驻扎地坦波夫，那里是我最终开拔上前线的地方。”

不过，难道我希望这样吗？

此时火车已经接近奔萨。明天，最迟后天，他们就将穿过萨马拉（古比雪夫）西部辽阔的草原，随后就是那座城市，最后到达东边二十公里处曾经属于他自己的同样辽阔的土地，童年的时候他在那些地产上度过很多夏天，猎兔、骑马、住帐篷，喝热乎乎的马奶，吃有新鲜水果的野餐，不过他对那片贫瘠的土地一直没有好感，恰好在四年前他违背父愿卖掉了。经过萨马拉、乌法、兹拉托乌斯特和库尔干——三周以后，甚至更长一些时候，他们就将到达满洲里，逐渐靠近辽阳前线。他的眼睛疲倦地眨着，感到很难受。车厢里闷热，充满烟和汗腥、困顿和廉价白兰地的臭味儿，在此之前他曾经体验过这种令人恶心的感觉。此时这一切又以某种自然的、完全不可思议的形式凑在一起了：难以忍受的拥挤、苍白和长时间未刮过的脸、火车窗外的黑暗、害怕又庆幸的复杂心情和想到最终这一切都是不可避免的轻松感。他不是第一次有这种特别和无奈的感觉，当他把手伸进军服口袋时，发现里边有一个带木樨草半碎花瓣的信封和妻子的一封信——一封没有责备而是充满温情的信，让他心里很难过，——盖上刻有主人姓名首字母的金质鼻烟壶，还有一把热乎乎、有点儿发黏的枣，这是母亲在他学会吐核后就开始安慰他用的。

他周围的人似乎都睡着了。一种深沉、奇特安静的睡眠。只有紧靠窗子的那位传令兵没有睡。黑暗中传令兵一动不动地坐着，眼睛向前看着。他尽量不让自己朝这个人的方向看。但是每一次他们的目光还是在窗玻璃上快速悄然交会时，他觉得对方的眼睛里仿佛有一种审视的目光，一种好奇，让他感到害怕又迷惑。

这个陌生人想对他怎么样？

他突然感到他仇恨他，还有厌恶。啊，他实在是讨厌这个陌生人！这个荒唐的有点肥胖的下级军官有着打过蜡的胡须、大鼻子和圆鼓鼓的肚子。不仅是这个下级军官，他还讨厌其他所有的人。所有这些陌生人似乎都能从他的脸上读懂他竭力掩盖的东西——他们明显能看出他是将被打死的人之一。他将是暴尸战场上的人之一，他的尸体将在炽热的阳光下变黑，腐朽，慢慢分解。

这就是他此行唯一可能的目标。

啊，这确实是他唯一的愿望！

2

在晨曦中他看到草原逐渐显露出来。不远处隐约出现了一个帐篷村的轮廓，几个男人蹲在一堆火前边，地面的一根木桩上拴着两峰骆驼。潮湿、闷热的车厢里吹进一股异味儿，他过去从来没有闻过的又酸又臭、令人恶心的气味儿。

“我在这儿干吗呢？”他茫然地想。

“这是一股什么臭味儿？”

他把军帽拉到眼睛上，万般无奈之下他试图睡个觉，免得眼前再现刚才父亲的身影——也不再想父亲在图拉的笑声。不再想父亲那不明不白的笑声和出人意料的温情举动。

他很担心不能控制自己的感情。他担心自己控制不住感情而不知不觉就哭出声来。

他担心年迈的军官们认为他荒唐。

荒唐和软弱！

正如在坦波夫他看起来的那样——与母亲和弟兄们告别的时候，他泪流满面。

他突然生起了无名火。

“父亲还是应该在那里！”他想，“当然，应该在！”

父亲的笑是不是也以某种不悦的形式提醒他与那部剧作有关系？

关于父亲那部剧作——已经折磨他多年的讨厌的剧作！所谓折磨——不仅从四年前父亲完成那部作品以后，在八月末一个最沉闷最压抑的一天读给大家听的时刻，实际上早在父亲着手创作时就开始了。“从那个时候开始到现在已经过了多长时间？”他气愤地想。六年，大概七年吧？肯定是七年——啊，从莫斯科那个阴冷潮湿的除夕之夜开始，他似乎觉得时间完全凝固了，当时父亲和他，在午夜前个把小时，可能就在大家举杯同祝新年好之前，正好楼上大厅里有片刻时间他们俩有机会单独在一起。

此时他自己还记得清清楚楚，没有感觉到不幸的他是先于其他人半个来小时离开餐桌的。

当时他感到很压抑、很疲倦，想到楼上大厅弹一会儿钢琴，也不是因为他有多大弹琴的雅兴——弹琴很少能使他兴奋起来——而是因为他百无聊赖。他弹了贝多芬的《黎明》回旋曲，是很多年以前母亲教给他弹的一首曲子，他几乎还能感受到母亲用手打他的疼痛，还能听到由于他的笨拙引起母亲的不耐烦的斥责声。不过令他惊奇的是，对这种不光彩的记忆他只是淡然一笑，好像这是一件光荣、有趣的事。弹完那首回旋曲以后，他把双手放在膝盖上坐了一会儿，心里仍然感到很惆怅。这时候他听到身后有声音，他迅速转过身来，发现父亲坐在壁炉旁边那个小型皮安乐椅上，他有些害怕，也有些不悦。

他一直记得自己有些慌乱，想立即起身溜走，但很快就打消了这个冲动——就在他发现父亲的同一瞬间，也意识到父亲来这里肯定有意和他单独在一起待一会儿。父亲一定听到他刚才弹钢琴，便神不知鬼不觉地从大厅另一头小暗门进来的。

当时他怎么能确切知道会发生什么呢？

他怎么能确切知道是不是比任何其他事情更让他深恶痛绝的、关于他未来前途的一次谈话呢？

他怎么能把一切都看得准确无误呢？

父亲微笑着。

室内半明半暗。仆人们还没有把灯拿进来，只有三角钢琴架上那个枝形大烛台上的蜡烛静静地燃烧着，窗台上其中一个壁灯的两支蜡烛明亮的火苗摇曳着，把长长不安的影子投向雪白的桌布和木条拼花地板。父亲跷起一条腿，这正是他准备做一次长谈的标志——但是就在他俯下身体准备开始讲话的一瞬间，真奇怪，责备的话没有出现在他的双唇上，也没有通常不满意的指责，而是赞扬的话语。

父亲确实赞扬了他的钢琴演奏。

父亲认为，他已经有了很大进步，说很久没听过用这样一种激情、这样一种悲喜交融的惊人方法演奏这首回旋曲。父亲站起来，开始在壁炉和小暗门之间徘徊，他保证说，如果他，安德烈，继续这样练习下去，他有可能会像他哥哥谢尔盖一样优秀。

他记得，这几句开场白以后，父亲开始讲他的新剧作。这是他第一次提到自己这部新剧作。

其实——父亲随便挥舞着那只露着青筋的左手说，——其实这部剧作在他脑子里已经构思多年。啊，他说过，他在不少于五年之前第一次构思了这部关于两个男人的剧作——两个以极为特殊的方式互相联系的男人。

他咧着没牙的嘴笑着说，这部剧作要表现两个互为影像而且各方面完全相反的人。关于这两个男人——此时他激动地挥动着两个大手，——其中一个心地善良，正因为如此他才遭遇种种不幸，一生颠沛流离，在公众心目中，他不仅一事无成，还被视为一个坏人。而另一个人本性冷漠、无爱心，却过着一种无可厚非的生活，因此受到大家的尊敬和爱戴。他说，他已经开始动笔写这部作品，前几幕的初稿已经出来。但是怎么样结尾，他心里还没底。

随后他沉默了，好像突然不知道怎么样继续说下去。好像他想说的事情有些困难，要认认真真地思考以后才能说出来。

在同一瞬间，他们听到楼梯有其他人的声音。父亲一惊，显得有些失望。

不过他不是迅速朝钢琴俯下身去了吗？

他没有以一种既像是命令又像是乞求的语调对他耳语什么吗？

大概是他的名字吧？

"安德烈！安德留沙①……"

不管怎么说，父亲的谈话被开门声打断了，母亲和米沙端着点燃的煤油灯走了进来。

那个晚上余下的时间，完完全全按打发其他所有晚上时间的方式度过的。

他记得母亲的兴致极好。她在一件浅蓝色丝绸坎肩上绣花，母亲讲自己童年除夕之夜的情况，让所有的人都很开心，父亲、他、

① 安德烈的昵称。

比他小两岁的弟弟米沙和米沙的三个同伴。她满怀激情、不遗余力地描述着流逝的岁月,尽可能积极、阳光,米沙像通常那样笑着,他的同伴,那个年轻的季亚科夫和丹尼列夫斯基兄弟笑个不停,母亲讲话一停下来,他们就提出新的问题,并不时地交换充满青春活力的目光。

他自己,像父亲一样,坐在离他们稍远的地方,羡慕地看着他们,对他们如此开心有点儿迷惑不解。

十二点钟的时候,仆人们送来水果、果酱肉饼、果仁。大家举杯畅饮香槟酒,只有父亲例外,他喝杏仁奶茶。母亲激动得热泪盈眶,她用自己的近视眼看着大家,祝愿他们在新的一年一切顺利、幸福。

大家互相亲吻。

大家又喝了一些香槟酒。这时候母亲唠叨仆人,因为他们忘了摆上枣子,父亲像平时那样,抱怨自己胃痛。

"父亲真荒唐,"他心里想,"真是难以描述的荒唐!"

随后他与父亲的目光无意中相遇,他突然生气了。他迅速低下头,握紧拳头,他担心自己要被气疯了,一种他可能无法控制的愤怒。他感到这种愤怒每一瞬间都在增加。他迅速从餐桌旁边站起来,说自己头痛,想回去上床睡觉,随后离开。

啊,直到现在他还记得这件事。

他确实去睡觉了。但是他在床上躺了很久都无法入睡。不是因为他气愤——其实,气愤在他关上那扇小暗门的同一瞬间,已经变成了不安,持久的不安,挥之不去。

他对某件事情的做法有一种负罪感。

他辜负了父亲的好意。

父亲关于新剧作的讲话就像把手伸给他——但他却没能让自己接这只手，虽然这是他在世上最想做的。

“真荒唐，”他重新想起这件事，“难以描述的荒唐！连他自己也不知道，他究竟想要做什么！”

随后他还是慢慢睡着了。

不过他睡得很不安稳，做了很多稀奇古怪的梦。直到傍天亮，梦的性质才有些改变。这时候他突然觉得自己好像回到了亚斯纳亚·波利亚纳①。回到了一个他不能十分确定的房间，那里阳光充足，仿佛他即将融化。穿过这个房间，他看到了死去的阿廖沙朝他跑过来，一个四岁的孩子，风风火火的，脖子上系的围巾像一只鸥鸟的翅膀在身后飘荡。

他似乎听到了弹钢琴的声音，轻轻的，好像无法穿透室内所有的白光。

随后一切又沉静下来，他在梦中注意到，尽管阿廖沙不遗余力地朝这间明亮的房间跑来，还是不能靠近；相反，他的身影越来越小——啊，阿廖沙越缩越小并快速消失。

他醒来时大汗淋漓，心脏激烈跳动。

时间已接近中午。仆人已经在好几个小时之前就把壁炉生好，房间里有点儿闷，还有点儿烟味儿，冬季惨淡的阳光从窗子照射进来，楼上大厅传来母亲弹奏贝多芬的《热情》的钢琴声。她弹得很动情，几乎过于舒缓，带有一种让他惊奇的感情。

他躺在床上，回想着自己的梦。回想着自己的梦和昨天晚上

① 托尔斯泰的庄园，托尔斯泰诞生于此，在这里度过了大半生。

在半明半暗大厅里遇到父亲的情景。竭力回忆父亲关于自己剧作的谈话,但是他发现他几乎完全没有搞懂父亲的意思。这时候他进一步思索,试图能回忆起十二点钟前后发生的事情,就是大家为新年的到来干杯以后发生的事情,回想人们是否谈了新年的新打算,是否谈了留在亚斯纳亚的其他兄弟姐妹或者列夫的病——但是一切都好像飘走了,不管他怎么绞尽脑汁,他唯一能记起的是有点儿清淡的甜枣儿味儿和母亲那双圆圆的小手以及放在她膝盖上的手工活儿。

这时候他掀掉被子,穿上晨袍和拖鞋——尽量不出声,免得惊动米沙——点上一支过滤嘴香烟,轻手轻脚地穿过漆黑的走廊,走进那个绿色的房间,他在那里可以安宁独处。他坐在远处的窗子旁边抽烟。窗子外面是花园,那里静悄悄的,地上覆盖着白雪,离地面不高的太阳照耀着杨树林荫道,新泼过沥青的滑冰场像打过油的黑皮鞋一样光亮。台阶下面的甬道上几只麻雀跳来跳去,从隔着高高护栏的街道上传来送水车滚滚而过的声音。

他回想着,就在不久之前他和米沙学会了滑冰,他们经常在莫斯科自家的花园里滑冰,有时候还带着阿廖沙。

他追忆着刚到莫斯科的第一个晚上:当天下午很晚的时候他们从火车站出发,天已经黄昏,他惊恐地看到了这栋黑色的房子,一切都显得那么陌生和与世隔绝,离亚斯纳亚·波利亚纳的森林和田野那么远,离浴棚旁黑褐色的女贞树丛、水蛇、盛开的榭草花香和凉台上的饭菜那么远,他哇的一声哭了。父亲竭力安慰他说,这都是因为天太黑和下着雨,这其实是一座非常漂亮的房子,对面的花园是全莫斯科最大的,那里有银杨树、枫林大道,大片的苹果树、李子树、紫丁香和牡丹,还有一个漂亮的马厩,大片的草坪上可以打槌球，在花园的另一端甚至还有一个小亭子，它的中楣上绘有嘶鸣的奔马——但是无论怎么安慰都无济于事，他唯一注意到的是隐约出现在远方的工厂的高大烟囱，悬挂在漆黑的树冠上空的月亮比平时惨淡很多，好像以某种奇怪的方式萎缩了。

他怀着既忧伤又厌恶的混合心情回忆着初到莫斯科的第一个夜晚——随后他又突然想起了阿廖沙。他想到，他们住在亚斯纳亚的时候，阿廖沙只是母亲和保姆手上的一个哇哇乱叫、红色襁褓中的小肉球，但是就在他们来到莫斯科的那一瞬间，他似乎已经能在地板上爬，开始学走路，还不到两岁，俨然成了他们这个小圈子里的领袖。

他亲眼看到阿廖沙走在前面，他穿着山羊皮靴子，戴着皮帽子，围着哥哥们曾经围过的黄色围巾。他的两条小短腿走得惊人地快，脸上表露出一种温柔——他不记得阿廖沙跟其他的兄弟姐妹吵过嘴——但他为人果断。跟在阿廖沙后面的是米沙和他自己，两个人的头都比弟弟高，两个人心里都充满紧张和期待：阿廖沙和他们在一起时，什么事都有可能发生。

他的内心世界多么清楚地看到了这一切。

他现在多么清楚地看着这一切，他缩在车厢的角落里，把军帽拉到眼睛上。

天下着雪，莫斯科家里阴郁的花园像亚斯纳亚·波利亚纳的花园一样银白和充满神秘感。棕色的树篱顶着厚厚的积雪，蓝色的天空露出了太阳。米沙和他，安德烈，经常以某种奇特的方式成功地摆脱那位严厉、忠于职守的拉科小姐的监视，在花园里玩耍，度过几个小时。他们用雪堆城堡要塞，堆得高高的，爬到上面可以看到附近的街道，运气好的时候还可以跟其他的孩子打雪仗，在一般情况下他们被严禁与这些孩子说话。台地下边不久前还是泥泞的草地,如今变成了滑冰场,他们三个人黄昏的时候在那里滑冰,米沙和他紧紧地抓住阿廖沙。鸽子咕咕地叫着。亭子旁的雪地上,一堆堆篝火燃烧着。如果他们听到拉科的声音,他们就脱掉冰鞋,躲到马厩里去,藏到栅栏远远的角落里,父亲的黑色坐骑克拉萨夫奇克靠着栅栏,昂着头,喷着鼻孔。

难道不是他们有一天发现花园远处另一端还有一个铁栅栏门?他们过去从来没有发现过它。

他们穿过林荫道,经过一片白杨树和那个小亭子,又穿过果树区,他们过去从来没有到过这么远的地方,好陌生啊!他们开始担心迷了路。但是阿廖沙只是笑,这时候米沙说,如果他们已经迷了路,可能会发生这样的事:当他们找回原路的时候,发现自己不是在位于多尔古-哈莫夫尼切斯卡亚胡同的家,而是在亚斯纳亚·波利亚纳院子里的那棵大榆树底下。

不是在这一瞬他们发现的那个栅栏门吗?

一个黑色的铁栅栏门,和围栏一样高,用一条生锈的锁链锁着。他们试着拉了拉锁链,但是拉不动,他们摇晃栅门,三个人同时用力摇,但铁栅门在雪里冻得很结实,丝毫不动。这时候阿廖沙想出了一个主意,他们可以用雪堆一个台阶,就像他们刚才用雪堆城堡要塞一样,然后他们从上面爬过栅门,跳到对面去。

用了一会儿工夫他们就把台阶堆好了,不过当他们最终在大街上的雪地里着陆时,已经很累,衣服都被汗水湿透了。

随后他们朝河边走去。

米沙和他知道,阿廖沙从来没有到过那里,现在他们想要把啤酒厂后院指给他看,那里有一个小型石条码头,在那里把酒桶装上船，酒桶堆得很高很高，那里除了有可以滑雪用的木条以外，还可以找到扎酒桶用的铁箍，虽然铁箍上长满了锈，但是用木棍把它当铁环推还是很不错。他们没说出口的是，这一切都是他和米沙在跟拉科小姐进行乏味的散步时从远处发现的。

他们沿着多尔古-哈莫夫尼切斯卡亚胡同往河边走。

寒风凛冽，米沙和他不得不多次停下来，把阿廖沙脖子上的围巾紧了又紧，每次有马车经过的时候，他们都要紧紧地贴在胡同高高的木栅上，他们不时地用惊恐的目光朝四周看，但一切都是那么安静，胡同里的孩子好像都被大地吞掉了。他们经过面包店、啤酒屋和那家小小的铁匠铺，他们迅速跑过屠宰场，他们知道，人们在那里杀死活的公牛和马，这是父亲告诉他们的，他们三个人手拉着手，小心翼翼地朝前走，经过尼古拉教堂，漫步走过河边，最终到达啤酒厂那座红砖建筑。此时米沙和他有点儿犹豫，他们开始想，如果有哪位大人知道了他们的举动可怎么办呢？但是阿廖沙心情急切，不停地拉他们皮大衣的袖子，要求尽快把他带到后院去，那里有木条可以滑雪，有酒桶铁箍可以推。他希望他们动作快一点儿，他不明白他们为什么站在那里迟疑不动。

通向河边的小路几乎全被积雪覆盖，看起来比和拉科小姐一起走在那里时要险恶很多。不过他们在阿廖沙催促下还是上了路。阳光出来了，这里的风要比刚才胡同里大得多，空气中弥漫着酿酒的麦芽汁味儿，甜甜的，令人陶醉，他们很快就完全忘记了可怕和犹豫。此时后院完全不像平时的样子，没有高得令人惧怕的酒桶堆，不过他们在靠近河的肮脏的雪堆里还是找到了一个桶箍，一个小桶箍，上面的锈不是很多，正好适合阿廖沙玩。阿廖沙高兴极了。

他，安德烈，清楚地看到眼前的景象，就像是现在正在发生的一样，米沙和他自己走在阳光下，对他们做的一切事情都心满意足，对于在他们前边不远处阿廖沙沿着封冻的河岸幸福地推着酒桶铁箍环感到自豪。

随后的一切来得那么快。酒桶铁箍环改变了方向，开始朝河里滚去，米沙和他拼命喊叫，想让阿廖沙停下来，但是他迈着自己的小短腿使劲追赶铁箍，一秒都不放过它和棍子——在那一瞬间米沙和他才认识到——怀着难以言表的恐惧——他们找到的那个桶箍正是经常出现在母亲讲的童话故事中的被魔化了的桶箍之一。

直到这个时候他们才认识到，他们什么也做不了。

他们被吓得目瞪口呆，眼巴巴地看着即将发生的事情——桶箍越滚越快，离河越来越近，转瞬间就带着阿廖沙消失在污黑的冰碴儿水里。

他，安德烈，不记得他俩当时还能不能移动，划破寂静的叫喊，仿佛是从远方传来的。

但是没过多久，他们还是以某种方式把阿廖沙从河水里拉上岸，岸边的水不超过半米深，他们把阿廖沙的皮大衣扒下来，把米沙的也许是他自己的皮大衣给他换上，每个人牵着他一只手，以最快的速度跑回家。

奇怪的是，他也不记得有谁因为他们的冒险而责备他们。

是的，他完全不记得他们是怎么回到家里的。

他只记得，他们跑呀，跑呀，经过啤酒厂、教堂和面包房，然后，绕过奥博连斯基胡同拐角处后，就马上融入惨淡的冬季阳光里消失了。

突然——他还是坐在飘窗上 ——他心头又涌上一股怒气。

他一下子觉得,他再也无法在这栋房子里多待一秒,他决定尽快穿上衣服离开。他不想和家里其他人一起吃早餐,他要找上列利亚·谢韦尔佐夫和古利亚·克莱因米赫尔,跟他们一起到亚历山大公园附近找一家餐馆吃上一顿美餐,也可以在“萨沃伊”饭店,或者,最好在皇家饭店,那里能吃到全莫斯科最好的牡蛎。

他记得,他怎么样迅速回到他和米沙的房间,怎么样以最快的速度穿好衣服,怎么样神不知鬼不觉地顺利穿过空无一人的走廊进入大厅。在镜子前面的盘子里放着一个信封,半明半暗中他无法分清是一封信还是一封电报。屋子里空无一人,有轻微的烟味儿,那只黑色的狮子狗躺在大衣柜上睡觉。最年轻的仆人尼古拉帮他穿上衣服:长皮大衣、皮帽子、一双新手套和围巾。这时候他觉得尼古拉动作笨拙,帮他穿衣服的速度太慢,就责骂他手脚快一些,还举起手要打他一个耳光。然而他马上后悔了——他把手伸进口袋里,给了这个男孩几个戈比,这个尼古拉比他还小几岁。“拿去喝一杯酒,吃一点儿腌黄瓜吧。”他心满意足地走到院子里。院棚屋顶上空露出了微微的玫瑰色,积雪反着亮光,空气清新,他突然轻松起来,得意得真想开怀大笑。

栅栏门敞开着,他想,父亲肯定刚骑马出去。

他迅速穿过冰冻的院子,对在马厩附近扫雪的园丁匆匆点了点头就过去了,连话也没来得及说,园丁的两个孩子手里拿着帽子,紧靠着围栏站着。他想到街上马上就拦一辆出租马车,但是美好的天气令他改变了主意,决定朝河边走一程,可以先到克里姆桥,甚至可以走到救世主大教堂。但是他还没走到奥博连斯基胡同就听见父亲喊他的名字。他转过身来，惊奇地发现了父亲，父亲穿着农夫式靴子、又破又脏的绵羊皮大衣，戴着圆形的浅色毡帽，从院棚那边跑过来，一边跑一边招手，在雪堆中笨拙地穿来穿去。

他难道没有马上意识到，这个时候他们俩见面是多么尴尬吗？他漂亮的穿戴会使父亲懊恼，就像父亲的随意装束会使他感到不舒服，他难道没有认识到，他的这种表现总是让父亲不悦，而他自己也没有好心情吗？

他想装作什么也没听见，溜之大吉，但为时已晚——父亲已经看见他转过身来，他们的目光有瞬间相遇，他没有其他选择，只得听天由命，只得等待父亲。

父亲很快赶上了他，父亲喘着粗气，建议他们结伴走一段路——奇怪的是，父亲没有像往常那样问他——安德烈，要到哪里去？

他们开始一起往河边走。

跟他预想的一样，啊，大概同时也是他担心和希望的——父亲很快就重提那部新的剧作。父亲讲，他终于动手写已经构思很久的作品，对此他非常满意，非常相信自己的新思想，感觉作品中的两个男人以及让他们有别于对方又相互联系的交叉点上所暴露的道德冲突很有意思。

他捋了一下胡须微笑了，光秃的牙床露出了婴儿特有的粉红色。

他说很高兴有机会以这种方式与他，安德烈，谈论这件事。他知道安德烈多么爱他，所以他非常看重安德烈在这个问题上的观点。

他们经过面包房。突然吹来一阵寒风，把雪吹到空中，像闪烁的冰水晶瀑布，并很快重新落在地上。屠宰场的大门开着，从里面传来吓人的叫声和闷热的血腥味儿。

父亲笑了。

他说，当然了，剧本远没有完成，只是一个初稿。

然后父亲就沉默了。

他们走到了滨河路以后朝左拐去，开始朝救世主大教堂方向走。他记得，他不由自主地为父亲的话深深地感动了，父亲明确表示了与他分享自己计划的愿望并很想听一听他的看法，对此他感到很高兴。他聚精会神地审视着父亲，等待他继续说下去。

但是父亲沉默了。

他没有继续说下去，而是小声地嘟囔了一点儿什么，然后就默不作声了。他的嘴突然变成了一条线，目光消失在远方的什么地方，好像完全被自己的思想吞没了。

那样子好像完全忘记了自己刚才在讲话。

"就是这个样子，"这时候他想，"总是这样。"

啊，童年时他与父亲散步的情景他记得多么清楚。他记得，当他长到可以与父亲一起外出的年龄时有多么激动和高兴，到父亲的一个朋友家去，在那里去处理一个这样或那样的问题，或者到集市上去买蘑菇、酸果蔓果酱或者蜂蜜，听农夫讲话，最经常的是到游戏更衣室。他记得他们在大厅里一起穿衣服，记得父亲怎么叫上自己的爱犬贝尔卡，然后大家怎么匆忙上路，父亲迈着大步，他自己小跑跟在父亲身边。记得父亲在散步的前半程经常不停地讲话，讲他看到的东西，街道、建筑物和地名，不停地笑，最重要的是，根据路上所见所闻编成最离奇、最古怪的故事。

但是他也记得，父亲过了一段时间以后，就像现在这样，突然沉默了。他不再讲话，只顾朝前走，完全陷入深思，啊，连一个字也不再说了。

他想，这种沉默，这种可怕的沉默总是让他产生一种特别的感觉，世界还存在吗？不仅如此，让他觉得最可怕的是，好像他自己也不复存在了。

这时候他们已经走到桥边。

父亲停住脚步，犹豫不定。他记得，父亲的眼睛里有一种茫然的表情——好像刚从梦中苏醒。

父亲不是还突然抓住他的胳膊吗？

他难道没有重新用一种近于哭的沙哑声音轻声叫他的爱称吗？

“安德留沙……”

难道他没有小声讲了人的义务，而没有再提他的新剧本吗？他讲的难道不是这样的事：每一个人的义务，不像大家认为的那样是教育自己的孩子创造一种舒适的生活、写一本书或者搞科学发明，而是要用自己的一生创造出完美，某种完美、理性和善良的事业吗？

他记得，父亲从自己绵羊皮大衣口袋里掏出一块大手绢。他大声擤了擤鼻涕，猛然转过身，一句告别的话也没说就原路返回。

他自己也一动不动地原地站了好长时间，一时无法决定，是赶紧去追父亲，还是按原设想继续到城里去。

最后他还是拦了一辆经过身边的出租马车，把列利亚·谢韦尔佐夫的地址给了车夫，答应如果能快马加鞭把他送到目的地的话，就给他三十戈比。随后他靠在座位上，闭上了眼睛。

在出租马车里他似乎又看见了阿廖沙那娇小的身姿朝他奔跑过来，那条黄色的围巾在身后飘荡。他想起了阿廖沙的执着，他摇摇晃晃滑冰的身影，如果夏天在沃龙卡河钓到一条鲈鱼或偶尔在有很多水蛇的浴棚附近捉到一条，他会激动得欢蹦乱跳。

他想，这个月的十八日是阿廖沙去世十二周年的日子。

那时候他自己将会回到军团的驻地特维尔了。他会接到母亲的信，她在信中会讲，她曾到尼科利斯科耶给阿廖沙上坟，她没有人可以讲述自己的悲伤。他自己又不由自主地想起了阿廖沙，眼前浮现带给他痛苦的画面——不由自主地反复回忆阿廖沙突然生病的那个昼夜，他又重新面对那个让他无法理解的现实，不久前还和他一起玩耍，像他自己一样坐在母亲床头，把大拇指放进嘴里，半闭着眼、聚精会神听母亲讲故事和童话的小弟弟，竟与苍白、冰冷地躺在楼上客厅桌子上那个玫瑰色小盒子里的是同一个人。

他想，阿廖沙的死好像与他自己有某种说不清道不明的联系。

事前有很多奇怪的征兆。

有的时候他觉得是发生了一场暗中的替换，一个灾难性的错误。由于父母吵嘴，由于他自己说的什么话——时间长了他已经记不得了——仅仅不经意间的几句话后来引起或者至少影响了事件的进程。最重要的原因还可能是，母亲出行彼得堡时寄来的一封信——就是距阿廖沙死之前仅仅个把月进行的一次出行。

母亲走了，收拾了行李就扔下了他们这些孩子，虽然不会去很久，但也是他们闻所未闻的事。后来他得知，她到首都去是为了办事，出现了一些跟父亲作品出版有关的问题。但是那次他们，米沙、阿廖沙和他自己，一点儿也不知道她干什么去了，她的那次出行对他们成了一个谜。

因此他们非常担心,不知道母亲不在家期间会发生什么事。

最奇怪的事还真发生了。

他记得,一个红色的槌球在悬钩子丛中消失得无影无踪,让他们感到惊奇和害怕。那里是雪已融化的地方,能藏到哪儿呢?他们与奥博连斯基家的两位姑娘打过一场球,就怎么也找不到那个球了,尽管他们花了足足半个小时的时间,每一个枝杈底下都找过了。

母亲离家后的第二天,天就下雪了,一种奇怪的白光充满屋子。

后来新买来的莱卡狗①生病了,还呕吐,当晚玛沙给他们高声朗读父亲写的故事时,她突然慌乱了,因为莫名其妙的吓人的原因大哭起来。

过了很长时间,对他们来说好像过了几生几世,母亲终于来信了。

大家在楼上客厅一起喝茶,父亲高声给他们读信。母亲在信中说,彼得堡很漂亮,她描述了她去过的所有宫殿、出席过的所有宴会,她还听了音乐会,到剧院看了演出,逛了法贝尔热珠宝店。他记得,父亲读信时脸色越来越暗,阿廖沙、米沙和他自己曾有片刻的担心,父亲会放下信赶他们上床睡觉,不让他们把信听完。幸好父亲继续读信,他们总算等到了他们急于想了解的那节,即母亲说,她是多么想念他们、惦记他们,她回来以后一定把他们亲个够。

信里还有一段附言。一段奇怪、令人不安的附言——阿廖沙、米沙和他自己事后一连几天都在思考,这段附言是信里最主要的

---

① 俄罗斯北方的一种猎狗,可拉雪橇、保护鹿群等。

内容，为什么不放在前边而放在后边，好像不属于信里？

母亲在附言中说她做了一个梦。

她梦见，她在外边散步，在一条她不熟悉的街道上，当时已经是黄昏，街上积了一米深的雪，心里有一种过去从未有过的极不舒服的感觉。她在信中说，她似乎看到安德烈，她表示说，她看见了自己亲爱的安德留沙，他朝她跑过来，穿着短皮衣，张开双臂，身后飘着围在脖子上的黄色旧围巾，这块围巾后来传给阿廖沙。他离她越来越近，她张开双臂迎接他——但是就在她准备把他抱在怀里时他突然消失了。

就在她要吻他十分亲切的脸时，他好像完完全全被雪吞掉了。

啊，事情就是这样，母亲在信中说，在惊恐中安德烈就在她眼前淹没在高高厚厚的雪堆里。

阿廖沙、米沙和他自己经过长时间讨论，逐渐认识到，虽然母亲把这个梦写进附言里，对母亲来说这仍然是信的最重要的内容，但是它包含只传递给他们的一种信息——究竟是一种什么信息，他们百思不得其解。

像过去很多次一样，他坐在出租马车里思索着，母亲肯定意识到将要发生什么。她一定意识到，其中的一个孩子将要死去。

但是她当时为什么梦见是他淹没在雪堆里？为什么她梦到的是他而不是阿廖沙？

或者，如果反过来问：为什么阿廖沙死了而不是他？

列利亚·谢韦尔佐夫在家。然后他们接了古利亚·克莱因米赫尔，三个人一起前往马涅日大楼，他们在那里下了出租马车，穿过亚历山大公园，走向沃斯科列森斯卡亚广场和特维尔斯卡亚大街。

公园出奇地安静和荒凉，树冠上的霜挂在阳光下闪闪发亮。三个人饥肠辘辘，沿着覆盖着积雪的甬道匆匆地朝西出口走去，通过铁栅门，走过有几个挎着篮子的女人凑在一起喂鸽子的广场，然后穿过莫哈瓦亚街转弯到特维尔斯卡亚大街，卖猎物的商铺早开门营业，店铺的伙计们叫卖着自己的商品，到处挂着剥了皮的动物躯体，去了头的野兔，未拔毛的飞禽。尽管天气很冷，那里仍然臭气冲天，当他们走过别奇京小饭馆的时候，从他们脚前面跑过一只大老鼠。

古利亚追着老鼠用脚踢，并大笑起来。他提醒大家，几年前有一次他们在霍登田野上进行猎兔活动。当时有一大群猎手，人们先放走一百只野兔——事先已经把它们的尾巴砍掉，防止它们藏起来——然后追杀它们。他们三个都想起了那时的兴奋、速度和紧张。空气中充满泥土、火药和血腥味儿。古利亚提议他们最近抽出一天再搞一次这样的活动，但是仔细考虑以后，他们决定免了这种雅兴，起码最近不行，因为雪太厚。

他本人对这件事推迟了感到高兴。

事情是这样，由于打猎造成他和母亲之间发生可怕的争吵，他一直对此耿耿于怀——在他讲起打猎的事情时，母亲听了很不舒服，并责备他，啊，还禁止他再参与类似的不人道的杀生活动，母亲对此事的厌恶感令他很生气，他朝她喊叫，说她完全不懂，说她应该高兴他猎杀动物。

然而她可是经常责备他爱马爱狗胜过爱人类！

他们在餐厅里选了面对特维尔斯卡亚大街的一张靠窗子的桌子。饭菜送上来。

温暖、扑鼻的淡淡香水味，再加上诱人的牡蛎和蘑菇，这一切使他很快忘了自己的不悦。列利亚几天前的一个晚上与一位年轻的吉卜赛女郎约会，他跟他们讲了与她约会的很多细节，非常私密的细节。古利亚大笑，而他，安德烈，则主动用相同的玩笑话讲了圣诞节前他与军团里的几位同伴吵嘴的事。

雪茄的烟圈直冲水晶顶灯，餐厅远处一支乐队开始演奏，他们又要了一些葡萄酒。他靠在椅子上，感到浑身舒服，一种轻松、快乐的感觉。他总算可以伸一伸懒腰，呼吸一下自由的空气。他建议，用完餐以后立即去杰维切附近的杂耍剧院去，看完演出直接去亚尔饭店——去茨冈女郎那里度过夜晚正是他最向往的：格鲁吉亚美酒，茨冈姑娘们的舞蹈——想到舞蹈他的心就怦怦地跳——打牌，在这些圈子里总是有快乐和无拘无束的气氛，还有音乐，他就像他的父亲，是的，多么奇怪，完全像他父亲，把音乐看得比什么都重：美妙伤感的歌声、艺术高超的小提琴即兴演奏，节奏，色情以及既具有火山爆发力、可怕同时又让人解脱的生活乐趣。

最近几天他想方设法远离家门。他在家待的时间很短——睡几个小时的觉，换一换衣服，或向母亲要更多的钱。他找借口说，他想在返回军团之前这段时间尽可能多地会见一些朋友，但他很清楚地知道，他想待在外面的真正原因是要钱招致的与母亲不断的矛盾，另一个原因是他不想再与父亲单独待在一起。他讨厌和母亲的小冲突，首先是因为缠着要钱去聚会和输牌伤自尊，虽然这也让他良心上有点过不去，但同时，他又觉得这是他个人的事情，他完全有权利这么做。

相反，和父亲单独在一起他确实害怕。

不过他大概不仅和父亲的关系是这样——可能和姐姐玛沙也如此。

玛沙在新年那天就去了莫斯科。为了看医生,也为了和自己的丈夫古利亚——总是衣冠楚楚、友善、半睡半醒的古利亚·奥博连斯基——一起去拜访几位朋友,为新家置办一些东西。自结婚以来,除了古利亚以外,玛沙几乎不再关注别的人。虽然玛沙像以前一样在帮助父亲,帮助他读校样,帮助他誊写草稿,听他说教,但如今她做这些有些漫不经心和不耐烦,过去从来没有这样过,不过玛沙还是全身心爱父亲,支持他的工作,当她只有两岁的时候,父亲就在日记中写到她:对周围的人来说,她是一个谜,她在生活中将面临很多磨难,她将成为一个永恒的探索者,但永远找不到她要找的东西。

顺便说一句,难道她没有成为这样的玛沙吗?

难道她没有在默默无闻中最后把父亲的追求当成了自己的追求吗?只是人们没有发现而已。她难道不是一直表现得大公无私,从来不为自己要求什么吗?啊,难道她不是从很小的时候开始就是一个善良和容忍的奇迹吗?

但是这个时候他为什么有这样的感觉,在所有的兄弟姐妹中玛沙对他来说特别亲近。不是因为他爱她胜过爱其他的人,确切地说正好相反。然而从他记事以来,一直觉得有一种特殊的结将他和玛沙联系在一起——好像他们之间存在一个默契的协定,某种秘密,难以言表但具有决定性意义。其中一个原因大概是,他们两个的外表比其他兄弟姐妹更像,两个人都很瘦,都有蓝眼睛、深眼窝和大嘴巴,不安和烦躁这些本性也很相似——还有一些其他方面,一些很难描绘的东西,诸如气味和分泌物几乎也相似。

而也许，亲近的感觉，不管多么荒谬，不是因为他们被联系在一起，正好相反，是因为他们是如此不同？是因为他们的生活像白与黑一样如此不同？玛沙是一个好人，从来不为自己考虑，而他自己是一个坏人，喜欢奢华、享乐，而她对于这些不屑一顾？由于这个原因她被吸引做善事和正义的事，而他自己不管怎么挣扎仍不免去做坏事和非正义的事？

这个时期他千方百计躲着她。他为自己没有为她获得的新幸福感到高兴而羞愧——还记得这一点——她从未有过的眼睛里的光和内心喜悦的平静让他觉得自己受了委屈，甚至是被背叛了。

他对列利亚·谢韦尔佐夫和古利亚·克莱因米赫尔说，家里管得太多让他很不开心，说他尽可能少地待在位于多尔古-哈莫夫尼切斯卡亚胡同那栋白色宅邸里。这时候列利亚和古利亚笑了，以令人信服的口气宣称，他完全可以信赖他们，他的做法让他们高兴，因为这意味着，他们有更多的机会与他接触。他们天天滑冰，到杰维切荒地长时间骑马，在别奇京饭馆喝啤酒，听歌剧，制订晚上的娱乐计划——一般是光顾亚尔饭店，办香槟酒会、打牌、听音乐，有的时候他们还可能用甜言蜜语、胆怯的爱抚或用一两枚银卢布成功引诱年轻的茨冈姑娘脱离她们父母的监视。

经常发生这样的事情，他们整夜待在茨冈人那里。

一天早晨——他清清楚楚记得这件事——他乘出租马车来到多尔古-哈莫夫尼切斯卡亚胡同。东方的天空露出浓重的玫瑰色。院子围栏上空的树冠沐浴在灰白的光里。他让马夫在离大门还有一段距离的地方停下，他付完车费，深深地呼吸几下，慢慢朝家走去。一切都是那么平静，只有看院人房间的窗子亮着灯，似乎还没有人醒来。

唯一能听到的是他脚下积雪咔吱咔吱的轻微响声。

就在他打开大门迈进院子的同一瞬间,从他双脚前飞起一只蓝色的大鸽子。鸽子在雪地上沉重地拍打几下翅膀以后腾飞而起,然后一躬身落在院子里绿色的铁皮屋顶上。

他停下脚步,仔细观察这只鸽子。

鸽子在屋顶上站着,离他自己站的地方只有几米远。这时候他看到,那只鸽子异乎寻常地大,它的脖子两边有白色的斑点,翅膀上的羽毛在已经变淡的朝霞里闪着奇特的深蓝色的光。

他觉得自己过去从来没有看见过类似的鸽子。

他静静地站了很长时间,幸福而尊敬地看着它。

随后他转过身,朝房子走去。但是他刚走几步,就发现房顶上的那只鸽子不见了。那只闪着蓝光的鸽子其实只是他过于激动的心理产物,是他的想象和幻觉的产物。

或者,这一秒他闪现一个想法,这个想法让他突然充满了无法言表的恐惧:刚才他看到的鸽子不是别的,是他在父亲的某一部小说中读到的形象。

这时候他惊恐地朝四周看,鸽子确实消失了。

3

关于鸽子的那段插曲过后仅仅几天，即元月中旬，他就返回了自己的军团。

在特维尔火车站走下火车时，他显得很轻松。旅途的大部分时间车厢里只有他一个人，似睡非睡地过了最初几个小时，随后常有的烦恼又涌向他的心头，他坐起来看着外面的原野、森林、积雪覆盖的农田和村落里的茅草房，回忆着童年时夏天的玩耍，猛然间，暮色降临，他唯一可以看清的是车窗上自己苍白、半模糊的影子，一种强烈的失落感迫使他站起来，在沉闷、臭气难闻的走廊里长时间徘徊。

他走上月台，在拥挤的列车车厢周围享受着新鲜空气，煤气路灯散发出的柔和黄色灯光，小贩发出叫卖声。他伸了一下懒腰，开始朝车站大厅走去，但是他刚刚走到台阶前就转过身来，朝一个胸前挎着一个大篮子的男孩走去，买了一包他平时从未用过的廉价土耳其烟丝和一期《莫斯科报》，不是为了读报消磨时间，而是因为这家报纸极适合卷烟丝抽。他叫住一辆出租马车之前，在寒冷和味道强烈的烟丝的刺激下，已经从车站走了一段路。他让车夫把马车赶到伏尔加河西岸附近那栋小木屋，有一次他和同伴吵过嘴后在小木屋的楼上租了两个房间,不过他马上改了主意,给了车夫市中心一家酒店的地址——他想起来他突然心情大好,并认定他肯定能在大厅或某个包间找到几位尉级军官,他要给他们一个惊喜,请所有人喝香槟酒。但他想到他唯一的愿望是饮酒作乐一晚上,而完全不是躺下睡觉,就又闷闷不乐起来,不知道自己怎么了。他又改变了主意,直奔自己租下的房间。

他发现房东一家正坐在厨房里准备吃晚饭。他立即被邀请坐下,连问也没有问,跟平时一样,马上又拿来一套餐具。

他发现,他很乐意停留在这段回忆里。

回忆女主人怎么样给他盛红菜汤,船长怎么样去取伏特加酒瓶。他记得孩子们,两个小男孩,一个三岁一个四岁,长着像他们的父亲一样红润的圆脸,他们看到他非常高兴,而他也兴奋不已,不仅让他们爬到自己的膝盖上,还允许他们借自己的军帽戴,还顺手递给他们几个母亲寄给他的枣子。他还答应喝完汤以后,帮助他们用剩下的《莫斯科报》剪鸟,那份报纸从他的大衣口袋里露出来。啊,不是从最初的时刻他就感受到了善良的船长和他的家庭的温情吗?这一家人对他如此温情友善令他惊奇,他真的配吗?这一次,不是如同过去很多次一样,他感到非常幸运吗?他领着两个男孩兴高采烈地玩他的军帽,不是还许诺,等有机会他一定给他们买真玩具,可能是一个木制熊或者几个像阿廖沙一直喜欢玩的那种锡兵吗?

船长夫人自然问他身体怎么样。去年秋天十月的时候出了一次事故,当时他把石碳酸弄到身上了,他在床上躺了三个星期,她一直担心他的身体,嘱咐他不要着凉,给他房间生火,每天晚上他回来时屋里暖和得像桑拿室。他,安德烈,那时已经明白,她的无微不至的关怀与其说是对他，不如说是对她的弟弟，不久前她的弟弟征召入伍，被派往几百公里以外的远东地区，从那以后她就再也没见过他。但不管怎么说他还是感到温暖和高兴。他记得那天晚上他特别喜欢吃她做的菜汤和肉饼，她还一直重复说，他看起来比任何时候都苍白和消瘦，跟他母亲平时说的一样。她还带着爱怜的微笑说，长途旅行之后他可能有点儿疲倦了，他唯一需要的是睡个好觉，更为重要的原因是，明天一大早他还要去军团报到，劝他早点上床休息。

不过他还是在房东那里坐到深夜。

也许是因为他和船长谈起了马。这次像过去很多次一样，船长让他非常吃惊，船长曾经在海军任职，据他所知，船长过去从来没有过自己的马，但是像他自己一样船长对于马这类动物，有着火一样的兴趣和渊博的知识。

啊，现实是，当他，安德烈，讲自己宠爱的动物，比如父亲马厩里的某匹纯种马或自己军团里的什么马时，很少有人像这位退役的船长那样怀着浓厚的兴趣听。因此，他跟船长在一起时，总是不遗余力地尽可能描述得生动有趣。他特别喜欢讲他十五岁时骑的一匹母马，他讲得细致入微，不仅介绍它漂亮的小脑袋、细长的脖子、宽大的鼻孔、胸膛周围丝绸般闪亮的鬃毛，还喜欢讲它暴烈的脾气，它狩猎时极通人性，对主人忠诚不贰——船长耐心听他讲，理解他感受的能力令人惊异，船长知道不仅仅他的思想，还有他整个身心都回到了亚斯纳亚·波利亚纳某个森林里露珠晶莹剔透的早晨。走向切本日的椴树和挺拔的橡树或扎谢卡周围广袤地区的野树林。

啊，他本人不是也陶醉在自己的讲述里而完全忘掉了时间吗？

不是直到两个小男孩趴在桌子上睡着，船长开始打哈欠，上下眼皮打架，他才发现时间已经到了深夜吗？

这时候无论如何都要打住了，他感谢与他们一起度过的这一夜晚，回到楼上自己的房间。

他走上漆黑的台阶时——手中的蜡烛只能照亮最近那个台阶——他小心翼翼的，但心境极佳。他轻声地吹着口哨，回忆着那匹漂亮的母马轻快的马步、颤抖的肌肉和金光闪闪的马鬃。但是就在他跨进自己房间门槛的同一瞬间，白天早些时候的烦闷和忧愁又涌上心头。他突然发现自己实际上已经累得要死。他连靴子也没顾得脱就扑到床上，闭上了眼睛。

他几乎马上就进入一种半睡眠状态。

断断续续的场景和刺耳的声音在他头脑里盘旋。

其中隐约出现一条陌生的街道，火车窗外一片幽暗的森林，远处有几种声音，但很快就消失了。有一瞬间他似乎隐约看到了阿廖沙苍白的面孔，很近很近——随后面孔隐退了、变化了，不到一秒钟就凝缩成某种不定型的白色东西，散发着特别柔和的光，与母亲房间桌子上摆的新开花的木樨草一样，但是随后这个白色的东西很快又变了，啊，他觉得这东西一下子变得特别像父亲在亚斯纳亚·波利亚纳工作室墙阁里放的白色石膏头像，那是可爱的哥哥尼古拉死后的面膜，父亲经常让他们看，允许他们用手指轻轻地摸一摸。就在他刚觉得这个白色、受伤的脸的形象开始浓缩成某种回忆时——如果它的轮廓再清晰些，能让他精神几小时——它瞬间就消失了，他陷入深沉的梦里，一直睡到天明。

然而他刚一醒来，马上又重新回想起入睡那一瞬间新开花的木樨草的景象——就在同一时刻他似乎又回到亚斯纳亚·波利亚纳母亲的卧室。

回到明亮的房间里，那里有一种特别的薄纱似的光，光在绿花桌布上空轻飘飘地盘旋着——他记得这一瞬是这样的。

那里白色的墙上挂满有黑色画框的肖像，远处黑暗墙角圣像前的蜡烛已经燃烧一半，床头柜上放着单柄眼镜，蓝色绸布晨袍和同样蓝色的绸布拖鞋，鞋尖已经磨破，他感受到了来自母亲的温暖、安宁和充满期待的安静。母亲开始讲故事了，她的声音略微嘶哑，轻轻地，略微带有训诫的语气。他现在想到，母亲喜欢讲故事肯定不亚于他们喜欢听故事——突然他清楚地看到，母亲漆黑的长睡辫像阿廖沙和他经常在沃龙卡潮湿的岸边捉到的水蛇一样缠绕在被套的花边上，轮廓清晰，不知为何这令他非常不悦。

后来那个景象逐渐沉陷、稀薄、消失。

很快它又重新出现，但现在是在另一个同样明亮的房间。

可能根本就不是什么房间，而是一个纯粹放光的东西，一个光环，他在这个光环里自由地盘旋，就连早餐喝的香甜的橡子味儿咖啡也无法让他相信此时此刻还有其他东西存在。他的母亲坐在窗前，身体前倾，双手托着下巴，她身着白色衣服的身影半融化在逆光里，她对着他微笑，目光须臾也不离开他。他站在她前边，非常近，他已经长大了，当她朝他弯下腰时，他的鼻子很容易就可以碰到她手腕周围的白色饰边。

他自己穿好衣服。

从某种意义上说，他还不大知道应该怎么样穿上自己所有的衣服，啊，他还是奇迹般地穿上了，不仅仅穿上了内衣、裤子、衬衣和背心，还穿上了白色长筒毛袜，系好袜带和鞋带。

母亲把一切都看在眼里。

他满头大汗站在母亲面前,母亲笑着,在他直面母亲眼光的同时,她的笑慢慢变成一种默默的意味深长的微笑。

他立即以笑回敬。

他所以笑,是因为母亲笑了。

他所以笑,是因为他突然明白了这其中有一种纽带,一种奇妙而神秘的纽带在他自己、他的衣服、他的躯体、他刚才成功做的事情和母亲眼睛深处明亮又温和的光之间。

啊,他不是一直确信是他母亲仅仅用目光就创造了这个世界吗?

难道不是母亲的目光使他们家的果园成为全州最大的,春天鲜花盛开,秋天果实香飘万里吗?难道不是她让漂满绿藻的沃龙卡河水面到了秋天变得神奇地亮吗?难道不是她一夜之间把暮气沉沉的十一月公园变成阳光灿烂的童话原野,把污黑的水塘变成漂亮的滑冰场,让蜜糖饼干有丁香的味道,而枣有奇特的甜味吗?母亲到儿童卧室看望他们时,难道锡兵没有活了,杯子没有充满橡果咖啡,床上金色的球没有开始发光?难道他们的英国保姆阿伦夫人没有给他们讲她童年时驯养的一只猴子,这只猴子饭后喝了那么多的酒以至像死人一样醉倒在地板上,他们听了以后不是捧腹大笑吗?母亲晚上坐在大厅里时,那里很快就挤满客人,他的哥哥谢廖沙弹钢琴,父亲高声读昨天的报纸或者挑选自己写的文章,餐桌上枝形大烛台上的蜡烛快乐地跳动着,他的姐姐们在缝纫机前小声地互相说着悄悄话儿。

他的母亲看着他,他很快就在沙发前边的那大块熊皮上安静地睡着了。

他总是很害怕黑暗。

他突然回忆起，每天晚上母亲从他床边走前他心里都感到害怕，他也经常又把母亲叫回来——不止一次，而是很多次——有的时候她不耐烦了，就打发别人哄他赶快睡觉，他心里明白，只要他装作有点儿咳嗽，抱怨嗓子痛，母亲就会马上重新出现，眼睛带着不安的表情，手里拿着化痰水。还有，当后来母亲再次离开他时，他知道不能再故技重施，这时候他便高声哭起来，窗外的花园在他看来是那么可怕，那里有黑暗、星空、寂静和他知道的形形色色隐形物，不仅有他幻想中的幽灵，还有狼，父亲讲过他在那棵被称作乞丐树的底下曾经见过它们的脚印，还有厨师半成年的儿子，他每次月亮圆的时候都会发疯——他大声地哭喊，确信最后总会有人来，会坐在他身边直到他睡着，就算不是母亲。

“因此，”他想，“现实是我母亲的目光创造的。母亲的目光创造了无限、透明的瞬间，现在这些瞬间抹去了到过去的任何距离。”

他这样想着，但是他马上发现，有某种东西让他像看见缠绕在被套花边上的黑辫子一样不舒服——他仔细、有所期待地一一思考这些现在还没有消逝的瞬间时，这些瞬间突然失去了某种预感性和盘旋的半梦幻房间的感觉，变成了实际很多的景象，更密实、沉重和具体，瞬间他看到这幅景象不仅掺杂着光，还有黑暗。

黑暗、运动和时间。

当他在同一时刻又觉得好像站在母亲面前时，他，当然，感受到了光和瞬间轻微的透明性，但他也看到母亲手腕周围有点儿不干净的饰边，还有她脚下黑褐色、吱吱响的镶木地板，眼角的余光看到了黑色大钢琴和沙发前边那块熊皮，所有的这些刻在他记忆里现在接受审视的物品，不仅仅是它们看起来的那样，还包含了某种辨认不了的东西，正像他想的，矛盾、过往是它们存在的基础。

他注意到，这些物品不仅是可见的，它们还被变为黑暗。他，安德烈，带着痛苦的把握明白了，即使母亲对他微笑，过一会儿以后，她仍然会从椅子上站起来，抚摸一下他的头，把他交给阿伦夫人而后离开——以便她关上身后门的那一个瞬间停止存在。

此时他突然看到了另外的景象。

他在母亲的房间外面踮着脚，伸长脖子，使劲握住门的把手，用手打开门——转瞬间他就掉进了黑暗。

他眨了眨眼睛，借助圣像前蜡烛发出的微弱之光，发现母亲模模糊糊的身影跪在房间远处的黑暗中。

他等待着，惊奇而慌乱——但是她没有让任何响动分散注意力，或者说她根本不在意他的到来。

过了一分钟，或者是过了很长时间。母亲站了起来，缓慢而吃力，她的肚子比任何时候都大，她不得不首先扶着墙再扶着缝纫机，她朝他走过来，尽管她一直沉默不语，尽管他无法看清楚她的面孔，他还是知道，她很绝望，她一只手里拿的小手绢被泪水湿透。这时候他张开双臂，抱住她的肚子，把下巴紧紧贴在她的连衣裙上，看着她的眼睛，使尽所有力气以便声音不会颤抖，对她说，他爱她。

他说他爱她胜过爱地球上任何其他人。

这时候她确实哭了。

瞬间过后他站在了台阶的过道。已经不是亚斯纳亚·波利亚纳，而是莫斯科。宁静、漆黑，整栋房子显得很荒凉，浓浓的樟脑味儿和灰尘让他喘不过气来，远处传来工厂的汽笛声。一只狗狂吠着，别人的狗——他想道——到我心爱的狮子狗赫迪出现在我的生活中还要过去十年时间。

他用双手扶住那根红漆栏杆，他觉得很热，身上出了汗，他异常愤怒，不停地叫喊。

他已经记不清他为什么要叫喊，只记得当时很委屈很失望，觉得自己是个不幸的人，并第一次感到了愤恨，愤恨的力量使他害怕。

他在黑暗中不停地叫呀叫呀，拼命摇晃那根栏杆。他的脸已经哭肿，难以忍受的寂静、空虚和闷热，樟脑味儿令他快要窒息了，他知道，如果他数到九——他刚好学会数到这么多——还没有人来救他，可怕的事情就要发生了。

他摇晃着栏杆，他想离开，他希望有人来把他带离那里。

他的母亲来了。

她拉住他的手，小心翼翼地把他领下楼梯。在最后一个台阶，经过那个熊标本的时候，他绊倒了，转瞬间他就吊在母亲的手上。穿过走廊，朝绿色房间走去，经过儿童卧室、父母的卧室和餐厅，那里正在准备茶点——煮茶的铜壶在雪白的桌布上闪闪发亮，一个穿红马甲、戴白手套的仆人正往餐具柜上摆放鲜花和一盘苹果——随后他们走进大厅。他的哥哥伊利亚坐在窗前的柜子上等着，他穿着长皮大衣，戴着新买的麝鼠皮帽子。伊利亚对他微笑，站起来，走过去，把他举到空中，然后把他放到镜子旁边的一把椅子上，开始帮他穿上大衣。伊利亚帮助他扣上大衣的扣子，系好脖子上的围巾，远处有一只狗在不停地狂吠，但不是狮子狗赫迪，母亲亲吻他的双颊,往他的嘴和口袋里塞满了枣儿、糖浆坚果和小饼干。

意外的动作,远景的位移——他突然不得不问自己,这个回忆属于阿廖沙死之前还是之后,仿佛这非常重要。

在同一刻他意识到身在何处。他朝自己租住的漆黑房间四周看了看,顿生悲哀,由于恐惧和沮丧,他号啕大哭起来。有一瞬间他哭得浑身颤抖。他像刚被人用脚踢过的狗那样哀嚎。他来回翻滚着,用牙使劲咬枕头,咬得牙床生疼。过了很长时间他才克制住自己,恢复常态。这时候他爬起来,长时间用冷水冲自己,梳理好头发,整理好衬衣,把军大衣披在肩上。

他在黑暗的台阶的过道门槛前站了片刻,好像有点儿犹豫,随后迅速关上门,大步走下台阶。

他小跑穿过沿伏尔加河的狭窄小街。直到彼特林斯卡亚大街他才找到一辆出租马车。

天依然很黑。东方一抹淡淡的朝霞预示着太阳很快就要升起。伏尔加河对岸的屋顶上空悬挂着一轮苍白、透明的月亮。河里的冰已经融化,河水在灰白的两岸河堤之间闪着黑光。他突然感到后悔,没有在前一个晚上到他的同伴寻欢作乐的那家饭店去。他责骂自己优柔寡断,并给自己许诺今天晚上就补上失去的这次机会。他把头从出租马车探出来,对着车夫吼叫,让他赶快扬鞭催马,高声说,如果他不能及时赶到军团,一戈比小费也别想得,他可没那么多闲工夫。

他回到马车的座位上——突然感到一阵恶心,浑身上下瘫软无力。

因为，特维尔这里除了压抑、灰暗，还有什么？除了寒冷、孤独、绝对服从、单调的生活规律、污秽、老鼠和无尽的等待，还有什么？

他为什么寻求到这个鬼地方来？他是什么人，如此心甘情愿过这样一种生活？

他难道心里不明白这一天将会怎么过吗？

明白，他当然明白。每一个细节他都明明白白。

他到军团会迟到，会受到值班上尉的训斥。除此以外，如果值班的是洛帕京，则是最糟糕的，他，安德烈，要一字一字地说出军人守则的内容，还要听他训话，说他的不良举动不仅让他的上司不悦，还违反上帝和沙皇。每当他听到这些话，都会想起三年多之前十月的一个清晨，当时他和米沙、母亲站在历史博物馆的一个窗子旁边，看着老沙皇的灵柩通过伊维尔斯基大门抬出红场，他又重新想象着整个隆重的送葬队伍、灵柩、饰有黑纱的圣像和白色花圈，最醒目的是跪在台阶上的新沙皇，他的面孔漂亮、善良，目光温柔，他，安德烈，想起了自己的赞叹和颤抖的忠心，对自己的不良举动感到的羞愧和深深的自责。但是这一切并不能阻止他重新违规违纪——在马厩里做几个小时充满负罪感的体力活之后，他依旧我行我素——中午饭就喝烈性伏特加，打自己某个下属的耳光，因为这个下属对马匹不上心并过分严厉，或者带领自己的马队做超常规侦察训练，回来时马匹疲惫不堪、汗流浃背，军官食堂关闭，这些都让他生气。

这一切可能导致新的斥责。也可能被加罚一夜马厩值勤。最坏的可能是，他将被剥夺休假证。

不过随后他将被原谅，人们将称他为伯爵，询问他父亲的工作情况,请他转达对他母亲的问候。晚上的时候他会与几个同伴到位于市政广场上的莫斯科饭店,他请大家喝香槟酒,他们还会继续到较小的地方,可能到茨冈人那里,喝更多的香槟,打牌,开始他很可能兴高采烈,对周围的人都很通情达理,不过可能过几个小时突然就会旧病复发,阴郁起来挑起这样或那样的吵嘴,最好的结局是讲几句火冒三丈的话了事,最坏的结局是动手打起来,他最强壮,一般情况下他会取胜,然而到了第二天打架的事就变成了一件难堪、不悦的事,让他感到后悔与羞愧。而更重要的是,这种事使他第二天比过去的一天更加忧郁,更加难以忍受——啊,难道他不能完全确信,第二天去军团的时候至少和今天一样忧郁?

是的,他想,一切都如他所料地发生了。啊,想到他是如何准确地预测将来一天的事就觉得可怕,没少发生这样的事情,他迟到了,值班的是洛帕京,洛帕京强迫他高声朗读军规。在马厩干活时,他与一个下属吵架并和自己的队伍比规定的时间晚两个小时回来——虽然刚开始他确实想避免与人争吵,然后带着队伍走他认为比平时短的路线,以便及时返回。

啊,难道他不是那时候就觉得似乎一切都是命中注定的?好像伴随人所有的事情,对他和对其他所有的人都一样,都是有定数的,无法逃脱。

所以最近几天发生的事情他丝毫也不感到惊奇,啊,整个第一周都如此,都跟第一天一样。打牌输了一大笔钱,一连几天,天天欠同伴不少钱,天空总是那么灰暗,军营院子里的乌鸦叫得总是那么聒噪、烦人,老鼠依然令人讨厌恶心,而他自己,如他预想的那样,就在第三天的时候收到母亲的一封长信。母亲在这封情深意切的信中说,她生病了,不得不请来医生,不过他不用担心,因为她正在康复之中。她在信中写到，父亲每天早晨都牵着那只黑色狮子狗在花园里散步，前天父亲花了几个小时才整理好的滑冰场又融化了，她的病令父亲非常不安，一下子显得老了很多。她讲，医生家访后的第二天，父亲就进城，买回一副新哑铃，使劲抱怨自己身体太虚弱了，好像自己已经七老八十了，这时候她委婉地提醒他，再过半年多一点儿，他真的满七十岁了，这让他非常生气。她最后提到，从萨马拉来了三个莫罗勘派教徒①请求帮助写申请书，周围都在谈论威胁国家的饥饿，她希望他一切安好，并能很快回来休假。

而从父亲那里他仍然没有收到任何来信，无论是第一周，还是接下来的一周。

他想，父亲一定很快就会来信，讲他的新剧作，一定会继续仅在差不多一个月之前除夕之夜开始的那次谈话。他知道父亲有很多其他事情要做，不过一旦有机会，父亲肯定会给他写信，与他共享过着不同的生活，也许错误地被周围的人视为迥然不同甚至完全相反的两个男人的故事。

当父亲依然音信全无时，他失望了。

他等得越来越不耐烦了。

当他最后感到，这种等待不仅让他越来越不耐烦和心烦意乱，还让他感到愤怒时——这种愤怒一方面对着父亲，在某种程度上是他破坏了他们之间的默契，也对着他自己，他天真地希望继续这个是他首先打断的谈话——第三周末，他还是没等到父亲的信，但是得到了五天的假期。他决定不回莫斯科家里，而是到哥哥伊利

---

① 18世纪60年代从俄罗斯正教会分离出来的精神基督派的一支。

亚位于格里涅夫卡的庄园度过这几天。他先给母亲发了一封电报,原本想在电报里道个歉,但是他没有,而是简短地催促她给他赶快寄钱来,他已经求她两次了,他真的急等着钱用,如果不寄一千卢布,就寄五百。他给伊利亚也发了一封电报,他在电报里把自己的计划告诉了哥哥,先从自己的一位同伴那里借五十卢布,给阿努什卡买一个漂亮的娃娃,给安德留沙买十个骑马锡兵,然后在星期五一大早就到了火车站。他动身的时候,天正在下雪,他感到伏尔加河上空的朝霞比任何时候都更加灰暗和阴沉。他在车站买了一瓶伏特加,站着就喝光了,他刚一坐在火车的座位上,马上舒舒服服眯瞪着了,几乎睡了一路。

他记得,中途他醒来过一次,他迅速朝窗外看一眼,把军帽拉到眼睛上,躲避同车旅客的目光,把大衣裹得更紧一些,他有点儿不明白,不管他怎么努力,都无法回忆起童年阿廖沙依然在世时父亲参与其中的任何插曲。啊,他突然觉得,在父亲开始带他到外出散步之前根本不存在。父亲好像突然出现在他的生活里,焦急地等待在外面的台阶上,狮子狗贝尔卡在他脚边乱叫,父亲两撇白胡须在黑色羊皮大衣的映衬下非常显眼,他的一只手紧紧抓住廊房棕色的木栏杆,另一只手拿着灰色的毡帽。

阿廖沙在他的脑海闪过,小阿廖沙戴着黄色围巾和过大的皮帽子。

随后他闭上眼睛,重新进入梦乡。

去伊利亚家?对,住在伊利亚家总是让他感到高兴、亲切。

在车站他看到了伊利亚圆乎乎的脸,一副善良和满意的表情。他看到哥哥怎么样对他微笑,用力在他的两边脸颊亲吻,替他提行李箱，把他安排在雪橇的座位上，给他的双腿盖上一块毛皮，友善地拍他的肩膀，不停地说看到他，安德烈，是多么高兴，他们又可以舒服地去骑马，晚上他们可以促膝倾谈了。然后，他默契地眨了一只眼睛，从大衣内置的口袋里夹出两支雪茄，把它们都放进自己的嘴里，缓慢而认真地点燃，然后带着略有歉意的微笑把其中一支递给他，安德烈。随后他吩咐马车夫赶马拉雪橇回家，并以信任和友善的语调请安德烈讲一讲他在特维尔的生活。

这是一个晴朗而美丽的冬日，空气清新，积雪的路面很适合雪橇行驶。车夫策马扬鞭，雪橇飞奔向前，他自己裹着羊皮紧靠伊利亚坐着，心里充满幸福感。

这个时期他和伊利亚相处时总是那么幸福，不是吗？

他面带微笑，看着周围的原野，日暮中的积雪闪着蓝白色的光，交叉路口的火堆燃烧着，幽黑的森林边缘上空已经出现了第一颗暗淡的星星，而他喷着雪茄的烟圈，欣赏着平稳的马步，乐滋滋地想着他很快就要和伊利亚一起取笑军团荒唐的纪律，嘲笑与伊利亚待在那里的时候一样令人讨厌的老鼠、依然诱人芳香的香槟酒、还是那么易碎危险的伏尔加河里的冰，嘲笑他们每一个从来都不会理财，不是吗？他不时地偷偷地看伊利亚的圆脸一眼，他爱伊利亚胜过爱其他任何一个兄弟姐妹，啊，地球上任何一个其他的人都不会像伊利亚那样让他崇拜让他喜欢。不是吗？他爱伊利亚，因为他是一个会倾听的人，因为他不会很快下结论。还因为安德烈自己才五岁时，伊利亚就信任地向他承认自己吸烟，偷喝伏特加，而且打算——不管父亲怎么说——到了必要的年龄就辍学去上特维尔的军校。他爱伊利亚，因为他总是鼓励自己的计划，记得很久以前的一个冬天，他在下水塘教会了他滑冰，他总是那么慷慨——他不仅接受了伊利亚所有的锡兵,还接受了他收藏丰富的蝴蝶标本集,他现在还清楚地记着当时的快乐。他所以爱伊利亚还因为——很奇怪,但这些他以前从没有想过——他特殊的碰触物品的方式:他用大拇指和食指的指尖握杯子,用一只手握马缰绳而不拉紧,或者用手掌围住葡萄酒瓶包装锡纸制成小铃铛,他是制作这种铃铛的大师。

“有人让我们,”他记得他在同一秒说,“一字不差地背诵军人守则。”

伊利亚扑哧笑了。

“还有那些乌鸦呢?”他问,“还像我在的时候那样肥胖和烦人吗?”

啊,在格里涅夫卡的日子像伊利亚保证的那样,美好而奇妙。伊利亚和他在格里涅夫卡和图拉之间的森林长途骑马奔驰,很多细节他都记得,他们打了四只野兔、十一只野鸡。天空蔚蓝,冻雪层在阳光下和寂静中闪闪发亮,枪响过后的瞬间或者他们让马停下的时候,他们极目远望,一览无余。他们在暮色中回到家里时,最诱人的美餐等着他们——还有索妮娅,伊利亚的妻子,对于他的来访非常高兴,在他做客的三天里她精心制作他,安德烈,非常喜欢的饭菜。晚饭以后大家聚集在客厅里。索妮娅为他们演奏小提琴,伊利亚为她钢琴伴奏。他们喝茶,用牌算卦,而他自己则每天晚上在伊利亚的坚持要求下为阿努什卡和小安德留沙讲四年前,有一次他和父亲外出猎狼途中如何遭遇暴风雪,他们被迫用杉树枝搭起一个小棚子躲避,尽管他们离家只有几公里的路。

两三个小时以后,在熊熊燃烧的炉火前边只剩下伊利亚和他自己。这时候他们总会回忆往事,不仅关于今天狂热的骑马和狩猎，还回忆在亚斯纳亚·波利亚纳度过的童年夏天。他们小心翼翼地提起村子里日益严重的饥荒和越来越恐怖的气氛，对这类事他们两个人都很厌恶，并且总是与父亲的学生联系在一起，他们最痛恨这些阴郁、严厉、一向不请自来的人，在这几个小时当中也会回想起阳光和美好的情景：外出采蘑菇、游泳、月光下散步和游戏，他俩回想的情景是如此的一致，让他，安德烈，有那么短促的一刹那，觉得伊利亚的童年在某种程度上就是他自己的童年，就像他的童年就是伊利亚的，如果愿意的话，在一些方面可以把他们视为同一个人——不过很快他就觉得这个想法不仅很棒，还很可怕。

星期二一大早，伊利亚就把他送到火车上。在他的脑海里仍然有雪橇滑板底下吱吱的压雪声、马铃清脆的响声，靠近图拉的公路两边仍然有火堆在燃烧，跟他来的时候一样。伊利亚帮助他在头等车厢里找到一个座位。又准确地往他嘴里塞了一根雪茄，亲吻他的双颊，让他，安德烈，保证尽快再来做客。

当火车驶离车站、汽笛声压过了一切其他声音的时候，伊利亚是不是还向他喊了几句什么呢？

他是不是向他喊了关于父亲的什么事呢？

他回到特维尔好像从美梦中刚刚醒来。

当他跨进自己房间门槛的时候，那里的空气又闷又浑浊。他赶紧敞开一扇窗子，立即冲进一股生冷的空气，一股腐烂的河水和污泥的气味儿，他心里一阵恶心，又立即关上窗子。他开了灯，用力将军帽扔到墙上的挂钩上，在同一瞬间发现枕头上放着一封信。

信是母亲来的。

母亲信中说，她在阿廖沙忌日那天去给他上坟，他在尼科利斯科耶有一个小墓，她把上面的雪都除掉，然后在那里坐了很长时间缅怀他，缅怀他和他四位夭折的兄弟姐妹，她感到非常孤独，多么渴望，他，安德烈，能待在家里陪伴她。她在信中说，他可能理解她，没有别人能像他那样很好地理解她。

她还写道，她曾经去银行处理自己的事务，她从报纸上看到，有几个工人在哈尔科夫的燃气事故中遇难，他们悲惨的命运、他们贫困的生活和惨死，令她伤心流泪，在同一家报纸上刊登的德雷福斯事件①根本无法与俄国这次灾难相比。

母亲的信肯定是在收到他的电报之前写的，因为信中只字未提他请求给他寄钱的事，信的结尾有一堆温情话语，啊，几乎是一种乞求的口气。

与此相反，父亲仍然只字未写来。

随后的几天里也没有父亲的来信，那些日子就像一根剪不断的链子，充满乏味、空虚、毫无意义的纪律、疯狂的聚会、为债务和金钱的争吵、厌倦、头痛和兵营院子里永不停息的阴郁的乌鸦嘎嘎叫声。他记得收到坦妮娅的一封信，她在信中鼓励他戒烟，不要乱花钱。他还收到列利亚·谢韦尔佐夫的一封信，此人在信中表达想念他的同时，还告诉他自己参加海军的决定——这个消息他早就知道，因为是他，安德烈，鼓励他这样做的，这些都进一步加重了他的坏心情。

在格里涅夫卡时，他在伊利亚家里睡得很香，也不做梦。如今他又失眠了。他躺在床上久久不能入睡，有时候眯一会儿，但没过

① 德雷福斯事件：法兰西第三共和国的一次政治危机，陆军上尉德雷福斯遭人诬陷，说他曾在1894年12月向德国人出卖军事秘密，因此被判叛国罪。

多久就醒了,心嗵嗵地跳,大汗淋漓,迷迷糊糊地好像做了一个不愉快的噩梦——有点儿可怕——但是记不清梦见的是什么东西。

就这样,从伊利亚那里回来以后第二个星期的星期三,久盼的信终于来了——他从茨冈人那里聚会回来后,信就已经在那里了。他在跨进自己卧室门槛的同一瞬间就看到了那封信,他马上认出了父亲的笔体,他赶紧把信拆开,连帽子和大衣也没来得及脱。他站着读信,第一遍很快,再读一遍,但是这遍就慢了,连一个字母也不放过。

一种既失望又高兴的奇特感情涌上他的心头。

父亲自然没有一个字提到阿廖沙的忌日。这是不可能的——对父亲来说死是不存在的,死只是一种更真实的生命的苏醒。

但是他也没有一个字提到他的新剧作!

没有一个字提到对这部作品的打算,怎么样继续运作,或者他想怎么处理这两个男人之间的冲突!

没有一个字可以预示作品的结尾。

相反,他在信中说滑冰场重新被冻上,他整个上午写回信,坦妮娅的黑色狮子狗通常睡在他工作间的沙发上,他期待着安德烈能早日回到莫斯科,他全身心地爱他。

信的开头和结尾就是这些内容。与此相反,信的重点则完全不同,他依稀辨认出这是哲学思辨。让他感到惊奇的是,思辨以一种特别的方式正是针对他,安德烈的,同时又是完全无人称的。

好像父亲主要是说给父亲自己听。

后来他在父亲的日记中又找到了父亲的这些说辞,在日记或者他让人发表在国外的某篇文章中。

父亲写道,桌子也可能是半张桌子,而球实际上是两个。

父亲写道，人们习以为常，不明白自己感知的周围世界不是真实的，好像桌子是存在的。桌子存在，它永远都存在，当你离开桌子存在的房间它还存在。对其他所有的人来说与对你自己来说，都是同样的桌子。

不过，父亲继续说，如果你交叉两个指头，在它们中间滚动一个球，在这种情况下你难道不觉得是两个球吗？你每次的交叉手指都感到有两个球，其他任何人用交叉手指的方法不是都有两个球的感觉吗？然而仍然是一个球。同样，桌子是桌子只是因为人们交叉手指的感觉，但这张桌子也可以是半张桌子，或者是千分之一张桌子，或者什么桌子都不是，是其他什么东西。

因此，父亲写道，唯一的真实存在是人们的印象。

每一个单个人的印象都被其他人的印象所证实！

他记得，夜里大部分时间他都没睡着，一直思索着父亲的信。

第二天一大早，去军团时间还早，他来到楼下房东家。

他大吃一惊，此时他清楚地看到——两个小男孩正坐着吃早餐，磨得发旧、高低不平的餐桌上摆着蜡烛、面包、蓝把的刀和面包渣儿，孩子睡眼惺忪的脸上有着羞怯的表情，他们从冒气的茶杯上打量着他。他记得，他当时受到良心的责备，他们看到他时安静下来，他记得有很长时间完全忘记了他们的存在，他马上决定，当天就给他们买几个货真价实的锡兵。他记得，在他最后问他们之前自己有些犹豫和结结巴巴，他身不由己地用近乎命令而不是友好的口气说，他能不能借用一下他们的球，他知道他们经常玩的那个球已经磨得没模样儿。他们点点头，没有说一个字，那个年龄大一点儿的男孩子立即跑出去为他取来了那个球。

他拿到球站了一会儿，突然显得比刚才还惭愧，随后他走了，但是刚到门那里他就转过身来,再次对着他们保证,他过一会儿就还给他们,他还保证在当天下午就给他们买一个新的、更好的球。

当他走上楼梯的时候,他感到自己背后有孩子们吃惊的目光。

回到自己的卧室,他按照父亲在信里写的方法进行检验。他把一只拿球的手放到背后,两个手指交叉,犹豫片刻以后,小心翼翼地在手指间转动球。

他惊奇地发现,父亲说得完全正确——他手里拿的不是一个球,而是两个!

4

火车渐渐靠近萨马拉和周边那片广袤的土地，童年时他在那里猎兔、野猪和草原鸡，在父亲的鼓励下，他喝过很多新鲜马奶，不过不久前他把这片土地卖掉了，因此他永远也不会再回到那里，这时候他试着回忆在特维尔度过的这几个焦虑的冬月之后的夏天，回忆与奥尔佳的初次见面和一见钟情的情景，他发现，这个夏天和随后的两个夏天已经混合成唯一的一个夏天，他无奈也无能力左右。

混合成一个漫长、充满梦幻的夏天。

一个害怕、不安的时期。但也是平和的时期，虽然短暂。

不过很可能首先还是——一个充满期待的时期。

期待什么？他不得不自问。他期待的生活总算开始了吗？如果说开始了——那是怎么样的生活？

他首先想起来的是害怕。一个非常具体的害怕，突然进入他脑海的害怕第一次有了一个脸的模样：一张美丽的脸，苍白而坚毅。“叶连娜·康斯坦丁诺夫娜。”他一边想一边觉得心被不满刺痛，因为对他来说这个名字显得那么空洞，仅仅是一个名字，没有任何意义。她真的是一位高加索公爵小姐？她真的为了他而想开枪自杀吗？他记得，在那些天夜里，在那些明亮、温暖的夏夜里，空气里充满美妙的香味儿，有木樨草、牡丹、紫丁香和泥土的清香味儿，那是在特维尔度过的那个讨厌的冬天以后，也是在与她相识的那次梦幻般的南下虚幻旅行之后——他一入睡就看见她的脸，他记得梦见的过程，记得他醒来时大汗淋漓，异常恐惧。

真奇怪，他此时想，她的名字已经没有任何意义，而她脸的形象却总是出现在他的梦境中。不像当时那样有威胁性，但是因为完全没有任何意义而令他觉得可怕和威严。

关于这个夏季的白天，他记得很清楚，阳光灿烂。平坦的田野没有任何风吹来，天气很热。大家在廊房的阴凉处喝茶。午饭在院子里吃，在那棵叫乞丐树的大榆树底下，他童年时的银铃铛依然挂在那里。不过物是人非了，他童年的时候，到了开饭的时间总会有仆人摇那个铃铛召集大家吃饭。通常很少只有本家人在一起吃饭，或者说从来没有过，桌子旁边总有很多人。父亲身边总是围着一大群学生，就像黑压压的一大群鸟，有的时候他觉得，他们就像魑魅魍魉在地下围着但丁一样，他童年时候就这么想过。他恨这些学生，这些身着黑衣的男女，因为他们总是待在那里，总是用既同情又蔑视的奇怪的混和目光看着他，他清清楚楚地记得，他们对他的每一个行动、对他的每一个决定或者观点，都提出疑问，他们总是带着因义愤而颤抖的声音谈论世界的苦难，他们总是喜欢品尝餐桌上所有的美味儿佳肴，他们从来不笑。

难道真的没有过晚上他单独与母亲在一起的时候？没有发生过他和母亲突然发现，其他所有的人都离开餐桌，仅仅他们俩还坐在那里，深深地陷入自己的思索，直到过了很长时间才意识到彼此的存在？他想起来了，这时候他们经常一起去散步，穿过公园，到父亲的养蜂场去。他们总是走得很慢,母亲很快就累了,经常要沉重地靠在他的胳膊上。他知道,她也恨那些不请自到的客人,他知道,她怀念那些以往与此截然不同的日子。他们经常穿过桦树林荫大道,沿着闪亮的人行小路朝河边方向走,拐向老苹果园,那里的草地上散落着未熟就落下的红色的小小生苹果,最后,当夕阳西下的时候,他们在蜂场那几棵高大的橡树底下的靠背椅上坐下。

有一天晚上,当夜莺在他们头顶上空繁茂的枫树上歌唱,树影变得越来越长,空气越来越凉爽时,母亲不是开始谈起阿廖沙吗?

她没有讲她梦见了阿廖沙吗?

对,她都提到了,她还用很低的声音,似乎有一半是给她自己听的,低声细语地讲,她看到玛沙抱着阿廖沙走过来。她看到他满身是血,遍体鳞伤。他好像比他死的时候大了很多,大概有十岁了吧?

他,——由于激动她的声音哽咽住——在梦境与他,安德烈,怎么一模一样?

但是他大概搞错了。实际上母亲不是早就跟他讲过这个梦吗?很久很久以前,比坐在父亲养蜂场靠背椅上这个时刻至少早好几年吧?

她梦见的真是阿廖沙,而不是佩佳?

佩佳,人们告诉他,一个活泼、乐观的一岁孩子,在他自己未出生前好几年就死了。

他记得,他们坐在靠背椅上,周围是油漆过的蓝色蜂房,他深深感到,这个冬天母亲老多了。头上已经有了花白头发,眼窝越来越深,嘴周围清晰的皱纹——在他们吵架,发生激烈冲突时表现特别明显的那种严厉——在某种程度上变得软化了、平和与圆滑了。

不管多奇怪，这皱纹在他看来表达最多的是不自信。疲倦，可能也有怀旧，但最主要的还是不自信。

他不喜欢母亲发生的这些变化。

蜜蜂在周围嗡嗡地飞。远处，朝沃龙卡河边慢慢倾斜的草地上，隐约可见几个农民肩上扛着镰刀走在回家的路上。他目送着他们，他自问，像过去多次那样，阿廖沙之死对于他们所有的人究竟意味着什么。对于他们所有的人——但是特别对他，安德烈，意味着什么。

父亲在关于伊万·伊利奇的故事中说，死亡是解脱的先兆。他一直认为，父亲用这个故事来影射阿廖沙之死。如果不是的话——但是这个想法实在难以让人忍受——父亲描写的伊万·伊利奇之死、死的过程与阿廖沙的丝毫不差，预言了将要发生的事情，啊，预言了阿廖沙看到了先兆，那个死亡的先兆，很简单，因为父亲的话一定要灵验。

还有母亲的目光。那种温柔、明亮的目光在阿廖沙死后发生了某种变化。它显得内向，收缩到她眼睛的底部。好像已经僵化、萎缩。

而世界似乎也僵化了。

在阿廖沙死之前他就知道，他自己出生前家里出现过一连串死亡：他多次听人讲过，几年当中有八位亲属过世——两个年幼的表兄妹，一直住在亚斯纳亚的三位年迈的亲属和他们自己家的三个孩子，先是小佩佳，然后是小古利亚，最后是新出生的女孩瓦利娅。啊，他一直知道，他出生前有过一段悲伤和死亡的黑暗。但是这种黑暗——用母亲的话说——这种幽灵时期以一种完全自然的方式与他自己未出世的黑暗联系在一起，和无生命迹象联系在一起，这很明显，根本用不着思考。

当阿廖沙死的时候，一下子全变了。

啊，他不是突然发现他的存在被割裂了吗？不仅与过去而且与未来不是都被割裂了吗？在他入睡前，他不是经常在想，现在阿廖沙死了，他，安德烈的生命以某种方式变得萎缩、异样——仿佛它不过成了发黑、脆弱的木板，腐烂的木板，像沃龙卡河浴场更衣室地板那样，不是随时都有可能消失在污浊、深深的水中的危险吗？

这时候他看见，母亲从靠背椅上站起来，缓慢而乏力。他们一起开始往回走。穿过老苹果园，走过散落着未成熟生硬苹果的草地和桦树林荫道，那里的树影已经浓缩成一块浓重的暮色。经过紫丁香凉棚时，那只黑色的狮子狗朝他们跑过来。它欢叫蹦跳，摇动尾巴，紧贴他们的脚，显示看到他们的兴奋和对他们的喜爱。他俯下身抚摸它，挠它的肚皮，逗得它在草地上打滚，捏它的鼻子并对它笑起来。随后他赶紧去追上母亲。

母亲对着他微笑，一边微笑一边重新抓住他的胳膊。她靠在他身上——很明显她很累了。他知道，像他自己一样，她对于在高加索时发生在他身上的一切感到忧虑，她还担心，那位年轻的姑娘，他好像曾经爱上的那位漂亮、温柔的姑娘，由于受到伤害会死去，而他将永远生活在愧疚之中，他确信是自己造成她的死亡。他知道，她还担心姑娘的弟兄们，担心他们会进行报复——可能决斗——他知道想到这一切也使她彻夜难眠。

不过让他感到欣慰的是，她什么也没说。

相反，她只是轻轻地叹了口气，抚摸了一下他的脸颊，问他是否饿了。她说她非常愿意，他能与父亲、她和其他的兄弟姐妹在廊房里一起喝晚茶。

她说，她已经吩咐过，喝茶时还要准备好维夫饼干和李子酱。

他笑答一定赴约。

她继续说，如果光线不是太暗，她要拍一张全家福。坦妮娅戴新买的遮阳帽，玛沙挺着圆肚子，古利亚把一只手放在玛沙的肩膀上。他，安德烈，还有古瘦如柴的列夫，他的身体总算正在康复，米沙穿军服衬衣，还有小萨沙，父亲手里要拿一本书——她要使用自动曝光技术——她自己要穿白色花边连衣裙，双手放在闪闪发亮的煮茶大肚铜壶上。

她说，如果光线不是太暗，她一定会照出一张高质量、漂亮的全家福。

母亲的话让他充满意想不到的温情。他真的觉得，她的话在黑暗中闪闪发亮，啊，那一瞬间，他似乎觉得她的话像有微弱的磷光在闪亮，就像萤火虫在漆黑的小路上为他们引路。

他也很可怜她。

那只黑色的狮子狗在他们前面不远的地方高兴地叫着。空气温暖，并带有露水的潮气。牡丹散发着芳香。这时候他朝母亲皱皱巴巴的圆手俯下身去，亲吻一下，离开她。他迅速走过草地，连头也没有回——他突然觉得，自己实在不忍心再看她孤单的身影缓慢、略显疲惫地走向那空空的廊房。

过了很多小时以后，在夜里，他躺在床上翻来覆去睡不着，这时候他心里有一种恐惧感，徒劳地想驱走那位年轻姑娘的脸、她披散的黑发、她异常苍白的皮肤和异样的目光留在他脑海里的印象，想方设法不再想着她受尽折磨的身体和他匆忙求婚后带来的一切——他又重新想起了母亲的话。

母亲的话出现在他的意识里,突然并出乎预料,就像童年时候,她把他从某个噩梦中拉醒,一边拉开窗帘,一边对他说已经到了早晨,该起床了。他又听见她在讲话,清楚得就像前一天晚上,她在描述她想拍的那张全家福,听着她缓慢地描述着现在只存在于回忆和梦中的现实的画面。他躺在床上,听着她的声音,低沉、有些沙哑,像做弥撒时的语调,他思索着她的话,想着她讲的这些话的真正用意——然而他没有注意到姑娘的脸,那张平静和充满敌意的脸怎么融化消失了。

突然他感到呼吸顺畅了很多。

他好像进入了半睡眠状态,处于清醒与睡眠之间的模模糊糊的混沌状态——他不是一下子就看见了紫丁香凉棚,他不是又看见了那只好玩的黑色狮子狗、林木间夕阳的余晖、漆黑草地上的萤火虫和那棵老梨树上的秋千吗?

在同一瞬间周围迅速亮起来。他看到蓝天上阳光普照,父亲站在温室旁边,手里拿着一把铁镐。父亲穿着一件浅色衬衣,他经常笑,不时地停下自己的工作,向某个无形的听众阐述自己的思想,虽然不管是穿过闪亮的阳光还是房间里的黑暗,都传不出任何声音。

在草地中央的一把椅子上坐着阿廖沙。他看到阿廖沙套着一块绣着花的丝绸外衣,母亲手里拿着一把剪子站在他旁边。母亲在给阿廖沙理发,她在他旁边小心翼翼地移动,微风中白色花边在她的手腕轻轻飘动,她对着他微笑,不错眼珠地盯着他。

阿廖沙眼睛往上看,与母亲的目光相遇。两个人都笑了。

就在同一瞬间阿廖沙叫了起来。他把小手伸到后脑勺上,缩着身体哭起来。

很明显，母亲手中那把锋利的理发剪刀无意间刺破了他的皮肤。

母亲跪在他面前，亲吻他的手，请求他原谅。她竭力安慰他，用嘴吹他的伤口，保证说她不是有意伤害他，而是剪刀一滑，她有点儿慌张造成的。

但阿廖沙还是哭叫不止。

这时候母亲也哭了。她把他的头捧在手里，让他看她自己，重新亲吻他、鼓励他，她用的声音乏力而绝望——请求他不要再哭了。

“你打我好了，”她突然小声说，“你打我好了，只要你能不哭。”

阿廖沙一下子止住了哭。他抬起头。

但是就在安德烈发现弟弟眼光中那吃惊和惊恐、担心和惊愕的同一瞬间，他也发现，他弄错了——在阳光下紫丁香凉棚里剪头发的不是阿廖沙。

那是万尼奇卡。

在这一瞬间他清醒了，他想：当然是万尼奇卡。

他不能理解，他怎么会在梦中弄错了。

万尼奇卡曾经是母亲最疼爱的孩子，他的死——难道不正是在那次院子里照相之后的那个冬天吗？——使母亲极为绝望，有一段时间她几乎精神恍惚。万尼奇卡有着弯曲的浅色头发。这个可爱的孩子是大家的宝贝。他在兄弟姐妹当中排行第十三。万尼奇卡将继承亚斯纳亚庄园，他一直在调解父母之间的关系，在自己去世之前不久把最喜爱的玩具都送给了其他的兄弟姐妹。

万尼奇卡，用父亲的话说，对这个世界过于善良，因此他像一只过早报春的燕子一样死去。

他自己比其他的兄弟姐妹接近万尼奇卡要更难一些。这大概是因为万尼奇卡比他自己小十岁。

或许，这时候他突然想到，是关于阿廖沙的回忆阻碍了他和万尼奇卡接近。

他对于在梦中混淆阿廖沙和万尼奇卡感到深深的内疚。他觉得这是一种侮辱。

如同对他们俩一样，这也是对他自己的一种侮辱。

其他的晚上，平静和更加燥热，这时候大家集中到廊房或者客厅，喝茶、聊天，在沃龙卡河里游个泳，或者打一打网球，在那棵乞丐树底下的草地上打一场槌球，以此提一提精神，这时候他和其他人一起说话，一时忘掉了每一个清醒时刻充满他内心的恐惧和不安，父亲高声为他们朗读当天的报纸、他的某个学生的来信——这个夏天最经常给他写信的是被迫害的反仪式派①——或者他自己书中的某些段落。

父亲一向坐在紧靠窗子那边的沙发角上。总是挺着腰板。总是跷着一条腿，一只手拿着书，另一只手插到腰带上。他的一只眼又红又肿：母亲每天早晚都要用含有醋酸的眼药水帮他洗，整个夏天他都要继续受这种折磨。他高声朗读，读的速度很慢，每个字母都很认真，尽可能做到字正腔圆。母亲经常坐在沙发的另一个角上或靠近屏风的安乐椅上。如果他们白天吵过嘴，这是经常的事，

① 18世纪下半叶出现在俄国的一支反对正教仪式和教条的宗教派别。

她就低头忙膝盖上放的手工活儿，紧闭双唇，一言不发。相反，如果他们白天相处愉快，她就不时地把目光离开手中的活儿，用温柔的目光看着他，对他读的每个字都友善地点头赞许。

在父亲的对面，在绝大多数情况下都坐着面带微笑的契尔特科夫①，他总是穿白色上衣，绿格子裤子。契尔特科夫——王储。不仅他，安德烈，母亲和兄弟们在所有穿黑色衣服人物中都最恨他。安娜·康斯坦丁诺夫娜——契尔特科夫的妻子——坐在那里，那儿还有犹太人法伊纳曼的远亲，仿佛永远都吃不饱饭。玛沙送上茶水，轻手轻脚的，尽可能不打扰父亲，萨沙已经长大了，她坐在坦妮娅的膝盖上，谢廖沙坐在钢琴旁边，列夫紧缩下巴，折纸燕子玩儿，他折起来，再打开，然后再折起来。

有一段时间父亲读卢梭的《新爱洛依丝》，对这部作品赞叹不已。其他几天晚上他读莎士比亚某一部戏剧，经常因为气愤的喊叫停下来，并不厌其烦地解释说，他所以给读这些唯一的原因是，他从心里就不喜欢它们。

有时候他也挑选几段《旧约》读。

但是最经常的，他此时清楚地记得，最最经常的是，父亲选读火药味儿十足的抗议信，他，安德烈，特别不喜欢，啊，他确实讨厌那些东西，他经常发现它们在各个方面都是虚伪和令人厌恶的。

此时他必须反思一下，在冗长的说教，对酗酒、所有权、军队和教会权力进行猛烈的攻击时，在关于俄罗斯民族灵魂的善良、性的

---

① 契尔特科夫：俄罗斯贵族，是托尔斯泰得意门生与合作者。他被允许大量出版托氏作品并低价卖给公众。在他的鼓励下，托尔斯泰立下遗嘱，死后将他的全部作品献给俄罗斯民众，而不由家族中任何人继承，因此与托氏妻子和家庭其他成员造成很大矛盾。

罪恶和过渡到素食主义的必要性的讨论中,他为什么坐在那里无动于衷?他为什么没有干脆站起来,一走了之?

让他越想越惊奇的是,父亲为什么从来不选读自己的新剧作?啊,整个夏天,父亲只字未提自己的新剧作,这到底是怎么回事?

随后六月进入七月,这个漫长的夏天早已经是第二个夏天。

突然奥尔佳出现在那里。

她紧贴着他站着,眼睛看着母亲的镜头,表情像他一样严肃,阳光下头发乌黑发亮,双臂紧紧交叉,头轻微朝他肩膀倾斜。

难道她已经很久不是他的慰藉者了吗?

现在他看的那张照片上,她已经是他的妻子,这一点他肯定地知道。他向她求婚,因为他深深地爱她,因为她是那么善良和宽厚,而她也爱他——她是契尔特科夫的小姨子。此时他想,也可能是因为他以某种方式能把过去的事抛在身后。难道她的存在不是使他用新的目光看待一切吗?啊,自从遇到她以后,对他来说不是似乎突然一切都显得纯洁和自然吗?他记得,他和父亲在扎谢卡长距离骑马游玩,就像他童年时一样。午饭像昔日一样高兴和快乐。菩提树比往年花开得早,馥郁芳香,久久不散。

可能是他生平第一次想到,父亲是对的——唯一有意义的生活是为别人活着。只有爱意味着什么。就像受到启示录启示一样,他似乎认识到自己太不在意灵魂生活的发展。他过于忽视生活中的精神层面。他决心开始一种新的生活,把旧习抛在身后,决心戒烟,不到村子里去喝伏特加,不再受引诱去打牌和博彩,或者向同伴借天文数字的钱,他不知道借了那么多钱,除了举新债还旧债猴年马月他也还不上,他决心结束被人看不起、自己也看不起自己的这一切恶习——他坚信这一次他一定能实现所想，尽管以前没有成功过。

在早期，当奥尔佳偶尔离开亚斯纳亚——他记得这不是经常的事——去看望自己生病的父亲，或者去买东西，也可能为了帮助姐夫办一些事情——他对她的思念让自己吃惊。他想念她，在想念中他很快就感受到旧有的不安。在这种情况下他就拿着她送他的照相馆照的小照片，花几个小时仔细研究她的脸，寻找他知道那里存在但无法看到的东西，或者仿佛用意志力恢复闪光灯闪的一瞬间并使她的脸动起来，制造她在的效果。

他也给她写长长的书信，表达对她的爱和忠诚。

他突然想到，他也写信讲他父亲的情况——告诉她他多么喜欢父亲，多么希望父亲能确实理解他所表达的爱。他在信中向她透露自己的计划，像其他所有的人一样在写纪念父亲的书，阐述父亲对他童年的重要意义。告诉她，他已经对这种阐述做过初步尝试，但失败了。

当然，他写信告诉她这些了，不是吗？

他清楚地记得，在其中一封信里向她解释说，他对那些可怜的受迫害的反仪式派的信徒们感到难过。他认为，由于信仰和信念而遭受迫害是一件可怕和令人气愤的事，他将尽其所能全力支持父亲为帮助这些受迫害的人所做的工作。他还记得，在这个时期他写给她的最后几封信里的其中一封里，他请求她想一想他告诉她的关于他自己、父亲、母亲和兄弟列夫之间的谈话，在这次谈话中他，安德烈，赞成父亲的观点，即婚姻必须建立在妻子和丈夫互为朋友，并且在一切方面要有共同的兴趣爱好的基础之上，而列夫认为的妻子的任务只是生育孩子的观点会使生活空虚没有意义。

有一天下午他坐在院子里那棵乞丐树底下的桌子旁边。父亲坐在桌子的一头。父亲写作,他,安德烈,帮助父亲通读《复活》的清样儿,那是坦妮娅用美国“雷明顿”牌打字机打出来的。在房子前边的院子里几位女仆、母亲,还有他的妻子奥尔佳正在煮果酱。

奥尔佳已经告诉他,她正等待他们的第一个孩子的出生。

他仔细看着她的动作。看着她怎么样弯下腰,在那口大铁锅里煮果酱,看着她怎么样拿长柄勺子在里边搅拌。他记得,他特别喜欢她用双手握住长柄勺子的样子,她不时地用一只手理一理不停地耷拉到前额上的头发,他知道她在竭力掩盖折磨她的恶心。他喜欢她以极认真的态度担负起自己的使命,喜欢看她和其他的女人一起笑,她像她们一样争论着怎么样煮蔗莓果酱最好,加水还是不加水。

他读着父亲写完的稿子,看着奥尔佳,回想起米沙、阿廖沙和他自己怎么样在喝茶时间到来之前要一点儿甜甜的红色果酱,然后紧挨着坐在廊房的台阶上,手里端着有裂纹的青花盆子,里边的果酱荡来荡去,他想起了那个梦,他在梦中看见阿廖沙朝他跑过来,黄色的围巾在脖子上飘荡着。随后他朝母亲喊叫,问果酱煮开锅了没有。就在他等待回答的时候,母亲像他预想的那样,一边笑一边做了一个从童年起他就清楚记得的动作,他突然觉得,这一期间的事情都不重要了——他给奥尔佳写信的日子到此刻果酱在烈火上翻滚的期间,度过了许多漫长的阴郁的日子和星期,有许多与母亲激烈、可怕的争吵,因为钱,但主要还是因为他将与奥尔佳的婚姻。母亲觉得奥尔佳是一个冷静和过于理智的人,她比安德烈大五岁,二十岁的安德烈考虑婚姻还太年轻,不成熟。有一次他朝母亲大喊,她没有任何权利拒绝他提出的几千卢布的要求。如果他是一个像她所说的恶劣的、无用的人，那这就是她的错，如果他是这样的怪人，那是因为他母亲是个更大的怪人。啊，秋天这几个令人讨厌的月份，充满争吵、愁钱、父亲对他前途的忧虑——父亲认为他应该找一份差事，他应该考虑找个住的地方——在图拉举行的乏味婚礼和那个奇怪虚幻的春天，对他来说这一切突然变得完全无所谓，根本没有意义。

在这段时间里，奥尔佳和他住在库兹明茨克的配楼里。

列夫和他的妻子多拉以及小宝贝利奥夫施卡——母亲经常称他为列夫第三，一个胖乎乎、长相喜兴的男孩子，一年后的平安夜就死去了——也住在那里。两个家庭住在配楼的各一头。奥尔佳和多拉似乎相处得还不错，而两兄弟则相反，他们尽可能互相躲避——他记得，在那些漫长、炎热的夜里，他躺在床上把头放在奥尔佳的肚子上，呼吸着木樨草花、土地和女人的芳香，听着夜晚怎么样过渡到黎明，他向她吐露，如今他已经能容忍列夫待在那里，但是不管他怎么努力，都无法学会爱他。

“列夫，”他曾经说过，“不仅仅过于严肃、忧郁和道德保守。他的病，所有的这些镇定剂和电休克让他这样易怒，任何理由都能让他大发雷霆。只要父亲说一句关于他写的东西不好的话，他就立刻开始威胁说永远离开亚斯纳亚。”

他不敢保证奥尔佳明白了。但是他似乎可以肯定她在听。

她不是真的在听吗？

他们经常和家庭的其他成员一起吃早饭，在那棵乞丐树底下的草地上。通常有伊利亚，带着索妮娅和两个小孩子，玛沙经常来，还有坦妮娅和米沙。萨沙自然是常客，有时候谢尔盖也来。父亲高声读前一天报纸上的新闻，他显得比任何时候都高兴和友善，他笑个不停，对报纸上每一件有趣的事情和每一个他们谈论中触及的题目都要谈论一番，不仅做简明扼要的评论，还引深变成了整个故事，这些生动、丰富多彩的故事让大家听得入神。下午他们在公园里长时间漫步，寻找红菇、层孔菌和香菇，采大把的雏菊或打槌球，母亲给他们照相，她照了很多漂亮、像梦里一样灰色格调的照片，有浅色飘逸的夏季连衣裙、笔挺的西装、鲜花和笑脸。

但是，他突然想起，他树立的目标实际上不也成功了吗？整个夏天他不是都没有去那个村子吗？——一次也没有被舞曲或者他的老朋友，比如比比科夫引诱，没有谈论过打牌、酒和夜访茨冈女人。

直到这个漫长夏天的八月底，这个时候已经是第三个夏天了，路上撒满各种谷物、牧草和马粪，天气闷热难耐，甚至到沃龙卡河里洗个澡也难获凉爽，几千棵苹果树低垂着青苹果和红苹果，离住处两公里的马路上都能闻到它们浓郁的芳香，直到八月底父亲才开始——从一年半以前那个除夕之夜到现在第一次——讲自己的新剧作。

他记得，父亲确实开始讲这部剧作——而他记得，他自己当时觉得发生的一切似乎都有定数。一切似乎都有联系。

因为这时候索耐季卡已经诞生。

离奥尔佳生下他们的第一个孩子那个多风、潮湿、灰色的四月中旬的一天已经过去好几个月，他们俩商量好，这个小女儿将使用他母亲的名字，离那一天几个月后他母亲从莫斯科来到亚斯纳亚，在客厅里，当时他一直沉浸在幸福之中——不仅仅是女儿的原因，还因为母亲此时似乎已经学会爱奥尔佳，就像爱他自己一样——

他把孩子朝母亲抱过去，并放在她的手里、亲吻母亲的手，对她的到来千恩万谢，已经两三个月之久的事实什么都不意味着。

小索耐季卡的诞生是伟大、特别的事。

看那小家伙的目光。那种特别明亮、特别安详的目光。他记得，他看着那双黑得几乎让人觉得难以忍受的眼睛，她好像没有眼白。眼光明亮得可以看穿一切，而同时又让人看不透它。

啊，他发现他自己就被照进那眼睛里——他突然从旁观的角度看到自己，看见自己被注视着，像在梦里。

他重新开始感到心神不安。经常莫名其妙地感到悲伤。转眼间他就充满了愤怒，一种他无法克服的愤怒。

其实他自己都没发觉这是怎么发生的，他开始远离其他的人。他单独一个人长途骑马，在马厩里待很长时间，吃饭迟到或者根本不出现，后种情况更多。到最后，虽然他不想做禁止自己做的事情，但后来还是停止了抵抗，重新常常往村子里去。

不过此时他想，他能有什么选择吗？

他的这种举动难道不是所有的人，特别是奥尔佳，已经预料到吗？他们不是一直都这样看待他吗？他不也确实是这种人吗？

软弱、恶劣、败坏！

啊，就在此时，就在这个夏末——他开始寻找自己昔日的老伙伴，重新拾起了他本来想禁绝的一切，每天晚上都在茨冈女人那里度过，他打牌、跳舞、喝伏特加，开始只是偶尔，后来逐渐越来越经常到村子里，彻夜不归，他已经深陷其中，欲罢不能。

实际上最让他吃惊的是，他对奥尔佳的绝望央求竟无动于衷。

此时他记得特别清楚，八月末的一个夜晚。大家在凉台上刚刚吃过晚饭。温暖。院子里飘散着苹果和新剪过草坪的清香味儿。他一句话也没跟奥尔佳说就走到马厩,正准备骑到马背上,这时候他听到她绝望的喊声。她顺着小路朝马厩跑过来,匆匆赶到他身边,一把抓住马缰绳,央求他不要走,她哽咽着说,她无法忍受他每天晚上都离开她,特别是这个晚上,啊,别的都无所谓,只要他不骑马走掉,跟她回家就行了。

此时他带着厌恶的心情不仅记得她痛苦的样子、她的无奈和绝望——还有他自己的复杂心情!记得他本来想回应她流着眼泪向他表露的柔情,本来想拥抱她并真诚保证永远不再让她难过,保证以后坚强起来,摆脱被他称之为娱乐但实际上是一些风马牛不相及的东西——但是有什么东西阻止他这样做。有某种朦胧的力量在阻止他回心转意。他没有顺从自己的感情的冲动,没有拥抱她,相反,他用力挣脱开,飞身上马,命令她立即停止哭泣和愚蠢的歇斯底里,随后他对她绝望的哭叫置若罔闻,头也不回地朝村子飞奔而去,他愤怒着,几乎要吼叫起来,决心要在某个茨冈女人那里玩儿到天明。

但是那部剧作!此时这个念头出现在他的脑海里。那部该死的剧作!

他记得当时大家聚集在亚斯纳亚的大厅里。早晨下过雨,此时天空又晴朗起来,草地上冒着水蒸气,空气沉重、潮湿,就像在温室里一样。院子里母鸡咯咯嗒地叫着。一只狗在远处狂吠。从老苹果园里传来远处采摘女工的声音和她们单调的歌声。

他是多么厌恶这个场面:闪闪发亮的煮茶铜壶,准备好摆放茶水的茶桌,等待父亲拿出手稿的充满期待的平静。

全家人几乎都到齐了。不仅有坦妮娅、米沙和萨沙在那里,不仅有列夫和多拉,他自己和奥尔佳,伊利亚带着妻子和孩子也来了，还有玛沙和古利亚。只有谢尔盖仍然留在莫斯科。

没有任何外人，这是唯一的一次。连契尔特科夫也没有。

他想此事并非偶然。自然是父亲精心安排的。他自然希望有这样的机会给他们读自己的新剧作。

母亲做针线活儿。奥尔佳、多拉和玛沙手里也有活儿做。小萨沙坐在桌子旁边的哥哥们中间，她把头靠在双手上，乌黑的长辫子耷拉在桌布上。列夫坐在那里，往前伸着双腿，双手交叉放在胸前，把带耳扇的帽子拉到眼睛上，好像在睡觉。

伊利亚和米沙下棋。

他自己站在窗子那边，背对着房间，试图看起来满不在乎，同时漫不经心地看着阳台围栏上闪光的雨滴。

父亲解释说，他决定把自己的新剧作取名为《活尸》。

随后他清了一下嗓子，朝手稿弯下身开始读起来。他读得很慢很有感情，字正腔圆，遇到剧中不同的角色就使用不同的语气，增强了舞台效果，准确体现了剧本的精神——啊，对他安德烈来说，剧本中所写的每一个手势、每一个动作、哭泣、开门和关门、喊叫、大笑和恶狠狠的耳语，似乎就发生在他们大家所在的亚斯纳亚·波利亚纳的大厅里。

父亲读着。茶杯中的茶凉了。一个小时已经过去，也可能两个小时。

他记得，他听得多么惊愕。

他越听越惊愕，内心越来越感到恐惧。

先前的那个思想，就是很久以前那个除夕之夜父亲第一次表露的主题思想已经荡然无存。还是关于两个男人——但性格已经不再迥异。是的，其中一个人受到人们的尊敬，而第二个则没有，第一个人生活得很好,正是人们应该有的那种生活——但是他完全不是一个冷酷无情的人,相反,他受到周围所有人的爱戴,包括他的妻子、母亲和朋友,正是因为他的品德,正是因为他是一个善良和正直的人。唯一暗示点儿其他什么的——是他的姓,这个在剧本中受到所有人尊敬的人,他的名字叫卡列宁。

剧中的冲突完全集中在另一个男人——费加身上。

而这一点最让他自己感到寒心的恐惧——那位意志脆弱、总是欺骗所有人的费加,他本质上是善良的,但是他酗酒,他就是被伏特加毁掉了,他欺骗和背叛爱他的妻子,实际上他也爱他的妻子,这个无能、草率、马虎的人——对此没有任何可怀疑之处——就是他自己的写照。

啊,这部剧作中的费加,《活尸》中的费加不是别人,就是他,安德烈。

他怎么会不能清清楚楚认出这一切呢?

此时他发现的这一切想起来真不是滋味儿。

父亲的规劝,父亲对他生活的讲述。音乐、伏特加和茨冈女人。他挥霍掉的所有的钱,从他手指缝流掉的遗产。奥尔佳沉默的爱和深受折磨的目光。他自己的逃避和她对孩子的担忧。他不断做出的保证,她永远坚信他的保证和他一次又一次的爽约。

他记得父亲读剧本接近尾声的情形。大厅里鸦雀无声,空气闷热难忍,苹果采摘女工们已经停止歌唱,甚至连狗叫声也停下来,他在恐惧中竭力想弄明白父亲写这部剧作的真正意图。他使用费加假装自杀以便让自己的妻子与自己最好的朋友再婚的奇特故事的用意是什么?他记得,他确实曾为将要发生在费加,即他的另一个我,身上的事担心,首先费加使自己的妻子很不幸福,后又通过假自杀使她成为自由身，但是后来，因为一个不幸的机会，他在她的生活中重新冒出来——成了一个由前一桩婚姻生出的幽灵，一个行尸走肉。因此这位费加和他的妻子将被带上法庭接受审判，他被指控犯有欺骗罪，而她，相信费加已死，与费加的好朋友卡列宁再婚，犯有重婚罪，这事怎么办？

父亲在继续讲之前喝了一口凉茶。

“现在，”他解释说，“我们在众多法庭走廊中的一个里。”

随后出现了各种不同角色的声音。

律师解释说，本案最后一定会胜诉，对费加的唯一要求是：当他获得最后一次陈述时，必须为自己辩护。如果判他有罪，是因为他没有自杀，那么就是因为他没有做公民法律和教堂法规都认为是犯罪的事情。费加问，他可能受到怎么样的惩处。这时候律师回答说，最坏的结果是费加和他的妻子被流放到西伯利亚，而最好的结果是教堂忏悔，后一次婚姻无效。费加反过来问，这是否意味着，他将与自己的妻子重新结合——而她与他亦如此。

律师肯定了这一点。

这时候费加明白了，只要他活着，永远无法使自己的妻子幸福，只有他死了以后她才能从他那里获得自由身，他决定实施他酝酿很久，啊，大概从剧本一开始似乎就筹划好的行动——他把手伸进大衣口袋里，拔出一把手枪，朝自己的心脏开火。费加射杀自己，他死了，他最后一句台词揭示了剧本的主题——对他，安德烈来说，似乎是最可怕的——死是一种解脱。

感到解脱和幸福是因为意识到了自己行为的正确性。

父亲放下手稿。大家开始小声议论，讨论剧本的质量，勺子碰茶杯发出叮当的响声。他自己仍然背对着房间站在那里，眼睛看着窗外。他不敢转过身来。

“难道这个就是，”他想，“差不多三年之前我和父亲穿过美丽的冬天的城市朝救世主大教堂散步时想告诉我的想法吗？”

他还怀疑，这部剧作是否可以看作是一种预言。

“啊，”此时他想，“因为如果不是一个预言——那能是什么呢？”

第　二　章

1

他记得，他第一次注意从村子里来的那位姑娘——或者说在同一瞬间吸引他的可能不是她，而是她的两只光脚丫——是在一个温暖、阳光灿烂的夏日，他当时还不超过七岁，那天米沙和他捉到了第一只美丽的银螟蛾，厨师的儿子那天不仅疯了——每当月圆的时候他就犯病——还把整院子的人都吓坏了，因为家里人还未来得及把他关进耳房里，他就成功逃跑了。

他记得有一个雷雨之夜。那一夜家里人似乎没有一个人睡好觉，院子里有人跑来跑去，有人呼天号地，四处灯光闪闪。当时他和米沙吓得缩成一团，坐在坦妮娅的床尾，这时候父亲就在电闪雷鸣中坐在钢琴旁边弹奏《月光奏鸣曲》。雨过天晴，第二天早晨阳光灿烂，天空蔚蓝，草地冒着水蒸气，空气清新并散发着母亲花圃里种的牡丹和木樨草浓郁的芳香。此时他清楚地看到，米沙和他自己怎么样在菩提树大道上赛跑，当他们跑到那大片蔗莓丛的时候，精疲力竭地坐在水渠旁边，拉科小姐追上他们，随后他们继续朝橡树林方向散步。

他们走过闪着红色罂粟花的草地。

米沙和他不是早在儿童卧室就商量好，一旦走进切本日就想方设法摆脱拉科小姐去找蝴蝶吗？因为伊利亚不是说过在那个橡树茂密的森林里，他多次找到过大个的女贞天蛾和好几只漂亮的银螟蛾吗？啊，他们那么紧张地期待着，为银螟蛾翅膀是什么样子几乎争吵起来，当他们听到有人用又高又尖的声音呼叫他们时，他们不是被吓了一大跳吗？

这个时候他们转过身来，看到了老厨师尼古拉·米哈伊洛维奇穿过草地朝他们跑过来。

他们呆呆地站在那里。

尼古拉·米哈伊洛维奇——他们从来没看见他离开过那个潮湿、漆黑的厨房，他在那里有无限的权力，他用自己手指夹一块燃着微火的炭火点燃自己卷的香烟，即使家里有人山人海的不速之客拥入，他也不会乱了方寸离开那里，他和米沙还确信无疑，他睡觉时也戴着黑色的厨师帽子，把帽檐拉到额头上。——此时尼古拉·米哈伊洛维奇确实风风火火穿过草地朝他们跑来。黑色帽子已经掉了，一绺一绺的灰色头发在风中飘散，白色围裙在腿下绊来绊去，他像发疯了一样在空中挥动着手臂。

一切都显得平静、无声，好像是在梦里。

尼古拉·米哈伊洛维奇追赶上他们。他在他们面前站了好长时间，他半张着嘴，喘着粗气，但是他的双唇一点儿声音也发不出来。

最后他总算结结巴巴说出了自己儿子的消息。他用上气不接下气的不幸声音解释说，儿子，即尼古拉·尼古拉耶维奇，夜里犯了一次病。傍天亮的时候本来已经平静下来，但是很快又犯了一次病，比第一次更加严重更加厉害，他已经不知道跑到哪里去了。

这次没能制服他，没能把他关进耳房里。

“关进贮藏室，”他不好意思地看了拉科小姐一眼补充说，“尼古拉·尼古拉耶维奇经常被迫坐在那间漆黑没有窗子的贮藏室吼叫，直到他平静下来，变得像平常绝大多数情况下那样温和、善良。

尼古拉·尼古拉耶维奇跑出来了，太可怕了。他们、米沙和他，还知道厨师的儿子发疯以后会变得可怕地强壮，这时候拉科小姐——在她用颤抖的声音向尼古拉·米哈伊洛维奇说他们没有看见他的儿子的同时——弯下腰，把手放在他们身上，并小声说，在那个疯子抓到他们之前赶紧回家，他们听了吓得几乎要哭起来。

不正是在这一瞬间那位姑娘穿过草地跑过来了吗?

她拨开高高的青草跑过来，跟刚才厨师一模一样。不过自然不像他那样沉重和僵硬——啊，她像一头小牛犊从红色罂粟花上跳过，那么敏捷 、迅速，她的裙子从膝盖上飘起很高。她从老远就一边笑一边挥手对他们呼叫，他们听不懂她在说什么，但话中传递一股激情，立即使他们精神振奋起来。她站在他们面前，由于长距离奔跑而喘着粗气。红头巾斜了，脸颊红红的，额头上滚着汗珠。她重复着刚才她的呼叫。她抓住尼古拉·米哈伊洛维奇的胳膊，踮起脚跟，抚摸他的面颊进行安慰，对他说，他不必再担心了，完全可以放下心来。一切都过去了，村子里的农民成功制服了他的儿子，然后把他捆上，送回那间大房子。她称尼古拉·米哈伊洛维奇为可爱的父亲并亲吻他的双颊。

这时候米沙让安德烈注意她的脚丫。

问题不在于她的脚光着，村里的人都光脚走路，问题在于，这个姑娘的脚不同寻常地圆和平滑。她因为一直用一只手撩着裙子，能看到她晒得黝黑的脚踝上方露出一段白嫩的小腿肚子。

他已经记不清是米沙还是他开口与姑娘说话。

但是他有一种感觉，他们三个人有很长一段时间互相打量着，好奇，大概还有一点儿怀疑。还有，米沙和他竭力让自己的目光停留在她的圆脸上，但是不管怎么克制自己，他们的目光还是不停地滑向那双光脚丫和棕色的皮肤与白嫩皮肤之间的分界线——这种柔和的白就像贝尔卡新生的小狗崽的肚子一样柔软和富有吸引力。

随后他们三个，拉科小姐、米沙和他很快又走在去切本日的路上。他们采了送给母亲的几大束罂粟花，他们很高兴，一方面是因为化险为夷，另一方面是因为碰到了村子里来的那位姑娘，这时候米沙又旧话重提，说银螟蛾翅膀的背面肯定有棕色斑点，他不再反驳他。当他们来到森林边缘的时候，决定休息一会儿，吃拉科小姐带的苹果。他们坐在一棵橡树的树荫下，拉科小姐用手绢把苹果擦干净，然后开始吃，他们一边吃，拉科小姐一边给他们讲她过去一个字也没提起过的事情，关于她故乡城市伦敦，关于她成长的小区，关于红砖盖的小房子，有很多很多猫咪，还有她小时候每次过圣诞节都要吃那种特别的、滚烫的李子布丁。

她讲了很长时间，并且很投入，他们惊奇地发现，她向他们讲的每一个新细节时她自身都有变化：他们看到，她的长耳垂缩小了，她的双颊有了颜色，她的嘴唇变得红润、漂亮，像一个少女。

只有当米沙用小声、不安的语调问那个发疯的人时，她的故事才偶尔被打断。

“李子布丁，”拉科小姐带着迷梦般的表情说，“很甜、多汁，每个人得到的那块布丁上都有一个银制小饰物，谁都能准确知道它所带来的秘密信息。如果是一颗心……”

“尼古拉·尼古拉耶维奇？”米沙胆怯地小声说。

这时候拉科小姐俯下身,笑着吻他漆黑的硬发。

就在同一瞬间从路上传来一声喊叫,离他们坐着的橡树坡只有很短的距离。他们一惊,迅速抬头看,他们看见了——尼古拉·尼古拉耶维奇!啊,此事千真万确:是那个疯子从路上朝他们冲过来,他高声吼叫着迅速靠近他们,他的双手就像风车巨大的翅膀一样在空中摆动。

他们被吓得魂不附体,慌忙站起来。米沙和他自己吓得哭了起来。拉科小姐扔了苹果,拉住他们的手,半拖着他们开始跑。她踩着橡树林柔软的苔藓跑,穿过草地,奔向穿过养蜂场的小路,奔向还很遥远的安全之处。他们过去从来没跑过这么快,米沙和他绝望地哭着,拉科小姐也在哭,当米沙绊倒时,她弯下腰把他拉起来。他自己跑在前边,拉科小姐紧随其后,她一只手抱着米沙,另一只手紧紧地拉着自己的长裙子。

疯子离他们越来越近。他们听着他的吼叫,当他们经过那些蓝色的蜂箱时,似乎能听到他们身后他沉重的呼吸。但真是奇迹,他们跑得竟比他快,他们到达那棵乞丐树,飞快穿过院子,脚下沙土飞扬,一头扎进大厅里。他们还没跑到通向儿童卧室走廊的一半,就听到那个疯子在他们身后已经进了房子,他们听见他在吼叫,听见他在愤怒地砸书柜的玻璃门。

但是就在这一刻他们随手关上了儿童卧室的门。拉科小姐瘫在窗子前边的那把椅子上,她坐在那里双手抱着脸,哭得浑身颤抖。米沙和他藏在沙发后边,当他们由于过度劳累和惊恐喘着粗气的时候——啊,那个疯子被制服和送走很长时间以后,他们才平静下来——听到从大厅里传出的打闹和喊叫声、砸玻璃和沉重的撞击声,此时他回忆起来,直到父亲那命令式和阴沉的声音压倒了其他一切声音,那噪声才逐渐减弱,此时被吓破胆的两个人紧紧地互相靠在满是灰尘的皮沙发靠背后面,他似乎觉得,如果米沙不提疯子的名字,这种可怕的事情大概不会发生。

那个疯子突然出现是米沙的话造成的。

米沙的话和他们隐约看到的那位姑娘晒黑的光脚上部那段白嫩的皮肤造成的。

如果现在他没记错的话,在开满罂粟花的草地上见到那个姑娘的夏天他确实是七岁,如果是七岁,在没有家庭女教师或姐姐的陪伴,他连离开住处到库兹明茨克配房后边的公园都不允许,从那次见面到他作为十七岁少年不敲门就走进父亲的工作室那个夏天刚好过了十年,在工作室他看到了父亲惊奇、不满的目光,他宣称他想和那个,现在已长大成人的姑娘结婚。

当他站在父亲面前时,经过夜里与那位姑娘约会以后头脑昏昏沉沉,仍然记得她的香味儿、她的舌头和那白嫩光滑的大腿,他宣称他爱村子里的阿古尔卡·马卡洛娃,没有人能阻止他娶她为妻。

“难道不应该与自己爱的人结婚吗?”他带着挑衅和憎恨的语气补充说,同时又异常沉着,啊,还有幸福,坚信父亲一定会承认他是对的。

“不是爱情至上吗?”他说,“难道阿古尔卡·马卡洛娃不是人类之女,爱情不是上帝赐予的吗?”

他语气中的讽刺突然变得那么明显,以致使父亲正往嘴里送一勺子燕麦汤的手颤抖起来,有几滴黄白两色汤掉在他面前翻开的手稿上。

他看到父亲小心翼翼擦干净手稿的页面，看到他从身边推开那碗燕麦汤，捋了捋胡须，把冒着青筋的大手紧紧放在膝盖上，随后他遇到了父亲灰暗、洞察一切的目光，带有他熟悉的蔑视与爱的表情，这一点总是使他担惊受怕，他瘫在那个黑色皮沙发一角哭了起来。

对，他想，与那位姑娘在罂粟花草地约会以后，他的生活里确实出现了某种变化。不知不觉。像光的变化。或者说像日暮黄昏中草散发出的令人不安的味道。

在某种意义上，他记得，他觉得他以后和所有这些没有关系了。

对，他觉得他以后和之前的一切没有关系了。他经常感到，他的母亲对他很不满意，以他从前没有发觉过的方式对他表示不满和失望。父亲用一种新而奇怪的审视目光看着他。有时候，特别是吃饭的时候，他，安德烈正说着话突然就停顿下来，慌乱，特别羞愧，不知道到底发生了什么——不知道是何种陌生而可怕的力量正掌控着他的躯体。

不也正是在这个夏天，他第一次发现他的母亲和他的父亲不仅生活在两个完全不同的世界里，而且在他们之间正在进行一场斗争吗？不是从那时父母之间开始发生可怕的争吵吗？不是父亲的学生，所有这些穿黑衣服的男女都开始围拢在他周围，父亲开始单独在亚斯纳亚度过冬天而母亲和孩子们留在莫斯科吗？不是从那时开始一切光明的东西——春天百花盛开的果园、沃龙卡河里的游泳、晚上在煮茶铜壶周围高声朗读的时刻——此时母亲经常做针线活儿而父亲和她在桌子上互相交换着亲昵的目光——快乐的游戏、到扎谢卡去采蘑菇——他们能采满篮子的杨树野香菇、菱红菇和蜂蜜层孔菌——烤土豆、用勺子挖黄瓜汁喝和唱四声部的茨冈民歌——不是从那时起这一切美好的东西永远失去了随意、不受时间限制和半梦幻的特征而变成了某种不仅更黑暗密实,而且半残缺的东西吗?

啊,他不是真的记得出自这个时期的很多奇怪的插曲吗?

记得那次,就是在罂粟草地约会一年也可能几年之后,当时米沙和他坐在自己的房间里做作业,穿黑衣服的人之一,那个秃头矮子克洛布斯基突然闯了进来并谩骂他们。事情发生在一月底,他记得那是一个异常寒冷、风大的日子,是一个老鼠抓墙的日子,当时米沙和他因为太冷坐在那里做作业还要围围巾和穿短皮衣。他们的家庭教师霍尔扎普费尔大概也穿着皮衣,像往常那样坐在窗台底下,手里拿着教鞭监督他们,而坦妮娅和玛沙坐在镶瓷砖的炉子旁边的沙发上,为村子里的孩子做衬衣。他记得屋子里很安静,在他们做作业的时候霍尔扎普费尔偶尔提一个问题打断他们一下,墙上真像有几百只老鼠在哗啦哗啦抓墙,从房子的某个地方传来钢琴声,还有马厩长工季莫费正在阳光惨淡的院子里鞴马,而他自己,安德烈——考虑到之后发生的事,这可能只是他想象开的玩笑——觉得,每一次把目光从作业本上抬起来似乎都遇到季莫费偷偷投来的胆怯同时又讽刺性威严的目光。

就在这个时候克洛布斯基闯了进来。

他破门而入,没有敲门,一眼就看见他们在低头读书,他冲过去一把抓过米沙的书,读了一段,叹息一声,搓了搓自己的小胖手,突然发出责备。

“这怎么可能呢?”他差不多是喊叫着说,并把手放在米沙的头上,直看着他的眼睛,“你们为什么学习并摧残自己呢,我的宝贝儿？你们怎么能沉迷在这种错觉里？你们怎么能沉迷在这一切当中，你们知道这些正是你们的父亲厌恶的吗？你们怎么可以把自己的时间花费在你们的父亲认为不仅毫无意义而且纯粹有害的东西上呢？”

屋里死一般的沉静，随后霍尔扎普费尔从窗子底下的座位上冲过来，在空中挥舞着教鞭，简直气疯了。但是他还没来得及说出一个字，坦妮娅和玛沙就在沙发那边开始鼓掌，高声说克洛布斯基说得对，想握住他的手对他如此聪明、高尚的一席话表示感谢。

霍尔扎普费尔那样子好像真要大哭一场。

这时候米沙和他冲出房间。他们穿过图书室、经过楼梯拐角，找到在大厅里的母亲。

他们把一切哭诉给母亲听。

他似乎还记得，母亲脸颊突然红了起来。他记得母亲怎么样咚的一声猛然把钢琴盖儿盖上，怎么样把他们俩分别安排在自己对面的椅子上，怎么样用既温柔友善又坚决的语调开导他们，怎么样向他们解释，克洛布斯基是个半瓶子醋，是一个什么也不懂的超龄大学生，她说只有脑力劳动从没有辜负并将不辜负他们的生命。因为现在他们不适合体力劳动——是的，脑力劳动是唯一能够把他们从那种可怕、毫无意义的无所事事的状态下解脱出来的解决办法。

“无所事事，”她用因气愤而颤抖的声音说，“无所事事，因此虚度时光，是最不能容忍的事情之一，会毁掉一个人。”

她紧紧抓住他们的手，要他们完全相信她。她补充说，他们还要考虑，是她，是她独自一人负责对他们的教育，如果他们变成了坏人，她将羞愧难当。

当她抓住他们的手、不错眼珠地看着他们时,她小声说,她将非常难过,如果她劳而无功,这将令她非常难过。

米沙和他拥抱她,呼吸她身上轻微的薰衣草香味儿和甜甜的奶味儿,保证今后认认真真做作业。

现在,当他看着车厢窗外夕阳光线中像白色的火一样燃烧的草原时,他想到,一定是的,一定是在那一瞬间我们第一次真正意识到父亲和我们的课之间的矛盾——尽管过了几年之后,我们才利用父亲对我们老师的怀疑态度上课时偷看小说,和同学交谈,偷吸烟和提高骑车技巧。啊,他想,确实就在那个夏天——就是他和米沙晚上在儿童卧室半明半暗中想象着那位有着白嫩小腿肚的姑娘的那个夏天——最初的裂痕显露出来,是可怕又诱人的毁灭的最初征兆。

不就是在那个夏天,一天喝下午茶之前,米沙和他在大厅绣着花边的白色窗帘后边找到一条蝮蛇吗?

不就是在那个夏天农民开始偷院子里菜园里的白菜吗?

库房里的粮食不是开始消失吗?

村子里来的几个男人偷砍了切本日南边的树林,啊,他们不是砍掉了父亲青年时代亲手栽的三十棵高大、美丽的桦树吗?

在那个时期不是有过这样一件事——如果这确实发生在亚斯纳亚·波利亚纳,而不是在莫斯科——全家人正在吃饭,属于童年早期那些明亮、阳光和快乐的进餐中的一次,父亲突然用拳头捶桌子,打断所有的谈话,强迫他们朝窗子外边看,关注他们家那个年老的看院人,他们坐在温暖的屋里,吃着美味佳肴,而看院人在严寒中在结满冰的光滑院子里拼命拖一个大水桶吗?

他一直清楚地记得父亲高举的拳头、火辣辣的目光,他似乎重新想起当时出现的羞愧的沉默，兄弟姐妹们难堪的表情，母亲则坚定地命令大家原地坐好。

他对母亲的目光不是记得比其他任何东西都清楚吗？

不就是在这一瞬间母亲看着他，让他心慌意乱吗？

不，没有，此时她微笑了。

她举到嘴边的玻璃杯在阳光下闪出美丽的光。她手腕上薄纱花边显得很白很白，他突然知道了，他从来没有像此时此刻这么爱她。

然而他也吃惊地想到，要知道正是在那时他开始往村子里去的，不仅违背了母亲公开表明的意愿，还令她感到厌恶和恐惧。

难道他不是已经身不由己吗？自从他遇到有着白嫩大腿的那位姑娘以后，他不是似乎已经没有别的路可选了吗？

他记得他已经对到村子里去欲罢不能。

母亲的祈祷不管用。当他与村子里的孩子一起玩儿时，她感到不安和绝望，她哭，她责骂他，宣称她绝对不会同意他这样做——可能最主要的原因是，正如她所说的，她确信，与在所有方面，不论是地位还是道德和习惯，都低于他的又穷又脏的这类孩子接触，会使他发展成一个既独断专行、横行霸道又自爱的人。父亲的反应也无法使他回头是岸，父亲很生气，有很长时间拒绝和他说话——一开始他也搞不清是怎么回事：他不明白，父亲禁止他与村子里的孩子玩儿，同时却表扬玛沙为村子里的老弱病残工作，他自己穿农民的衣服，帮助农民收牧草，赞美他们简单而真正的信仰。

他想，实际上没过多久，米沙和他自己空余时间都在村子里度过。他们一天到晚和农民家男孩子米特洛什卡和伊利尤什卡一起钓鲈鱼、玩缉捕者游戏和抓青蛙，而这些孩子们则教会了他们卷自己抽的第一批香烟，第二年库帕拉节[①]那天，还请他们喝了第一杯伏特加酒，他当时十一岁，米沙九岁。他记得，他们小声谈论姑娘们的事，还有他和米沙不大明白的，关于院里的工人们与那位受到大家歧视和欺凌的十岁男孩菲尔卡的谣传，说他们曾经在村子洗衣房后边的黑暗处扒掉他的裤子。

他发现村子里的生活是多么紧张有趣和富有诱惑力啊！那里的事情是那么异样、那么富有刺激性和神秘感！那里的暴力、挑战性他过去真是难以想象！虽然他有时对于肮脏、恶臭，来自同伴的粗鲁、残忍和暴力攻击很排斥，但不是正因为这一切才让他感到特别的安全——似乎意想不到地习以为常吗？他记得，他也会生村子里男孩的气，比如当米特洛什卡嘲笑他对繁殖问题的无知，或者当伊利尤什卡，其实像村子里绝大多数农民一样，在父亲背后笑话父亲时，他，安德烈，举着拳头扑向米特洛什卡或伊利尤什卡，在尘土飞扬的村街上，在亚森卡泥泞的河道边或者在榛树丛附近高高的野草当中，他们互相抱着翻滚、激烈厮打。但是他似乎记得，最美的事情是，刚刚打完架，刚刚擦干眼睛里的脏东西，擤一擤鼻涕，马马虎虎拍掉衣服上的土，一切又都跟过去一样，心情也都平静下来，笑着耸一耸肩膀，什么事都没有，坐在某个草房子的台阶上，轮流抽最后一支自卷的香烟。

最美妙的，啊，简直难以理解——这他永远不会忘记——最美妙的在于，在村子里他能不担心自己突然发脾气。

无缘无故和不可理解地发脾气，从小就一直折磨他，他一向认

① 东正教俄历6月24日的夏至节。伊万·库帕拉是施洗者约翰的绰号，教会把他的故事与民间农作风习结合起来，作为祈求丰收、健康和幸福的节日。

为是暴力。

他突然觉得有件事情很奇怪，他在那个村子里混了很长时间以后才认识阿古尔卡——就是以前他偶尔碰到的那位光着脚丫、有着缎子般柔软白嫩大腿的陌生姑娘。

啊，实际上他记得，在村子里第一个夏天他只碰到过她一次。

当时他看见她走在村子的路上，怀里抱着一个牛奶罐。像过去一样，她头上系着红色头巾，她的双脚走在棕色的坚硬土地上显得很白——夏天，也许才刚刚开始。米沙，他自己，米特洛什卡和伊利尤什卡坐在一户人家前边，伊利尤什卡黑色遮阳帽里放着几只他们捉来的、可怜的、粉得恶心的小田鼠，阳光明媚，从他们身后那扇敞开的门冒出一股菜汤和污水呛人的气味儿。

他马上认出了她。

她走过去没有看他们。直到她快要消失在远方一个低矮的草顶房子的拐角处她才转过身来，他感到有瞬间遇到了她的目光。

他只记得，后来他只有为数不多的几次机会看到她的身影，虽然他看到了她，但时间很短，距离也很远，他根本不敢确定那确实是她。

不过后来，当他自己满十三岁那个冬天，突然一切都变了。一月份一个风大、寒冷的日子——到现在他还记得——从村子里来的一小群穿黑衣服的女人和孩子穿过林荫道，小心翼翼地朝玛沙授课地库兹明茨克配房走去，他们戴着几乎把脸都盖上的头巾——在这个风大、寒冷的一月份的下午，院子里的雪被风卷起并形成高高的雪堆，他突然知道了她的名字。

啊，他突然得知她叫阿古尔卡·马卡洛娃。

她和他同岁,她有六个弟弟,她是一个农民的女儿,其父因为盗伐切本日附近森林里的桦树在坐牢。

他想,事情发生得这么巧,真是一个奇迹。在他知道她的名字的同一瞬间变化也发生了。

其中隐藏着某种惊人的矛盾。

一方面她,阿古尔卡,突然出现,变成了一个实实在在的人。她很快就变成了一个有血有肉的人,她的双脚不只是用来看的,它们结实、热乎、脏并且有伤疤,它们白天在地上走,被太阳晒黑,沾上泥点,晚上被亚森卡河的河水洗干净。作为阿古尔卡,她会哭、会笑,都知道饿。她有一个偷柴火的父亲,有一个生肺病的母亲。她会责骂自己的弟弟们,会在摘水果的季节与村子里的女人一起唱歌,一连好几个星期靠无法出售的、被淘汰的、半腐烂的苹果为生——啊,作为阿古尔卡,她还是村子里各种活动的积极参与者,置身于这种无休止的、热闹和温馨的生活中,置身于这种黑暗、躁动和受折磨的生活中,这种生活现在是这样,过去是这样,未来也会是这样。

但是另一方面,在她有了真名实姓的同一瞬间,她开始收缩,完全变得虚幻。虚幻,但同时,不管多么不可思议,只是因为她这一串有无形发音的名字,她成功进入他的梦中。

啊,难道不正是由于她的名字,她突然牢固地留在他想象的世界里吗?

长久留存,也不断变换形象。因为他很快发现,“阿古尔卡”实际上是一道符咒、一个神秘的标志,可以随心所欲地变成他自己想要的形象,可以把他带到任何地方去,让他越来越狂热、越来越无耻地探究他向往的感觉。

他是在一月份的一天下午知道她的名字的，当时玛沙开始给村子里的女人和孩子在库兹明茨克配房的底层上课。他记得，阿古尔卡坐在女倫苷卡和母亲的一位女佣中间，在屋子的最里边，屋子里很冷，尽管仆人们从清早就把壁炉生起来了，屋子里弥漫着烟味儿、潮湿的毛衣和菜汤味儿，他看到阿古尔卡当时戴一条黑色头巾，她坐在那里，带着漫不经心的奇怪表情注视着前方，显得与众不同。他记得，在随后的一周，他不得不多次帮助玛沙，帮助她修改最小的孩子们的作业本，两次跟阿古尔卡搭话。

"阿古尔卡·马卡洛娃，"他说，"'树'这个字中的一个字母拼错了。阿古尔卡·马卡洛娃，您和我们的厨师很熟吗？"

圣诞节假期过后不久，他和母亲、米沙、坦妮娅、列夫、弟弟妹妹、新来的家庭教师布莱尔先生返回莫斯科。

从小的时候到现在，他第一次嫉妒玛沙可以和父亲一起待在亚斯纳亚。

在他的记忆中，随后而来的那个冬天和春天不总是处在亦真亦假的幻影之中，像是一个没有行动也没有内容的破碎的梦，似乎无法从中醒来吗？他一直讨厌学校——从他上波利瓦诺夫高中第一天起，他就恨自己的老师，恨他们冷酷的讽刺和严守教规，恨对拉丁语格言、希腊语语法、上帝的十诫的死背，讨厌他们对俄罗斯文学乏味的讲解，特别都是一些陈词滥调时，他就比任何时候都更加反感。他实在不知道，他将怎样忍耐长达几个月之久的一个学期。当每天早晨他走近那座有着白色石柱、一排排阴郁而空洞窗子的巨大建筑物，当他走到停着一排排出租马车的普列契斯金卡街拐角处，一大群鸽子从他脚前飞起时，他立即感到浑身奇怪的无力，特别空虚——就像有一层白色云雾笼罩着他，让他坐在阴郁、黑暗的教堂里只能理解周围谈话的片段，让他没有能力连贯、独立地思考。对位于多尔古-哈莫夫尼切斯卡亚胡同上的白色巨大建筑物的记忆中，剩下的主要是宁静、寒冷、单调乏味，异常平静的饮茶时刻和越来越易怒的母亲，他诚然知道她易怒的缘由，她担心自己的小万尼奇卡高烧不退，家务活儿堆积如山，还要读校样，不再能参加她一向醉心的舞会和晚会。他记得，她责骂他从学校只带回两分的成绩。他记得有一次，他对米沙发脾气，因为米沙把他，安德烈喜欢并忠诚的狮子狗赫迪称作他，米沙的狗，母亲威胁说她要把这只狗送去毒死，他记得有一次上钢琴课，她为他精神不集中气得哭了起来。

后边这件事发生在早春的一个下午。大厅上方的窗子对花园开着，空气中弥漫着轻微的泥土、腐烂的树叶和风信子花的味道。他坐在大三角钢琴旁边，贝多芬的《月光奏鸣曲》的曲谱摊在他面前，他漫不经心地弹着，心里很浮躁，不断弹错。

夜里的时候他再次梦见了阿古尔卡——一场混乱的梦，由于性冲动而醒来，他感到很羞耻，几乎要哭了起来。

母亲大骂了他一顿，说他懒惰，说他故意不听她的指教。她抓住他的手，强制性手把手教他应该怎么弹。

他记得，他最不喜欢的正是她碰他的这种方式。

他记得，每次她的手指碰到他的手指时，他都一惊，急忙躲开——不仅是因为愤怒，而是因为有一种难以言表的厌恶。

啊，有生以来他第一次发现她令人反感。

他本来想说她一些难听、伤人的话。

但是他还没来得及张口说话，母亲突然哭了起来，这时候他不仅害怕——她的反应那么突如其来——而且非常绝望。他羞愧难当。他结结巴巴地说，他不是有意让她伤心。

难道他自己没有哭吗？

他自己难道没有抽噎着说要改过，保证以后要尽一切努力照母亲的意愿去弹琴吗？说来真奇怪，随后他不是也很快从头到尾弹了那首奏鸣曲，带着过去从未有过的激情和音准吗？

他记得，她亲吻他的双手，说她爱他。

后来他在她的日记里读到——她的日记一直摊在她房间写字台上——她认为他很乖，很让人高兴，但是愚钝、没主见和懦弱，还有——又过了一段时间——他缺乏智慧、天赋和善良，他禄禄无为的生活令她担忧，他只关注自己的外表，不注意所有精神方面的东西，她很怜悯他，这个家庭里过去从来没有一个像他这样的人。

同时她对布莱尔先生充满怀疑。

她怀疑——他记得，她在摊开的日记中这样写道——新来的家庭教师带着米沙和安德烈在无数次的游玩中不仅自己抽烟喝酒，还让自己监护的孩子尝试，她坚信家庭教师鄙视她对城市里的穷人的恐惧和夏天时候对农民的恐惧，他向她的儿子们揭示所有爱情的秘密，而她认为他们还太年轻。

说实在话她在每一点上都是正确的。

他记得，他们和布莱尔先生单独去游玩就像到最陌生的世界去进行探秘和发现之旅——啊，就像在一块灰色和薄雾蒙蒙的背景幕布上出现了奇妙的五彩缤纷的鲜花。米沙和他与布莱尔先生到过很多剧场看戏，还以他们要到杰维切荒地做长途散步为借口去看歌舞表演，去饭店——个别时候——还去看茨冈人的音乐演出，布莱尔先生不仅认为这种音乐有域外情调，还有火一样的生命热情，对于发展和塑造年轻人的灵魂极为适合。布莱尔先生不仅是一位杰出的诗歌教员——他记得有一次他讲解海涅关于两个精兵的一首诗，那个战死的士兵穿着整齐的戏装已经被埋葬了，但是他仍然带着复仇的目光，这个形象令他随后几夜都没睡着觉——他还教他们识别好烟和坏烟，香槟酒要选择正确的瞬间喝，要等到泡沫从表面开始下沉的时候，他逗他们开怀大笑，让他们有了感到知识的快乐的少见时刻，在他面带微笑吹口笛的时候，还能友善地回答他们的问题，他用几个小时的时间向他们讲述他认识的所有女人，讲述法国女人和俄国女人的区别——细致的描述一直在他们脑子里萦绕——告诉他们勾引女人过程中得手的最佳时段。

布莱尔先生经常深深地吐着雪茄烟圈儿，饶有兴趣地透过酒杯看着米沙和他，以极为戏剧性语调小声说出诸如项颈、舌头和膝盖，还有女人、大腿和紧身胸衣这些字眼——此时这些符咒在米沙和他的意识中立即被编织成他自己的幻想和夜梦，当他注意到饭店餐桌上空袅袅烟圈中飘浮的所有名字，很快结成唯一的一个名字，当伊维特、格莱尔和布丽季特从米沙和他惊奇的目光前经过时，名字马上就换成了阿古尔卡·马卡洛娃，她们变得极为相像，同样的棕色眼睛、长长的辫子、红色头巾、胸衣紧紧地裹着乳房，小腿肚子白嫩而柔软诱人，就像狮子狗贝尔卡刚生出来的狗崽的肚子一样，或者——但这个比方是之后才有的——像茨冈女歌手袒胸露背的领口。

啊，不是多亏布莱尔先生讲的故事和仔细的回答，使他自己对阿古尔卡·马卡洛娃的想象越来越鲜活，他的梦幻不仅仅在夜里占据他的头脑，而且很快充满他全部清醒时间，越来越大胆、越来越精细和越来越冲动吗？啊，这些梦随着时间的推移让他觉得很真实，为此他经常感到羞愧，为此他多次在母亲敏锐的目光面前不得不让眼睛朝别处看，比他年长几岁的表哥米沙·库兹明斯基被揭发在复活节期间曾经勾引亚斯纳亚·波利亚纳的一位年轻挤奶女工，在一个下着大雨的下午，晚饭前个把小时，库兹明斯基和他还有米沙独自坐在廊房里的时候，库兹明斯基还笑着小声向他们承认了这件事，那时库兹明斯基不仅被揭穿，还受到了住在亚斯纳亚所有成年人的严厉批评。他，安德烈，立刻就坚信，在发生的这件事中他自己有罪，实际上他自己导演了这场诱惑，啊，甚至可能进行了诱惑。因为他长时间、不断地在自己的想象中看到阿古尔卡和他自己不正是处在这种勾引状况下吗？

在此事被揭发以后的几个晚上，他都哭着睡着的，部分原因确实是因为羞耻，由于羞耻和担心他将遭到惩罚——不过他不是同样为自己性想象的冲动和力量感到害怕吗？

他记得也是在此期间，他开始正式与古利亚·克莱因米赫尔和列利亚·谢韦尔佐夫接触。他经常在放学以后在别奇京小饭馆与他们见面，抱怨自己的老师，讨论各种一起逃学的可能性。他们有时候逃学，午饭以后不回学校上课，而是去看橱窗，到位于特维尔斯卡亚大街上的法国理发店去理发，到裁缝店定做一件新大衣，或者在自己新买的自行车上练习骑车技巧。不过他不记得他们做过什么特别有意思的事情。除了跟布莱尔先生野外游览以外，啊，当然也跟朋友接触，参加春天各种传统舞会，他觉得在这个时期充满空虚，一种空虚、放浪形骸的可怕感觉。

他盼望着夏天——但是他发现夏天像春天一样单调乏味，令他失望。他大病一场，不得不找一位临时代替布莱尔先生的家庭教师给他补课，只是偶尔有机会溜到村子里去。

不过这期间他一次也没见到过阿古尔卡。

实际上他与她重新相遇是又过了两年之后的事。当时纯粹由于偶然——事情的发生表面上与阿古尔卡没有任何关系——但最后却改变了一切。

事情发生在五月末一个温暖的晚上,即他第一次听到阿古尔卡的名字三年以后,在离开莫斯科到亚斯纳亚·波利亚纳度夏前几天。花园里的紫丁香盛开,一串串花朵沉重地低着头,像晚霞中白色的小火苗,房子前边不高不矮的草丛中像往常一样,总是有几个槌球被忘在那里。那天有事他去了城里,过了晚饭很久才回来,好长时间以来他第一次感到快乐,所以他没有像往常那样直接回自己的房间,而是到楼上大厅去弹钢琴。

刚走到楼梯的一半他就停住了,他听见母亲从一层叫他的名字。当他再走下来时,看到她在儿童卧室里。他走进房间时,母亲的眼睛明亮起来,吻他的额头,把他拉到隔壁的卧室,安排他坐在窗子前边的黄色丝绸安乐椅上。卧室里堆放着半屋子旅行箱之类的东西,空气中散发着轻微的铃兰花和樟脑的味儿,可以听到楼下花园里狗在狂吠,通过儿童卧室半开着的门他能看到姐姐萨沙正低着头看地图册,小弟弟万尼奇卡撑着枕头,坐在床上往一个绿色的篮子上画玫瑰花。

她在他对面坐下。

她讲的大概意思是,她一直想跟他谈一谈,现在有了恰当的机会。因为,她现在跟他面谈是在一个非常重要的时刻,一个关乎他前途的时刻,不管怎么说他已经满十六岁了,一点儿时间都不能再拖延下去。

他知道,她对他很不满意,他的学习态度长期以来不仅令她而且也令父亲深感忧虑，这不是秘密。现在她想知道他本人对这件事的看法。他自己如何看待自己的一事无成。

他有什么计划和愿望？如何规划自己的未来？

他真知道自己想成为什么样的人吗？

她的声音友善而克制。她不错眼珠地看着他。她把手紧紧地贴在膝盖上，她呼吸很重，额头和上嘴唇挂着汗珠。

她解释说，选择由他自己做。他可以随自己的意愿做出选择。

后来他一直在想，正是这些话决定了他的命运。

他知道，她的这番话是在撒谎。

他发怒了，真想冲过去打她一顿，从她手上夺过绣花边的白手绢，把它扔在地上用脚踩并大声喊叫，这一切都是为了使他按她自己意志行事而找的一种借口和策略，他没有任何选择的自由——当时他怎么能知道自己想做什么呢——其实这一切都是事先就想好、筹划好和早已经决定好的阴谋，她的这场闹剧不仅对他是一种粗暴、可耻的贬低，对她自己也同样如此。

他想对她高声喊叫，说他讨厌她，说她是一个怪物，如果说有人使他成为一个失败者，那个人就是她。

然而由于某种原因他什么也没有说。

相反，他给了她一个令她害怕的回答，诚然他不敢确信这个回答是否真的符合他自己的愿望，但是在任何情况下，他知道这种选择都是真正被禁止的。

"我想成为军官，"他说，他的语调是那么冰冷无情和充满藐视，连他自己都被吓坏了，"进入骑兵是我唯一的愿望。我想效忠我的沙皇和我的祖国——其他的一切对于我来说都无所谓。当一名军官是我唯一的愿望。"

如今他仍然记得,母亲看起来确实想大哭一场。

大概正是由于这个原因,他不得不继续说下去。

他解释说,如果她对此持反对态度,如果她反对他唯一的愿望,人生对于他将失去任何意义,包括他已经度过的人生和等待他的未来的人生。

就在她刚刚发出责难——此时她还在精心整理手腕上的白色饰边——她立即被他的冷酷无情吓得哇地哭了起来,除了带着阴郁的表情和哭丧着脸站起来迅速离开房间,他想不出任何其他做法——他决心到城里去,找古利亚·克莱因米赫尔和列利亚·谢韦尔佐夫去。

这件事令他非常不悦。但同时他也有些沾沾自喜,他为自己第一次正式顶撞母亲的决定,为藐视所有的关怀、所有的虚伪同情而感到自豪。当他三天以后跟随全家从莫斯科搬到亚斯纳亚·波利亚纳时,他做的第一件事就是骑马到村子里去寻找阿古尔卡·马卡洛娃。

他在大水塘的洗衣服台阶那边找到了阿古尔卡·马卡洛娃。他把马拴在一棵树上,他站在洗衣服台阶旁边,靴子深深地陷进泥泞的河岸里,他双臂交叉放在胸前,用命令多于友善的语调和男孩子变声后的刺耳声音问她,他们最后那次见面以来她母亲身体可好,她的学习情况怎么样。他等她把衣服洗好,然后帮助她把洗干净的衣服拿回家,一连几天他陪她从大水塘岸边摇摇晃晃的洗衣服台阶回到村子旁边那个低矮的草房子,那里是她的家。当第四天或者是第五天他们一起把洗好的衣服晾在草房子后边拴在两棵半枯死的苹果树之间的晒干后拧成的芦苇绳子上时,他有意让自己的手不止一次地触摸她的手。几天以后,他帮助她在扎谢卡拾树枝，他们在散发着浓郁清香味儿的桦树林里肩并肩地工作着，过了一个多小时以后，他才敢用手搂住她的腰，他为自己的大胆举动感到惊奇，小心翼翼地闻着她头发上散发出的轻微的洗发水香味儿。他对她没有抵触，幸福得有些头晕目眩，他突然用力把她拉到身边，但在同一瞬间她发出尖叫，他害怕了，又赶紧松开她。

他记得他们迅速地互相看了一眼——随后很快笑起来。

他们笑了很长时间。

羞臊，轻松。不过更多的可能是失望——至少他自己是如此。

不就是在同一个下午，啊，就在他大胆地把她拉向自己那个举动过后不久，他不仅向她讲了他们最后一次见面以来他经历的各种事情，还讲了他童年的一个梦吗？

他不是向她讲述，在他很小的时候，大概只有四五岁吧，在梦中遇到一只像成年人一样大的青蛙吗？

他不是讲了——当时有一种童年胆小怕事的朦胧感觉，就像刚才与她亲密接触带给他的不安——他别提多害怕了，他被自己的喊叫声惊醒，随后有很长时间，晚上没有成年人陪伴他不能入睡，此后有很长时间他害怕黑暗，害怕儿童卧室里模糊不清的角落，甚至害怕自己的影子吗？

不错，他确实向她讲了自己的梦。

此时他还记得，那情景多么令他惊异，不仅他的故事突然让他觉得紧张有趣，充满了朦胧的含意和隐喻，他还用轻松的手法成功描绘了自己童年的经历。这个故事确实让人听了害怕和不悦，但是他似乎已经忘掉了，直到在桦树林里，在他闻着她头发散发出的香味儿时，他才又想起来。只有在某一瞬间它像一波可怕的震颤出现在他的头脑里，他可能记错了，这个梦——当时他坚信它存在——可能根本不是他自己的梦。

可能是米沙或者列夫的梦。

也可能,可能性更大——还更加可怕——是父亲的。

阿古尔卡回答了什么,如果她做了回答的话,他已经没有任何记忆。

第二天他们重新见面,随后几天都是如此。

最后,是在林荫道与公路交会处举行露天舞会那个晚上,篝火照亮了黑暗,地面的脚踏声,昆虫的叫声,小提琴、手风琴和俄罗斯吉他的演奏声,震得空气直颤抖。

他记得他请她喝了一种甜酒,他知道这种酒劲儿很大,他是从茨冈人那里买来的。

他们坐在其中一棵大橡树后边,由他把酒倒入一个边沿已经破损的白杯子,他们轮流小口小口地喝着温醇的酒,然后他们跳舞。随后,不过他已经记不得有没有什么“随后”,或者说后来能延长他们跳舞间隔这些时刻发生的唯一、绝对唯一的慢动作,就是他亲吻她。他亲吻她的手腕,他亲吻她的双唇、她的项颈、她的双肩,他得意得有些头晕,他也对她此时像上次一样顺从感到惊喜,不是在那天的晚上就是在随后几天的一个晚上,他把她领到他能想得到的一个最僻静的地方——下水塘旁边的游泳更衣室,那是一处不能再使用的破房子,他们脚下的地板已经半腐烂,那里的空气散发着浓烈的腐烂味儿,也能听到青蛙的叫声,他在那里觉得她白嫩、光滑、有着香汗味道的躯体已经没有任何一个地方他不可以用双唇和激动的手去抚摸去探索。

他还逐渐把她引向更远的地方。首先到沃龙卡河下游长满芦苇的潮湿河岸,然后到扎谢卡附近的灌木丛,最后到切本日茂密的橡树林深处。他们在榛树和盛开的野蔷薇花丛中互相拥抱，黎明的时候，他们在那里不仅可以找到山楂粉蝶，还可以找到体大的闪闪发亮的美丽的银螟蛾，那里的空气潮湿、芳香扑鼻，正如布莱尔先生小声称赞的那样：完美无缺。他在她耳边闻着。他喘着气。他已经不知道他身在何处，一切都像他听说的那样，一切都像他大胆想象的那样，同时又都不一样，他几乎要喜极成悲，因为他感觉到自己身体，由皮肤、气味、口感和触感组成的身体的重量感，同时也感觉其实这些都是虚无的，真令人感到惊奇，一切都是一个白、灰绿色光环，他在这个光环里自由飞翔，没有任何东西让他相信，在这一瞬间还有其他东西存在。

他想寻找阿古尔卡的目光，但是在半明半暗中很难分辨。

他们就这样长时间肩并肩地坐着，背靠一棵巨大的橡树干。他们手拉着手，他想，他一定要问一问九年前那个夏天发生在罂粟地里的事情，但是到目前为止一直少言寡语的阿古尔卡突然想知道，他的母亲和姐妹一年到头真的天天都穿连衣裙，手腕和脖子上都戴白色的绣花饰物，腰上围着最好看的蓝色、黄色或浅红色的丝绸腰带吗？她想知道他每天都做什么，他在莫斯科的学校里都学什么，他是不是特别爱自己的姐姐玛沙。

他欣然回答了她提的所有问题，他向她保证——啊，他确实向她做了保证，其真诚不也让他自己大吃一惊吗？——他爱自己的姐姐玛沙。

说完以后他才突然想到，他确实从来没有像现在这样与玛沙亲近。他从来没有像在这个夏天他在村子里碰到她时那样喜欢她，当他在尘土飞扬的乡村街道或者在通往阿古尔卡邻居家的台阶上碰到手里提着黑色医药箱的玛沙时——邻居家的儿媳得了产褥热——他才真正明白玛沙的舍己精神和善良。

也许,他又吻了阿古尔卡并保证,他也爱她。

他像爱自己的姐姐玛沙一样爱阿古尔卡。他无疑为确实爱她们感到很幸福,他也相信她们也爱他,尽管阿古尔卡没有说出口,尽管他每次在村子里碰到玛沙时,玛沙总是恳求他,叮嘱他不要夜不归宿,让全家人为他感到不安,她用难以理解的话语喃喃地说,他在虚度年华之类。这时候他突然想起——并马上告诉了阿古尔卡这件事——在玛沙不到两岁的时候,他的父亲就在日记中这样描写她,她是一个柔弱、有病的孩子,有着乳白色的躯体、卷曲的白色头发、大而神奇的蓝灰色眼睛——严肃、内向的表情让人觉得很奇特。她不漂亮,但很聪明,她终生会有很多磨难,她将成为一个永远达不到目的的探索者,不过不达目的她绝对不会停歇。

他还告诉阿古尔卡,父亲的预言实现了,玛沙正是成为了这样的人。

可能阿古尔卡笑了,一边笑一边用手指揉碎了一片榛树叶子。

不就是在这个时候她想知道到底有多少人住在庄园里?不就是在这个时候他跟他讲了还住在亚斯纳亚的父亲、母亲、坦妮娅、玛沙、列夫、米沙、萨沙和小万尼奇卡和已经结了婚、如今一年当中大部分时间住在离亚斯纳亚·波利亚纳不远的自己庄园里的谢廖沙和伊利亚吗?他不是还讲了关于自己的姨妈坦妮娅、所有的表兄弟姐妹和出家当了修女的姑妈玛沙的情况吗?

但是真奇怪,他记得,不仅仅关于他们。

对,不仅仅关于他们。

因为,令他自己也感到惊奇,带有同样的热情他不是还讲了已经死去的亲戚吗?关于他们在世时他从来没有见过的这些亲戚,在他还是孩子的时候，父亲经常详细地向他介绍他们，因此他不是有很多次似乎确实看到了他们吗？他不是讲了，他经常在漆黑的夜晚发现姨妈图阿涅特卷缩在客厅窗子前边的一个大型安乐椅上，姨妈佩拉格娅经常在他上床睡觉以后开始洗澡——她站在儿童卧室最漆黑的角落里，用肥皂搓身体，肥皂沫飞起来，在龙形的红黑屏风上空形成一朵泡沫云，叔叔尼古拉不知为什么总是坐在父亲工作室的那张黑色的皮沙发上，双腿交叉，手持拐杖，高大发亮的前额和漂亮的嘴上挂着慈祥的表情吗？

啊，他不是毫不迟疑地讲了那些死去的亲戚，似乎他们像他和他的兄弟姐妹一样活着吗？

在他开始讲述他们时，他才发现他们的存在有点儿奇怪。这不是唯一让他感到吃惊的吗？

很奇怪，实际上让人觉得很不舒服！

对，很不舒服，所以他不得不很快用爱抚和甜言蜜语重新哄她高兴。

从那天起，他所有的时间几乎都在村子里度过。

现在他觉得，他是在父亲还没有走出工作室，母亲忙于照看弟弟、妹妹的时候从家里溜出去的。他偶尔和家里人一起吃晚饭，一般在花园里，下雨的时候在凉台上——家里人在这个时候总是命令他或者乞求他饭后待在家里，下雨天就别到什么地方去了。他们严词警告，让他必须停止在村子里喝伏特加，停止吸烟、打牌，不要再去找茨冈女人。他听了，笑了，还亲吻母亲的面颊，显得真诚、热心，他毫不犹豫地保证，他以后会完全照他们说的去做。啊，他是做了这样的保证，但不是因为他想履行诺言，而是因为感到幸福,任何保证他都可以做。因为他感到母亲仍然带着爱意看着他。因为椴树从来没有像那个夏天一样散发着清香,因为茶前吃的李子味油炸包子从来没有这么美味,凉台浅绿色的阴影从来没有这样魔幻闪亮,茶杯从来没有那么漂亮,他的皮靴是那么油光锃亮,兄弟姐妹是那么友善、真诚,而当他黎明从村里骑着马穿过森林回来时,家里的安静充满香气和和解的希望。

啊,他不是从来没有感到像现在这样幸福吗?

看来没有任何东西可以破坏他充满的信心。

这种信心到处清楚可见。

就算当他从村子回家时,经常发现父亲带着阴郁、责备的表情面对他的到来。母亲在哭泣,明显是因为被她称作"他令人伤心的变化"引起的。还有玛沙带着越来越伤心的目光看着他。

没关系!

啊,就连八月份一个阳光灿烂的下午发生的那件迷梦般虚幻的事件也无所谓,当时他正骑马朝河边走,路上尽是抛撒的牧草和马粪,空气中弥漫着浓烈的苹果香味儿和灰尘。多么奇怪,他竟遭到村子里几个男孩子的起哄,他们一边怪笑一边偷偷地互相看着,他们用嘲讽的声音对他喊道,季莫费——亚斯纳亚年龄最大的马厩长工,那位长着总是沉思的眼睛和处事顺从的三十岁高个子汉子——完全不是他认为的来自村子里的一个普通农民,这个季莫费实际上是他父亲的孩子,也就是说是他同父异母的哥哥!

啊,他困惑地想着,没关系,与阿古尔卡在一起的这些温暖的夏夜似乎没有任何东西可以动摇他的信心。

而季莫费呢?

现在他简直不能想象,直到过了很久,直到九月返回莫斯科他才明白八月份那个阳光灿烂的下午来自村子的男孩子们对他进行尖声、讽刺性喊叫的含义，当时他背着邮包正在去捷里亚金基邮局的路上。直到回到位于多尔古-哈莫夫尼切斯卡亚胡同的家里，回到学校漫长、乏味的日子，直到杨树叶开始变黄，落在地上，他才猛然意识到，父母在说谎，没有任何事情像他想象的那样。

直到这个时候，他身怀恐惧地明白男孩子们给他说的是什么：季莫费是他的哥哥。

这个没教养的胆怯的马倌——是他父亲的儿子。

他总是沉浸在一种模模糊糊的感觉之中，似乎他的部分身体，包括血管、皮肤、指甲和头发根，还有自己的思想和感情，都与村子里的生活——亚森卡河岸边茅舍里的肮脏、臭气和贫穷密切相关，啊，不仅在他们家庭成员之间，在亚斯纳亚·波利亚纳的各个大厅里、芬芳的花园里和附近的桦树林中所过的体面的生活，这一切阳光和有保障的生活与外面陌生、充满威胁的阴暗世界之间，还有他一时找不到恰当词语来形容的两种生活状况之间，他自己与阿廖沙之死相关的无底黑暗之间，已经不再有明显的分界线。

随后而来的那个冬天比以往任何时候都更加糟糕。早在几个月前他的母亲辞退了布莱尔先生——如果他没记错的话，那是他说气话，向她宣称他想成为军官以后不久的事。在一般情况下，母亲冬天要做的事堆积如山，她经常很累，无精打采。他自己的心情反复无常，这对他们俩都是折磨，一会儿他对她很温柔，他确实觉得自己很爱她，亲吻她的手，向她保证，他一定尽全力变成一个好人，过一会儿他又旧病复发，对她冷言恶语，当着她面吸烟，暗示他自己在杰维切荒地附近的酒店偷偷干什么，要求她给他更多的钱用于买新衣服和娱乐，责怪她偏疼弟弟、妹妹，不爱他，千方百计让她感到不愉快。他爱自己的狗赫迪,在两年多的时间里,每当他放学回家,它总是用快乐的叫声迎接他并把他从脚舔到头,但是十一月底它被马踢了,过了两昼夜不得不用父亲的猎枪结束它的生命,免得它遭受更大的痛苦。这件事使他有一两个月的时间觉得周围所有的人都可恶,特别是与他一直同居一室的米沙,这样做当然特别不公平,因为米沙确实是唯一想方设法安慰他的人。这个冬天弟弟妹妹得病的次数也比平时多。萨沙要有人给她剪纸娃娃才能高兴起来,要给她一把枣吃或者跟她四手连弹钢琴才能哄她睡觉,但是小万尼奇卡——这个冬天他将满七岁——脸色越来越苍白,越来越寡言少语,并不知为什么开始把自己的东西分给大家:他送给萨沙自己的木马,送给列夫自己的笛子,固执地要把自己房间里所有的画挂到米沙床边的墙上——结果事与愿违,弄得大家都很伤心、惭愧和沮丧。

他记得,他曾亲口告诉母亲村子里的人说了季莫费什么。他从母亲惊慌的表情、沉默和难以掩饰的愤怒中得到证实,传说是真的——在同一瞬间他突然发现,猛一看不管是谢廖沙、伊利亚、列夫、他自己、米沙、阿廖沙还是万尼奇卡,都没有季莫费像父亲。

他曾经想过,他再也不正眼看父亲。他恨他。啊,他确实很恨他!

不过他自己不也感到羞耻吗?

好像季莫费的事以某种朦胧和令人反感的方式与阿古尔卡有联系。

他记得,明白了父亲为什么有意整个冬天都待在亚斯纳亚以后,他变得非常轻松——也记得,当父亲出人意料地出现在莫斯科时自己多么失望。失望和惊恐:就像他担心的那样,父亲的突然出现引出一系列噩梦般的事件。

好像魔鬼一下子就被放了出来。像往常一样回家探访的伊利亚几个小时之后就愤然离家而去。客厅里满是黑衣男女。不仅他自己,还有米沙,学业比任何时候都糟糕。客厅里挤满乞丐,散发出一阵恶臭味儿,不管怎么通风也去不掉。天气寒冷,风大,灰暗。最后,父亲到来仅几天,父母之间就上演了如此极端、可怕的画面。他自己后来一想起来就胆战心惊,吵嘴不仅以大喊大叫、威胁和流泪结束,到最后母亲绝望得跑出家门,想去卧轨。

“当然,”他想,此时他蜷缩在臭气冲天的车厢里突然生起气来,“她当然应该卧轨!除此以外,还能有什么别的可选择呢?”不过他很快就后悔了,羞愧地把军大衣朝双肩又紧了紧,并自言自语地说,她有什么办法呢?父亲在自己的小说中已经写了她该怎么办!一切都筹划好了,整个情节安排得天衣无缝!他从口袋里掏出手绢,把双手和额头擦干净,用力吸了几口久违了的木樨草的香味儿,他决定一旦有机会马上给母亲写信。“在乌法,”他想,“在乌法我可以寄信。”——在同一瞬间他想起来了,玛沙和谢廖沙已经把母亲送回家。由于伤心和绝望,由于在严寒中没穿皮大衣跑了好几个小时,母亲已经疲备不堪,并很快病倒了——她病得非常厉害,有好几天大家担心她有生命危险。

在母亲病危的那些日子里,父亲在什么地方,他已经忘记。然而他清楚地记得,平时不愿意抛头露面的谢廖沙一直得在母亲旁边,他握着她的手,给她喂面条汤,给她擦额头上的汗,同时用半严厉半哭泣的语调鼓励她,说她的病很快就会痊愈。坦妮娅和玛沙经常溜到父亲的工作室去,列夫好像被大地吞掉了——但是可能,这时候他突然想起,正是在这段时间,列夫在医院接受了电疗。他记得米沙被吓坏了,几乎一直在哭,萨沙和小万尼奇卡一句话不说,像小老鼠一样坐在儿童卧室里,翻看自己的图画书。

而他自己呢?除了静观他周围发生的一切,他还能做什么呢?

正像他平时那样,他不是干脆跑到住在格里涅夫卡的伊利亚那里去了吗?在伊利亚那里,在他讲完了一切,在他绝望地抽泣,在他哭得撕心裂肺以后,他的心情不是也逐渐宽慰起来吗?

啊,他不是刚到格里涅夫卡两天就平生第一次去猎狼吗?他不是津津有味儿地品尝了主人招待的所有美味儿佳肴吗?他,还有伊利亚,他们不是就着腌鲟鱼喝了很多伏特加酒,后来每天晚上他不是都让小安努什卡骑在自己的后背上吗?他不是非常欣赏伊利亚的几匹新马,练习骑马跨障碍,还学会了打文特牌吗?

啊,自夏天以来,他不是第一次睡得那么深沉而没有做噩梦吗?

他感到高兴和安宁,很快甚至不再想从格里涅夫卡离开的那一天——此时他发现,伊利亚一大早就走进他的房间,手里拿着一个白色信封,在他床边坐下,把手放在他肩膀上,他用伤心的哭声说,他们的小弟弟万尼奇卡突然染上了猩红热并在晚上死了,他,安德烈,听了简直要笑起来,他觉得电报的消息是假的、不可信的,啊,他很久无法理解平时爱笑的伊利亚为什么不笑,反而哭。当他最后明白了真相,当他突然意识到万尼奇卡已经死了的时候,他的第一个想法是电报的内容是假话,人们——由于他无法看透的原因——又要欺骗他。

伊利亚讲的事情实际上是与季莫费有关!

与季莫费和父亲有关,他,安德烈,觉得,父亲毫无疑问对发生的事负最大责任。

他还要对在万尼奇卡葬礼上母亲苍白、僵硬的脸负责。他要对那口玫瑰色小棺材埋入地下时母亲发出的尖叫负责，对随后几个月室内浓郁的风信子花香使那些日子沉浸在一种令人窒息的白色烟雾中负责，那段时间母亲几乎滑到发疯的边缘。

实际上让他记得的这一年的一切都是来自这个春天。他还记得，五月末全家返回亚斯纳亚·波利纳亚度夏以后，他重新找到阿古尔卡，在随后的几个月里，至少他自己认为，他比任何时候都更加爱她。比以往更加温柔体贴，但同时也更加热烈、更加激情。大概也更加苛刻——他越来越难以容忍的是，他们约会以后她一定要返回村子，返回那个漆黑、肮脏的小房子，她在那里与母亲兄弟们一起生活。

有一天晚上他决定与她结婚。

那天晚上很晚的时候，此时他想，大概就是在几个小时之前因为季莫费的事与村子里的一个农民动手打架的同一个晚上，当晚他回到家里时满身是血，令他感到吃惊的是，当他瞎编说自己撞到铁蒺藜围栏上了，大家都相信了——那天晚上很晚的时候，他躺在自己的床上，没有脱衣服，也没想睡觉，他躺着，看着花园里的灰白色桦树映照在柜子玻璃门上的，像透明阴影一样的灰白色树干，他决定，他一定要娶阿古尔卡为妻，啊，第二天他一定要找到她的母亲，向阿古尔卡求婚。

不过他想这样做大概有些愚蠢，他确实不想草率从事，他决定，他首先应该做的是把自己的决定告诉父亲。

他只是应该等待合适的机会。

一星期以后，有一天一大早，他断定父亲一定在工作室准备吃燕麦汤，写信或者玩单人纸牌游戏，他进去走到父亲身边，站在他的写字台前面，叉开腿，两手交叉放在胸前，用连他自己也感到吃惊的勇敢和大无畏精神说，他爱村子里的阿古尔卡·马卡洛娃，没有任何东西可以阻止自己与她结婚。

他已经记不清父亲回答什么了。

他只充满厌恶地记得，他哭了起来。他哭了起来，是因为害怕还是因为羞愧，他已经记不得了，转瞬间他就赶忙从那里冲了出去，愤恨不已，尽管他仍然坚持，不达目的决不罢休。

他记得随后几周他千方百计躲避父亲。

像过去一样，他继续经常与阿古尔卡约会。

随后秋天到了，学校开始上课，他生平第一次拒绝随母亲和兄弟姐妹一起返回莫斯科。他宣称说，他这辈子再也不想黎明就起床，用冷水洗脸，穿那种黑色的讨厌的校服衬衫，不想去普雷契斯金卡街附近的那座浅黄色建筑。学校里教的一切东西都是愚蠢和毫无意义的，如果他当军官在任何情况下都不再需要更多的知识。

他很固执，拒绝任何劝告。

九月初的一个艳阳天，他刚刚与母亲和兄弟姐妹在图拉火车站告别，就迫不及待地飞马直奔亚斯纳亚·波利亚纳，在茨冈人那里买了伏特加，把阿古尔卡带到下水塘旁边那个浴棚里，在那里亲吻她，发誓海枯石烂不变心。

但是他不是已经发现情况有些变化吗？

不管是他的语言还是动作，尽管这次他像以往那样做了一切，尽管他在那个潮湿、闷热的浴棚里用与过去相同的激情抚摸她，尽管这次他说的就是以往总是说的，他怎么觉得丝毫没有过去相同的含义？

啊,他似乎确实记得,跟以往完全一样,他们亲热完了以后,就紧紧抱在一起,坐在长满苔藓的浴棚的靠背椅上,当他在从墙上黑色芦苇叶的缝隙中透过来的微光中打量她的脸时,他惊异地发现她的表情发生了明显变化。

究竟发生了什么变化,他还不能做出正确判断。

她的眼睛和她的额头上仍然带有过去的亮光和相同晶莹剔透,她的眼睛还像过去一样有着灰蓝的颜色,她的嘴还是那么柔软,她的双颊还是那么圆润——然而他还是觉得隐约有些东西,有些不安,有某种东西大概与那些闪动的阴影有关系,还有,可能也是最主要的,他知道再过一会儿,她要动身回家了,她与他吻别——在同一瞬间她踏上了通往村子的小路,很快消失在榛树丛后边,变得无影无踪。

过了一段时间以后,他还是不得不返回莫斯科,尽管是暂时的:很明显,他必须提高自己的学习成绩才能进入特维尔的军官学校。

这个秋天他就像上一个春天一样恨这所学校。不过他比较容易地适应了那里的生活,他知道,不过就几周的问题。一个月,最多两个月。

十月中旬的某一天,他突然意想不到地接到父亲的一封信。

在他们上次分手的时候,父亲曾经庄严地保证不干扰他,但是现在他不能不写信,因为他,安德烈,还没有征询他的意见,因为境况痛苦地折磨着他,除了写信他想不出别的办法。

他到现在还一直记得父亲信中的内容,虽然不是一字不错,内容还是很清楚。

父亲一开始解释说,他,安德烈,在他们最后一次谈话时,完全误解了他的意思。他自己确实说过,按照他的观点,一个男人跟一位农家女结婚与跟一位公主结婚是一回事,没有什么区别,啊,跟一位农家女结婚可能更好一些,但这丝毫并不意味着他赞成像他现在这样与阿古尔卡·马卡洛娃结婚。父亲继续讲了大体这样的意思:赞成他这样做就是不仅对他,安德烈,对姑娘,而且也是,特别是——对上帝犯最大的罪。因为,尽管一个男人结婚是很自然的,如果他没有妻子不能过一种完整的生活或者爱得如此之深,以至于没有这个爱人就失去了完成自己职责的能力,但结婚和到村子里鬼混、与农民喝伏特加和弹吉他没有一点共同之处。如果一定要结婚,就必须三思而后行。因为他,安德烈,从做出这个决定开始,就千方百计用伏特加麻醉自己,还吸烟、弹吉他和进行各种各样的消遣,很明确他还没有成熟到结婚的时候。啊,这一切表明,他不仅没有考虑好结婚这个决定到底意味着什么,甚至根本没有考虑过,这一切不是他想结婚的表现,而出于一种非自然的、虚幻的状态,这种状态不会因为结婚而消失,恰恰相反,这种状态会更加剧烈,逐渐导致他毁灭。

父亲写道,如果他结婚,他的生活将毁掉,毁掉以后再重新开始几乎是不可能的,因此他不同意这桩婚姻。

父亲预言,如果他现在结婚,很有可能会出现以下情况——过一周,也有可能两周,他将发现,他不仅有一个他不爱的妻子,还不得不接受一个可恨、令人反感的妻子,此外他还要陷入妻子粗鲁、贪婪的父母的魔掌,他们不会让有朝一日将要继承一大笔财产的他逃出陷阱。因为他早已经习惯了借酒浇愁,在这些一起喝酒的亲戚帮助下,他会很快陷入酗酒的暴力之中,想到再过两三年他就要过那种不幸的生活心里真觉得可怕，那些年正是他应该开始过正常家庭生活的时候，如果他必须结婚的话。

随后父亲又重复说，一个人跟一个农家女结婚与跟一位公主结婚自然是一回事，现在所以说这件事，就是因为安德烈，在他想结婚之前，应该想办法静下心来，不要让与他最亲近的人丢脸，想办法找一份工作，然后做好这份工作，不是一周新鲜了事，而是要做一年或者两年。为了做好这件事，他必须要禁喝伏特加，而为了做到这一点，他必须停止与喝伏特加的人接触。

父亲在最后这句话的底下画了一条粗线，这一点他记得清清楚楚。

父亲接着写道，他知道安德烈此时正在遭受痛苦，他心里很难过——因为他在折磨他喜爱的母亲，因为他意识到，但同时又千方百计向自己掩饰自己的罪过，此时他唯一能做的就是承认这种罪过，在上帝面前悔过，在主的帮助下设法开始一种新生活。

一种新的、有道德的生活。

父亲自然也向他提供了怎么样开始这种生活的建议。

按照父亲的观点，有四种方法可供参考。第一，安德烈应该避免使用能够麻醉自己头脑的一切东西，最主要的是酒精。第二，他应该接触教育程度、知识、社会地位，甚至财富都比自己高的人物，而不是接触各方面比他低的人。第三，他应该改变自己的生活方式，至少有一段时期应该到远处散散心。

父亲正是用他能想象到的这些话结束了这封信。

他强调说，一切就是一个意愿的问题。

如果安德烈想过一种好生活，那么他自己很清楚，不仅知道自己是谁，还知道什么对自己最好。

因为,父亲在信中已经写了,有意愿就一定能找到出路。

意愿,此时他想起来就很反感——但这是谁的意愿呢?

当他不仅要停止去找阿古尔卡,还要出门远行两个多月——是他从未有过的最长的旅行,他遵行的是谁的意愿呢?

2

火车震动一下,速度慢下来。向前滑动了几百米,又强烈震动几下,最后稳稳地停住。火车离开萨马拉整整行驶了一昼夜,此时已经是清晨,朝霞像一层白灰色雾气笼罩着草原。这时候有人拉开火车的窗子,一股寒冷的空气涌进车厢,这是一股带有轻微的煤烟和潮湿杂草味道的新鲜空气。

等了几秒钟以后,人们开始在车厢内慢慢走动。轻轻的躁动、几声尖叫和呼喊很快又消失了:大家一下子知道了,由于无法知道,但也不会引起恐慌的原因,火车将在这里停顿很长时间,要过很多小时才能继续开往前线。士兵走下火车,像一股灰色的水淹过路基。大家伸一伸懒腰,有的去上厕所,有的坐在一起抽烟,喝几口温水和聊天。

他自己则与其他人保持一定的距离。

他半躺着,把头靠在一块石头上,似乎觉得有些孤单。广袤的大草原展现在他眼前,一群乌鸦在路基附近的茅草上空飞来飞去。几百米以外有一片房子。突然他看见一个戴着花头巾的女人从距离最近那个房子敞开的矮门走出来,他看见她手里提一个桶,转瞬间她就站到了门外边,她好像还没有完全睡醒,不慌不忙、心不在焉地把桶里的水倒在房子旁边的一个小石头堆上，然后转身消失在当门用的帘子里。他仔细看着她，仿佛她微驼的身体的样子有特殊的意义——这个景象的日常性突然冲击着他。啊，那个女人倒了水，理了理额前的头发，忙着去做早晨的家务，这使他有瞬间恨她，恨她缓慢、恰到好处的动作，还有沐浴她的温柔霞光，恨茅草上空的黑色乌鸦，恨向日葵以及消失在那片房子中间的那条长满杂草的小路——似乎是一种晕眩或者是一种坠入梦境的状态，一种似曾有过的亲近感，强烈的怀旧感使他哀叹并迅速闭上了眼睛。

一瞬间一切都静了下来，他不久才见的东西从没有存在过。

突然，传来父亲的声音，遥远的，比平时更有穿透力，奇怪地激昂并如此真实，他，安德烈又发出哀叹，并以难以忍受的动作用手盖住了眼睛。

但是声音没有沉静下来，还能听得见，轻轻的，有特别的穿透力，无法躲开。

他觉得那声音似乎来自遥远的过去。“那时候我有多大？”他想，“五岁，可能六岁吧？”

而实际上这一切很可能只是一个游戏。

此时他听到的父亲的声音，确实来自很远的地方，那声音来自黑暗，但不是随便一种黑暗，而是一种散发着呛人的浓烈灰尘和樟脑味儿的黑暗，那声音很尖、很情绪化，富有激情和感召力，它尖锐得像一把刚磨过的剃刀。

这不就是他对父亲声音最早的记忆吗？

他只有几岁的时候，他坐在一种装衣服用的深棕色的大衣筐里，家里人春天从莫斯科搬到亚斯纳亚·波利亚纳而秋天再搬回城里的时候使用这种衣筐。他盘着腿，双手抱着头，眼睛上蒙一块布条,坐在盖紧盖子的筐底上,他被父亲和其他的兄弟姐妹在房子里滚来滚去,不仅进出一个房间接着一个房间,还在轻轻颠簸和震荡中在楼梯上下滚动,衣筐最后停下来,但究竟停在什么地方,他已经无法辨别,他头昏脑涨,当他在越来越惊恐中试图在这个充满灰尘和黑暗的混沌世界辨别方位时,传来父亲越来越清楚的声音,正是这个声音经年未变——尖锐的、不耐烦的、带着轻微能察觉的色彩,好像在表达一种愤怒,同时又有被压抑下去的笑声。

你现在身在何处?——他听到父亲说——立即回答!快说出你在何处,你只有三十秒钟的时间!

这时候他迅速把手从眼睛上拿开,并站起来。太阳已经升起,离地平线有了一段距离,薄雾已经消散,一群山羊在离路基不远处吃草。他从军大衣口袋里掏出一支带过滤嘴的香烟,点着以后只吸了几口就扔掉了。

他对面临的事并不感到害怕。只有强烈的厌恶。

当火车重新启动时,他坐到充满烟味儿和潮湿闷热车厢里的座位上,他想起后来有好几次他感觉到,父亲的声音全变了,有好几次都这样,完全不一样了,几乎难以想象是属于同一个人的声音。啊,不是出现了这样的情况吗,不再是高声、尖锐,而是温柔、近乎哽咽吗?由于没牙说话口齿不清,不是突然变得吐字清楚、声调温柔、清亮吗?那声调使人想起不冷不热的燕麦汤的光滑可口。啊,有些瞬间他的声音确实如此,温柔、清亮和谦和,但转瞬间就能变得不耐烦、尖锐,他的声音不是确实可以轻如香烟薄纸,也可以重如凝固的锡块吗?

是啊,安德烈想,这个声音可以快速和急剧地变化,可以突然出乎意料地如波浪式水晶般爆发出热烈的笑声，它像急流一般带走一切。

回忆让他充满忧愁。

他一细想就觉得有些奇怪，他对父亲声音的记忆充满矛盾。

因为在记忆当中不是还有把它们联合起来的东西吗？某种永恒，不取决于声音音调轻重，某种不安——他的声音不总是承载着半明半暗模糊不清的信息吗？啊，父亲讲的所有的话难道不是都有言外更加深刻的含义、有吸引力但总是无法把握、当你觉得近在咫尺唾手可得的时候，它总是立即消失，不仅留下失望，不是还有，特别要指出，还有些许的负罪感吗？

还有这种令人讨厌的魔咒的特征！

正如他说的，父亲的声音具有无可争辩的巨大力量！

父亲的话可以使世界随意缩小或膨胀，它们可以使餐桌上的菜在这一瞬间变得色香味俱全，在另一瞬间使它们味如嚼蜡，它们可以使花园里的杨树树涛如歌，也可以使它们变成枯死的木桩，可以点石成金，也可以在另一瞬间使花房屋顶上蓝色的鸽子消失，仿佛它们从未存在过。

他想，多么荒唐，多么无法描绘的荒唐！

他又厌恶地想起了他们所有的亲戚，尽管很多年前他们就死了，但是他们一直留在亚斯纳亚，他记得父亲的哥哥尼古拉一直坐在那把黑色皮沙发上，他跷着腿，双手扶着拐杖，又高又亮的额头上总是挂着慈祥的表情，这个额头像由一层薄皮覆盖的石膏面膜，它的太阳穴永远停止在跳动时的那一瞬间。他又想起，他怎么样在漆黑的冬季夜晚在下楼梯的路上经常遇到一只手拿着点燃的蜡烛的图阿涅特姨妈的身影，想起死去的姨妈佩拉格娅怎么样在他要睡觉时在儿童卧室漆黑的屏风后边洗澡，总是在母亲进来道晚安的同一瞬间消失，真可恨，算计得那么准确。

更不用说关于他父母的各种各样奇怪的故事了！有这样一个故事，父母结婚前不久，有一次父亲在波克罗夫斯科耶的一张牌桌的绿色台布上，用粉笔为母亲写了一段话，每个字只有开头的字母，母亲就能毫不犹豫、一字不差地读出其内容。还有，父亲写过一个故事，仔细描写了自己与母亲的订婚、新婚岁月——母亲在波克罗夫斯科耶有祖上留下的庄园——音乐晚会、月光下的散步、紫丁香棚下的窃窃私语，和结婚初年婚姻的幸福、吵嘴与和解——尽管写这个故事的时候母亲只有十四岁，父亲跟这个家庭几乎没有交往，故事中展现的内容后来每一项都应验了，其实这些内容都是他头脑中的想象和梦想。啊，父亲的话有那么神奇的力量，他想起来很反感，父亲的话有那么大的力量，多年以后母亲在自己的日记中，至少据玛沙说，似乎无意中表达了对自己最初几年婚姻的失望，表达的内容似乎一字不差地取自父亲写的这个故事。

真讨厌，他又想起来了，彻头彻尾地讨厌和令人反感！

但是此时他的脑海里突然出现了一段完全异样的记忆。他似乎清清楚楚地看到了跟父亲的声音没有任何关系的一个场面。跟父亲的声音没有关系，至少在最初的一瞬间他是这样理解的——他突然跟米沙和拉科小姐一起待在老苹果园里。

他看到的是一派非常明亮的景象。他们显然是正走向沃龙卡河。

在绿色蜂房周围不远的地方，蜜蜂嗡嗡地飞着，太阳把长长的透明阴影投向他们走的小路上，苹果树垂下鲜亮的红苹果。拉科小姐正朝米沙弯着腰微笑着，米沙回答着什么，一群白色蝴蝶在草地上空飞舞,在同一瞬间米沙的目光与他的目光相遇了,在米沙转过身把明亮的眼睛朝他这边看的同一瞬间,一切都停止了——而就是米沙这个动作,这个迅速的动作,成了整个场面的中心,表面上看没有任何意义,但是他有一种强烈的亮度,如今,二十多年过去以后,它仍然能使这个场面一次又一次地出现在他内心的目光里。

但是他想起来,他在苹果园里看到米沙的那一幕可能不准确,可能没有他赋予的含义,但也不是不重要——可能正是在那个下午他们与拉科小姐一起散步途中遇到了正在收割牧草的父亲。米沙后来在从巴黎写给他的一封信中详细向他描写了那个下午发生的事情,可能当时他们和父亲面对面站着,父亲穿着农民衣服,满身是汗,浑身脏兮兮的,像他们一样大吃一惊,看到自己的儿子仪表堂堂、一副绅士派头,既吃惊又羞愧,他,安德烈,和米沙与父亲一句话也没交谈,转过身迅速回到那栋白色宅邸阴凉凉台里去玩耍,或者去了大厅,母亲正在那里准备给大家用大锡壶煮茶喝。

"真难堪,"他想,"让我们三个人都很难堪!"

况且还有父亲这些信!

总的来说,也许首先是信!

因为,难道父亲的声音,表现在信里不是特别清晰吗?那咝唏不分、明亮柔和的语气,以及阴郁刺耳、带有旧锡一样颜色的、更加尖锐的语调在信里不是比任何其他地方都更响亮吗?

他重新想起了那封信,父亲在信中说,桌子可能是一张桌子的一部分,也可能根本就不存在。父亲在信里建议他不要和村子里的阿古尔卡·马卡洛娃结婚。父亲在信中,在他起程去塔普登科沃以后,责怪说,他要用十六辆车才能把他自己的东西搬走。后来父亲写给他的，训斥他对待奥尔佳的方法，责难他的恶习、酗酒的弱点、他生活方式中最不合理的细节以及发生在他身边的各种事情的所有的信他都记得——比如他怎么会不记得父亲对他与奥尔佳结婚不久就非得要买一件有豹皮领子的皮大衣感到愤怒，还有对列利亚·谢韦尔佐夫作为礼物送给他的唱机感到愤怒，他和奥尔佳夏天住在亚斯纳亚他的老房间的时候，每天上午都听茨冈人民歌和柏林舞曲。

不过此时他想起，不是还有完全不同性质的其他信件吗？

有，他自言自语地说，当然有这样的信，父亲在这类信中表示爱他。父亲在信中写道，他最疼的是他，安德烈。

"我很爱你。"有一次父亲不是这样写，他的语调不是既温存又热烈吗？

"你有很多缺点，"他这样写道，"但是你有一颗善良、真诚的心。"

父亲不是也在某种场合——大概是他，安德烈，离开特维尔的时候——对他说，他不仅会怀着喜悦重新在亚斯纳亚·波利亚纳看到他，而且会把他的到来看作是浪子回头金不换。

啊，父亲对他，安德烈，对他的爱大概胜过对其他任何儿子。

父亲当然写过这类的信！

不过，他转瞬间就想到，这究竟有什么意义呢？

父亲写这些话的真正用意是什么呢？

因为他最想知道父亲爱的表白到底是针对谁说的？

就在他写的下一封信里说他感到很惊奇，他在思想里经常把自己的儿子混淆起来。他把谢尔盖当成安德烈，把安德烈当成谢尔盖，把他们俩都当成伊利亚。啊，当他讲到他们时，他还经常张冠李戴。他难道没有写——当他这样想的时候似乎也听到了父亲的声音:松散、慵懒和带有令人难以忍受的得意腔调——他难道没有写,铭刻他意识中的不是很多人而是唯一一种特性吗?他难道没有写保留他内心里的是大家共有的东西,综合不同面孔、事物和感情的非个人的东西吗?某种客观的、被他视为艺术本身先决条件的某种东西吗?

似乎他的亲人只是他艺术的先决条件!啊,艺术本身!

在另一封信里,一封令他很反感,以至于打消了不久前计划的去亚斯纳亚的念头的信里,父亲不是详细描写了他做的一个梦吗?

"肯定,"这时候他想,带着相同的反感,"肯定是一个令人厌恶的梦。"

父亲描述了他怎么样在梦中试图赶走一个儿子——这个儿子不是一个个体,而是伊利亚、谢廖沙和他自己的综合体。这个儿子不想走,这使得父亲很内疚:因为他使用了暴力,不过也因为他无法如愿把他赶走。这时候那位综合儿子把他从椅子上推下来。很明显父亲有一段时间忍受了这种挑衅,但后来他跳起来,抓过那把椅子,朝这个儿子砸过去。这时候他总算达到了目的,这个儿子逃跑了。

这——父亲写道——让他更受良心的谴责。

良心的谴责!父亲的声音没有扬扬得意。因他在梦里——因而也在现实生活中——导演了他在世上最期望的事件而有的得意。

"而叶连娜·康斯坦丁诺夫娜?"他继续想。啊,如果不是父亲在一封信里提到"公爵小姐"一词,难道他会爱上她吗?甚至,难道还会遇见她吗？难道还会跟舅舅萨沙一起去长途旅行，沿着伏尔加河到阿斯特拉罕，到里海，到巴库、弗拉季卡夫卡兹、第比利斯和高加索吗？

叶连娜·康斯坦丁诺夫娜确实是格鲁吉亚公爵小姐。

舅舅萨沙和他在旅途在第比利斯停留时，他认识了她，在那个夏天短短的几周里与她有接触，一段连续几天虚幻、炎热、平静的日子，此时他想起来了，他后来认认真真思考过，到底有没有这次会面。他想，他在晚上就要入睡的那一瞬间，或者在夜里痛苦、惆怅的梦中，唯一能记住的是她的脸——那张脸像盖伊的一幅画中画的那么漂亮，但同时神秘地、令人不安地与其他事物没有任何关联。在他的记忆中，她的脸总是对着他，她的目光总是对着他的——或许不是对着他的，而是对着一个陌生的观察者。

“她是谁？”他会这样自问，“她观察的是谁？”

他记得伏尔加河上的波光粼粼，有烟和泥土的气味儿。广袤草原上的羽毛草随风飘荡，如同一片薄薄的白色火光。一座木质小教堂建在河岸很近很近的地方，看起来就像漂浮在水面上，随后看到几个样子破败的村庄。蒸汽船渡口有几位头戴白色手帕的妇女在兜售绿皮西瓜、炖肉、大个儿圆面包和自酿的格瓦斯——与这一切形成鲜明对照的是她的脸：漂亮、苍白、没有表情，随后马上又消失了。无影无踪。被草原上滚滚浓烟、潮湿和清晨的寒冷吞没。在萨马拉他们在卡尔梅克人那里买了马乳酒。在阿斯特拉罕的渔港码头上，渔家坐在酷热的阳光下吃饭，他们在石板上铺上毯子，煮茶的大壶闪闪发亮，狗热得张着大嘴喘气，鱼腥味儿浓烈、呛人。渔贩子在那里高声叫卖，萨沙舅舅穿着笔挺的白色西服，站着靠在一棵杨树上，河滩平坦，河水中油污斑斑。

突然,他记得——一种意想不到的自由感。他不是别的,仅仅是这片陌生大地上的一个观察者、一个陌生人。

沿伏尔加河的某个地方,他们穿过一处洪涝区,污黑的水几乎一眼望不到边,当人影攒动的这条白色蒸汽船穿过这片广阔的水域以后,这里闪光的水面不时与沙浅滩和有花园、低矮木房、柳林的小岛交替,他们坐在甲板上,与跟他们讲述德雷福斯事件的两位法国人一起吃西瓜。有时不知为何萨沙舅舅特别激动,他不得不一次又一次地用手绢擦额头上的汗,一个穿着白色西服的小男孩在附近的桌子上吃着俄式水果肉饼,男孩的母亲轻轻地靠在椅子上,转动着手里的白色遮阳伞,她还不时地掸去桌布上的饼渣儿。后来他还记得,有一次她举起戴着手套的手,朝他们的方向挥了挥——这个动作他一直记得很清楚,但其含义他马上就忘记了。

他们在七月初的一个早晨到达第比利斯。

他事后对那座城市本身印象并不深刻,只记得那里天很热、很拥挤,舅舅萨沙在一个市场买了一块地毯,他们去了第比利斯郊外的那座宫殿,其宏大和气派大大超过了他的预想。

人们以好客和热情的态度接待了舅舅萨沙和他,问候他的父亲并很有礼貌地听他们讲旅途的故事,事后他一直没有搞明白,他为什么那么好奇、有那么多期待,参加了为他们安排的联谊活动,所有的晚宴、歌舞演出和文学晚会,他是那么活跃和健谈,是过去从未有过的。不过实际上他不是也似乎察觉到他在参加演戏吗?在这出戏中他不是占据着一个完整的角色吗?难道他没有察觉到叶连娜·康斯坦丁诺夫娜也参演了这出戏吗?——她在恰当的瞬间出现在客厅里,不明显地向他微笑,把手放到嘴边以示问候,那样轻轻地挥手,以至于根本不可能猜到其中的意思并几乎马上又消失了。

有一天去爬山。

时间已经到了晚上：天气不冷不热的，黄杨木散发着清香，山羊在牧场上吃草，微风吹拂得银冷杉像发了虐疾一样颤抖。

大家在一个最美丽的景点下了车，有说有笑，偷偷地交换目光，马不停地用蹄子刨地——突然，就剩下他和叶连娜·康斯坦丁诺夫娜两个人了，是人们有意还是偶然，他后来无法断定。叶连娜·康斯坦丁诺夫娜靠在峭壁上的那个低矮的围栏上，她转过身看着他。

等待。

也可能是不知所措。

他无论如何似乎很快就明白了，不仅是她而且是整个环境都期盼他——他一下子就以为，他好像爱她，后来他记得当时的情景，没有给自己时间考虑，他提了应该提的那个问题，那个问题在到他嘴边之前似乎早已经在他们之间无形地环绕着。

他几乎没想这是怎么发生的，他，安德烈，向她求婚了。

后来他一直没想起来她是怎么回答的，她根本没有回答，还是她只是轻轻地点了一下头表示同意他的求婚，他想不起来他是否亲吻了她，是否用手搂住她的腰或者用手搂住她笔直、白嫩的脖子——他可能长时间看着她的脸，就在他眼前，当时他清楚地看到了，她的脸像一幅美丽、构图精美的画，所以精美是因为用一种神奇的方法把它巧妙地构建在一个真实世界与一个艺术创造世界的边际上：似贝壳内白的额头、高高盘起的漆黑头发、深红色的嘴，这一切镶嵌在近乎黑蓝色的天空和夕阳的余晖中，这种明亮、人造的光似乎一直在增加光度而不是逐渐在变暗，使得她的脸散发出一种特殊、强烈的光彩。

如果说他后来仅仅对求婚本身只保留一点儿模模糊糊的记忆,那么他对随后几天的经历也仅仅有一些模糊的记忆。他必须要在她父亲面前正式向她求婚。肯定也有一些庆祝活动、祝福,可能还有订婚礼物,他肯定有被爱的感受并一次又一次向她倾诉衷肠。在那里一定也会有告别、脉脉含情的话和面对未来的誓言。他记得,他一直记得舅舅和他怎么样重新开始他们的旅行,怎么样在高加索的一个火车站阳光下走了走,他们买了葡萄、杏仁并从一个街头小贩那里买了一瓶卡赫齐亚葡萄酒,在靠背椅上坐了一会儿,吸烟,惊叹那里的宁静、山峰的秀美,惊叹几乎所有路过他们的人都是有明显亚洲特色的脸,他们谈论这次旅行,谈论伏尔加河上游广袤的草原,下游深邃和奇特幽静的山谷,谈论在巴库的一个街角差一点儿绊倒在死狗身上,但是他们一个字也没有提起他的求婚、古雷里公爵小姐,更没有提及他们在第比利斯逗留的情况。他记得,他们坐在餐车上,订了丰盛的饭菜,有熏鲟鱼、黑色鱼子酱和高加索鸡,他们又喝了一些葡萄酒,然后美美地睡了一整夜,他们黎明醒来时,火车正好经过捷列克河,快到名为皮亚季戈尔斯克的一个小疗养地。这些他记得很清楚。他们越朝北行进,他与叶连娜·康斯坦丁诺夫娜相会的情景似乎越虚幻,他们通过多山的大地几天以后便慢慢进入肥沃的平原,那里流水缓慢的河流和大片的森林。当他们靠近莫斯科时,他坚信从来没有发生这次会见,他完全没有再想起她或者自己这次仓促求婚。

啊,他此时想,仿佛已经发生的一切,随后一年接踵而至的一切:他的求婚和他宣布上次订婚是一个误会的信,一两个月以后关于她试图饮弹自杀的消息,她兄弟要进行报复的威胁和他对可能不止一次的决斗和夜里被谋杀的担心仿佛这一切都跟他自己没关系。关于她备受折磨的细节——由于自己的伤，但是也由于悲痛——和她在第二年二月最终死去，似乎跟另外一个人有关，造成这个后果跟他，安德烈，没有任何关系。

此时他想起来，他除了担惊受怕——既不懊悔也不感到羞耻——还感到他是无辜的，啊，他感到自己被迫做了那件事，违背他的意愿，他不想这样，甚至都不能够对此施加影响，难道不是这样吗？

人们为什么为了一件实际上他从来没有做过的事而威胁他、谴责他、指控他呢？

这么多谴责！——他想起来很生气。——这么多令人讨厌的虚伪！这么多谎言、这么多肤浅的劝告和毫不相干的恐吓！

就更不用说还有所有的绝望、惊恐和气急败坏！

与此相反，他突然重新看到了奥尔佳紧靠在他身边站着，她此时比过去更加清楚、内心更加难过——正是在那个雷鸣电闪的七月下午，母亲在亚斯纳亚·波利亚纳的公园里给大家照了很多相——看到她双臂紧紧交叉放在胸前，齐肩的黑发在阳光下闪闪发亮。

她确实紧靠着他站着。啊，她不是还把头靠在他的肩膀上吗？

此时他似乎还记得她的汗味儿和可能是花露水的香甜气味儿。

照相的时候，他戴着军帽没有摘。一方面他讨厌光线太亮的照片，那使他越来越厉害的秃顶看起来像列夫学习时使用过的令人生厌的头盖骨，那个稍微褪了色的人的头颅如今放在莫斯科他房间的窗帘后边。不过还有其他的原因,也许是最重要的原因,当时的气氛过于庄重,奥尔佳有些忸怩,母亲过分操心的指挥,让他有些不耐烦、情绪不好,啊,差一点儿发脾气。

相片是在网球场附近照的。一共十三个人,也可能是十四个。他记得姑妈玛沙穿着黑衣服,驼着背,她戴眼镜,由于近视,那年夏天之前整个一周她都在一个粘着很多死苍蝇的蜘蛛网底下祈祷,还以为那里是一个圣像,那苍白没有表情的脸围着黑色的修女头巾,让人看了很不舒服,使人想起一座带有数字表盘的钟。他记得坦妮娅和父亲坐在一个靠背椅上,周围是盖伊和一位他已经忘记姓名的客人。奥尔佳和他自己、谢尔盖、列夫、伊利亚、萨沙和另外几位客人站在靠背椅后边。米沙坐在坦妮娅的脚旁边,嘴唇上总是挂着让人琢磨不透的温和而友善的微笑,双手总是紧紧地握着网球拍。母亲在照片的最左边摆着姿势,戴着白手套的那只手轻轻地放在姑妈玛沙穿着黑衣服的肩上,加上她明亮绣花的连衣裙,效果非常好,而这时候他想,母亲绝对意识到,这会与那周围黑衣服的陪衬形成鲜明对比。

在兄弟姐妹当中只有玛沙不在照片上。

拍照一结束,那忙乱的瞬间过去以后,那是迟疑和出现在这些场合的无所适从的暂短瞬间,大家都带着一种既轻松又失望的奇怪情绪马上去忙自己中断的事情。他们想迅速恢复被拉去照相前的状态,想忘掉刚才为了显示自我所做的种种表演,这些照片很有可能在他们自己死后也被保留下来。父亲、盖伊和客人们围坐在花园里的白桌子旁边,继续由于母亲拿着照相机出现被打断的关于社会主义的激烈谈话。片刻犹豫以后,伊利亚和列夫也重新加入他们的行列。

但是他自己呢？他、谢尔盖和米沙呢？难道他们没有以要继续刚才中断的事情为借口离开大家吗？难道他们没有，主要考虑到他们大家热烈依恋盖伊，尽管他们不赞成他的观点，也不赞成父亲的，没有离开去干别的事、去网球场、去河边或者去骑马吗？

啊，难道他们，至少他自己，整个那个夏天不是千方百计避免和父亲进行深入的谈话吗？这类谈话，或者说讨论，总是不可避免地导致感情分裂、愤怒、绝望和激烈争吵。但是由于照相而中断之前的那次，他们不正是被吸引到了这类的讨论中吗？啊，当母亲过来打断他们的时候，他们不是真的很生气吗？

他记得，他们三个越来越难控制自己，如果他们辩论不成功的话，越来越难不向父亲喊叫，吼他是什么也不懂的梦幻者、谎言家。他记得，列夫总是带着一种令人敬佩的克制语调指出，父亲宣扬的是纯粹的社会主义，父亲的所作所为无异于革命者，虽然父亲不这么认为，说父亲和他的学生们，特别是犹太伪君子契尔特科夫，是发生在俄国的可怕事情的幕后支持者，是所有像瘟疫一样传遍全国的暴行、掠夺、罢工和纵火的幕后支持者。

他似乎记得这一切，这时候父亲正像他通常做的那样，解释说，列夫的看法是错的，他自己进行的反对资本主义的斗争是一回事，而社会主义则是另外一回事，啊，父亲用具有穿透力的金属声音强调自己通常的说法，即革命者与他自己的根本区别在于，前者相信暴力是战胜专权的一种手段，而他自己则反对暴力，因为暴力除了进一步导致更大的压迫以外，不会有任何其他结果。

现在他，安德烈，想，所有这些他们还能够接受。

不过随后父亲强调，就像过去很多次一样，毕竟还有一条道路，一条反对专权既不同暴力也不与它同流合污的道路，即觉醒的道路，或者说上帝的道路，这时候他捋着胡须，以一种令人讨厌的温和与阳光的语调说，人应该千方百计遵从上帝的意旨，人必须这样生活：每一瞬间都是其他人的典范，他用那种他们永远也搞不清楚是表示爱还是表示藐视的目光看着他们——啊，这时候他们的忍耐到头了，他们真的生气了，对他大喊大叫，发誓并威胁说他们要离开亚斯纳亚·波利亚纳，永远不再返回。

哎呀，他想，突然内心充满懊悔，他自己怎么能也生父亲的气呢？

他怎么可以这样激怒父亲？他怎么能这样反对父亲呢？为什么偏偏在这个时候？为什么偏偏在他们父子俩明显表现互爱的时刻？当他确实感受到父爱时，啊，他不是比任何时候都更清楚地感受到父亲的爱吗？

真是个浪子。父亲不正是这样称他吗？

但是，很快他又不得不想，这究竟意味着什么？

可能仅仅是言辞？可能不是什么别的，仅仅表示父亲对《圣经》要义的热爱。

再说了，列夫说得完全正确！

社会主义者过去是，他想，现在仍然是对现存一切社会秩序的威胁。他们是魔鬼，不尊重任何神圣的东西，不管是宗教还是沙皇，没有法制和道德。一群暴发户和犹太人，啊，是一群假装同情穷人的幻想主义者，但实际上他们是贪财和热衷于权力。

他非常恨他们！他非常恨父亲，因为他倾向这些歹徒、这些窃贼和谋杀者！

啊，母亲的到来，他想，确实解围了。

此时他突然想起，母亲穿得那么漂亮，有些特别。大家聚在一起是不是庆祝什么，早已经被他忘记的命名日或者生日？此时他又想起了后来晚饭时他们吃的那顿饭，餐桌上的饭菜极为丰富，多拉上汤时动作小心翼翼，他甚至似乎还记得那糖渣中的油炸圈饼、压低的声音、刀叉碰到盘子时发出的清脆响声和黑色狮子狗在远处发出的狂吠声。

他又重新看到了奥尔佳。

这件事应该发生在照相前不久。

她沿着有一半已经长满草的花园小路走过来。当她接近那张白色的花园桌子时，他看到，她有些打不起精神来。他想，她应该处在怀孕初期，很难受，会出现一直令他反感的突然呕吐。她对着他微笑，很友好，但是也有些奇怪地心不在焉。

好像她还有一半仍然处在她刚刚离开的处境。什么处境，他不知道。

他猛然产生了一种激烈而毫无道理的醋意。

大概正是因为这个原因他才冲过去拥抱她吧？当着所有在场人的面，还带着令他们俩都惊奇的热情。当着那位严肃的玛沙姑妈，当着父亲、母亲、兄弟和所有的客人。大概正是由于这个原因——现在的他觉得这简直不是真的——他心安理得地亲吻她，不仅仅亲吻她的手、额头和面颊，还有她的嘴和咽喉处她那雪白、闪着微光的皮肤吧？

他觉得正是这一分钟带着闪电般的清晰在他的脑海划过。记得她热而柔软的肌肤。白嫩项颈和轻轻、微微察觉的脉动。突然的安静。丝丝甜甜的花露水香味儿。最让他感到可怕和痛苦的，也许，不是他已经做的而是他没有做的事情。有件事他本来应该做但却忽略了。啊，他猛然觉得那里似乎一直有某个东西，但此时消失了,好像那里有一种形式,几个字,一句话——那件东西,他只要能发现它,只要他不过分消极根本不想去寻觅它,这个东西就能改变他和奥尔佳的生活,把他们的爱情从预感或梦想变成某种坚实、具体的东西,变成某种有清晰轮廓的、实在的、可能的东西,它也永远不会再消失、再蒸发掉。

"这到底是些什么字?"他想,"到底是些什么字能改变一切?"

他一下子变得茫然不知所措,胸闷、压抑。他在花园那里真的当着所有客人的面亲吻过奥尔佳吗?而如果他真的那样做了——那举动意味着什么?这与其他多多少少是偶然的接触有什么区别吗?这难道不是像树枝在窗玻璃上摇晃、连衣裙边在长得高高的草丛上飘动一样空洞和没有意义吗?

他什么时候向她倾诉过,他是多么爱她?或者感到自己爱她?

如果当时他确实亲吻过她——亲吻她时难道不是仅仅有意让别人看吗?

难道他自己不只是旁观者吗?

说实在的,他记住的究竟是什么呢?

此时他似乎看到,奥尔佳把手放在坦妮娅的肩上,看到她朝那张花园桌子俯下身去跟谢廖沙或者是列夫说了几句什么。他看到她笑父亲的话。看她怎么样朝餐桌弯下腰,把一勺汤送进嘴里,她怎么样咽下去,怎么样放下勺子并用白色亚麻布餐巾迅速、谨慎地擦干净嘴。他看到,她怎么样帮助多拉沿通向网球场的沙石小路拉婴儿车。她怎么样弯下腰捡起红色的槌球和她怎么样在换好睡衣以后,用缓慢的动作在库兹明茨克厢房顶层蓝色客厅里的穿衣镜前散开自己的头发,这间明亮、漂亮的房子有两年时间用作他们的卧室。

但她的目光呢？啊，他从来没成功捕捉到她的目光。

他想起来很害怕，总的来说，他记得她不是对着摄像者而是对着他，安德烈的目光吗？记得落在他身上的目光吗？

他们共同度过的第一个夏天的时候呢？随后秋天的时候呢？

或者哪怕婚礼的时候呢？那是一个风大、阴冷的一月天，下午很晚的时候，黄昏早已降临，只有家里最亲近的人在场，有他的母亲和他的兄弟以及奥尔佳的父亲和其中的一个姐妹，他们在乌德河左岸的白色小教堂中最不显眼的一个举行了婚礼，那个时候呢？

当他在即将举行婚礼的那天早晨在图拉旅馆的房间里醒来时，他很长时间都不能反应过来自己在哪里。

他记得他做了一个奇怪的梦。他首先梦见阿廖沙从亚斯纳亚·波利亚纳的老苹果园里飞过来。已经是春天了，阿廖沙在茂密的苹果花中很难被看清楚，那苹果花像一束流动的强光照射在布满节疤的苍老树干上。有一会儿他觉得，阿廖沙好像在玩捉迷藏，他的身影不时出现在白花中，但总是出现在最让人意想不到的地方，自始至终又笑又招手。只是间隔越来越长，时间越来越短。最后完全停止露面——好像他已经消失或沉没在周围的白色之中。那里没有别的，只有一种刺眼的光。光在慢慢熄灭并失去色泽，最后变成了一个灰色、透明的宇宙。

在梦中的这个瞬间，他发现自己孤身一人待在之后不存在的一个世界里。他一个人在一个空旷的宇宙里转圈滑动，或者更确切地说，在飘——但是没有自由，在他周围有一个他不认识的中心。一个隐形中心——但还是有某种东西抓住他不放。好像是一根脐带。或者是某种形式的引力。

他没有害怕。确切地说他很好奇。

这时候他发现,他们环绕运动的中心是一堆字母。一大堆黑色小字符,精心镀了一层特别像老化了的锡的东西。带有圆边的沉重字符拼在一起组成字。这些字符,这些镀锡字母像他自己一样处在不停运动状态。也像他自己一样,转着圈慢慢飘动。然而毫无疑问它们自始至终组成相同的字。也正是这些字、这些慢慢飘动的字构成了这片昏暗,这个宇宙的中心。

他发现这一切很自然,好像理所当然。这些字都是世界的残存,既不会令他害怕,也不会令他不安。可能,他感到类似怀念的东西。甚至可能有些伤感。然而同时也感到高兴——陶醉,因为就在同一时刻,他明白,就在下一个瞬间,他肯定就能接近那个转动的中心,那堆字母,他就能读懂那些字,了解它们的意思,他怀着一种要解脱的情感。他伸展了一下身体,朝前动了动,以便更接近那些书写的东西,把头朝旁边低了一下,想看得更清楚一些,他为很快就将搞清楚一直困扰他的东西和从他记事起一直折磨他的秘密而重新充满幸福感。他觉得自己认出了第一个字符,有些扬扬得意——但在同一瞬间他从梦里被抛出,他醒了,浑身冒汗,失望得几乎要哭起来。

他朝房间四周看了看,第一瞬间没有搞清楚他身在何处。他口干舌燥,感到有点儿不舒服。当他发现天已经大亮的时候,他起了床,走到窗前,拉开绿色灯芯绒窗帘,随后他在那里站了很长时间,把目光盯住远处什么地方,盯住乌帕河污黑的河水、白色的河滩和要塞墙上第九个塔楼在水中倒影的轮廓。

此时所有这一切对他来说非常不可理解。外面的城市在慢慢苏醒。他所在的旅馆房间豪华但缺乏温馨,散发着樟脑和灰尘味儿。眼前的事实是，母亲和他的弟兄住在旅馆另一侧的厢房里。而更重要的事实是，再过几个小时他就要结婚。

他无法明白，这一切到底跟他有什么关系。

他吃了一块杏仁糖和母亲带来的几颗枣。由于某种原因这一点他记得很清楚，真荒唐。还有，下一瞬间，他的随从一手拿着他的军服，另一只手拿着他锃亮的靴子走进来，然后帮助他穿上，他的心情平静了一些，好像每穿上一件衣服他自身就恢复了一节。啊，当他带上鞭子、侧身挎上军刀的时候，他突然感到来了精神。精神抖擞、英武和喜气洋洋。然而喜气洋洋在他穿过两个漆黑的走廊，敲门没人答应便直接走进母亲住的旅馆另一侧厢房的同一瞬间熄灭了。

他发现母亲一个人在那里。

他进来时，她坐在窗边的安乐椅上。她穿着紫红色的灯芯绒连衣裙，脖子和手腕上戴着淡紫色的绣边花饰，她看起来面色苍白，带着奇怪的疲惫，听见他进来时，立即抬起头，几乎看不出地轻声叹了口气，她费力地从安乐椅上站起来，伸出双手走向他。他亲吻她，想笑一笑，但发现与他刚睡醒时出现的相同的迷惑重新涌来，他改为轻轻地鞠了个躬，问了一下弟兄们哪里去了。

他现在还记得，他的母亲用一种不是充满快乐而是带着同情和悲伤的目光看着他，她说他苍白和消瘦，但是穿上军服显得很精神。她拥抱和亲吻他，为他祈福。

他也记得，列夫、伊利亚和谢廖沙随后很快就出现了，谢廖沙也为他祈福，还出现了一件意想不到的尴尬事，米沙让人等他一下，因为他把军服忘在家里了，现在他要和自己的随从一起赶到城里去买燕尾服。

不过随后呢?

他模模糊糊地记得一个闪光的圣像屏、梵香味儿、一个神父做的弥撒、唱诗班的歌声——相反,对婚礼本身却一点印象都没有。对随后的宴席、从图拉到亚森基的旅程也如此。

而对奥尔佳也没留下什么印象。

啊,在他对婚礼的印象中好像奥尔佳根本没有参加。

"我们是 1899 年 1 月结婚的,"他想,突然有些失落地注意到,仿佛这很重要,"这意味着我们结婚是在阿廖沙死后十三年差不多同一天。"

在同一瞬间奥尔佳对着库兹明茨克厢房里的卧室穿衣镜抬起头,用目光迎接他。

转瞬间他们就站在了窗前,看着外面的花园。奥尔佳的背靠着他,很近很近。他双手搂着她,下颏轻轻地挨着她的头发。苹果花在日暮中呈现出一片白色。夜莺在歌唱。远处,村子附近的桥墩旁边有一堆火在燃烧。有人穿过马厩坡,消失在林荫道上。

奥尔佳的头重重地靠在他的一个肩上。

他想,他一直爱闻她的汗味儿,还有他认为的花露水味儿。

突然脑中出现了其他的画面。不再是奥尔佳的,但充满相同的光和相同的期待,也在窗边。

有他心爱的坐骑,那匹黑油亮、长脖子的牝马,它吐着泡泡的嘴唇、闪亮的眼白和宽大的鼻孔。有开满金凤花的草地映衬在淡蓝色的春季天空下。湿地和腐烂亚麻的气味。通向河边的低地长出的绸缎般柔软的草。还有异常清楚的是,母亲坐在养蜂院靠背椅上孤单的身影,她头顶上空火一样红的秋天枫叶,掉在她脚边草地上的几个半腐烂苹果和她紧紧把着膝盖的那双圆乎乎、白嫩的手，好像在祈祷。

来自他和奥尔佳仍然住在亚斯纳亚·波利亚纳那段时间的各种景象一闪而过，它们已经失去彼此的联系，啊，他也忘记了它们特定的含义，然而它们还是以一种奇怪的方式、以一种不能理解的方式，都与奥尔佳有关系。

与父亲一起骑马也属于这种情况。

啊，有一个下午他们确实，像他童年时一样，一起到外面去骑马，父亲和他，那次肯定在十月中旬，他记得，当时空气新鲜，桦树在蔚蓝的天空下呈现黄色，枫叶正在变成红色，河谷低地依然很热。马跑得很快，他们奔驰在收过谷物的田野上，他们催马强行爬上几个陡峭的河谷，跨过被风刮倒的树木、乱石堆和茂密的树丛，最后他们气喘吁吁、汗流浃背，沿沃龙卡河左岸浓密的绿色植物的阴影信马由缰。在通往扎谢卡附近桦树林地的那座桥旁边，他们勒住马，长时间默默地看着流动缓慢的黑色河水、在明亮的水面上飞舞的膜翅虫和从树上不停往下掉的枫叶，当它们轻轻触动水面的时候，有瞬间的平静，随后就缓慢旋转着朝河对岸峭壁冲过去。那里地势低，空气不那么宜人，泥土的酸味儿和植物的腐烂味儿比森林深处更加呛人。

父亲首先催马加速。

他们默默无语地通过那座桥。

在扎谢卡，就在他们经过一片最大的榛树丛和挂满黑色莓子的黑莓树丛时，他们惊飞了一大群野鸡。随后，他记得，他使用马刺激马加速，赶上父亲。最后一段路他们还并肩而行，穿过扎谢卡、桦树林地和老苹果园。

就在这个时候,他跟父亲讲了自己的计划,抵押萨马拉的土地,用那笔钱在切尔尼买一座庄园,从亚斯纳亚·波利亚纳搬走。

他必须得搬走,因为亚斯纳亚·波利亚纳的生活已经不再适合他。

听到这些话,父亲厌恶地摇了摇头。

"抵押萨马拉,"他差不多这样说的,"是发疯。萨马拉那里的财产不是每年都有利润。如果你把它们抵押出去,你早晚要被迫推迟还债,这样你就不得不举新债。在切尔尼买一个庄园,同样是一个不聪明的决定,很明显,你买这个庄园的目的不是为了经营,拥有它仅仅是为了过一种体面的生活。萨马拉的财产还是有利润的,尽管不是年年有。它们一直在增值。拥有切尔尼的一个庄园则正好相反,肯定会毁了自己。更不用说这意味着过一种空虚、毫无意义的生活。这种生活除了拥有仆人、晚宴、凉台和花园、马匹、狗和华丽的马具以外,别的什么也没有。"

"啊,如果你只想过你通常那种愚蠢的上层阶级的生活,娶一位聪明、善良的妻子有什么意义呢?"

说完他捋了捋胡须。

"我知道,"他说,"你喜欢你的哥哥伊利亚。在这种情况下他应该成为你的反面教材。伊利亚是一个乐观、善良的人,但是他过的生活一点儿也不值得你仿效。"

此时父亲注视着他,好像他想知道他的话到底起了多大作用。

他们肩并肩地走了好几分钟,谁也没有再说话。

突然他自己打破了沉默,实际上违背他的心愿,他的声音比他预想的要尖锐和冷漠很多,他想知道,父亲认为他现在应该做什么,如果父亲不建议他抵押萨马拉的土地,在切尔尼买庄园并离开亚斯纳亚。

在这种情况下，他应该怎么办呢？

他住在什么地方？

但是父亲只是笑了笑。

“住在亚斯纳亚，”他回答，“就像你母亲建议那样。这样做不仅最简单，也最自然不过。”

随后他们又向前沉默地骑了一会儿。他们骑得很慢，担心马踏到藏在高草丛中没有完全烂掉的苹果会滑倒。

他认为该说的都已经说了，没有更多的话要补充。

但是他还是不肯善罢甘休，继续这种谈话。

他惊恐地听到，他用粗鲁的声调向父亲解释，亚斯纳亚的生活令他无法忍受。

亚斯纳亚的一切令他厌恶。

啊，亚斯纳亚的生活已经变成一种毒药，一种慢性毒药，让他倒下和慢慢瘫痪。

但是父亲对此也不同意。如果说他刚才讲话缓慢、深思熟虑，如果说他刚才讲话伴随着间歇和哀叹的话，那么此时他激动起来，几乎是暴躁。

“没有人，”他突然脱口而出，“不，没有任何一个人需要无所事事的生活！为自己而活着的生活是毫无意义的！伊利亚的生活不仅会耗尽他所有的力量，最终还会必不可免变得沉重和乏味，因为那种生活除了他自己不能惠及任何其他人！”

“越昂贵，”他高声说，“一个人生活得越昂贵、越阔气，这种生活就将变得越沉重、越乏味。”

他稍微停顿了一下。

“因为,”他用较低的声调继续说,但是像刚才一样动情,“如果为其他人而活着,用不了多少钱就行。用十卢布租两间房子,五卢布买面包和茶,同样多的钱可用于其他的开支!不过,如果他的眼睛只盯着自己的好日子会怎么样呢?啊,那肯定不够,每月五千卢布也不够,啊,有多少钱也不够!”

随后父亲的怒气一下子烟消云散。一丝微笑挂在他的嘴角上。

这一点他看得要多清楚有多清楚。

太阳已经在橡树林后边落下。夜暮降临。

在黑蓝色天空出现第一批星星。

父亲说:“看星星!”

他惊奇地打量着父亲的笑脸问:“星星?”

父亲把手一挥。

“不管你身处哪里,”他笑着说,“不管你住在莫斯科还是彼得堡,住在图拉、基辅,甚至萨马拉,你头上的天空都布满星星。

“布满闪亮和神秘眨眼的星星。

“同样,我对你说,到处都有有意义的工作在等待你。服务于除了你自己之外的其他人。

“啊,我告诉你,看一看你的周围吧!去照看奥尔佳年迈多病的父亲去吧,他需要你的帮助!收养一个孤儿,给他饭吃和受教育的机会!到村子里教孩子们读书去吧!把你的文章寄到英国,寄到契尔特科夫那家报纸《自由言论》吧!

“做你想做的任何事情——只要你的行为是以惠及他人为目的,是谁都行,只要不是为自己。”

这时候父亲重新笑了。

啊，难道他没有弯下身来，把手放在他，安德烈的肩上吗？实际上，这难道不是父亲利用这样一个机会向他表明，他是多么爱他，安德烈，胜过爱其他任何一位弟兄吗？

他记得，父亲在院子里下了马，他自己单独把两匹马牵到马厩处。他记得，当时他把父亲的马交给一位马厩长工，但是他在那里足足待了一个小时，给自己的牝马卸下鞍子，擦干净它身上的汗水和污渍，给它刷毛，喂它草料，抚摸它硕长的脖子。随后，在没有告诉奥尔佳的情况下去了村子，和比比科夫一起在茨冈人那里打牌。

然而后来一切都发生得很快——十月份跟父亲那次一起骑马以后，有很长一段时间他自己确实放弃了离开亚斯纳亚的所有计划，但是就在六月份，仅仅半年多以后，米沙、萨沙和他自己，突然不假思索地不仅抵押了萨马拉自己那份产业，甚至把它们都卖了出去。部分原因是，有人出了他们意想不到的惊人高价——每公顷七十三卢布，是父亲曾经买下时价钱的十倍，他们自然就做出了这个决定。但是最主要的原因是，他想，至少对他来说是内心的不安促使他这样做。

感觉，他喘不过气来。

啊，不仅仅因为不安，他还越来越担心，如果此时不脱身离开亚斯纳亚·波利亚纳，一切很快就晚了。

父亲自然不同意卖掉萨马拉的土地，别指望会有其他结果。他不同意卖，也不同意买塔普登科沃的领地，那是管理相对好的一个庄园，有一栋很大的白色宅邸，坐落的位置很漂亮，周围有像亚斯纳亚·波利亚纳一样的草地、苹果园和大片的橡树林，跟亚斯纳亚·波利亚纳不到十八公里。

他自己和奥尔佳则对这笔买卖很满意。他们利用七、八两个月收拾整理新家。他们让人把所有的房间重新粉刷并贴上壁纸，装修厨房，拆掉已经东倒西歪的炉灶，在原址上建一个新的。他们采购了一大批新家具，买了只有在莫斯科才能寻觅到的好看的布匹和地毯，置全了银质餐具、灯、画和装饰物，在彼得堡一家最著名的乐器店搞到一台德国贝施斯泰因三角钢琴，这一切使得他们俩心满意足。奥尔佳从第一眼就喜欢上了塔普登科沃那栋白色宅邸，它宽敞的起居室、壁炉、阳台和凉台，房子周围的草地、花坛和沙石小路，他自己最满意的大概不是那栋壮丽的住宅楼，而是那个马厩，那里不仅管理得井井有条，还有宽敞的车棚，三十个比亚斯纳亚那里还大的单马栏。

最后搬家的日期到了。

那是九月初一个温暖、阳光灿烂的日子。一切都是奥尔佳和他筹划好的。十六辆马车装得满满的，他们把能想到的新家需要的东西都准备运走。廊房下面的白色玫瑰刚刚开花，空气新鲜，索耐季卡在同一天早晨学会自己坐，不再需要别人扶着，奥尔佳一副认真的样子，宣称这是一个好兆头，他的所有兄弟姐妹都来了，像过去很多次一样，大家通过在花园里打一场槌球度过上午。

啊，一切都像他们预想的那样。

然而，他记得，那天早晨一醒来，他就被一种无端的烦恼困扰着。远处的人叫和狗吠声，吱吱扭扭的车轮声，还有已经高悬空中的太阳把屋里照得燥热，这一切很快让他充满一种强烈和意外的伤感。他记得刚一起床，他就浑身无力，费很大力气才穿好衣服。他记得，他对为这个场合特地挑选的衣服感到失望，浅色西服、绸布衬衣和领带、深棕色最好布料新制作的裤子、擦得锃亮的黑色靴子、带麝鼠皮领子的大衣和黑色圆筒帽，尽管既时尚又漂亮，但是在某种程度上还是不符合他的愿望。他清楚地记得，他很难忍受索耐季卡挥动的小胳膊和咯咯的笑声，很难忍受她柔软、白嫩的婴儿的小手掌、结实的小身体，还有奥尔佳坚信不疑的笑容和傻乎乎的等待，啊，他想，实际上他是不能忍受她和孩子的存在。

家里曾经亲朋盈门。

除了兄弟姐妹全来了以外，还有一大批客人。盖伊来了。还有戈登魏泽尔、契尔特科夫、法伊纳曼的一位亲戚，另外还有两个父亲的学生，他已经记不住他们的名字。下午三点钟的时候，母亲让人准备了那顿美味告别宴，这自然引起父亲的愤怒，不仅有四个菜：露笋汤、奶油浇汁比目鱼、炸鸡和李子酱薄饼，还有冰镇香槟酒和可口的卡赫齐亚红葡萄酒——这些东西都是他，安德烈，一向喜欢的。这顿饭大家吃得高兴、开心。餐后谢廖沙为他们在钢琴上演奏了肖邦的一首曲子，像平时那样，大家跳了波兰民族舞玛祖卡，这是一个快乐、活泼的舞，他们小时候经常跳——想到这一点，他有短时间确实感到快乐和舒心很多。

但是过了几个小时，快要起程的时候，他找到了独自坐在半明半暗廊房里的母亲，心里重新难过起来。

这样难过，以至他们两个人感到惊慌。

啊，当亲吻母亲的手告别时，他不是大哭起来了吗？他不是像孩子一样哽咽哭泣吗？他不是一把鼻涕一把眼泪、紧握双手却丝毫控制不住自己的绝望吗？他似乎记得，母亲设法安慰他，但是他仍然感到羞愧，因为他知道，母亲会讨厌和蔑视他如此的软弱。啊，他很羞愧，他很恨自己，但是他还是止不住哭泣。他重新亲吻母亲已经被泪水弄湿的双手，最后用哽咽的声音说，他爱她胜过爱地球上任何其他的人。

他哭着与母亲告别。后来当他拥抱仆人的时候,又哭了一会儿,他给他们每个人不少的赏钱,亲吻他们的双颊,感谢他们在那段时间没有向母亲透露任何关于季莫费的事,没有透露他秘密决定把已经沦为林业工人的同父异母哥哥季莫费雇用为塔普登科沃的马车夫的事。当他跟兄弟姐妹,跟盖伊、戈登魏泽尔、契尔特科夫和犹太人法伊纳曼的那位远房亲戚告别时也哭了,啊,他甚至还给他已经忘记他们姓名的父亲的两位学生鞠了躬。

他记得,最后,也是最重要的,是向父亲告别。

此时他清楚地看到,他们一起走下楼梯,父亲和他,穿过大厅,走进廊房,在那里停留片刻,新鲜的空气、不热的阳光和轻轻的马粪和焦油的味道,让他们精神为之一振,他们继续慢慢地走,穿过院子,走向第一辆马车。

父亲情绪沮丧。

他不时地向他,安德烈,愤怒地看上一眼。有一次他厌恶地用手捏了捏他新做的风衣袖子。还有一次他伸出手摸了摸风衣麝鼠皮领子。每次他都捋着胡须,露出不满的神色,含混不清地说了些什么。

到了车前,父亲再也控制不住自己的怒气。

"看你这个样子,"父亲吼叫着,"你以为你的锦衣华服就能使你变成一个较好的人吗?!你以为这样你的内心世界就能与你华丽的外表相匹配吗?!"

随后父亲把手伸进口袋里,掏出一块手绢,使劲擤了擤鼻涕,猛然转过身,起身走回房子。

"真荒唐!"叫喊声从他身后传来,"难以描述的荒唐!"

转瞬间已不见他的身影。

过了一会儿，第一辆车滚动，驰过院子。

他自己坐在第一辆车上，就他一个人。他跟奥尔佳说，他需要安静一下，命令她与婴儿保姆、居室女仆和索耐季卡一起去坐另外一辆车。

现在他还清楚地记得，姐姐玛沙也用不满的目光看着他，甚至带有蔑视。

或许仅仅是因为他没有搞懂她目光中的含义？

他还记得别的吗？

篷车里半明半暗，隐约能看到苹果园，村子里的女人正在用大筐收集水果，中水塘里黑亮的水闪闪发光，河水和沤麻散发着臭味儿——泪水又重新涌上来，突如其来的悲伤让他痛哭不止，令他惊恐。啊，他越想越觉得恶心，真想吐一吐，这种令人不悦的失态的尖声痛哭好像不是来自他自己，而是来自一个藏在马车某个阴暗处的陌生旅伴。

3

一天晚上——他当时五六岁，米沙三四岁——他们像往常那样到父亲的工作室向他道晚安。

他浮想到，他们怎么样蹦蹦跳跳地走下亚斯纳亚·波利亚纳的黑暗的楼梯，精神抖擞，什么原因他已经记不清了，蘸凉水梳过的头发湿乎乎的，穿着长睡袍，为了不被绊倒摔跤，他们只得用一只手提着。他们光着脚丫走在大厅冰冷的地板上，他们在父亲工作室前停了片刻，在小心翼翼地去开门之前敲了敲门等待应声，然后像往日那样犹犹豫豫地站在门槛上。

这时候他又看到父亲躺在自己那个黑色皮沙发上，双手捧着一本书。

父亲穿着浅色的农民衫，腰上系着一条很窄的黄色皮带，黑色马裤。他头靠一个很小的黄色天鹅绒枕头，那本书离他的脸部很近，唯一能看到的是他高高的白前额和几缕灰白的头发。那里有很难闻的汗腥、烟草、皮子和煤油味儿。一开始父亲似乎没有注意到他们。他们默默地等待，那次比平时更加令人不耐烦。后来父亲放低手中的书，用尖锐、明亮的目光看着他们。他打量着他们，表情有一点儿吃惊，他最终放下了手中的书，没有放在沙发附近的那张圆桌上，而是放到窗台上，尼古拉叔叔死后留下的面模从那里注视着他们的一举一动。这时候他们走到沙发跟前，手里依然紧紧地提着过长的睡袍，朝父亲弯下腰，准备像通常那样亲吻父亲留着胡须的脸颊，先右边，后左边，然后再吻一下右边。

就是在这一瞬间，就是在他们朝父亲修长的身体弯下腰时，他，安德烈，他的左手指尖无意间碰到了父亲的胸膛。是他不小心才碰到紧靠父亲右胳肢窝下边热乎乎、有点儿出汗的那块地方。他们知道，父亲对于各种触摸都非常敏感，啊，他对任何触摸都很害怕，都好像是一种胳肢。这时候他们发现，他一激灵。他们发现他有些发僵，浑身一收缩——他们还听到，父亲发出一种特别的声音，着实让他们吃了一惊。呼哧呼哧的笑。他们熟悉这呼哧声，好像黑色狂浪喷着白沫。

正是这种笑，这种完全预想不到的笑，使米沙和他忘乎所以，失去了控制力。

在激烈的叫喊声中，他们扑到父亲身上。他们忘记了一切清规戒律，他们在一切能够着的地方使劲胳肢父亲。他们高兴地喊叫着，用自己的手去胳肢父亲的胳肢窝，让双手在他的胸膛、腹部、胳膊和脖子上任意摸来摸去。他们是两个人，快捷、狡猾，并很快意识到要好好利用自己的优势，用手指挠父亲的痒痒肉儿，此时他已经完全失去了招架之力。

啊，他们为自己的强势感到吃惊。

因为父亲不仅大笑不止，还发疯似的滚来滚去。他喘着粗气进行自卫，他吼叫着，用可怜的声音请求他们住手。但是他闷声的呼叫和四肢无力的挣扎，不仅进一步激发了他们的斗志，还使他们的进攻更加胆大妄为和肆无忌惮。

现在当他想起父亲喷鼻息狂笑和无奈的抗议时，当他想起自己强大和得意的感觉时，像以往多次那样，他觉得父亲假装无力挣扎，他的软弱肯定是装的，为了玩得尽兴他才突发奇想让步。但是在他们胳肢他的那个时刻，他百分之百地确信，父亲的抗议是真的，啊，那是最深刻、最真实的无力表现——在那短短的几分钟里，米沙和他真的比父亲强大。

他们比父亲更强大有力，因此他们有实力——而且有权利——愿意怎么胳肢他就怎么胳肢他。

最后母亲来了，给父亲解了围。她匆忙走进房间，迅速从父亲身上拉开米沙和他，责备并赶快把他们拉进大厅。然后她顺手关上父亲工作室的门，她用严厉和奇特审视的目光打量他们很长时间，然后在他们各自的屁股上打了一下，她说他们的举动太过分，随即把他们交给保姆，交代说他们应该马上上床睡觉。但是后来，当他们刚走到楼梯的一半，她出人意料地心软了，保证说，他们一旦钻进被窝里，她就去哄他们睡觉。随后，米沙和他在床上躺了很长时间，谈论发生在父亲工作室里的特别经历。最后他们得出了结论，母亲错怪了他们，因为父亲肯定喜欢他们的举动。随后他们满意地入睡了，他们完全相信，父亲对于他们胳肢他同样感到满意，尽管他们不知道为什么——啊，父亲可能想享受一下比他们片刻软弱的滋味儿。

第二天，他记得父亲在米沙和他自己在场的情况下向他的一个学生，契尔特科夫，也可能是季亚科夫，描述了这件事。父亲详细介绍了他的儿子怎么样骑在他的身上，怎么胳肢他，他自己怎么样被胳肢得浑身无力，难以自卫。随后父亲拿这个事作为关于世间善与恶的长篇理论探讨的出发点。契尔特科夫，也许是季亚科夫，对于父亲说的每一句话都认真地点头称是。尽管他，安德烈，对于父亲的探讨一个字也不明白，整个那个早晨，还有后来很长时间，他都感到很幸福，对于他有瞬间比父亲更强大充满自豪。

自豪，但是他突然感到，还有不悦的吃惊吧？

或者他错了？

作为成年人他肯定会恨父亲这种软弱。但是当时呢？难道当时这种软弱就吓到他了吗？

是的，他突然坚信，确实是这样的！

坚信，虽然他，安德烈，当时只有五六岁，父亲安然的软弱不仅让他感到自豪，还让他眩晕，仿佛他在一片空白中攀爬。

深深的不悦感。

或者甚至厌恶感。

过了很长时间，待在克里米亚的时候，他不仅总是感到恶心和恨父亲的软弱——这种软弱连同越来越多的樟脑、酸奶、排泄物、疾病、初始的腐烂和死亡的令人厌恶的呛人味道——啊，在父亲生病和康复的七个月中，奥尔佳和他与家庭的其他成员在伯爵夫人帕尼娜的宫殿里度过的，这个宫殿位于黑海边上的一个名为加斯普拉的小村庄，在这几个月里父亲在生生死死间反复多次，父亲的软弱不仅可恨，还变得让人捉摸不定和恐惧，变成一种黑色的拍岸惊涛，有时候他似乎觉得大家正走在毁灭的路上。

啊，父亲病倒确实一度令他感到讨厌和可怕的威胁，这一点他记得很清楚。

不过除此以外，难道就没有别的了吗？除了身体以外，难道跟灵魂没有任何关系吗？除了软弱，难道跟力量没有关系吗？

力量和执着,父亲不是凭借它们在他觉得死亡已经来临时,坚守自己对世界的看法,坚守自己的信念和思想,同样也坚持工作和阐述自己思想的创作习惯,关注自己近期的作品,担心流传到国外发表的作品没来得及修改、没有最终定稿吗?他想,啊,绝对是这样,有几个片刻他似乎觉得——可能就在那个夜里,当时父亲已经病入膏肓,把他们大家叫到身边,与他们一一诀别——这证明父亲的意识是多么清醒,他是多么担心他们会走上毁灭的道路吧?他难道没有突然产生一种可怕的灵感,明白了父亲的理念、梦想和内心世界,就像父亲自己一向强调的那样,确实比他周围的人和事更接近真理?这一切,如果父亲突然去世,一下子就会消失——啊,它们只存在父亲的思想里,因此在父亲生命熄灭的同一瞬间,它们也将不复存在了吧?

“真讨厌,”他想,“真让人反感,啊,简直有点儿荒唐!”

但毕竟毋庸置疑。

在加斯普拉的几个月:各种矛盾记忆混合。

他突然在脑海城看到北面陡峭的山脊、河岸上高耸的灰色悬崖,冒泡的浪花、鞑靼人白色的小渔船、黄昏中河边燃烧的火堆和公爵夫人富丽堂皇的白色大理石宫殿,宫殿那么宏伟、壮丽,大大出乎他的想象。

他们生活在那个地区、那座宫殿里,几乎完全与世隔绝。

“隔绝,”他想,“而且不仅仅在表面上。”

他们不也十分渴望断绝其他所有的联系吗?目前他们的存在是那么封闭,任何活动不也不再可能了吗?

往事在那里成了阴影。

不过那里还有未来吗?还有梦想和希望的空间吗?或者哪怕

是愿望呢？

然而——逗留南方的日子开始还不错。

他记得，奥尔佳和他比其他人晚了个把月。他们在十月初的一个周末上午乘火车到塞瓦斯托波尔。从火车站乘车直接到码头，从那里坐蒸汽船到雅尔塔，公爵夫人的管家克拉辛给他们发了一封电报，答应派一辆车去接他们。那是一个温暖、阳光灿烂的日子。城市上空晴空万里。里海波光粼粼，一片薄薄的干雾从码头北面的岬角掠过，那巨大的城防要塞好像在大地上空舞动。蒸汽船边商业活动热闹非凡。他们从一个摊位上买了大串的紫葡萄，在另一个摊位为索耐季卡买了加糖的俄式肉饼和几种他们叫不出名字的椭圆形的黑红色水果。他们犹豫片刻，要不要到城里转一转，或者至少到城防要塞去看一看，但是他们马上放弃了这个想法，决定赶快避开拥挤的人群和蒸汽船上越来越烤人的骄阳。船上还挺舒适，他们在芦苇席棚的阴凉处坐下以后，立即就能享受到了这美好的天气，轻拂的海风，清新的烟雾和海水的咸味儿，美丽的风景，他自己还比刚刚又怀孕的奥尔佳更能享受蒸汽船刚一离开塞瓦斯托波尔就送上的作料很重的鱼和蔬菜。

他回想起，奥尔佳戴着一顶宽大的圆形草帽，为了不被风吹走，她把一根绿色的缎带紧紧系在下颏底下。

他看着眼前的她。他们之间的距离很近，他觉得他只要一伸手就可以摸到她衣服袖口光滑的布。她坐在圆桌的另一面，挺着腰，胳膊肘支在白色的桌布上。她把头轻轻地靠在一只手上，用另一只手为眼睛遮光。她看着海，看着远方的海平面，或者看着追逐船的大群海鸥。他觉得她看起来很幸福，很专注，但同时又有点心不在焉。漆黑、高高盘起的头发在额头附近被汗水沾湿了，厚厚的发髻隐藏在帽檐儿底下。她穿着一件深蓝色绸布裙子，很长，能遮住双脚，她坐下来时，白色的上衣紧紧裹在腰上，近几个月明显臃肿起来的整个躯体给人的印象是既有些蜷缩又很挺直，好像她在用所有的力量挺着，她必须不间断地抗衡那巨大的重压。

他想，肯定是因为这个原因，她呼吸时才不时地轻轻舒展开肩膀，因为她觉得空气不足。

然而这时候他看到她笑着弯下腰把小索耐季卡抱到怀里。他看到她亲吻女儿，抚摸女儿，让女儿的面颊靠近自己，同时让她看那些烟色茶杯上的银质花样。此时他还记得，尽管奥尔佳感到身体不适，她对各种印象仍然很陶醉，她不仅一次又一次转向索耐季卡，还转向他，她握住他的手，亲昵地让他注视大海美妙的弧形海平面，注视蓝色群山大美的风光，注视亚细亚旅客宽大、花色的绸缎裤子，后来，当他们沿着雅尔塔和加斯普拉之间的狭窄的沿海公路前行时，让他注视他们不时经过的那些古老、嘎吱响的鞑靼人的双轮车，让他注视那些散发着酸味儿的柏树、腐烂的海藻，还有灰色的石头海岸，人们在那里总是可以看到戴着大帽子、打着遮阳伞和穿白色泳装的游泳者。

“啊”，他想，“这一切不是真的很奇妙吗？阳光、宁静，这不是来自早期童年的记忆吗？”

奥尔佳在有篷的旅行车里紧靠着他坐着，一只手放在他的膝盖上，头靠在他的肩膀上。由于天热和旅途的疲倦，小索耐季卡已经在保姆的膝盖上睡着。他们默默前行，一种轻松的沉默让他感到越来越舒服、越来越充满信心——过了很短时间，索耐季卡就醒了，她笔直地坐起来，用惊奇和奇怪的审视目光打量他几秒钟。

“责怪。”他想，心里突然充满了恨。

总是责怪！

或者他想错了？

大概是爱？她可能只想表达，在她睡觉的时候，他没有离开她？她仿佛想肯定，当她再次进入梦境时，他的身影和她在一起？

在离加斯普拉几公里的一个名叫奥雷兹的村子，他们停留片刻，活动一下腿。奥尔佳和他沿着海岸走了一段。他们惊奇地发现，已经十月份海水还那么热，他们笑着看那些小型海藻蟹，听到他们的脚步声以后迅速躲进漆黑的石头底下。

他还记得他拉着她的手。

他记得他突然用力拥抱她，好像他想问她什么。向她明誓自己的爱，或者对自己待产的孩子表示高兴。相反，他没有最终搞清楚自己的动机，他被突然的疲倦征服了，不言自明，过多的言辞会冲淡他的本意，甚至变得荒唐，他只满足亲吻她的额头，捋一捋她的头发，说了一些无关的话，说他们大概应该回到其他人那里，到了继续前行的时候，不过在他们离开之前还是应该在村子边上那家小酒馆买一些喝的东西。

他还模模糊糊地记得，他们坐在酒馆外边几棵金合欢和他们见过的树干最挺拔的一棵榛树树荫底下喝加薄荷和蜂蜜煮过的凉茶，他被一种轻微的忧伤困扰着，好像是一种模模糊糊、有吸引力的空虚或难受的感觉——不过他们俩还是以一种固有的方式突然笑起来。

啊，他确实记得，他们笑过什么。记得他们长时间高声地笑，最后索耐季卡颤抖着下嘴唇，爬上他的膝盖，用双手搂住他的脖子。

随后他们很快驶出奥雷兹。到了下午很晚的时候，天气还是闷热难忍。他们驶进加斯普拉宫殿的院子时,不仅是保姆和索耐季卡,还有奥尔佳和他自己,都在深深的沉睡中,当他们被惊醒时,车子已经嘎吱一声停在宫殿前,他们睡眼惺忪地打量着那座宏伟的大理石建筑物,它有着中世纪风格的尖塔和一排排哥特式窗子,那座私人小教堂有着镀金的圆顶,在车子的另一边,圆形院子里种着玫瑰和奇花异草,长着睡莲的水塘和哗哗作响的喷水池——在第一瞬间他们不知道自己身在何处。

奥尔佳和他在十月到达加斯普拉时,父亲已经在康复之中。他的高烧差不多完全停止,呼吸困难大大减轻,很少感到心脏不舒服。每天上午早些时候,他们自己刚刚穿好衣服,就看见他从公园走过来,他已经散完步回家来。他走路很慢,已经离不开手杖。他的白胡子、白衬衣和浅色的裤子与深绿的景色形成鲜明的对比,他经常抱一大束玫瑰,有黄色、白色和粉色的,当他用自己弯曲的双腿摇摇晃晃走动时,经常不禁自己笑起来,每天晚上,当他们坐在底层大餐厅的具有魔力的大餐桌旁边时,他让大家听他长篇大论讲述自己在外面的所见所闻。不仅有清早一个人散步时,还有他白天步行、骑马或乘公爵夫人众多车辆中的一辆到野外游览时经历的事情。他总是讲得很生动、引人入胜,他详细介绍他怎么样坐在海滨苍白的朝阳下,听大海有节奏的呼吸。他怎么样沿着某一条小路上山,陶醉在大自然的美景、浮光掠影和所有的芳香之中,他怎么样跪在地上,对着苍天为自己祈祷。或者讲他怎么样与邻村古雷兹的几个鞑靼女人进行深入长谈,谈话中他仔细听她们讲自己的宗教、生活习惯和她们知道的关于斗士哈泽-穆拉特的故事,关于哈泽-穆拉特的左腿是否确实是瘸的,他的十字军骑的马是黑的还是橘黄色的。但是也经常发生这样的事情,他特别关注他看到的各种矛盾。在这种情况下他会感到很沮丧。他对宫殿的宏大和村子里的人一贫如洗不能不感到惊叹,他认为俄罗斯富有的大公们是有罪的,而鞑靼人是那么忠诚,但是他对自己——这一点自然最令他不安——经常感到羞愧和彷徨,他在南方确实也享受着贵族一样的生活。

父亲通常坐在餐桌的一头,后背靠着枕头,由于疾病他的腰已经弯了,白胡子耷拉在盘子的边上。不过这个时期他还是显得精神矍铄,讲起话来,一边笑一边比画,他胃口很好,品尝各种美味佳肴,不仅是汤和各种蔬菜,他还喜欢饭后大吃特吃葡萄和梨、巧克力、酥皮点心和果味儿蛋糕。他在这几周吃的东西大大超过医生规定的有益健康的数量,他们认为很有必要提出抗议,有些话明显惹他生气,这让他不时地低语不断并朝他们所在的方向做威吓的手势。但当他环视桌子的时候,当他的目光停留在每顿饭都要在餐桌中央摆放的大把玫瑰花,耀眼的水晶灯或一排镀金的枝形烛台时,和善很快就代替了愤怒,好像什么也没发生过一样,他的眼睛闪闪发亮。

他讲故事,微笑,——但是会出现这样的情况,可能就在下一个瞬间,讲着讲着突然沉默了,然后静坐很长时间,目光消失在远处什么地方,突然脸色苍白,紧咬下颌。这时候餐桌周围立即变得死一样地沉静,大家交换目光,不安地私语,母亲这时候会转过身,问坐得离她最近的医生怎么办。她丈夫的病是否越来越严重?是否因为食量过多造成他犯病?要不要给他再喝几滴毒毛旋花苷并把他抬到床上去?随后父亲马上一惊,用尖锐的目光审视他们大家,叹一口气,转向玛沙并问,她是否来得及用那台雷明顿打字机把他当天下午写的《追忆一位军官》中的那段打出来，通常口气中的命令大于友善。

每天晚上都一样。

当他回忆的时候，至少表面都跟这次一样。

啊，他感到有些惊奇，莫非记忆把所有的晚上都幻化成一个唯一的晚上？幻化成一个唯一的漫长瞬间——发生在某种舒适、不受时间限制的半昏迷状态下充满烛光和平静的一瞬间。

他看到他们大家聚集在楼上蓝色大厅里。父亲、德国管理人克拉辛、伊利亚和他自己打文特牌。父亲的手气很好，一直抓到好牌，他笑个不停，吹嘘自己运气好，肯定让他们大家羡慕。谢廖沙坐在钢琴边，演奏贝多芬的一首奏鸣曲。玛沙高声朗读父亲最近发表的声明或者辩论文章的片段。母亲给一件衬衣绣花边，萨沙半睡半醒，而坦妮娅已经有八个月身孕，奥尔佳有四个月，她们紧紧地靠在一起，坐在房间最远处的黄色绸布沙发上，她们把双手放在肚子上，似听非听，嘴唇上挂着似笑非笑的表情——给人留下一种平安、满足的印象，此刻她们似乎完全忘记大家都在想但是不能讲的事：坦妮娅的发育几乎成熟的胎儿活着还是已经死了？这个孩子是否会像一年前她的小姑娘一样生下来就是死的？或许像她失去的两个男孩那样，一个是五个月胎儿，一个是七个月胎儿？

坦妮娅弯下身子，在奥尔佳的耳边小声说了些什么。奥尔佳举起手，以一种缓慢、无意识的动作把额前的一绺头发撩开，这样坐着：微笑、倾听。

随后画面明朗起来。

场景中出现了几乎不被人察觉的变化：此时他们大家处在加斯普拉与阿伊-突多尔之间的狭窄、与地平线平行的小路上。太阳高高地挂在天空。在眼前干裂的小路上，他隐约看见其他人在逆光中黑暗的身影，在远处的左下方，大海一望无际，右边，在山谷的翠绿后边，耸立着高大、覆盖着白雪的亚伊拉山脉。坦妮娅和奥尔佳走在前边，与其他人有一段距离，跟以往一样紧紧地靠在一起，两个人都穿浅色连衣裙，肩上只披一块薄薄的披肩，奥尔佳搀扶着坦妮娅，她们的帽檐儿不停地互相触动，好像在轻轻地抚摩。

玫瑰和含羞草在小路边开放。空气温暖宜人，充满芳香。

这时候他突然发现父亲跟在其他人后边，此时他已经走在他身边。父亲穿一件齐脚长的黑色大衣，腰间扎一条窄腰带，头戴有宽大帽檐儿的浅色毡帽。他行动敏捷，但也十分小心。他不时地用手杖指一指路边的花、奇形怪状的石头，或者慌忙藏到一棵洋槐树树荫里的蜥蜴，当他举起自己的手杖时，最让人联想起某个东方国家童话里的魔术师。当他向他，安德烈，讲述当天早晨接到的一封信时，他的声音有些颤抖——由于激动，抑或高兴，或者由于想笑而笑不出来。

父亲从帽檐儿下的阴影看着他。

随后父亲解释说，信是来自他的一位出版商涅米洛维季-丹琴科。他第三次请求把父亲的剧本《活尸》搬上莫斯科艺术剧院舞台。

父亲哼了哼。笑了。他在空中像变魔术一样抡了一下手杖：变出了路边的一堆石头、一朵盛开的野蔷薇和几只肥胖的灰鸽子。

笑完，他问安德烈，他该怎么样回答出版商。他认为父亲应该答应涅米洛维季-丹琴科的请求吗？要授予他版权、当年就把剧作搬上舞台吗？

父亲摇了摇头。

他一边叹气一边说,很遗憾,他不得不拒绝出版商的请求。

他一下子显得很疲倦,可能也有些沮丧。

他解释说,他已经写信告诉涅米洛维季-丹琴科,《活尸》目前这个本子无法搬上舞台。这部作品还没有最终定稿。

啊,他补充说,他已经写完了这部剧作,但对他来说还没有完全定稿。

没有完全定稿,这大概是真的,可能短期内也无法做到。

随后他们很快追上了其他的人。这时候他们已经离阿伊-突多尔很近,能隐约看见大公宫殿,他们转身慢慢走在回加斯普拉阳光灿烂的石子小路上。

当天晚上,即使不是也是随后几天的某个晚上,他在茶后有很短一段时间与玛沙单独留在大厅里。他记得,玛沙显得很疲倦。他想安慰她:他知道她是多么想念孩子,死去的孩子一直活在她的心里。他想对她说,她是他们当中最善良的一个。她是唯一按父亲的教导生活的人。

接着他递给她一碗紫葡萄,并问她是否记得,很多年前父亲在吃饭的时候突然打断谈话,责怪他们大家都是懒汉和无能之辈,靠别人劳动而生活的寄生虫。

“记得吗,玛沙?”他问,“肯定是在莫斯科,我们搬到多尔古-哈莫夫尼切斯卡亚胡同不久。我大概七岁而你十四岁。你记得吗,阳光照进屋里,我们又说又笑,父亲突然用拳头捶桌子,命令我们朝窗子外边看,仔细看我们的老守院人,他正在冰天雪地的院子里拉一个水桶?你记得吗?我们都吓坏了,我们被吓得几乎要大哭起来。你记得吗?伊利亚和父亲最后离开桌子帮助这位老人摆脱重压。”

他也曾经问过玛沙，问她最近有没有跟坦妮娅或其他的兄弟姐妹讲过这件事。问她对很久以前发生的那件事是否像他自己一样仍然耿耿于怀。

但是玛沙只是用严肃、灰色的眼神看了看他。她静静地坐了很长时间，把一粒紫葡萄在拇指与食指之间滚来滚去，用白净的绣花手绢擦了一遍又一遍，但是她没有把这粒葡萄放进嘴里，而是带着一种突如其来的反感把它放回碗里。

他立即确信，这种反感主要源于他。

啊，类似这种事她没有记在心里。

她很难相信父亲这样恐吓和称他们大家是寄生虫。

“再说了，这是很久以前的事。”她在从桌子旁边站起来时说，“很久以前，是不是他记错了？或者这一切纯粹是他出于想象？”

随后她离开了房间。

他自己在那个空荡、灯光熄灭的大厅里坐到午夜以后很长时间。

第二天早晨，他在花园里找到米沙，问了他同一件事。但是米沙也摇头。啊，类似这种事他已经想不起来。当他们俩朝河边走了一段路以后，他问米沙，问他是否记得多尔古-哈莫夫尼切斯卡亚胡同那个冬日，他们俩和阿廖沙避开拉科小姐，到旧酿造室后边去找啤酒桶铁箍。当时他们找到了一个，但是他们很快就明白了，那是一个被魔化的铁箍，它把阿廖沙带进了污黑的冰碴儿河水里。

但是米沙还是摇了摇头。

啊，他对这件事也记不得了。

十月底的某个时候，坦妮娅腹中的胎儿突然停止了胎动。两周以后,就在十一月十二日黎明前不久,她开始产前阵痛。全家人,父亲除外,都聚集在宫殿的配楼里,坦妮娅和她的丈夫米沙·苏霍金住在那里。

这时候他看到:前厅里灯光昏暗,窗外漆黑,大家的脸色紧张、苍白——大家挤在前厅的壁炉旁边,喝香槟和滚烫的红醋栗茶暖身体,大家沉默不语,带着越来越多的恐惧仔细听着房间里产妇的呻吟和被压抑的叫喊。直到快天亮,惨淡的红太阳出现在地平线上,人们才开始活动一下身体,站起来,小声地互相交谈。这时候有人打开了对着花园的一扇窗子,放进了一股烟雾和开着花的金合欢的呛人味道,想换一换占据屋子里的可怕和不吉祥的等待。

时间一小时一小时地过去。在他的记忆里,时间变成失去了原有意义的动作:表示问候的举起来的手,突然转向亮光的脸,刚能察觉到的点头。时间变成了呛人的樟脑味儿,变成了红地毯上变化万千的阳光矩形——同样时间也铸定了奥尔佳紧张苍白的脸、紧握的双手、坐在前厅一张皮沙发上一动不动的身姿。在这种情况下他不得不马上自问:她这样睡觉一样紧闭双眼,睫毛微颤,双手紧握地坐了多久?她真的在这么多小时当中这样坐着,直到仆人们在白天十一点半送来盛有肉饼、白面包、葡萄、糖蘸坚果的银制托盘和一壶用当地新采摘的葡萄酿造的绿色葡萄酒?他真的一次也没有安慰过她吗?他难道没有走到她身边,站在沙发后边,把一只手放在她的肩上,请求她恢复理智吗?

如果他没有的话——那是什么事情阻止他那样做呢?

这时候他看见母亲从安乐椅上站起来一半,看到她脸上可怕的表情——这件事发生在仆人们离开前厅不久,从隔壁房间里传出的所有声音突然停止了,在座的所有的人都转向那扇紧关的门,紧张地听着后边要发生的事,听着会不会有大功告成的幸福呼叫和新生婴儿的啼哭,那转瞬间就可以使大家忘记整夜的等待和担心。但是,没有——没有一个声音,没有一声啼哭。除了沉默没有别的。在同一瞬间坦妮娅房间的门开了,其中一位陌生护士走了出来。她怀里抱着一个小白包。她在门槛处犹豫了片刻,把包夹紧,迅速穿过前厅,随后很快消失在隔壁大厅里。

他自己背对那个房间站着,靠着窗子,把头顶在潮湿的窗玻璃上。从远处的某个地方传来一声叫喊,像野蛮的动物叫声,他从来没听到过类似的这种叫声,那里有跑步的声音,有哭泣的声音,有低声细语。他自己精神一振,啊,特别聚精会神:他记得,他发现,花园还有对面的大海笼罩在薄薄的一层惨淡的雾里。十一月这一天玫瑰好像比往年这个时节散发着更浓的芳香,比过去任何时候都显得更白更耀眼。几只干瘦的芦花母鸡在沙石小路边上刨食吃。两个鞑靼小姑娘在通向村子的小路上玩耍,她们穿着肥大的浅蓝色裤子,黄色长衬衣,一条同样漆黑的辫子在两边肩膀荡来荡去。

他模模糊糊记得,他能听到姑娘们的说话声:她们像鸽子一样咕咕的声音和高而爽朗的笑声。

在同一瞬间他产生了看一看那个死去的孩子的想法。

“那是令人痛心的一幕,”他想,“是我视网膜上讨厌的印记。”

他为什么要找那个孩子呢?他为什么要赶紧追那个陌生的护士呢?他在厨房没有找到她以后,为什么还要一次又一次地找遍配楼所有的房间呢?当他在配楼后边闪着烛光的露台上发现她的时候,为什么不恢复理智呢?啊,他为什么没有认识到自己行动的疯狂,没有赶快悄悄返回房间呢?

相反，他走到她面前，用尖锐、命令式的声音解释说，他想看一看那个孩子——实际上他想调查一下那个孩子是否真像说的那样已经死了。

孩子确实已经死了！这个要求多么荒唐，这时候他才想起来，医生们已经说过孩子的状况。在这种情况下，从什么地方还冒出一个要亲眼看一看的这个烦人和病态的要求呢？

“不管怎么说，”他想，“这不是好奇，而完全是另外一回事。”

她立即让他如愿以偿。她小心翼翼地把那个包放在矮墙旁边的石凳上，用让他迷惑不解的温情打开那个包着小小躯体的一层又一层带有污点的白色床单。他记得，一只金黄色的大猫躺在墙根儿底下睡觉，一阵凉风从海上吹来，她的双手强健、黝黑，手指出奇地长，左手大拇指磨得那么扁平，好像曾经被锤子或斧头砸过一样。

随后她打开最后一角床单。

他看到了那个孩子，在同一瞬间他觉得有些可怕。

啊，他想，事情就是这样。千真万确！谁的错？谁应该对发生的这件事负责还有疑问吗？当他的目光触及那娇嫩、蜡一样苍白和没有任何保护的躯体，他看到，带有惊奇平整皱纹的头盖骨上黏糊糊的黑发，皱巴巴的前额，带有惊奇表情的小脸似曾相识，半张口的嘴似乎正想呼叫，圆圆的肚子有些膨胀，肚脐和小小的生殖器稍微有些发黑变色。死去的孩子是一个男孩子，尽管在这种状态下，还是看得出他酷似母亲，不仅如此，肚脐和睾丸周围出现了难以察觉的变化，毫无疑问已经开始腐烂——就在同一瞬间，就在孩子从想象变成真人形象这一瞬间，他注定将永远被囚禁或者定格在这个蜡黄并开始腐烂的状态。啊，想到这一点他心里很不是滋味儿，当他的目光把孩子变成形象，并且这个图像雕刻在他的意识里的瞬间，这个孩子不仅失去了与过去和未来的联系，也被剥夺了迄今为止与其存在相联系的幻想和想象，包括后来可能会出现的回忆。

“啊，”他一边想一边迅速站起来，冲到潮湿的走廊里，用轻轻颤抖的手点燃一支细雪茄，那是好几天以前在坦波夫与伊利亚告别时他塞给他的。“啊，事情真是这样！我现在知道了！我亲眼见证了将永远躺在一个沾满血渍床单里蜡一样苍白、有些腐烂的尸体——同时消除了它在想象，这个现实和梦境间多变和无形的交界地带中所可能有的各种样子。”

他恨这个想法。

可能不是因为这个想法让他感到自己有罪，而是这件事让他迷惑不解，让他觉得有些害怕，他内心有一种感觉，此事包含其他的思想、其他的发现，通往一个新的可怕安排，其后果是他无法预料的。

在十一月剩下的日子当中，人们瞒着坦妮娅在花园远处的一个角落里埋葬了那个死去的孩子的几天后，在整个十二月份和次年一月份的上半月，大家继续游览那个地区不同的名胜古迹。参观离加斯普拉只有几公里的乌伊强-苏大瀑布，坐马车穿过绿色的拜达尔山谷，烟草地沿蜿蜒的道路展开，橄榄树成荫，月桂树飘香，经过米斯哈尔公园时，人们可以从那里隐约看到阿伊-彼特里白雪皑皑的山顶。大家参观了巴赫奇萨赖城和古老的可汗王宫，王宫里有清真寺、塔楼、不计其数的坟墓和洁白的大理石喷泉。下午的时候，除了父亲、玛沙和坦妮娅，大家一般会到海滨去，或者散步到附近某个鞑靼人住的村子,那里有平房顶的土坯房,暮色中升起一堆堆火,男人蹲在塔楼外面吸水烟,牛在远方的水井周围饿得哞哞叫。晚上还像往常一样度过,大家聚集在蓝色大厅里:打牌,谈论音乐,喝茶,竭力摆脱乏味和痛苦的感觉以及时间好像已经凝固了一样的奇怪感觉。有的时候,父亲去睡觉以后,他们在外边漆黑的露台上坐一会儿,抽烟,感受温暖的空气和蝉窸窣金属般动听的歌声,不时地去看一眼小望远镜,他们暗暗折磨自己,避免使用很久以前他们经常赞美良辰美景的所有语言。

庆祝除夕之夜,大家吃果料蛋糕和喝香槟酒。他,安德烈,似乎记得,玛沙从雅尔塔来了,她和古利亚在那里住过一段时间,谢廖沙有很长时间很忧郁并更加沉闷,他不间断地为他们弹钢琴直到凌晨,父亲很早就上床睡觉去了——几个星期之前他曾到雅尔塔去看玛沙,他在那里得了重感冒和伤寒——但是午夜以后不久,他突然出现在门口,穿着白色睡衣,精神沮丧,抱怨没给他在一杯热牛奶里像通常那样加一勺香槟酒。

进入新年三个星期后,父亲的病情突然恶化。

一月二十四日他发起了高烧,令人十分担心,除了贝尔滕松大夫、舒洛夫斯基大夫以外,还请来了阿尔特舒勒尔大夫、捷尔帕切夫斯基大夫和沃尔科夫大夫。经过深入检查,医生们宣布,父亲左肺感染,心脏很弱,胃感染进一步给肾和肠造成伤害。

父亲身体很虚弱。他咳嗽,不时出现呼吸困难,睡眠很少。这段时间诚然会出现这样的情况:特别是一大早,在晚上他多多少少睡了两个小时后,他觉得自己精神些。这时候他立即召来坦妮娅和玛沙,向她们口述几行日记,《忆军官》文章中的一段,或一封短信,请求她们当天下午就把记录用打字机打出来。但是他已经不能起床了。他越来越虚弱，双腿无法站立，只得在床上度日，为了呼吸和咳嗽，需要半坐着用枕头支撑，光秃的头顶戴一个黑色小睡帽，身上披好几层毛毯之类的东西。

母亲坚持要亲自照看这位病人。几乎所有的时间她都在父亲身边度过，不仅白天，夜晚经常也如此，在这种情况下她只能睡在一层大厅的一个皮沙发上，如今大厅不仅是病房，也是工作室和接待室。那里对着一个有顶的大露台，窗子很漂亮，带铅框，涂漆着——明亮的补充空间，每天大部分时间既有太阳也有阴凉，父亲每天被推到那里一次。探望者也被领到那里，也就是父亲愿意接待的所有探望者，包括那些黑衣服男女，他们就像围绕宫殿转来转去的兀鹰，随着父亲病情越来越恶化，他们围拢得越来越紧密。每当夜里父亲的病情严重到威胁他生命时，全家人和五名医生就聚集在那个有顶的露台上。

父亲的病一直很重。父亲对医生和他们所代表的医学科学总是持极为固执的怀疑态度。诚然他当时接受一些偏方治疗方法——尽管也有抱怨——如高加索膏药、医酒洗澡、推拿、绑带和啤酒洗肠，仅仅因为这些治疗办法自古以来就在农民中间运用。他也接受，尽管不愿意，诸如化痰盐水治疗，每天吃饭时喝几勺莱茵白酒、香槟或白兰地。与此相反，他深深怀疑一切针剂和混合剂，只有使用巧计和劝说才能成功让他接受医生认为他生命所必要的毒毛旋花苷水、毛地黄、砒霜或奎宁以及含有树汁提取物的药片注射樟脑液。但是这一切也有他能接受的限度，有一次舒洛夫斯基建议使用氧气疗法，遭到他完全拒绝。他喊叫起来，尽管声音很微弱，聚集在露台上的全家人几乎都听到了，他说这是一个非理性的建议，一个残忍、没有意义的建议，完全违背天性，只会要他的命。他们听到他用嘶哑的声音责怪樟脑,先是樟脑,随后是氧气。然后——然后是什么来着?啊,自然是棺木和陵墓,还能是别的什么!

沉默。他们听到他哭泣。

母亲坐在煮茶铜壶前边,双手紧握,低着头,从椅子上站起来一半,但马上又坐下来,无法决定,她是留在那里让舒洛夫斯基说服病人,还是起身去帮助医生。

但是随后从半明半暗的房间里重新传来父亲对他们讲话的声音。

很明显他在做最后的努力,使尽全身的力气挤出来几个字——这几个字使所有的人一下子绝望起来。啊,他用哭泣的声调解释,他不是因为快死去而哭,而是为盛开的橘树花散发的馥郁芳香而哭,为他最近读过的一首诗感动得哭,那首诗歌颂一位农民,当他快死的时候,自己穿上寿衣,钻进坟墓,诗歌的语言简洁、优美,世界毕竟还有真善美——这番话不仅使母亲,而且也使坦妮娅、玛沙和奥尔佳失声痛哭。

这件事情过去以后,父亲的病情更加时好时坏。有的时候他似乎在康复中,能睡觉,能吃饭,体温大体上正常,但是可能就在第二天他又发起高烧,呼吸急促、困难,不仅胃痛,而且手、脚和脊椎的疼痛更加常态化。他感觉较好的日子,宫殿里几乎有一种快乐的气氛。大家经常围在他的床边、病房或露台上,那里有一扇窗子经常对花园开着。父亲讲话不多,但他经常微笑,精神状态大体上不错。他跟医生们开玩笑,拿他们专业化的乐观主义打哈哈,他反复问那位德国医生阿尔特舒勒尔,他真的相信自己的这位病人状况"很好",他正在完全恢复"健康"之中吗?他很顺从,不再抗议用药，吃少量的荞麦粥、煎蛋、煮青菜和果泥，喝牛奶，喝英国一种啤酒或用水稀释的葡萄酒，喜欢吸橘子瓣儿的汁儿，当医生不让他每天吃两个以上蛋白酥甜点心时，他会像小孩子一样噘嘴生气。在他身体状况良好的这些时刻也会发生这样的事：像以往一样，他把坦妮娅和玛沙叫到身边，用微弱的声音向她们口述一些东西。有人劝阻他太劳累对身体不好时，他会很生气并宣称，没有什么事情比这更重要。他以不可理喻并带有些威胁的语气说，他是有道理的。啊，他说的意思不外乎于创作是他做人的义务和责任——因为，他严厉地说，老人的睿智就像珠宝：年代越久越值钱。他得意地一边捋胡须一边重新微笑。不过转瞬间他就转向恰巧在身边的儿子们，用忧伤和有些嘲讽的目光看着他们，这几个月来肯定不止十次，称他们为被驯服的狗、小丑和骗子，愤怒地问他们是不是还没有恢复理智，啊，问他们是不是自己还不承认战争就是有预谋的谋杀，军官就是不折不扣的雇佣杀手，其实这些话在他们内心深处除了引起他们对他的怜悯和忧伤不起任何其他作用。在父亲身体状况好一些的时候，他也希望大家给他高声读一些东西听，打听他的那些学生是否已经到了克里米亚，他让母亲给他照他躺在床上的相——他头上戴着黑色无檐儿圆形帽，靠着像一座小山似的枕头，两只皱巴巴的大手紧握着放在被子上。

然而病情一恶化，一切就都变了。

宫殿里所有的房间很快变得死一样沉静，医生们在小前厅里每小时会诊一次，人们小声交谈着，守护着，绞尽脑汁谋划着怎么样能最好地应付出现在花园里的陌生人，应付那些越来越多、越来越详细的关于父亲将要死亡的传闻，如今这些消息已经传到彼得堡皇宫，总财务长官波别多诺斯采夫，就是背后支持开除父亲教籍的那个人,此时正在制定阴险的计划,以及如何应付开始出现在某些外国报刊上的讣告,啊,病情似乎非常严重,一天早晨,开了一个家庭短会以后决定,在加斯普拉邻近的地方买一小块地,父亲不幸去世时把他葬在那里。同时新的谣言又传来。谣言说,一位检察官已经在米斯霍尔地区住下来,一位检察官或者类似的一位官员吧,他从警察局接受任务,在父亲去世后立即查封父亲所有的文稿。这些谣言是如此真实和可靠,以至于医生们一起商讨,如果某个陌生人试图接近病人他们该怎么办,而家里人忙着收拾和藏匿父亲所有的信件、记录和还未完成的手稿,除了放在父亲脚边柜子里的东西以外,那里的东西不经父亲认可无法拿出来。

父亲在病床上的样子深深地印在他的脑海里,久久不能忘,他仔细回味着,就像研究一张照片:他看到那张床放在大厅的一个角落里,靠近对着露台的一扇窗子;他看到阳光洒在戴着黑色圆形帽的消瘦的头上,毛孔很粗的大鼻子,深陷的面颊,总是梳得很整齐的两撇白胡子;看到阳光洒在靠在枕头上的干瘪、好像收缩了一样的躯体上;看到阳光洒在紧握的双手,大拇指画着小圆圈,不细看很难发觉,胸脯随着呼吸一鼓一鼓的;他注意到那越来越奇怪的目光偶尔不错眼珠地盯着床腿旁边那个乌木黑檀大柜子,这让他马上意识到,父亲肯定要坚决保护好放在那里的日记本——他自己没有意识到或者不愿意说出,他像龙保护自己的宝藏一样保护着自己的秘密思想。

他看透了父亲的心思。他听到了他的声音。

父亲问——用沙哑、微弱的语调——为什么人们总是说他的朋友亚当·瓦西里耶维奇死得不明不白?

他问这种说法是否属实。

此时他想重新搞清楚自己朋友死的所有细节。他想知道亚当·瓦西里耶维奇临终前说了什么。当亚当·瓦西里耶维奇感到还有力气的时候,他有何反应。他有没有疼痛,是否讲过上帝什么话。人们怎么断定他没有痛,是因为亚当·瓦西里耶维奇自己无意中说了什么,还是他的亲属纯粹臆测?他继续追问,他的其他朋友持何种态度。他想知道尤里·格里高利耶维奇之死的真实情况。还有围绕亚历山大·伊利奇和马克西姆·马克西莫维奇之死的情况。他想知道他们当中是不是没一个人遭受很大痛苦。他们当中是否真的没有任何人抱怨、失去勇气或者干脆拒绝死。

他记得,父亲随后示意身边那位医生——这是第十次或者可能是第二十次——他想看自己的病历。他从医生手里拿过那份病历,几乎是抢过去的,然后津津有味儿地读起那熟知的几页,好像是第一次读到,他嘟嘟囔囔表示不赞成,还不时愤怒地咂咂嘴,还经常抬起头用不满的表情看着这位医生。

随后他看到父亲放下那份病例。

这时候一缕刺眼的阳光照在床头柜、白亮的稿纸和那个闪闪发亮的放大镜上。在稿纸旁边突然有了插着紫罗兰的一个花瓶。从楼上传来打字机的响声。玛沙、谢尔盖、伊利亚和他自己坐在沙发前面的茶几周围,过一会儿他们将到露台上去喝茶和吃杏果酱肉饼。母亲帮助父亲喝下几口水,她用纸巾擦干净父亲的嘴唇,抚摩他的手,请他别叫,把药也吃下去。就在同一瞬间,父亲用极微弱的声音说话了,大家要费很大很大力气才能弄明白他的意思,他又提及死亡的问题,说避免死亡的一个办法就是爱另一个人,通过爱另一个人保持生命,就在父亲小声宣称,在一切事物当中生命是最宝贵的,尽管生命非常难以理解并且只是一场梦时,就在这时候他们听到从他胸膛里挤出来的哭泣声,他们感受到了他投向他们的灼热的明亮目光时,他,安德烈,想到,父亲住在克里米亚的这几个月里不但非常害怕死,不但畏惧他过去一直否认其存在的死亡,他似乎还被其左右——啊,他实际上还挑逗和追求死亡,死亡就像一个风骚性感的女人,他一定要不惜一切代价得到她的爱和好感。

在父亲生与死反反复复的这些日子里,当父亲需要抬的时候,需要换干净被单的时候,或者想让父亲短时间离开大厅的床躺到露台上临时放的床上的时候,总是他,安德烈,被父亲叫来做这些事。

"安德留沙,"他经常这样叨念,"是我儿子当中身体最强壮的,是我唯一感到安全可靠的。"

二月初的一个上午,父亲感到身上有了一点儿力气,他出人意料地请求把他抬出去,不是要到露台上去,而是要到楼上敞开的阳台上去。

他低声说,他想死前最后一次看看山和大海。

大家竭力劝阻他,说这个时机选得非常不好,夜里天气很冷,快天亮的时候还飘了雪花,尽管太阳出来以后天气暖和了,但北风刮得还是很冷,很可能造成他的病情恶化。但是父亲很固执,坚持要到阳台上去,强调一点儿新鲜空气不但没有坏处,还有利于他的肺,他实在无法忍受再也看不到亚伊拉山覆盖积雪的山顶、山谷中繁花盛开的橘子树和隐约可见的蓝色海天交界处。

大家给父亲裹上一块毯子。母亲给他脖子上围一块围巾,小心地给他光秃的头紧紧地戴上那顶黑帽子。

他记得,他自己这次就像过去每一次一样,惊奇地发现父亲是多么轻。出奇地轻，啊，几乎没有重量，好像他的躯体正在分解、消失。

把父亲从床上抱起来就像抱一个孩子那么轻而易举。

他记得父亲双手搂着他的脖子，随后满意地咯咯笑了，他小心翼翼地抱着他穿过病房，当他们经过前厅、大厅，沿着宽大的楼梯朝上走的时候，父亲用挑逗、几乎是开心的语腔问，他是不是太重，要知道他还是有一定分量，他，安德烈，是否真能把他沿着楼梯一路抱到楼上，中间要穿过蓝色大厅才能到阳台。他记得，父亲不时地偷偷看他一眼，一种奇怪的审视目光，明显有别于话语里的玩笑语调，有别于始终挂在他嘴角上的温和、友善的微笑。他记得这些话语中的一切含义很快就变了，童年的记忆突然涌现在脑海里，他似乎已经忘记的各种景象和片段突然出现在眼前，清清楚楚，好像仅仅发生在几秒钟以前。他在楼梯上刚走几步，一下子就好像回到了父亲教他的骑马的扎谢卡，回到他自己六七岁时的一个时间点上——他好像看到了父亲在那匹白色牝马上，好像听到父亲以嘲讽和气人的语调问他累不累，感到腰椎有点儿烧，每一块肌肉都痛，他的汗从额头上往下流，心激烈地跳动——因为太用力，因为不习惯的狂奔疾驰还因为受到惊吓：父亲又用马刺催马快跑，在崎岖不平的森林坡地上继续狂奔。

他沿着楼梯又走了几步之后，清清楚楚回忆起，父亲为了最终教会他游泳，不止一次把他从中水塘的更衣室、大水塘的码头或者沃龙卡河的一块大石头上扔到水里。他回想起来，父亲怎么样挖苦和多次讥笑他或者他兄弟们的软弱——同时他清楚地记得，父亲怎么样对自己令人惊异的体力而自豪，怎么样吹嘘，他六十岁的时候还能举起一块上面站着两个成年人的门板，他回忆起，他，安德烈，长大成人以后，身体非常强健，父亲用几个小时开导他，不要自鸣得意，不要卖弄逞强，啊，他喋喋不休讲个没完，什么自以为是很危险，特别不要被头衔、名誉或者身体优势这类过眼烟云的东西冲昏头脑。

在他抱父亲上楼梯的时候，所有这些和类似的记忆猛烈地冲击着他，奇怪的是，这些记忆不仅让他沮丧，还使他浑身充满一种特别、纯粹是体力的疲劳。他突然开始恨父亲，如此之恨他从来没有过，同时他的额头滴汗，双腿打战，双手哆嗦，父亲消瘦枯干的躯体变大变沉，以致他们到达最后一个台阶时，他要使出所有的力气抱着父亲走完剩下的那小段距离，把他放在阳台上已经安排妥当的安乐椅上。

他记得，父亲又满意地靠在椅子上的枕头上，深深地喘了口气，请他们把椅子往旁边移一下，以便他能更好地看海，随后他闭上眼睛，把脸对着太阳。

但是，随后他突然产生了怀疑，父亲真的没有重新睁开眼吗？没有匆忙喜悦地看他，安德烈，一眼吗？在父亲带着严肃、茫然的表情朝周围看的时候，让目光扫过花园、那条乡村土路、鞑靼人矮小的平顶房子和海岸贫瘠的侧面的时候，父亲难道没有用几乎听不到的声音问他还是很累吧？父亲难道没有尽量不动声色地小声说他很清楚，第一瞬间可能觉得抱着他像抱一个孩子那么轻——但是永远不能先入为主、以貌取人，最轻的躯体也可能变成一个几乎难以想象的沉重和折磨人的大包袱？

“可能，”他想，“父亲确实就是这样说的。”

如果一切都不是他的想象。

相反，他准确地记得，父亲随后感激地抚摩他的手，母亲给父亲喝热的爱默盐化痰水，阳台上风平、温暖、舒适，他们三个人在那里坐了很长时间，比预想的长了很多，肯定有整整一个小时，最后玛沙也加入了他们的行列——他们当时还不知道，玛沙又怀孕了——阳台上太阳越升越高，树荫往树下收缩，草上的露珠干了，他们在那里进行了他对这个时期的记忆中一次最快乐最舒畅的谈话。

但是他也记得玛沙面颊上有轻轻的红润。

她的目光中有一种冷淡和轻视。

她一直没正眼看他，好像他根本不存在。

他也记得，奥尔佳没有参加谈话。

啊，自从一周之前奥尔佳感觉不到肚子里的胎动以后，她越来越不愿出现在众人面前。晚上的时候她已经不到大厅里来，吃饭的时候也经常缺席，最后，她甚至不跟他一起度过夜晚，睡觉和休息都在索耐季卡房间的一个沙发上。白天家里寂静无声的时候，大家不仅在隔壁大厅、楼底下的前厅，有时候甚至远在父亲的病房里，都能听到她的哭声和绝望的叫喊。夜里他们能听到她在儿童卧室的窗子和壁炉之间徘徊几个小时。

她的绝望和胆怯令他们大家担心和不安，啊，有时候真的让人生气。

“不过，”他想，“可能不仅仅是失去孩子的痛苦和害怕才使她躲起来吧？她可能凭直觉想到，父亲的病意味着一种威胁、一种明显的危险吧？”

否则后来发生的事怎么解释呢？

他记得，他曾试图安慰她，劝解说还有希望，跟她共同回忆他们一起度过的最初几个夏天，在库兹明茨克配楼的山形屋度过的明亮、潮湿的夏季夜晚，回忆他们相爱的时刻、泥土和紫丁香的芳香、在沃龙卡河里的游泳、在扎谢卡后面的橡树林里的骑马、对未来的梦想和计划——他想用昔日的情景使她振作起来，像过去很多次一样，这些回忆去年在塔普登科沃一连串黑暗和阴郁的冬季夜晚对他们之间冷淡的关系起到助燃化解的作用，他们在美丽的新家单独生活的时间越长越难保持他们之间相亲和睦的感情的生命力。他记得，他也曾担心他们的孩子生下来是死婴，他渴望亲近奥尔佳，尽管他自己不愿意承认这一点，因为他自己也需要有人安慰，就像有人需要安慰她一样，但是他一直没能迈出这关键一步。他曾想找到她，但没有做到。他曾急切想跟她谈一谈，但他继续沉默——可能是因为好面子或者担心被拒绝，但是最重要的原因是，他意识到，他重新翻出那些旧皇历和劝她平静下来的那些话语由于某种说不清道不明的原因已经失去了曾经的力量，他已不明白，那些东西为什么变得苍白和无望，啊，它们完全失去了当年所具有的感觉和意义。

奥尔佳确实把自己完全孤立在索耐季卡的房间里。在他看来，她已经不再想与他或者家庭其他成员有什么关系，不再想与能提醒她注意家庭气氛和父亲身体状况的人有什么关系。

他怀念她在身边的时候，他恨自己的无能和笨嘴拙舌，但是他不责怪她。不知为何——现在，回首过去的时候，他不知为何，那时也不知为何——他怀疑她是对的。不管情况怎么样，现在拯救未出生孩子的唯一办法是，让她躲起来，让她建立一个尽量属于她自己的日常世界，不让她听到所有的预言，各种可怕的警告和关于发烧、气短、折磨和崩溃来临等一切带有威胁性的谈话。

在阳台上待了那个上午以后，父亲的病情也日渐恶化，啊，似乎确实像人们说的，病情朝更坏的方向发展的关键性变化就是从那时开始的。就在当天晚些时候，二月五日，医生们不得不宣布，父亲的右肺也感染了。父亲高烧那么厉害，导致他长时间昏迷。有的时候他精神错乱，喊叫和呻吟全家各处都能听到。有一次他绝望至极，开始高喊塞瓦斯托波尔处于大火之中，不仅要塞，而且整座城市都在燃烧，所有的人，不管是谁，都将葬身火海。还有一次他把墙上那个镀金的挂钟当成了阿廖沙。他指着那个圆鼓鼓的表盘问，为什么还没让男孩躺下睡觉。有一次他突然笑起来，笑声那么高、那么尖和那么可怕，还有一次他揪着自己的胡须，用野蛮、阴森的目光看着自己的妻子，用沙哑的声音问她是干什么的，待在他房间里干什么——而转瞬间他就一边哭泣一边绝望地喊她的名字。

随后他又很快重新失去知觉。

二月七日那天他大部分时间都在昏睡。

傍晚的时候高烧有些退，他恢复了知觉。晚饭后不久传来消息，全家人要集中在病房隔壁的大厅里：父亲宣布他要轮流和所有的人一一告别。

他记得，那是自己最难过的时刻。

父亲确实已经病入膏肓。医生们宣告，他活过当天夜里的希望不大。晚上十点钟的时候，大家，母亲、谢廖沙、坦妮娅、伊利亚、列夫、玛沙和她的丈夫古利亚、米沙和他自己，都在大厅等候。大家都到了，只有奥尔佳还留在楼上索耐季卡身边。母亲面色苍白，由于劳累过度眼皮肿胀，眼睛下边有着又深又黑的眼圈。玛沙和坦妮娅在哭。米沙乐观的圆脸露出了难见的惊恐和忧伤的表情，他不安地在壁炉和花面绸布沙发椅之间走来走去，两只强壮的大手不知放在什么地方好，一切友善和乐观的生活态度好像突然失去了用武之地。

管家克拉辛不时地走进大厅，蹑手蹑脚地走到母亲身边，在她的耳边耳语几句，然后像进来时一样悄悄离去。

他的进进出出令大家很不安。最近几天关于总审计官波别多诺斯采夫的谣传也变得越来越蹊跷。据说，父亲病况的新闻此时促使他越走越远，啊，他要千方百计使父亲回归正确信仰，他不仅给克里米亚的神甫，首先是加斯普拉附近的米斯霍尔地区当地的神甫下达命令，一旦父亲死亡，立即没收父亲所有的文件。他还下令说，他们一旦进入宫殿——他们确实有这种权利，因为宫殿有一个私人小教堂——要有人设法接近死者的停尸床。随后成功做到这些的神甫应该在父亲正在咽下最后一口气时，或者至少在此后不久，立即登上楼梯，在其他人还没来得及有所作为之前，对聚集的人群讲话，宣布父亲临终前悔过了，他重新皈依正统教会，他忏悔并受了圣餐，神甫和教会对这位回头浪子感到欣慰。很明显，波别多诺斯采夫想，这个独一无二的关于父亲死亡的故事会很快传遍俄罗斯和全世界，它将成为永远的事实，从而在几天的时间里就能创造出不论是俄罗斯教会还是对父亲作品进行的查封几十年都未达到的效果。

谢廖沙是第一个走进父亲病房的。大约十分钟以后他走出来时，脸色从未有过地阴沉和沮丧。他迅速走过大厅，周围连看也没看一眼，他刚随手关上大厅的门，他们就听见他号啕大哭起来，过了片刻就从楼上传来《月光奏鸣曲》的声音。随后轮到坦妮娅，后边是伊利亚、列夫、玛沙。他们当中坦妮娅和玛沙情绪最稳定，最庄重，啊，她们从父亲房间出来时几乎是喜悦，她们没有离开大厅，而是分别在母亲两边坐下来，双手合十，让母亲和她们一起为父亲祈祷。伊利亚和列夫似乎正好相反，他们跟谢廖沙完全一样，无论如何都控制不住自己的悲伤，迅速消失在隔壁的厅里，一句话也没说。玛沙后边轮到他，安德烈。等到玛沙坐在母亲身边，他的心不再激烈和不规则地跳动以后稍微平静一下，他才站起来，赶忙走到父亲身边。

至今他还记得，那次会面给他印象最深的是，房间里的气氛让他胆战心惊。光线黑暗，密实得好像凝固了，床头燃烧着的枝形烛台散发的光只能照亮半米大的一个圈；父亲的声音则出奇地轻柔和清楚。啊，此时，差不多三年以后，那情景仍然历历在目：枝形烛台的烛光把长长摇曳的烛影投在父亲蜡黄的脸、大鼻子、深陷的面颊、两撇白胡须、皱巴紧握的双手和有着黑色几何图案的被子底下那干枯的躯体上；他重新闻到了那呛人的樟脑、酸奶、药和跟病本身有关的其他味道以及围绕父亲躯体的腐烂前的一种气味；他在死一样宁静中昏昏沉沉地听到的唯一的声音是一块地板发出的咯吱声和父亲微弱、嘶嘶的喘气声。紧靠父亲一边的圆桌上，放着一本掀开的书、几页皱皱巴巴的稿纸、一个黑把儿裁纸刀，旁边是一瓶墨水和一个已经喝了一半水的玻璃杯。床的另一头放着一把红色天鹅绒安乐椅。

他自己走进房间以后，有好长时间父亲都闭着眼，好像在睡觉。他无法决定，父亲是希望他走到他床边，还是希望他原地等待——因此他在门槛前站着，羞愧、犹豫，尽力克制自己越来越强烈的茫然不知所措的感情。后来他突然发现，父亲不是一动不动地躺在那里，他的手指在小心翼翼地摸被套，他的嘴唇在动，也有可能是一种幻觉，上下眼皮之间闪烁着黑色的光，那不是别的，而是父亲临死前都十分严厉的目光。就在同一瞬间他明白了，从他自己走进房间以后，父亲自始至终关注着他，啊，尽管光线很暗，父亲还是能记录下他每一个反应、每一个动作和姿态，他吓了一跳，慌忙走到床边，朝父亲低下头，亲吻他蜡黄的双颊，并在那把红色安乐椅的边上坐下。父亲的脸上隐约露出了一丝微笑。随后父亲说了些什么，声音很弱，几乎听不见，这时候他自己俯下身去，以便听得更好一些，他唯一成功听明白的话是“安德烈”“安德留沙”和“你要明白”，父亲似乎使出了全身的力气才挤出这几个字，随后父亲静静地躺了很长时间。

父亲很长时间没有说话，肯定有好几分钟。他自己紧张地等待着。他急不可耐地想听，父亲想让他知道什么，他唯一能做的就是竭力控制自己的柔情和同情，他真想跪在父亲床边痛哭一场，热吻他干枯的双手。

他记得，父亲最后开始讲话了。很慢，声音也很弱，尽管如此，完全可以听清楚。他讲的时间也很长，令人吃惊，他的讲话完全能理解，也很连贯，如果不计较细微之处的话。

不过此时他还记得另外一件事情。

他记得，正是父亲头脑的清醒不仅使他大吃一惊，而且是他产生恐惧的原因之一，这种深深的恐惧心理突然穿透了他，也许，还有部分惊叹，但最多的是恐惧。

对，恐惧！

他，确实听到父亲讲话，不能明白一个词——它们的意思，关于福音书在父亲生命中的意义，对他面对死亡的平静和喜悦的意义，没有真正进入他的脑海，他变得不自在，不是因为父亲说了什么，不是因为他话的内容。

不是，——而是因为父亲讲话这样清楚，而且不针对个人。

啊，当他坐在父亲病床旁边，看着那苍白、抽缩的脸、一下子就老化的双手，充斥他内心的不是愤怒和失望，而是一种深深的不可解脱的恐惧，正是因为父亲大讲抽象的现象，即使不完全抽象，也远离他们自己的生活，远离仅仅由他们两个人决定的亲密无间的关系，父亲不顾特殊的场合，不顾这可能是父亲与他最后一次谈话，今生今世最后一次互相看着，而是讲跟他们无关的事情，不讲对他，安德烈的感情——他重新听到了父亲柔和、清楚的声音，想起了使他连一句告别的话也说不出、连吻一下父亲伸出的手的力量也没有的恐惧。

不过也可能，此时他想，也可能是因为父亲把死从个人的事变为某种抽象涉及另外一个人的东西，它触及与其说他自己，不如说人类生命基础本身，父亲仿佛以这种方式央求死亡吓坏了他。——啊，父亲用一种充满激情的、奇怪的方式在央求他根本否定其存在的死亡。也许只是在讲权力。是讲权力，是讲一种强大、难以抗拒的掌控世界的欲望。或者说，不仅仅是掌握——而是直接创造世界。在这种情况下，这种想法已经不再是体现在父亲小说中的某种寓意，而是完全具体、实际的。

此时他又看到了父亲那只伸出的手，看到了皱巴、露着青筋的手指、灰色破裂的指甲和手背上鼓起来的血管。有一瞬间他似乎还看到了自己。看到了自己紧绷、苍白的脸，光亮的秃顶和笔直的脊柱，他用恐惧的目光盯着父亲，轻轻弯下腰——现在他因此羞愧得真想大哭一场——装作没有意识到父亲那只伸出的手，他突然明白了，父亲这个动作不仅是他当时认为的一个告别的标志、谈话到此为止的标志，还有其他的含义：一种恳求，一种笨拙的祈福，甚至也可能是关心和疼爱。

相反,后来他在哪里度过的那个夜,他已经记不清了。

他只记得,他曾在花园坐了一会儿,在杨树林荫道附近的一张靠背椅上痛痛快快地哭了一场,哭得浑身颤抖,歇斯底里地抽噎,还突然高声号叫,用右手猛击那张靠背椅,那么用力,到最后他已经不知道是因为悲伤还是因为疼而喊叫。后来,几分钟或者几个小时以后,他突然就到了去奥雷兹村的路上,他记得月朗风清,天气很冷,他在海边坐了一会儿听涛声,他在村边的某个地方与父亲的几个学生不期而遇,三个男人像黑色的幽灵出现在黑暗中,他们轻轻地点了点头,很快又消失了。他还记得海水的味道和橘子花开的芳香。他记得,他回到宫殿时天已经大亮。他在大厅里遇到其中的两位医生,阿尔特舒勒尔,另一个可能是沃尔科夫,他们带着微笑告诉他,父亲傍天亮的时候睡了几个小时。

高烧完全出人预料地退了!

他们说,父亲确实一直很虚弱,与所有人的预测相反,最危险的时刻已经被克服——纯粹是一个奇迹。

“啊,”他想,“父亲真的活过来了。”

逃过死亡的是父亲——不是人们期待的那个孩子。

自然,这个结果并非偶然!

不然怎么解释这两者之间的关系呢?当奥尔佳那天夜里进入产前阵痛的时候,父亲已经病入膏肓,看样子已经没救了,不管是樟脑注射、吗啡或者心脏按摩,都不起作用了,全家人集中在大厅,准备向父亲做最后的告别。奥尔佳夜里三点钟生下那个孩子,一个男孩,已经死了,头上没有头发,皮肤像羊皮纸一样薄,看起来非常像一个干瘪的老头儿,啊,在同一时刻父亲病危,大家完全放弃了他缓过来的可能，怎么会这么巧呢？

纯属偶然，还是一个命运难解之谜？

不，在任何时候、任何情况下，他都不会相信那天夜里发生的事情是一种偶然。在死婴来到这个世界的同时，父亲正在最终离开这个世界，他不相信这两者之间奇怪的联系纯属巧合，他相信这中间蕴含着一种更深刻的含义，尽管一时无法搞明白。

“难道不需要问一问，”他继续想，“当人们把孩子从家里拿出去，把他埋在花园里紧靠坦妮娅死去的男孩旁边的时候，父亲突然出人预料地迅速好了起来——他的高烧像变戏法一样突然降了下来，脉搏开始正常跳动，呼吸顺畅很多，仅仅过了几个小时，他就度过了危机，为什么？啊，难道不需要继续问下去，别嫌麻烦，这些奇怪的联系怎么解释呢？他们，不仅是他自己和奥尔佳，而是所有在场的人——和所有在父亲身边的人，怎么解释呢？

4

在克里米亚住了那段时间以后，一切都变了。啊，他想起来就烦闷，从克里米亚回来以后，整个生存都像被毒化了，不仅仅是他呼吸的空气，还有土地、万物，啊，连他的皮肤似乎都浸透了腐烂味儿——啊，好像病床上父亲瘦弱的身体以及两个死亡的胎儿蜡一样苍白的躯体、黑亮和黏糊糊的头盖骨，以及皱巴巴的小脸散发出的令人窒息的味道与他形影不离。

奥尔佳和他四月初刚回到塔普登科沃的轻松感觉很快就被百无聊赖所代替。第一天早晨他就赶忙到马厩去看自己的马，这时候眼前的一切——温暖的湿润，动物躯体和马粪强烈的气味，马槽旁边徘徊的马，它们玲珑的头、修长的脖子和发亮的毛色——让他高兴得差点儿哭起来，他内心对于把这一切管理得井井有条的季莫费充满感激之情，他真想拥抱他、表扬他、称他兄弟，但是在同一瞬间，一种强烈的纠结和矛盾情感让他自责并迅速离开那里。

这个季节天气这么热实属罕见，出奇的热让人感到压抑——没过多久天气突变，变得超常地灰暗、潮湿和阴冷。留在他最初记忆中的有无聊的狩猎、尘土飞扬的道路、黄昏中呛人的紫丁香花味儿；留在后期的有潮湿和泥泞的林间小路、阴冷的房间和单调没滋没味儿的晚餐。记忆中有争吵，有关于庄园管理、庄稼可能要欠收以及席卷全省的一连串纵火案的谈话，就纵火而言，他不能不把它们与像秃鹫一样聚集在加斯普拉父亲病床周围的所有黑衣人士联系在一起，因此，与父亲的病和父亲已经死亡的传闻有直接关系。

记忆中有一边哭一边祈祷的农村女人，手拿帽子、带着憎恶目光的农民和关于抢劫、盗窃和罢工的传闻。

有索耐季卡！

啊，那是索耐季卡刚满两岁时的轮廓清晰的画面——记忆来得那么出人预料、那么令人惊奇——他还无法适应。

正是这些画面的清晰让他一时觉得很刺眼，在很大程度感到震惊和意味深长。画面是那么清晰，好像充满一种特殊的光，好像它们都表现同一缓慢、刚刚中断的动作——啊，正是照片中突然平静下来的、轮廓清晰的瞬间很快变成了记忆片断的中心。

此时他看到索耐季卡坐在母亲的膝盖上，两只白嫩、圆乎乎的小手搂着自己母亲的脖子，头微微后仰，好像看到了母亲脸上的什么东西。

他看到她从笑中平静下来。

他看到，她坐着，把汤勺朝嘴送过去一半，目光消失在远方。

他看到她身着白色衣服的小小身影正准备坐到阳光明亮的凉台最底下的那个台阶上。

一个讯息？他想，这些瞬间难道隐藏着某种讯息？一个告知，或者更像是：一个号召？

啊，他马上确信——尽管没有任何迹象表明，索耐季卡意识到他的存在，啊，尽管没有什么事实证明，她已经意识到自己的想象外的任何其他东西——他确信，这是先兆，是无声的告知，这些告知只是针对他自己的,不针对任何其他人。

他也注意到一个画面比其他画面出现得更频繁,或者更确切地说是系列画面,他看到这些画面更难过更难以适应。

他首先看到充足的阳光、空旷的草地和一个人也没有的凉台。每多等一秒钟,他的心情就多一分紧张和不安——索耐季卡出现在那里。她穿着带镂空花饰的白色连衣裙,白色长筒毛袜和黑皮鞋。一顶圆草帽,帽顶上系着一条绿色带子,保护她的脸不受太阳晒。漆黑的头发仍然像一般孩子那样稀薄,但惊人地长和卷曲。她在油漆过的白色台阶前面一公分高的草地上玩儿着,两条矮而弯曲的腿在蒲公英、勿忘我草和细叶芹之间跑来跑去,小心翼翼,有些不适应,但一举一动都那么认真——好像要显示通过自己的存在征服周围一切的坚强意志。她脸上的一切:眼睛、嘴巴、面颊和额头,都显得那么温和与平静,有着像她的动作一样的信心。由于她执着、目标明确地在草地上跑来跑去,他得出结论,她一定忙什么。可能,他想,她在踢眼前的一个球。或者在跟一个半大的小狗玩儿,或者在拉一个玩具车。不时也会出现这样的事:她跪在地上,膝盖轻轻地摇晃,聚精会神地看眼前草丛中的什么东西——但转瞬间她就站起来,赶紧去做别的事。

索耐季卡蹒跚地在草地上走来走去的时候,也会出现某个这样的时间点,他看到她突然站住了,看不出有任何理由。一动不动。她似乎有了某个不一般的想法。惊奇,可能还有些不安。这让他困惑不解,好像她试图回想起什么。啊,试图回想起一秒钟前出现在她脑海,但是她已经忘了的事情。这时候他看到她把手伸向草帽,看到她有意无意地用指尖触摸帽檐儿——但是就在同一瞬间,像刚才中断玩耍一样出人预料,完全转过身来,赶快跑向凉台的台阶，坚定、目标明确地回到最底下那个台阶上。

正是在这里——在她刚刚坐好，把目光重新对着花园，还未来得及扶好草帽和从台阶的围栏上把手拿开时——画面在这里定格了。正是在这里留在他记忆里的画面改变了性质，它突然升华，啊，它有了自己特殊和朦胧的意思。

他越来越感到不是滋味儿，此时他必须自问：难道她一开始就知道他在看着她玩儿吗？

她在凉台的台阶上就在盯着他吗？

她看的是他吗？

或者实际上，不仅在他现在回忆时，而且早在她坐在那里时，就把目光对着他，不过她大概装作他根本不在那里吧？

难道是她确实看到了他，但她自己根本没有意识到，以为看到的是别的什么人？

如果是这样，这意味着什么？

他不知道应该怎么想。突然中断玩耍，突然迅速从草地回到台阶，从他的角度看，都是偶然、无计划的，难道对她来说，这不仅不是有意的，而且是绝对必要的，啊，还是不可避免的？她坐在那里，正专注某件事，她还不会用语言表达是什么，但是如果他能知道是什么，那就搭起了通往过去的桥梁吧？

但是两年多以前那个春光明媚的日子，他怎么能知道索耐季卡对他来说意味着什么呢？他怎么能意识到他是多么爱她？

他又一次绝望地看着新开花的细叶芹、嫩绿的草木、蒲公英和影影绰绰的树荫。让自己审视的目光滑向油漆过的白色台阶、凉台、那排编织的椅子和门后边无法穿透的黑暗，一次又一次、越来越绝望地看着索耐季卡穿着白色衣服的身影，看着她的帽子、连衣裙、圆乎乎的双腿、皮鞋和一直抓着台阶围栏的右手,最后停留在她茫然的目光上——这一切十分清楚地记在他的脑海里,那么近,但又无法触摸到。

"可怜的奥尔佳!"他心神不定地想着,"可怜的奥尔佳!"

他们从克里米亚回到家不到两个月——他仍能记得确切的日期是六月二十八日——就接到母亲发来的一封电报,前一天她和父亲、萨沙、谢廖沙和尼基京医生一起返回亚斯纳亚·波利亚纳——母亲在电报中说,她回家的快乐很快就变成了伤心,因为玛沙,就在马车驶进亚斯纳亚的院子几个小时后,离预产期还有几周时,在库兹明茨克的配房里生下了自己的孩子:一个胎死腹中的小男孩,偶然怀孕以后胎儿本来发育得很好。这意味着,正如奥尔佳和他担心的那样,那个死婴是二十七日生下的——正是在这一天,奥尔佳证实她自己又怀孕了! 怎么这么巧,怎么这么奇怪,二十七日也是坦妮娅十二月份在意大利旅行中生下的一对双胞胎死婴的日子,两个男孩,一个叫谢尔盖,一个叫米哈伊尔,他们很快就被埋葬在罗马的一个陵园里,那里有很多这类陵园,而恰恰在六个月以后这个时间点上,奥尔佳怀孕八个月!

"可怜的奥尔佳!"他又想起来,"可怜的奥尔佳!"

他记得她是多么不安。她一直担心自己待生的孩子没生下来就是死的。她渴望远离亚斯纳亚·波利亚纳。实际上这也是他们俩人的愿望。他们经常做噩梦,悲剧重演、不吉祥的先兆和预言似乎在等待着他们。

有一次八月底,母亲反过来和萨沙一起到塔普登科沃来看望他们。那天又湿又热,他们大部分时间在小客厅喝茶度过:他看到沙发上母亲沉重的身姿，看到她欲言又止——他似乎记得，她大部分时间都在讲自己整理父亲日记的工作——他记得她怎么样弯下腰，把小索耐季卡抱到膝盖上，亲吻她的双颊，大加赞美她卷曲的头发、温文尔雅的举止和惊人的词汇量——几乎同时宣称，很遗憾，让他们失望了，她不能在此过夜，啊，她还气愤地摇了摇头，小声嘟囔着"我亲爱的安德烈"或者"我亲爱的、好心肠的安德留沙"之类的话。

他记得，她说完这些话以后鸦雀无声。室内燥热。樱桃汁甜酸可口。愤怒促使他突然站起来，一句话没说就走了。

他们自己在这段时间，夏、秋、冬三季，去亚斯纳亚·波利亚纳不超过三次，每次只待一会儿就回家。他记得第一次去的时候，父亲的病好一些了，不过他总是抱怨胃和腿痛，抱怨他每天喝的温马奶和霉乳酒没有疗效，但是尽管痛，他每天上午还是为他的长篇小说《哈泽-穆拉特》工作很长时间，多次步行二百多米长的小路到库兹明茨克配房去看望玛沙。玛沙最近一个时期比以往更加苍白、消瘦和悲伤，尽管如此，她还是坚定地说，她的这个第三个孩子注定不能活着生下来，这里面一定有自己特殊的、虽然不能理解的意义。这些话让父亲、坦妮娅和萨沙满意，而让他自己、母亲、谢廖沙、伊利亚和米沙很为难，不管怎么样，他们还是相信有一种特别的说法，可能没有根据，第三个孩子还会胎死腹中。父亲此时特别贬低一切古典音乐，他一次又一次强调要避免评论周围的人，因为这类评论总会应验，他很郁闷很气愤，他出言不逊，贬低身边大部分人，特别是自己的儿子们，唯一能让他打起精神的，是打文特牌到深夜。

在他记忆中，第二次去亚斯纳亚的感受很虚幻，像梦境一样，感觉发生的事情过去就经历过。父亲的病情比从克里米亚回来以后的任何时候都更重,胃痛加剧,心律不齐,他带着极大的热忱讲黑色死亡天使,以至于当戈登魏泽尔平安夜在配房演奏一首贝多芬的奏鸣曲时,索耐季卡突然坐到自己母亲的膝盖上,惊恐地说,她看到天使藏到纱布窗帘后边去了。大家用莱茵白酒干杯。父亲喝杏仁奶茶。他自己有一次和父亲发生口角,争论犹太人与革命的关系,父亲拒绝承认犹太人在革命中有过错,他强调在上帝面前人人平等,同时嬉皮笑脸地说,就买生活日用品而言,如果让他在农民瓦西里·瓦西里耶维奇和他的邻居犹太人店主之间选择,他当然会毫不犹豫地选择前者。

他记得第三次造访主要是因为母亲。

他记得,一天夜晚他到图书馆去。他躺在沙发上,手里拿一本书,俯下身去点茶几上的煤油灯,但是就在这时候他发现,房间并非只有他一个人,他的弟兄列夫在正对着他的那把棕色安乐椅上睡觉。圆月把光从三个高大的窗子照射进来,列夫睡得很香,半张着嘴,他的脸像往常那样不自然地苍白,泛着亚麻布一样的白色。

他记得,看到列夫以后他马上没心思再读书了,不过他没有离开图书室,他在沙发角上坐下来,很奇怪,无论如何都无法把目光从自己弟兄睡觉的身影上离开。他在那里坐了很长时间,可能有好几个小时,他突然发现母亲坐在靠近他的沙发上,他根本没有发现她是怎么进来的。

母亲着白色睡衣,披一块黄色披肩,背后是一条梳起的发辫。她一直在看着列夫睡觉,她讲,她刚刚从梦中醒来,在梦中她正准备到花园为自己的花环找几朵粉红色的花时,遇见了死去的母亲,她醒来的时候,母亲和她正在登上停靠在沃龙卡河浴棚旁边的一条蒸汽船。她用祈祷式的语调心不在焉地讲着，好像只醒来一半，他心慌意乱地听着，不敢打断她的话，而她也一刻不离地盯着熟睡的列夫。

她突然讲起了列夫。

“列夫多病、清瘦和神经质，”她说，“但是他也最勇敢。”

他屏住呼吸等待，不知道她下边还会说什么。

“谢廖沙，”她继续算命似的说，目光须臾没有离开过熟睡的列夫，“谢廖沙总是闷闷不乐。坦妮娅和玛沙具有奉献精神，善良但不幸，伊利亚是一个大孩子，米沙也如此，啊，在某些方面萨沙也这样。而你，安德留沙……”

说到此处她突然停了片刻。

然后她继续说：

“……而你，安德留沙，最轻浮、花钱最大手大脚、最软弱和最马马虎虎——但是比其他任何人都富有亲情和爱心！”

他记得，他听了她的这些话以后差点儿哭起来，他本来想对她说些什么。他本来想请她原谅——为自己的恶劣和腐朽，啊，还有软弱，这种软弱给他爱的、反过来也确信爱他的人带来巨大和不值得的痛苦。他记得，他真想跪下亲吻她的双手——但是他因为羞愧难当，反而站起来，走到窗子旁边，背对着她站着。

随后，他们在那个夜晚就这样分别了。

当他此时回忆往事的时候，他突然觉得，好像奥尔佳整个秋天不仅不去亚斯纳亚，不想见他家里人，还想方设法躲着他。

啊，难道她，他想，整个这个阴郁、灰暗的秋天不都是独自一人吗？难道她不是大部分时间都跟索耐季卡和保姆在楼上的私人客厅度过吗？当他自己在工作室徘徊时，当他外出猎狼时——经常和列利亚·谢韦尔佐夫一起，一连几昼夜，当他和列利亚长时间在彼得堡逗留时——在那里他们通宵达旦地大喝香槟和伏特加，与几个女演员调情取乐，最后惊奇地发现，已经花掉了上千卢布，钱大部分是从列利亚的一位好朋友那里借来的，他之后很长时间无法实施与季莫费秋天时商量好的建马厩和买两匹新牝马的计划，而这个计划是唯一能使他开心的事情，至少当时是这样。

奥尔佳，他想，从来都不在旁边。

实际上他们还是有小聚的。吃晚饭的时候，晚上他们暂短在一起的时候，她对他总是爱搭不理、心不在焉。

不过——他突然想到——任他生气的不是她的沉默寡言，不是他对他问话的避而不答，不是他茫然看他的眼神，好像什么也没听到。而是她的温顺——让他有瞬间几乎要恨她。

他知道他这样做对她不公平。

他感到羞愧，他骂自己软弱。

但是对他的所作所为，对他说的一切，她总是微笑相对，心情平和，容忍，但这几乎每一次都让他发怒，招致他最粗暴和最荒谬的责备。

他曾对她高声喊叫。

他甚至因为无能为力和愤怒几乎哭起来。

而这时候她却不为自己辩护，她把目光对着他以外的地方，带着平静、温柔的笑容，耐心地说一些诸如他不公平、她仍然像过去一样爱他这样的话，有时他怒气冲天，不得不控制自己，免得对她施暴。

他一直在想，这一切跟她怀孕有关。在临产前她一直忐忑不安，啊，还有恐惧。但二月二十日孩子出生以后，事实证明，孩子健康，发育良好——孩子在母腹中的时候他就急不可耐地决定这个孩子叫伊利亚——但这只带来他们之间一段短时间的亲近与和解。他对奥尔佳百般柔情，邀请他们共同的朋友来家里看这个新生的孩子，他觉得他比以往任何时候都更加幸福，但是只过了几个星期，只过了几个特别高兴的星期，就旧病复发，他内心又充满了愤怒。

随后一切都发生得很快。

好像儿子的出生使他内心有些失落，好像一根无形的纽带突然断裂了，那不仅仅是维系五脏六腑、思想和知觉，而且是维系迄今为止全部生活的某种薄膜。在伊利亚几个月大的时候，就似乎对周围环境有了知觉，而他突然开始很难入睡，经常一躺几个小时不合眼。

整个春天和大部分夏天他反复遭受高烧、胃痛、恶心头痛的折磨。

他变瘦了。头发进一步脱落，也不像从前那么有力气。高温、孩子的喊叫和索耐季卡突然的羞怯折磨着他，他讨厌待在塔普登科沃，同样也讨厌亚斯纳亚·波利亚纳没完没了的交谈和一大家子吵吵嚷嚷一起吃饭。

他几乎一直心情郁闷、无聊，处于发疯的边缘。

这种心情持续到十二月初在一次聚会上跳舞时遇到托尔马切夫的妻子，三十岁的、安静但很迷人的安娜·列昂尼多芙娜为止——那是在莫斯科列利亚·谢韦尔佐夫家的一次聚会上，他所以去那里，一方面是为离开塔普登科沃找借口，另一方面是因为最近一年一直很忙的列利亚请求他参加。他记得，安娜着一件白色低胸的连衣裙,他当时马上注意到,她的左肩有一块胎记——啊,此时他确实记得她的双肩,记得她的身材比她的脸蛋儿漂亮。记得他在大厅的一根柱子后边亲吻了她,她毫不犹豫地同意第二天在萨沃伊饭店与他约会。

他记得,从那一刻起,他四个月没有回塔普登科沃。

自然,他应该回去过,至少在最初的几个星期里回去过,但是留在他记忆里的却是对莫斯科的一连串断断续续的印象,它们各种互相叠加,以某种不愉快但很狂热的形式混杂在一起,因此无法分清:有在漆黑的门道、有篷马车、幽暗的餐厅和拉上窗帘的旅馆房间的狂热拥抱,有白嫩的肌肤、乳房、关节和张开的嘴唇的隐约影像,她的笑声、清淡的香水味儿,还有他们陶醉时的情话、呼喊、私语和互相赞美,虽然声音很轻但同样有着迷人的魅力。不过这些举动让人觉得缺乏真情,无异于在黑暗中逢场作戏,一旦把窗子上的绿色丝绒窗帘拉开立即就消失了。

也许——此时他想到——也许不只因为安娜·列昂尼多芙娜,不只因为他秘密的、冲昏头脑的经常是短暂的与安娜的约会,他那个秋天,直到第二年一月底,摆脱了无力、忧郁和不安的困扰,还因为他们的约会给了他几乎整个时间都在莫斯科度过的理由,给了他一个可能,即像他小时候一样,吃早餐、在城里买东西、看马戏或听歌剧,在位于多尔古-哈莫夫尼切斯卡亚胡同上的那栋白色大房子里与母亲、某个兄弟姐妹和他的一大帮亲密朋友一起喝晚上茶。

不过这一切很快就已经过去。

他与安娜·列昂尼多芙娜的关系很快就突然结束了,就像开始时那样,他记得,有一天晚上他们在亚尔饭店的一个单间里,安娜直截了当地向他宣布，她不再爱他。

随后他自己很快认识到，他也不爱她——啊，实际上他从来没有真爱过她。他一下子清醒了，认识到他们的爱情纯粹是一场梦。

啊，他们最近几个月狂热的约会真像梦一样，当现在一切都过去后，他惊奇地发现，像他朦胧预料的，不是他生活中的所有都还是他认识安娜·列昂尼多芙娜之前那样。他周围的人，不管是奥尔佳、他的父亲母亲，还是他的兄弟姐妹，没有一个人明白发生的事情与他真正生活的关系有多小，发生的这些实际上只在他的想象里，如果不是完全在他的想象里，那么至少是与不大于他自己影子的部分个性有关。

他清楚地记得二月初一个阴冷的日子：上午他帮助母亲把父亲的手稿转移到历史博物馆，吃中午饭的时候他和母亲在博物馆门前告别，他要去医院看望一下最近几天因发烧住院的列利亚·谢韦尔佐夫，医生还没有诊断出他到底得了什么病，他在脸色苍白、消瘦的列利亚那里喝了葡萄酒，吃了肉饼。当他最后回到多尔古-哈莫夫尼切斯卡亚胡同时，发现母亲一脸的怒气。他还没来得及脱掉落满雪花的皮大衣、围巾和靴子，母亲就在大厅朝他冲过来，匆忙把他推进餐厅隔壁谢廖沙的房间里，近乎强行把他按在那个棕色皮沙发上，先是强迫他听她读当天早晨收到的奥尔佳的一封来信，然后含泪请求他向奥尔佳道歉。

他记得他很震惊。他对母亲不仅极为不公平而且在他看来完全没有道理的要求感到很愤怒。他记得他当时被气得浑身无力，先是结结巴巴，后来越来越激动，开始无礼地喊叫，想方设法辩白，无奈地找各种理由让她明白，他做的一切、他与托尔马切夫妻子那个故事跟他与奥尔佳的生活毫不相干，就像人们外出旅行，坐着看单调、乏味、一闪而过的大地景色时产生的一种想象、一种比较具体的白日梦,仅仅为让自己高兴一下,别无他意,他记得,当时他气得喘不过气来,最后他发现,他词不达意,所有的话都变味儿了,因此他没有任何办法让她明白他想说的话,最后只得跑出房间,两天后才回到那里。

啊,他想起来很害怕,从那个时刻起,语言成了他生活的主宰!

难道不是吗?比如,尽管一切都过去了,他还是讨厌和害怕想起回塔普登科沃家的事,在奥尔佳来信一周以后吃早餐的时候,玛沙透过自己的玻璃茶杯用冷淡、稍有责备的口气问,他是否想回塔普登科沃时,他突然产生回那里的激情,啊,当她说完这句话时,他何止想,难道不是求之不得吗?

随后他去了那里。当他坐在火车上朝窗外玫瑰色的冬季黄昏看时,不是同样思绪万千吗?

难道不是吗?当他在火车上想到奥尔佳时,当他突然想到“爱情”这个词时——只是一个词,但是在他内心掷地有声——一种爱的暖流充满全身。他不是强烈地感到,他是多么爱她吗?同时很多记忆浮现在他的脑海里,有奥尔佳和他初恋时在一起的情景,一种强烈的忠诚和欣喜油然而生,他美滋滋的差点儿流泪——但他不是很快也想起了“恨”这个字,他内心同样产生对她和她代表的一切那种痛恨和敌视吗?

第二天一大早他就到了火车站。

他急切地想回到塔普登科沃,为了尽可能地快,他毫不讲究地在火车站附近那家小饭馆吃了早饭,之后赶忙去订雪橇,很运气,订到一个三驾雪橇,然而他还是捺不住性子,越来越烦躁,恨不得马上就到才好。他不停地让车夫扬鞭催马,而当雪橇爬上塔普登科沃林荫道时，他一下子觉得浑身酥软无力，好像大病初愈，首次看到真正的世界——挂满白霜的树冠在冬季上午惨淡的阳光里闪闪发亮，住宅楼上空是蔚蓝的苍穹，荒芜的庭院覆盖着积雪，上面没有留下任何人踩过的印迹。

他走进大厅时，时钟正好敲打十点。

那熟悉的烟丝和蜡烛融化后的味道让他倍感亲切，他差点儿哭起来。他一动不动，屏住呼吸站了好长时间，生怕有一点儿动静会让什么东西改变和消失。随后他开始迅速脱掉皮大衣、围巾和靴子，尽量不出一点儿声音，但是他仍然不放心占据屋子里的宁静会被打破。脱掉外衣以后，怀着嗵嗵的心跳迅速走上楼梯，他确信会看到正在卧室里准备穿衣的奥尔佳，或者可能在儿童卧室看到孩子们在吃早餐。但卧室里空无一人，床铺整整齐齐。没有迹象表明有人在这里刚刚起床，穿好衣服以后离开。儿童卧室也不见人的踪影，地板上没有玩具，写字台空空的。

他记得他走到窗前，看到外面的花园笼罩在一层白色的太阳雾里，杨树把长长的蓝色阴影投向院子里。他记得，好像过去从未注意到从楼上看花园是那么漂亮，遥看远方的田野、丘陵和森林是那么开阔、壮美。

这时候他突然看到了索耐季卡。

她穿着白色皮衣从房子后边跑过来，他都认不出她来了。她在院子里跑了一半突然停下来，弯下腰，揉一个雪球，然后使出全身力气把雪球朝河塘方向抛去。当雪球正好打中河塘中心的那个大理石小天使时，她咯咯地笑了。那纯洁、开朗的笑声让他心如刀割。

紧跟索耐季卡后边的是一个他不认识的小家伙，走路摇摇晃晃的。小男孩穿着同新式的白色皮大衣，脚上穿的靴子明显过大。

“伊利亚！”他心里一惊，眼泪夺眶而出，“真的是伊利亚！”

随后楼下的钢琴声传到他的耳朵里。这时候他偷偷地退出儿童卧室，走下楼梯，蹑手蹑脚地穿过大厅、图书室和餐厅，小心翼翼地推开客厅的门。

他眼前的画面是多么清晰。

奥尔佳坐在钢琴前面，背对着他。她在弹卡玛林斯卡亚舞曲，他长大以后再也没听过。她苍白的脸像一道苍白的阴影映在光亮的琴盖上。他想走到她身边，把双手放在她的肩上，亲吻她的项颈、耳朵、面颊，想要小声告诉她，他爱她简直爱得要发疯了，告诉她，他回到家里感到无限幸福。但是他顾虑重重。羞怯。自然还有担心。还有让这一瞬间停止的愿望：他过去从来没有体验到对她的爱像现在这么强烈，当他站在门槛附近，看着她弹钢琴的时候，他感到全身充满从未有过的亲情、想念和对她曾答应做他妻子的感激之情。

她若有所思地弹着这首曲子，舒缓，几乎显得有些拖拉，比一般演奏慢很多。时间一分钟一分钟地过去，他等待着，心一直嗵嗵地跳，他一时无法决定是否要走到她身边。这是一首很长的曲子，过了一会儿他发现，已经不仅仅是犹豫不决和担心的问题。

还有一种不确定的感情在慢慢增长。

好像她清清楚楚地知道他在那里，好像知道他的存在，但不想捅破这层窗户纸。

这时候他想到应该赶快走开，但是在同一瞬间她弹完了这首曲子，突然的沉静让他除了继续等待别无他法。

房间里死一样地沉静。

她一动不动地坐在刚才弹钢琴的地方，双手放在键盘上，低着头，一直背对着他，直到突然、出人意料地用双手捂住脸，一边放声大哭一边从他身边迅速跑出房间，他没醒过神儿来，也许是不敢，他没有做出留住她的任何一点儿举动。

那天剩下的时间奥尔佳好像被地球吞掉了。

诚然吃晚饭的时候她挨着他坐着，他们和索耐季卡、保姆、奥尔佳的两位表亲不动声色地一起吃饭。但是她和他的目光一次也没交会。他们离得那么近，他只要一伸手就可以摸到她上衣袖子光滑的布料，同样，好像她的存在已经属于遥远的过去，啊，餐桌这一时刻已经变成记忆。

直到晚上九点钟，孩子们上床睡觉，客人们回家，她才突然出现在他的工作室，事先他已经在那里，她突然紧靠门槛站着，腰挺得很直，两手合十放在胸前，她说对于他的造访感到太突然了，要等到安静下来不受打扰时再来见他。当他在同一瞬间抓住她的手想拉到嘴边吻的时候，她迅速抽回去了，他狂吻她的手进而拥抱她，这时她又哭了起来，并且把他推开，朝窗子走去。

她抽噎得全身颤抖，过了好几分钟才勉强平静下来。

“一切都变了，”这时候她低声说，继续背对着他，并带着他怎么也想不到的一种刻薄，“往事如烟。”

他迅速走到她身边，重新拥抱她，在他用力拥抱她而她无法挣脱的时候，他亲吻她并小声说：

“我看到伊利亚已经学会走路了。”

他本来想向她解释，她说得不对，过去发生的事情对他们的生活没有任何影响，都是些无稽之谈，以后最好别再提它，他还像过去一样——或者说比过去任何时候都更加爱她。

他本来想祈求她听他解释。

他本来想祈求她相信自己的话。

但是就在他准备向她说明一切的紧要关头,啊,就在他脑子里已经措好辞的同一瞬间,他却鬼使神差一样,相信要挽救他们婚姻的唯一办法,让最近几个月发生的事情烟消云散的唯一办法就是,别再提了,不用说她就会理解他。

相信这几个月发生的事情只要别再提了,自然就不存在了。

“真棒,”此时他却对她这样说,“真棒,伊利亚已经学会走路了。”

他说完以后,她又一次哭起来。

“你至少应该对我说,”她抽泣着说,“你后悔了,请求原谅。”

这时候他马上放开她。

他的温情一下子就消失了。相反,他感到一股强烈的怒火油然而生。一种绝望和无可奈何。愤怒使他失去理智,他想对她喊叫,说她讲的话很危险,她的话威胁着他们婚姻的存在,啊,不是他,而是她的话,是她真正的敌人,他真想哭着跪在她面前,想重新吻她的手,祈求她相信,不存在什么问题,不要强迫他承认,他不是那种人,世界上可没有后悔药吃——逆反心理的冲击使他头脑发昏,他转过身朝远处的书架走去,在他假装在书架上找书的时候,用一种装作很镇静的声音说,她应该适可而止,他说,他想明天就跟如今他唯一可信赖的季莫费说,要给索耐季卡买一匹矮马。

这时候她解释说,他完全误会了。

她说不需要什么矮马。

不需要什么矮马,别的东西也不需要了,他大可不必为孩子们或者他们共同的未来劳心费力了,因为她已经决定,带索耐季卡和伊留沙[1]投奔自己英国的亲戚。

她的话如五雷轰顶，顿时他脑子里一片空白，他绝望地在他眼前展现的无底深渊寻找救命稻草。

他的脑海里突然闪出一个念头。

“谁？”他用一种听起来很奇怪的沙哑和陌生的声音说，“谁给你出的主意？难道是父亲让你离开我，带着孩子们去英国？”

沉默。

这时候他转过身来看着她，重复自己的问题。这时候她点头回答，并且随后马上用语言证实，是他父亲支持她的决定，是他父亲在其中一封信里提醒她，她在英国有亲戚，建议她到那里去。这时候他深深地吸了一口气，走到壁炉旁边，关上炉门，胳膊肘支在炉壁上，他用尽量冷淡的语调说，她自己当然有行动自由，再说了，他们无论如何都会不得不分开。

“我已经决心从军，”他继续说，“我决定作为志愿兵参加对日本人的作战。”

她没有做出他期待的反应。她没有扑过去搂住他的脖子，祈求他放弃这类自杀式的计划，她只是抽泣了一下。

“是暴君们制造战争，”她脱口而出，“战争也对暴君们有利。”

他心里很清楚，不管是这些话，还是离开他的决定，都不是她自己的，而是父亲的。

“奥尔佳。”他低声说，并且在同一瞬间哭了起来。

这时候她真的走到他身边。她抱住他，跟着他一起哭。他们紧紧抱在一起，在泪水中他们互相呼喊着对方的名字。他亲吻她

---

① 伊利亚的昵称。

的手,雨点般亲吻她的脸,亲吻她的额头、她的面颊和她的嘴。对于这一切她欣然接受没有避开。啊,她接受了他的温情和诚意,她抚摩他的秃顶,回应着他的亲吻,同时她用一种带有温情和激动的半喘息的声音说,她也爱他。

直到她说完,话音过去,直到有一个字似乎让他想起了刚才说到的那件事,他重新陷入无奈和绝望之中。

这次他再也控制不住自己了。

他猛然挣脱开。

对她大声喊叫——违心地,啊,他根本不知道他在做什么——他恨她,如果她真的去英国,他永远也不想再看到她。他冲出房间,命令仆人告诉季莫费鞴马套车。随后,连跟奥尔佳和孩子们告别都没有,便怒气冲冲、火冒三丈地离开塔普登科沃,连夜赶往亚斯纳亚·波利亚纳。

不久他接到奥尔佳的一封信,她在信中说,她已经最终决定去英国,现在开始做准备。这封信让他感到很绝望。他比想象的还要想念奥尔佳。也生平第一次想念孩子,他彻夜难眠、噩梦不断,在梦中他把阿廖沙当作伊利亚,把伊利亚当作索耐季卡,狼狈不堪。

因此他也要认真践行自己的诺言,在彼得堡征兵处报名参加志愿兵,因此当他五月底接到立即去坦波夫的通知时,显得确实轻松了很多,他被安排在斯科别列夫将军手下当值班官,近期驻扎在那里,等待斯科别列夫军团被派往前线。

六月二十一日那天晚上,父亲把他送到图拉火车站。

父亲的情绪出奇地好,异乎寻常地高兴,他一直张着没牙的嘴对他微笑，有好几次笑出声来，最后，当火车快要驶出车站的时候，他以赞叹的语调小声说，在他的儿子们当中，他最爱的还是他，安德烈。随后父亲迅速转过身，穿过轨道走向车站大楼，转瞬间消失在候车大厅的黑暗之中——他最后看到的是父亲的背影，微微弯曲的身躯、细长皱缩的项颈、浅灰色的毡帽和背在身后的双手。

在坦波夫驻留了近两个月，一连串的夏季烈日、不安、杂乱和无聊、折磨人的等待总算过去了，最后从斯科别列夫将军那里传来部队开拔的命令。

最后来告别的不仅有母亲，还有他的弟兄们。

他面前又出现了北方饭店青铜色建筑的正面，隐约看到掩映在郁郁苍苍的梧桐中那几个光亮的爱神塑像。他感受到了旅馆门厅里木樨草散发的香味，馥郁芳香让他感到瞬间的晕眩，他记得饭店房间里半明半暗中母亲笨重、穿着黑衣服的身影，她苍白的脸，她的绝望和她三心二意的祝愿。那座城市：炎热、不安、紧张的气氛。呼喊、吵嚷，远方传来的狗吠、刺耳的摩擦声和马蹄的嗒嗒声，全部融进骄阳下腐烂蔬菜、马粪的恶心臭味以及肉店菜发出的血腥味里。那里还有顺着河水漂来的已经腐烂掉一半的死猫的尸体，三个穿着黑衣服的小姑娘跨在一辆木轮车上，一边吐着葵花子皮一边静静地看着过往行人，妇女们挤在商店外面等候买面包、奶酪和伏特加。母亲和他被迫经过火车站附近的低洼处到桥对面的军团马厩去，那里非常拥挤——除了常见的黑皮西瓜、玫瑰花、袋装葵花子以及圆形黑面包、自酿的瓶装淡啤酒之外，这一天还有人卖小型圣像和粗制滥造的铜质护身符，据说这种护身符不仅能保佑配戴者不生任何疾病，还能防御子弹和致人死命的刺刀。

他所以要把母亲带到马厩，是因为他想让母亲看一看自己那匹新马，栗色纯种牝马，是他花天价从博尔德列娃伯爵夫人手里买来的，它有着造型优美的头、灵活的脖子和金黄的毛色，走起来像跳舞一样轻松，毫无疑问，是全军团最漂亮的坐骑。在兵营大院里，他把母亲介绍给鲁申佐夫副官和那位矮胖子连长，后者有着蜡染的胡须，母亲似乎立即就对他产生某种恶感，他还把自己穿着漂亮短大衣的同伴们介绍给母亲，短大衣是母亲花钱让裁缝给他们做的，他们商量好火车开动半小时前在这里见面，然后他与母亲告别，去整理从这座城市开拔前的军务。

那天母亲和他偶然又见了一次面。午饭之后，天气特别闷热，空气一丝不动，就连高大的梧桐树荫底下也不凉快。他骑马走在传令兵一行前边，就在他经过马厩附近的小广场时，他看到母亲坐在水井附近的一辆敞篷马车上。她依然穿着黑色连衣裙，手上打着一把白色遮阳伞，旁边还有一个他不认识的女人，后来才知道是副官鲁申佐夫的母亲。广场上乱哄哄的。尘土飞扬，进行曲震耳欲聋。井边的妇女用大罐从井里打水递给路过的士兵，一切都散发着开拔前激动和焦急等待的气氛。他自己被那里的气氛所感动，他随着进行曲信马由缰地往前行，对着水井旁边的女人们笑，内心充满燥热、不安和紧张——当他突然发现拥挤中的母亲时，当他从他所在的位置不到十米远的地方看到她绝望、哭肿的脸时，他猛然想起，离别会招致她撕心裂肺的痛苦。

他把马骑到她身边，本来想说几句安慰她的话，本来想亲吻她的双手和请求她原谅——但是，就在他下马还是坐在马鞍上犹豫不决的同一瞬间，他惊奇地发现，母亲的脸变了，他看到母亲的变脸了，明亮起来并现出幸福、几乎闪耀的表情。

啊，她的目光与他们的相遇时，确实是明亮、坚定的。眼里流露出一种平静的关注，这种关注他长大以后就没有再见过！

他们在沉默中互相打量了瞬间。

后来她从马车里探出身来，用手摸了摸他的靴子，小声地叫了他的名字。并用因激动而颤抖的声音对他小声说，他骑在自己栗色牝马上，身着沙色衬衣，头戴闪亮的军帽，映衬在蓝天下，是那么漂亮，就像画中人，既漂亮又完美，就像当代某位最杰出的画家作的一幅美丽的画儿。

听完母亲的话，他迅速策马，离开那里。

当他后来在车站与她告别时，她正站在拥挤的人群里，人群中有士兵、哭啼的孩子和手里拿着小包和羊皮包的女人，围着她的是他的弟兄，有伊利亚、列夫和米沙，大家都穿着新制作的华丽夏季西服，像过节一样，她一边哭一边再次为他祈福，祈求他好好照看自己，不要做一些无所谓的冒险，这时候他的脑子里除了几个小时前她在广场上讲的话以外，没有想任何其他东西。当火车开动以后，他把沾满泪水的脸探出来，向她和弟兄们挥手，直到他看不清他们挤在月台上模糊的身影后很久，他很清楚，不是告别本身让他痛哭流泪，也不是他们想象的那样，以为这次他与他们告别可能是诀别，不是这些，而是母亲在水井附近讲的那些话。

5

他在做梦。

梦中他处在一个光线很暗的房间里，也可能不是一个房间，而是一个半明半暗的什么地方，一个不停变化的原野，有的时候那有一堵墙，转瞬间他又身处漆黑、高大的树干之中，又一转眼他奔跑在一条小街上，街边布满半倒塌的木屋、五颜六色的路灯和被烧毁的塔的废墟，有人在追赶他，身后有叫声、追赶者的脚步声和群马悲鸣。

随后——突然鸦雀无声。

一片草地：毛毛草在晨曦中像一片白色的火焰闪闪发亮。黑乌鸦，蒲公英，消失在远方几间小木屋之中的小路。一位头戴花头巾的女人把一桶水慢慢地、几乎是心不在焉地倒进一堆石头里，她对着他微笑，但是当他的目光与她的目光相会时，她马上消失在暗淡的光中。

光瞬间变成了水——而他蜷缩在一艘无声行驶在高耸的群山之中的蒸汽船的船头。突然一阵晕旋。他倒下了。但是这时候突然有人对他喊话，让他必须赶快回头是岸，他看到自己已经不在那条蒸汽船上，而是在一条宽敞的大路上，他一头扎进一块谷子地里躲避。

然后在梦里想到，他正在做梦，觉得他要醒了——但是在同一瞬间他又回到刚才逃离的那条路上。

这时候又有人对他喊话，让他快点，他迅速朝四周看了看，发现他又回到城里，他的马不见了，整个皇宫处于火海之中，他随时都有可能被骑马的哥萨克人和在大街上手拿包袱惊慌逃难的中国人踩死。一个孩子在哭叫，一颗手榴弹在黑暗中爆炸，他在这时候想起来，他不仅忘记了火车站附近马厩里自己的马，而且已经有好几个星期没给马喂草料和给它水喝了。他心中充满懊悔，迅速穿过广场，沿下一条街跑，在那座被烧毁的塔附近朝左拐，突然出了城，但是就在他到了铁道附近的时候，发现马厩已经不在原来的地方，尽管他在某个匆忙的一瞬间确实觉得看到了那些马厩，但它们不见了，他眼前那块地方完全变成了废墟，这使他突然意识到，他必须马上离开那里，重新回到城里，他沿着一条陌生的街往下跑，磕磕绊绊穿过此时布满一小堆一小堆火的集市，那里空中回荡着喊叫和子弹的响声，他赶紧跑进一条小胡同，被什么东西绊了一下，他弯下腰，发现他脚前边是一具俄国士兵的尸体。

那是一具年轻小伙子已经腐烂的尸体，开膛破肚，双腿已断，半个头颅已经被炸掉。

又有一声喊叫，一道刺眼的白光，他倒下了——随着这一倒，他被一股强大的力量从梦中抛出来。

他刚一醒就知道出事了。

他睁开眼，发现四周一片漆黑。在最初的一瞬间他不知道自己身处何处，也不知道到底发生了什么。脑子一片空白。后来他突然觉得隐约看到了一座山冈的侧影，觉得自己高悬在上，看到了无际的夜空、迅速飘过的灰色云和一轮残月。

那么静啊,他马上想到,多么静和安宁。

多么神圣的平静。

就像自己与宇宙万物融为一体。

好像他在升腾,在旋转。

但在同一瞬间他浑身一阵剧痛,像针扎一样——他究竟身在何处的想法像一股痛苦的巨浪冲击着他。他模模糊糊地认出了漆黑的墙,他意识到屏风后边他的中国勤务员蜷缩在草垫子上睡觉,他感到刺骨的寒冷,闻到呛人的烟味儿,这让他想起了母亲的卧室里温馨的香味儿——他终于明白了问题出在哪儿 。

那位姑娘不见了!

杨丛跑了!她抛弃了他,在他睡觉的时候,她偷偷地溜走了!

自然,他想起来有些害怕,她事先已经想到,正是这夜他将孤枕难耐!

她已经想到他无法承受羞辱感!无法承受不断折磨他的所有想法!他不过是一个令人恶心和反感的可怜虫的想法会折磨他!

她自然已经想到他会绝望。她已经意识到这一点,更确切地说是嗅到了,嗅到了这种气味儿,就像一条狗嗅到了一只隐身的鸟儿的气味儿。啊,同样,过去在他自己发怒之前,她早就能预感到。

难道她现在的消失与刚才,与他疲倦地进入梦境之前发生的事,与他们的床笫之事当中那短暂、晕眩的瞬间没有关系吗?与当时他突然想杀死她,他把手指深深地掐进她漂亮、又黄又白的皮肤,用脸顶住她的喉咙和用她好像连一个字也不懂的俄语诅咒她没有关系吗?总会有蛛丝马迹,至少给了他某种信号,不管什么形式,可能是一个难以察觉的手势、一种声音、一次扭头,在她的身躯,在那优美的四肢、两个未发育成熟的小乳房和黄色、长着黑色阴毛的圆形阴部,一定隐藏着各种记忆和想法。从第一眼开始,那阴部就使他联想到人们在秋天早些时候在城里的任何地方都可以买到的梨,从一开始他就觉得自己能拥有那肉体,但是现在,每一次他想抱住,每一次他想揉搓、想抚摸和想插入时,他觉得越来越陌生和无法够到。

此时他慌乱地在黑暗中摸索她的脊背、她的大腿和她的阴部,他抽泣着,强迫自己千方百计想象出她躺在枕头上的脑袋、漆黑的长辫子、美丽的吊眉眼和半闭半睁的眼帘,他这样做不是真的相信能在那里找到她,他知道得非常清楚,她已经消失了,而是想远离懊悔,不让一切陌生的东西困扰他,它们正在黑暗中欺骗他,啊,正弯下腰准备马上骑到他身上,就像平时头痛一样猛烈,就像沙河会战以来一直折磨他的剧烈疼痛,这种疼痛自从他在一座长满树木的山冈下边的低洼山谷苏醒过来并发现周围一片漆黑,是一种从未经历过的黑暗和寂静的那一瞬间起就一直伴随着他。这种可怕的疼痛经常迫使他用双手紧紧压住太阳穴,免得额骨爆裂,赤热的脑浆、脓和血喷到他的手指上。他摸索她,他必须这样做,没有其他办法,因为只有她才是抵抗恐惧的屏障,从沙河会战以来,他第一次感到自己对这种恐惧无能为力,如果他不马上有所作为,那无法控制的恐惧就将主宰他,像一个深渊展现在他的双脚前面,他一失手就会掉进无底的黑暗之中。他站起来,茫然地朝周围看,借助外面一个摇摆的路灯发出的微弱光线,看到了窗子旁边那个铁炉子、摇晃的椅子和桌子。随后,他突然在桌子边上——大概是因为他的眼睛已经适应了黑暗,或者那些东西是凭空想出来的,像是一个信号或者一个警告——看到了那个青花酒杯,那个他早就该砸碎的可恨的杯子，现在为时已晚，就是杨从来这里第一天夜里递给他的那个酒杯。那天他回家比通常要晚，发现这位完全陌生的姑娘半裸体、大腿交叉坐在他的床上，在他迈进门槛的同一瞬间，她带着一种幼稚、半乞求的表情递给他这个酒杯。他震惊不已！他记得，他在这一瞬间不仅把她的举动理解为私闯民宅，甚至视为来自敌方一种粗暴、不怀好意的诡计！她的突然出现在某种程度上引起他的怀疑，他不得不强压心中怒火，免得他会使用暴力把她从床上揪起来，头朝下扔到室外去。但是他当时为什么毫不犹豫地——就是这样的吧——从她手中接过那酒杯，还把里边她斟满的醇厚带有甜味儿的绿色葡萄酒一饮而尽？可能因为他担心，不这样做那该怎么办呢？可能是因为她手中的酒杯确实与张每天早晨为他连同热气腾腾的米糕一起摆放的青花无耳酒杯完全一样？这位陌生姑娘黄色的皮肤、薄薄的胸衣、漆黑的大长辫子很快融化在铁炉子前边蹲着的张的身影里，啊，大概是张的和颜悦色感动了他，使他减少了些许的怀疑？也可能是因为，当他喝完酒的时候，在她朝他举杯的同时，朝屏风点头并小声叫着张的名字，那语调显得羞答答，也许更像对自己的存在表示歉意？在她对他微笑时，那是一种羞怯和半含蓄的微笑——这是后来他最恨她的地方——他神魂颠倒，啊，几乎爱得发疯！他还走过去，在床边紧靠着她坐下，抓住她的手，放到他的嘴边，笑了笑，用俄语问她叫什么名字。就在同一瞬间，啊，他一直把那一瞬间记得很清楚，他情欲大发，这一点就像他刚走进房间猛然看见她一样震惊，那是一股无法控制的情欲，他很快把她拉到身边，激动得喘着粗气，浑身颤抖，转瞬间就把她沉重地压在肮脏的床垫上，疯狂地抚摩她的私秘处，像小孩子一样喊叫、呻吟，他带着一种疯狂、一种盲目的享受完成了这幕性爱，性爱中表达的——当时他没有想——更多的是恨而不是爱，还带着跟他不久以前经历的同样奇怪的绝望，在他进入梦乡之前，他无意识地感觉到这种会让人发疯的绝望，就像他没有意识到她皮肤的香味儿，他仍然由于不可理喻的原因在第一夜一次又一次地产生性冲动，多次征服她，不再问她是谁、从何处来。

他愤怒地抓起那个酒杯，使出全身的力气把它摔在地板上。

顷刻间他脑子里闪出一个念头，他应该叫醒张。把他摇醒，要求他给一个解释。不过他马上就打消了这个念头。相反，他赶紧找自己的衣服。啊，他不想让张掺和这件事。他自己也不清楚为什么。可能他有一个感觉，在他把杨丛消失的事告诉张的同一瞬间，她可能真的永远消失了。谁知道张会有何种反应。诚然是张在几星期以前把这个姑娘带到他身边，诚然他当时说过，她不是因为穷才来，尽管她确实穷，而是因为她爱他，安德烈，他每天下午去皇宫，都要路过她工作的那家商店，张神乎其神地解释说，那家商店就位于那座塔和集市之间。不过张是不是在说谎？在他笑容可掬、点头哈腰，比任何其他人把事情都料理得好，让人觉得像狗一样对主人忠诚和顺从时，谁知道他脑子里在想什么，在筹划什么阴谋。杨丛真的没有接收钱财吗？他难道不是多次命令张偷偷地给她塞钞票吗？他不是做得很巧，她几乎不知道钱是哪里来的吗？想想看，如果他最初的怀疑正确的话那是多么可怕？如果她也一直说谎多么可怕？啊，张肯定会说，他不必多虑，放心好了。他怀疑。她每天夜里到他房间来就是为了钱。她从来没有真正爱过他，她每天晚上投入他怀抱的激情、她的爱抚、亲吻、微笑和小声呻吟，自始至终都是在演戏。她一点儿也不像他自己那样急切地盼望他们的约会，丝毫不赞同他自己坚信的：他的约会就好像进入了一个自由的天地,可以避开平静中的一切危险避开可怕的寒冷、彷徨和突然攻击以及夜里的时候所有的死尸都会从城里运走的谣言。

在这种情况下张和杨丛都是和敌人勾结在一起的?

难道他们俩都是叛徒?

不过张一直无微不至地侍奉他,就像照看一个小孩子,夜里他到酒馆饮酒时,张总是等在外面,免得他回家时在中国城区遭遇打扰或袭击。

杨丛,那位可爱的姑娘,总是带着腼腆的微笑,有着清爽、柔嫩的双手——他重新看到了眼前的她,看到了她半睁半闭的眼睛、她漆黑的长辫子、她柔软的嘴唇和优美的四肢,又听到了她的笑声,闻到了她皮肤散发的香味儿。他马上知道,他必须抓紧时间!在某件可怕的事情发生之前,他一定要抓紧时间!啊,此时只有一件事能给他一次延期的机会,尽管很短暂,只有一件事能推迟他必死的那个瞬间,到时候他将像打死一只讨厌的苍蝇那样被处死,在这种情况下:他要在天亮之前找到她并把她带到他住的那栋破烂不堪的房子,他在那里住的时间真是太长了——这一点似乎有某种特别的含义——实际上他在沙河头部受伤返回以后一直住在那里。

他赶忙穿衣服,发现张像往常一样已经把他的靴子摆到门槛前,把大衣、皮帽子和手套挂在门廊烟囱附近的钩子上。他沿着漆黑、充满臭味儿的楼梯跑。差点没摔倒,绊到了什么东西,可能是一捆衣服,也可能是一只冻死的狗。不过这栋房子发生什么关他什么事?他不是从内心深处就讨厌这栋房子吗?因为它破败,因为垃圾和粪便臭气冲天,因为它位于中国街北出口,也就是说,离马厩太远，可能最主要的原因是中国城坐落在那里。啊，中国人在那里睡觉、死在楼梯上，关他什么事？！再说了，此时他必须抓紧时间，否则为时已晚！他朝周围看也没看就急匆匆地通过狭窄的楼梯冲向大门，迷迷糊糊用肩膀撞开门闩，推开大门，在漆黑的胡同里走了几步——随后他就一动不动地站了片刻，可怕的严寒把他吓蒙了，凛冽的寒风像鞭子一样抽打着他，眼泪顿时流了下来，他的肺火烧火燎的，同时他也突然失去了分寸：深更半夜的他到底要在这漆黑的胡同里干什么？他要到哪里去？此时他要朝哪个方向开始寻找？

他有任何关于杨丛此时此刻身处何地的蛛丝马迹吗？

他唯一知道的是，她工作的商店位于闹市街上，可能在被烧毁的塔和集市之间的某个地方。不过她是否也住在那里？她单独住，还是跟父母及兄弟姐妹一起住在中国城区的一个茅草房里？靠北面还是更靠东面？挨着臭气冲天的制革作坊，还是挨着公共场所和小花园？妇女们，可能还有杨丛自己——尽管他现在不知道这一点——经常在秋天早些时候，九月份吧，聚集在小花园，这时候杏树挂满金黄的果实，烟味儿夹杂着成熟葡萄的清香味儿，这时候夜晚的潮湿、闷热让人感到倦怠、乏力，但是从某种意义上说，这种感觉又是人们期待的近乎一种享受。

这时候他又恨起她来！他恨她神秘莫测，他恨她，因为他对她的生活一无所知；他恨她，因为她是整个陌生世界和这座城市的一部分，是各处出现的隐蔽不好的敌对情况的一部分，在闹市街上或者在小胡同里，只要他走近，人们各种谈话立即停止，人们在他背后嘀嘀咕咕、指手画脚，他的目光偶尔与孩子们的目光交会时，他们马上跑进商店的黑暗处；他恨她，不仅是因为她的卑躬屈膝和微笑中可能隐藏着什么意图，不仅是因为他们讲的语言，或者出售的商品有一种令人不悦的陌生味儿，而且还因为这个城市里的一切都让他笼罩一种不安全感，无论在胡同，还是在闹市街上，都是如此，啊，特别在闹市街上，商店里挂着用他不懂的文字写的条幅，红色、绿色的扇形广告，五颜六色的纸灯笼，又黑又亮的脸谱给晚上的大街平添几分梦幻般的戏剧色彩，不能不说的是，这些陌生的景象不停在变化：上午大街上人来人往，有买卖人、难民、过客，有俄国士兵、残疾人，有猪、狗，有驴和水牛，一幅热闹景象，到了下午显得很萧条，而到了晚上则有了一种虚幻和危险的噩梦般的气氛，这种不舒适的气氛促使他不愿意进入中国人商店买东西，也不进入满洲人或朝鲜人商店，从他落脚在这里的第一天开始，由于这种危险的气氛，他把买东西的事都让张去办，尽管他自己偶尔也到那座被烧毁一半的塔对面某一家较小的商店买一点儿烟丝或者买一瓶煎好的黄色中药水，这种药水对他的头痛有一定疗效。一个极为偶然的机会，在他到奉天不久他曾经在浑河里救过张的命，至少到目前为止，张对他唯命是从，是他目前唯一一个敢于相信的当地人。

他恨她，不仅是因为她是这个城市的一部分，而是因为他突然觉得，她实际上体现了这座城市！

因为她就是这座城市！

啊，他想起来，有很长一段时间——没有四个星期，至少也有三个星期以前，如今他越来越难以记清楚准确的时间——他不是开始每天都要到该城的两处名胜去参观，而实际上是寻找她吗？他不是每天有规律、准时准点到该城的两处特殊的古迹走一走吗？首先是位于市中心的宏伟皇宫，然后是城墙上七个大门中最南端、规模最宏大的城门也就是宫门，它有三个顶和一个拱形门，衙门路从那里开始，像一条永不枯竭的浅红色血河，就建筑的艺术性和繁缛的装饰物而言，它足可以与皇宫相媲美吧？他所以反复去这两处古迹，不是因为它们是全城他最喜欢的地点——恰恰相反，他从最初的时刻起，就对这两个带有异国形式和阿拉伯风格装饰物的宏伟建筑很反感，看的次数越多，反感的程度越高，一种深刻的反感，似乎越来越有增无减的厌恶已经变成他在这儿的一部分。他大概想错了，他原以为到那里只有一个目的——在这座混乱不堪的城市维持一种秩序，这里臭气冲天，有血腥、腐烂、残酷、假死和与日俱增的敌对情绪。十月中旬以来一直保持着停火，差不多已经有七个星期。部分原因自然是天气异常寒冷，不过也有其他的原因。某个神秘的层面在城里到处制造互相矛盾和毫无根据的谣言。啊，似乎没有人知道什么时刻重新开火，敌人到底能推进多远，下一仗是不是像以往一样遭到同样的失败和巨大损失。气氛一天比一天紧张。除了等待还有其他的事做吗？除了想方设法消磨时间以外，有必要思索整个形势的糟糕后果吗？除了整天忙忙碌碌做事，假装不关心失败和直接毁灭以外，做别的不是毫无意义吗？不过，他可能还是错了吧？他认为，仿佛这些散步至少帮他保持一种幻觉，相信可以过一种正常的生活，过一种在白天清醒状态下有别于夜里噩梦的生活。

也许，实际上他只是不停地找姑娘吧？

在张把她领到他的房间那夜之前很久就开始了吗？

他模模糊糊试图追忆那些下午的行踪，似乎如果他成功恢复所有细节，他就能明白，从哪儿开始找姑娘。

他想，自始至终最重要的是，这些午饭后的散步要尽可能花费很长时间,啊,有别于早晨的,早晨他到位于铁道和可怕的刑场之间的破旧的库房去,那里被当作兵团临时马厩,他走得很快,或者半跑穿过城里,但是下午他走得很慢,尽管北风刺骨。遇到中国人向他鞠躬行礼时他会回敬,尽管他们微笑的假面后边隐藏着敌意,甚至他们的目光直接就带有对他的厌恶。会仔细听小贩的叫卖,遇到叫花子不直接走过去,而是会给他们几枚硬币。眼睛什么都不放过——他此时想到,这有特殊的意义——他环顾四周,一丝不苟地记录他目光所及的每一件东西和每一件事,仿佛试图揭示它们隐藏的含义:他认为它们具有可怕的含义,而这一点对于他的整个存在起着关键性作用。从位于衙门路北出口那栋四处漏风、半腐朽的两层楼出发,首先穿过中国城区朝闹市街走,再小心地穿过那些狭窄的小胡同,两头水牛在那里相遇都走不过去,两边都是东倒西歪的木头房子,尽管天寒地冻,那里还是垃圾、粪便臭气冲天。他战战兢兢地走过一排熟皮子铺,那里总是散发着一股腐烂的臭皮子味儿。经过慢慢燃烧的垃圾堆,经过砖砌的小小佛台,最后,在中国城区的最边儿上,穿过长着半死不活杏树的小院子。然后他从那里走上横贯全城的那条主街,它连接衙门路的北出口与南出口,每次他走到那里都会对整条主街都有人行道感到吃惊,绝大多数人行道两边的房子虽然低矮,但相对坚固,通常用石材搭建,屋顶不再是腐烂的秸秆,而是铁皮或者瓦,商铺密集,正因为如此,感觉这里与小胡同一样隐藏着敌对势力。初秋的时候,人们可以在集市上买到水果、蔬菜、鱼、贝类和虾,但是到了十二月这些摊位就都撤了,让位给肆虐的北风,因此他经常要裹紧身上的军大衣,拉下额头上的帽子,掀起高高的衣领,但是他始终不敢掉以轻心,丝毫不敢匆匆而过。啊,他努力拖延时间,当他在那里遇上某个军官同事——这是经常的事情，因为集市周边开了很多临时酒馆，——他不仅要打个招呼，甚至还要停下脚步，寒暄几句。在其他情况下他不会这么做也不需要，因为几个小时以后他们还会见面，在歌舞厅、军官食堂或者在皇宫路上的某个酒馆——前提自然是他不犯头痛，否则的话他只能躺在床上度过夜晚，有时候头痛得钻心，他要用双手使劲压太阳穴，浑身冒冷汗，绝望地等待苦涩的朝鲜药汁减轻痛苦，他，安德烈，半睡过去，或者好不容易等来杨丛出现的那一时刻，她用凉丝丝的柔软指尖按摩他的太阳穴，很快能减轻他的头痛。

过了集市他很快就到了皇宫。

这是他每日行程的第一个目的地。

他应该在这个时候把心收回来。应该静思片刻，吸收那些新鲜的东西。所有这些令人厌恶的、不可理解的和难闻的东西让他难以分清是梦境还是现实，一切转瞬即逝、无法捕捉的东西，也许实际上不是别的，正是杨丛本人。尽管他每天真的试图拉长造访时间，而且要比前一天多几分钟，还一次比一次失望和更生自己的气，但他只能在那里待很短。他走进把皇宫区与大街隔开的那座高大的木制门，带着相同的厌恶情绪斜穿过皇宫主建筑前边的空场，转瞬间就站在了宽大的台阶下边，带着鄙视的目光打量着装饰门柱的那些怪异凶残的鸟形雕刻、带着雕花的木头栏杆、双面镂花飞檐和庄重的影壁。他认真关注阶梯间与通往皇宫的过道之间黑暗中的举动。他竭力说服自己不必担惊受怕，此时此刻没有人跟踪，连关注他的人也没有，恐慌是他的一种错觉。随后他勉强绕这个建筑物一圈，总是逆时针方向，总是慢慢地走，克制自己逃离这个地区的冲动。随后他匆匆忙忙往回走，穿过空无一人的御花园，走出木制大门,好像是对自己的厌恶做了一种不真诚的妥协,他从对他点头哈腰的那个中国人那里买了一根红蜡烛,此人把过去的岗亭变成了售货摊,出售祭品、蜡烛和高粱烧酒。离开皇宫他继续沿着主街往前走。先经过那家歌舞厅,它是该城中唯一没有变成难民营的剧院,再往前几百米的地方是一个要塞,闹义和团以后已经半坍塌,最后,再沿街走一段就到战地医院,医院外面每天都有受伤者排成长队等待包扎,有伤残者,也有背死尸的人。

从医院后边的空场往前走,刚过小河就隐约看到了宫门的轮廓。

尽管他只能分辨出门上方的宏伟建筑,在这里他每一次都不得不自问,不仅问他为什么要在每天下午进行这种奇怪的散步,还要问他为什么偏偏置身于这座噩梦般的陌生城市。

他为什么表现得像疯子一样?

他宁愿受到审判,受一场公正、让他心服口服、罪有应得的审判,照额头一枪把他打死。或者还有更好的办法——强行去完成具有极大风险的间谍任务,在军官们当中流传说,这种事稍有闪失就会命丧黄泉。

干什么都行,他想,只要别像现在这样无聊地等待!

干什么都行,只要不被蒙在鼓里:掩盖这一切背后的罪恶计划到底是什么?!

尽管他一直感到心里有一种中断散步、转身离开这里的强烈冲动,但是他还是强迫自己继续下去,当他随后很快到了宫门的时候,他总感到奇怪,他觉得这门比他前一天来时显得更加高大,也更加庸俗和阴郁,他一进入那长长的门洞,就有一股尿味儿朝他冲过来,比他想象的还要浓重,让人喘不过气来。啊,那味道是那么刺鼻，让他不得不违背意愿地在这些例行散步中第一次加快脚步。

不过通过这门洞以后，一切就都过去了。

在门洞外面，他给自己散步立下的规矩就失效了——在那里他总会有片刻的自由时间，让自己放松，做喜欢做的事情。

这个时候他经常极目远望，看着一望无际的原野、不长树木的光秃山冈、衙门路和高粱地，那带着发黑穗子的高粱秆已经枯萎，证明突如其来的严寒袭击了这个地区。他通常要深深地吸几口气，看一看附近有没有进行练兵，他朝墙弯下腰，用颤抖的手——他一直没有搞清楚颤抖的原因，是因为紧张还是因为轻松——点燃一支香烟。因为总是刮北风，所以城的南面就是最完美的点烟屏障，一个避风所，甚至在有太阳的时候，在零下三十度的时候，他也敞开大衣，闭上双眼，神游到他永远再也看不到的那个世界，到莫斯科早春时的露天酒馆或者亚斯纳亚百花盛开的果园。

他抽完一支烟以后，每天都会犹豫片刻去不去兵营的马厩。如果去的话走哪条路好，走紧靠城墙的外环路比较短还背风，但是要经过刑场，每年这个季节天天都有罪犯被砍头。还有一条通过市中心的路比较长，风也大，但是没有诸如刑场这类让人感到不舒服的场所。在大多数情况下他会放弃这两种选择，直奔军官食堂，吃一顿有豆腐汤、麦片粥或鸡肉的快餐，如果他头痛，那就只得回家了。随后他立即转向某个临时酒馆，那里除了有伏特加、高粱烧酒以外，还可以买到大烟炮(鸦片)。然后他在那里度过晚上大部分时间——实际上在他认识杨丛以后也如此——喝酒、打牌，热烈讨论一切与秘密计划有关的事情：战争的进一步发展，死气沉沉的战局可能的原因，城市里盛传的有关对手的残酷无情和他们近乎超自然的狡诈的谣言。他情绪激动，与他的同事争论不休，他声嘶力竭，企图用声音压过其他人，还大声吼叫，同时显摆自己的勋章，吹嘘自己在沙河战役中多么勇敢。同时急切等待即将与杨丛的约会，暗暗责骂自己的优柔寡断，不让他采取不仅注定而且完全有理由的那一步，并最终结束生命。

他脑子里胡乱地想着。想好了的事情又放弃了，重新再想。

最近那次经历在他发现杨丛失踪前不久吧？在沙河岸边的一瞬间，他觉得自己苏醒过来，看到的是一个全新的世界，山冈上的夜空、群星和奇特的宁静——这一切是他真的经历吗？还是他的记忆呢？

他的记忆——也可能是别人的记忆吧？

父亲的？

他听着黑暗中的动静。胡同寂静、冷清。家家的门都上了门闩，很多窗子都钉上了硬纸板。有片刻时间他似乎听到了来自远方的声音，转瞬间他就想到了，他听到的是风声，从其中一个小巷席卷而来的风，或者是一根树杈在剐蹭屋顶。

他的脑海里想着这样的黑暗，黑暗中散发着一种血腥或者烂杏的甜味——他多么恨这种黑暗，他多么恨这座城市，恨它的丑陋、虚伪和它可怕的沉默！更不用说所有的难民和伤残者。所有的丧家之犬、小偷和强盗。特别是那些红胡子①！啊，他胡乱地思索着，人们说红胡子比其他所有人都坏。遇到他们时别无选择，就像休战初期的一个夜里，西门附近俄国士兵那样，除了把红胡子就地砍头以外，还能有什么选择呢？

抑或他记错了？他在做梦？

---

① 19世纪中叶至1949年中国东北武装匪徒。

他当时不是亲眼目睹被砍下的人头装在笼子里挂在车站前边房子旁边的树上吗？乌鸦抢着啄被砍头人柔软而发亮的眼睛、湿润的嘴唇、粉红色的舌头和脖子上血淋淋的肉块——还有从笼子里耷拉下来的男人灰色长辫子在风中摇摆，那辫子不是以某种令人厌恶的方式让他想起了杨丛夜里来访他的事吗？

杨丛！

她离开他已经过了多久？半小时？一刻钟？或者只有几分钟？如果只是片刻的时间的话——他不应该感受不到她的存在吧？没留下什么气味儿，感觉？大概听不到她的声音——她穿着草底儿鞋无论如何不会出声音。不过他应该能找到她，会有其他方面的蛛丝马迹吧？一股浓浓的气味儿？留在冰冻泥土上的脚印？或者她的脚步声惊动了一只狗？

总该有什么东西能提示他应该朝哪个方向去寻找她。

他仔细听着。聚精会神。好像真的发现了什么，一个几乎听不到的声音或者一个动作，他朝声音来的方向走几步，停住，重新犹豫，屏住呼吸，心嗵嗵地跳——随后猛然转过身来，迅速向前走，他自己也不知道为什么要朝相反的方向走，顺着朝北的胡同走，朝着最臭名昭著和贫穷的街区走，那地方正是张警告他不要单独进入的偏僻地区。他沿着那条漆黑的胡同小跑。跑一会儿停下，听一听动静。看一看哪家的窗子亮着灯，里边有什么声音，有没有人小声说话或者咳嗽，证实杨丛刚刚随手关上门，当她蹑手蹑脚地躺到床上去的时候，还是惊醒了拥挤、烟黑的小屋子里某个蜷缩在地铺上睡觉的人，她肯定在这里或者其他什么类似的地方与她的父母、兄弟姐妹或者其他的远房亲戚住在一起，啊，也可能跟沙河战役失败后逃到这座城市里的成千上万难民中的几个人住在一起。

他继续朝下一个胡同里走。他在一个十字路口再次转弯，走进更远地方的一片东倒西歪的破房子中间，先加快脚步朝东走，又回头朝北走，可能不对——他已经不知道该朝哪个方向走——实际上是朝南走。他慢慢斜穿过一片拆掉房子的空地，那里堆满废弃物。又经过一个祭坛，那是很多低矮的砖砌神坛中的一个，上面堆积着动物的遗骸和熏黑的骨头。快速经过几堆垃圾，差一点儿绊着一只老鼠，他气愤地追着用脚踢它，但是他马上意识到，天寒地冻，冷风刺骨，他竖起大衣的领子，免得脸被冻坏。谁知道呢，这夜的温度可能会降到零下四十度。在这种情况下，他在外边真要被冻坏。在严寒迫使他中断寻找之前，他必须尽快找到她——做到这一点看来已经不可能，而放弃等同于失败。他把大衣又裹紧了一些，把帽子又往额头下拉了拉，挺了挺身体，咬紧牙关，下巴发出咔吱咔吱的响声，小心翼翼地呼吸，免得寒风吸进肺里。

这时候他听见远处传来轻轻的呻吟。

呻吟，也可能是喊叫！

他不知道自己为什么会大怒，他不理会喊叫声来自何处，也不管与杨丛有无关系，他想喊叫，他想抗议，命令其马上闭嘴。随后他似乎看到远处胡同里有一个人影，他似乎看见一个人的侧影正朝他的方向走过来，他立即去摸手枪，惊恐地贴在墙边，屏住呼吸等待来者，真是一个人，还是看走了眼？目标消失了，惨淡月光下他唯一能看到的是低矮的房屋、幽暗的胡同和一个破烟囱的轮廓。

这时候他重新跑起来，气喘吁吁地穿过几个狭窄的小巷，从一大堆木头、一辆破独轮车和一匹被宰杀的马已经冻僵的尸骨中间挤过去。这时候他来到一个比较宽敞的地方，可能是一个小广场，也可能就是一个新的比较宽的十字路口，他立即站住了，朝周围看了看，突然确信自己迷了路，失去了方向感，他一直没能走出那些狭窄胡同的迷宫。他慌慌张张走进最近的那个胡同，朝右拐，犹豫片刻，转身往回走，他担心自己再也找不到那个宽敞的地方，因此加速往前走，心想一切全完了——但是就在同一瞬间他认出来了，他就在中国人居住区的边上，他感到有些惊奇，紧挨着城墙，离第九个城门半摧毁的塔楼只有十米左右。

他不是也闻到了淡淡的烟味吗？

真奇怪！

但是——他要在这里做什么呢？

这时候他突然想起来，夜深了，城门自然要关上。九个城门几个小时之前就关闭了，不仅关闭了，还加上了双锁，处于严密的监管之下，神不知鬼不觉地进城是不可能的。

“真不错，”他想，这种安排让他感到些许的安慰，“不经过允许，谁也别想从城里出去。”

这样他自然可以找到杨丛！

他肯定能成功找到杨丛。他肯定能找到她藏身的地方，然后把她带回衙门路北出口的那栋破旧的房子，带进他住的那个房间和那张温暖、脏乱的床，在那里她的陌生，她的脸、身体、声音、动作的生动——这些有他一席之地的，到今晚失去过去一切痕迹、清晰和时间的——最终将变化、打开，像银翅蛾的茧，他也会回归超时空那忘我的瞬间。

不过他还是很恨她！

她为什么偏偏在夜里离开他？此举她有什么特别的目的吗？她想对他说他不懂的东西吗？她的举动隐藏着某种信息吗？是一

个号召？一个提醒？否则的话她为什么逼得他进行这种无意义的寻找？逼得他在这座城市四处徘徊，城市似乎在不停地更换样子，根本无法确定方向，每一个新的角落背后都有新的危险，逼得他怎么能不把他遇到的第一个不让他自由通过的人杀死呢？啊，新的一天还会不会到来？太阳会不会某时重新在耀眼的蓝天上照耀？街道会不会更热闹，穿得鼓鼓囊囊的孩子会不会在铺子周围玩耍？

他怀着愤怒和失望继续往前走。他想，在寒冷制服他之前他一定要朝主街那边去找。他唯一的机会就是尽快到达明亮的主街，从那里重新向东去找，到中国人居住的城区去，那里有很多小院子。因为很自然，他急切地想着，她自然会住在那里。他清楚地想象得到。九月。树，长长的树影，草地上的花，散发着香味儿的黄杏。女人们挎着篮子聚集在一起。在她们当中：杨丛。她优美地伸出一只手，像是打招呼，或者表示亲昵。因为难道还有一个地方能更适合杨丛生存吗？在这座令人讨厌的城市里还有一个地方，能哪怕以暗示的方式，让人明白她的内在吗？能带有她已经磨损的灵魂的底蕴吗？他开始朝他相信是主街所在的方向奔跑。

但是一个新想法让他马上止步。张过去说过什么吗？也许，不是直接说，而是暗示，用神秘的用语？

商店！

除了商店他说过别的地方吗？商店，她就在那家商店工作，那家商店不就在那个被烧毁的塔和集市之间吗？

那她肯定住在那里吧？

对，当然是！

除了那里，他怎么会让自己相信别的地方呢？他不会记错。怎么可能会记错呢？毫无疑问，她此时就藏在那个商店里，她正在黑暗处,心嗵嗵地跳,等待他的到来。这样的话他必须想方设法走到主街上,比他想象的还要往北一些,靠近那座被烧毁的塔,比离皇宫近,啊,就在那个塔北边一点儿的地方,随后他就朝集市方向走——以便再从那里找到那个陌生的商店,不过即使他真的看到了那个商店,也许他也认不出来。

他继续朝与刚才相同的方向跑。但是此时那惨淡的月光似乎已经照不到那片破旧的茅草房,胡同里的黑暗一秒钟比一秒钟变得更浓密。因为胡同是半弯形,因为它们一次又一次到头了,没有通到他想去的地方,过了几个街区他只得重新停下来,一筹莫展,不知道该朝哪个方向继续走下去。啊,无法判断他是否真的走在主街的路上。很可能他正走在完全相反的方向。他在朝西城门走。也许又回到了第九个城门。他屏住呼吸,听了听动静,感到心嗵嗵地跳,严寒透进大衣,发现睫毛上冻上了厚厚的冰,额头疼痛,手脚已经失去了知觉。

这时候他又闻到了烟味儿,这次比以往更浓烈,不可能再搞错了。

惊异和迷惑不解——谁在深更半夜燃烧垃圾?——他朝烟味儿飘来的方向寻找过去,到那里去不仅仅是因为他想的那样:如果现在不取暖,他将被迫中止寻找,他可能不得不用手枪威胁着闯入最近的一个房屋,而且还被一种模糊的不自主的好奇吸引,这种好奇超过了他的怀疑和害怕。

仅仅走了十来米他就发现了火堆。

确实是一大堆垃圾在燃烧,在这座城市缺乏燃料的情况下还可能是其他什么呢?不过这不是一般的垃圾堆,不是由一般的厨房垃圾堆成的冒着恶臭黑烟的那种,而是一种特别的垃圾,看样子好像是厨房里的用具和旧家具,似乎有人深更半夜突发奇想,决定烧掉对恨的人或非常爱的亲人的记忆。那燃烧的东西好像是一卷纸、一把伞,有一个东西特别像一个柜子,一个被时光磨得发黑的柜子,上面绘有红、绿两色的龙,在它们周围火焰燃烧得格外高而猛烈。就是这个柜子烧得奇特。不过还有更奇特的,它让整个场面显得更加具有梦幻色彩,就是那堆火没有人看管,不管他怎么千方百计地找,也没有发现周围有一个人影,不管是火堆周围半明半暗的火光中,还是在火光光圈外边的黑暗中。

他犹豫片刻,不能确定这意味着什么。

之后稍微取下暖的诱惑还是占了上风,决定后他急忙靠近火堆,坐下来并把手伸向火——在此之前他朝肩后小心翼翼地看了最后一眼。温暖的感觉首先触及皮肤,然后慢慢传遍全身,他感到异常舒服,一种神奇、莫大的享受,甚至产生了瞬间的眩晕。由于头晕,抑或由于突如其来的喜悦之情。

啊,顿时他感到异常幸福。

他一动不动地坐了很长时间,好像被跳荡如舞的火焰施了魔法,看不见周围的一切,已经意识不到他背后的黑暗中正在发生的或可能发生的事情。睫毛上冻结的冰霜在热气中化成水滴下来,从他的面颊往下淌。也有可能是真的泪水吧?他不知道是哪种。只是感到想放声笑一笑——笑一笑,也可能更愿意大哭一场。

他感到一切都过去了。

他感到他就站在他所寻找的目标附近。

他感到对他唯一的要求,唯一要他采取的决定是——什么也不做。唯一要做的就是坐在这里,什么都不想,静默,等待——在火光光圈以内,仿佛在排除一切杂念的瞬间里。

但是那里有一种甜甜的味道，好像是清香的茉莉茶。或者根本不是什么茶，而是某种发臭、腐烂的东西——是某种已经烂掉一半的令人恶心的味道。

就在同一瞬间他被吓了一跳。

什么东西？他猛然站起来，转了一圈，用手去摸手枪。他难道没有听见什么在响？清晰的脚步声，或者是一个拐杖戳地的刺耳声音。他的嘴唇干裂，惊恐地看着黑暗处，他确实觉得远处有一个黑影闪进了胡同，那是一个想藏身的人，像他自己一样，屏住呼吸，等待着什么。他已经掏出手枪，高举着，扣住扳机，但是他犹豫起来，突然不能确定声音来自何方，不知道是人影，还是他的错觉——他开枪了——枪声在房屋的墙壁间回响，迅速从一堵破碎的墙传到另一堵，不过那声音很快就消失了，留下一片寂静，这种寂静是那么不自然，此时觉得比他开枪之前更可怕。

这时候他转过身，沿着刚才来的那个胡同往回跑。

他胡乱地想着，关于这里的各种谣传！

所有的奇怪故事和所谓目击者的证据。

他在黑暗中往前跑的时候，脑海里想着那些战地记者们的描述，什么日本人很高尚、很人道、很优待俘虏。

但是为什么同时私下里却说他们很残酷？

说他们残酷无比？

为什么说他们把俘虏剖腹杀死、砍掉他们的双手、挖掉他们的眼睛、割掉他们的生殖器喂狗吃？

他们还私下议论中国人，他们给日本人通风报信，他们以点火为信号，告诉日本人俄国士兵在什么位置，他们等待时机，夜里打开城门，把敌人放进来，杀死睡梦中的俄国士兵。

人们大谈增兵是什么意思？

三十万大军正在来奉天的路上，他们是来自西伯利亚的步兵和来自南俄的哥萨克，真的吗？

然而到目前为止，一个人也没来，这意味着什么？

如果唯一所谓来往的人，据说，是死人，他们在黎明前被运出城。

啊，这一切意味着什么？

还有关于损失的说法！

俄国在沙河战役中的损失比敌人大十倍。啊，有上千军官阵亡！损失的人数达五万之众！啊，确实有人说有五万尸体被割喉、被砍头和切腹杀死。人们说，这些消息来自特列波夫中将，他是战地医院的院长，因为职位的原因他应该知道这些。

不过，为什么没有人出来平息这些声音？

为什么没有人站出来指认辱没沙皇、说谎、诽谤和散布末日谣言，从而威胁即将到来的胜利的所有背叛者呢？

就在他盲目地在漆黑的胡同里追寻时——他已经不知道自己身在何处，不知道自己走在哪条路上、主街在哪个方向，也不知道第九个城门在哪里——在他的想象世界里突然出现一张脸，好像最近在酒馆里的某个晚上遇到的一个人的印象。他又看到了桌子对面那张肥胖、冒着汗水的脸、怪里怪气的小胡子、肥厚的嘴唇和臃肿的面颊——这一切在飘乎不定的灯影里显得极不协调。他又闻到了烟和炖鸡的味道，甚至感到眼角里看到了那个点头哈腰的中国老板怀里揣着一壶高粱烧酒，他外衣宽大的袖子遮住酒壶的一半。

他听着声音：那絮絮叨叨咒语般的声音。

那声音好像在小声议论沙河之战。

好像在说那真是一场大屠杀！

一场残酷无情的大屠杀！

但不只是这一点——那个小胖子下士正在质疑他们待在这里的理由、这场战争的意义何在。

啊，他不是甚至在质疑库罗帕特金和沙皇的权威吗？

问是根据谁的决定在这个时候俄国军队要发动进攻，有什么理由能说明这个时间点是合适的？真的有胜利的可能吗？他认为，考虑最糟糕的是天气。军队在雨水和严寒中被迫进行这场决定性战斗，啊，半数步兵在没膝盖的泥水中作战。

除此以外，他诅咒他们，诅咒赌桌周围所有的军官，请他们告诉他，是谁实际上支持库罗帕特金下达的命令？质问他们中是否有一个人能在“即将到来的伟大胜利”这些话后面认出自己司令官的声音、他聪明的智慧和良心。

他不是还问，他们能说出战争对谁有利吗？

是库罗帕特金吗？

抑或是沙皇，他们大家都很明白，发动这场战争的最初目的是转移国内对革命者暴动的注意力，啊，即使不是沙皇被迫这样做，至少也可以这样说，为了转移公众对困难局势的关注和有效控制日益壮大的社会主义者和暴动者的规模吧？是否由于这个原因沙皇将库罗帕特金的战术——与其被包围等死不如后撤——当做权力和威信的进一步削弱的表现？这种选择可能意味着，尽管没有必要，沙皇——实际上沙皇长久以来对他的司令官很不满意——此时不得不强迫他进攻吧？

那种沙哑、令人厌恶的声音继续传到他的耳朵里，絮絮叨叨的声音说个不停,越来越像是某种诅咒,手法很狡猾,似乎是在责备自己——我们怎么能得到真实的信息呢?

对于我们周围发生的事情,我们怎么分得清哪些是真的,哪些是谎言和鬼话呢?

关于增兵和秘密谈判,关于新的战略、可能的变化和阴谋的种种谈话,这一切意味着什么?

这一切难道不是表面现象和对真实情况的扭曲吗?

猜测、谗言和毫无根据的传闻?

还有那枪声!

他刚才开枪真的打死人了吗?

难道确实有人藏在胡同的阴暗处?

一个敌人?

或者是一个狡猾的夜行者、一位下班回家的老者,还是一个去情人那里路上的年轻人?

他的子弹击中目标了吗?

为什么不会击中目标呢?

他刚才当然打死了某个人!

他,在所有人当中最懦弱,他只知道给亲近他的人带来痛苦,他对自己和别人许下的诺言没有兑现过,他这一生净说假话和骗人——现在他迈出了最终的一步、决定性的一步,这一步没有给怜悯留下余地,没有给宽恕、和解的希望留下余地。

他尽量不再往下想。

他强迫自己回忆杨丛。回想她把脸贴着枕头。回想她垂下来的漆黑的长辫子。或者那一次她发现语言表达不了就在带有灰尘的肮脏地板上画给他看时的胆怯表情。

杨丛的形象突然变得惊人地透明并几乎不可能保持,他的脑中出现了其他问题代替了杨丛。

他确切知道的是什么呢?

除了进攻和继续战斗的过程还能是什么呢?这不是持续近三周的沙河战役吗?先锋队不是在战斗打响的第一天,就是十月四日那天就吃了败仗吗?日本神风队第二天就越过阵地,突破俄军防线,俄军右翼被迫放弃,仅仅又过了一昼夜就撤退到沙河的北岸。然后一个战役接着一个战役失利,直到俄国军队惨败,至少最近情况是这样吧?

他现在知道的情况是,周围都是混乱不堪和等待。等待时机。

"啊,"他想,"如果严寒不能迫使战斗结束,我们还保得住奉天吗?如果严寒不帮忙,不迫使敌方休战怎么办?但停火能维持多久?严寒退却那天会发生什么?"

俄国军队真的还有机会吗?

实际情况难道不是,没有人相信大家谈论的胜利,包括沙皇在内吗?

想到这一点他又发起怒来。因为一想起来就让他心灰意冷,因为他身不由己,无法阻止自己不想。

就在同一瞬间——不知不觉——他突然就来到了主街。

他慌乱地朝四周看了看,惊奇地发现,他已经来到主街,他根本搞不清自己是怎么找到那里来的——他肯定在各个胡同里转了很久,比他能想象的时间要长很多——几乎已经到了歌舞厅。他看到了不远处的战地医院,空无一人的靠背椅,把城防区与医院隔开的墙。

医院的一扇窗子透出微弱的灯光。

他内心顿时产生一股暖流,转过身朝相反的方向迅速走去,经过皇宫漆黑的阴影,穿过空旷的集市及其周围开的临时酒馆,此时那里已经打烊,一片寂静。他朝第一个城门和那个被烧毁的塔的废墟走去。过了那里以后,他又到了那家他曾买过一瓶汤药的商店,除了杨丛的手指,那东西是唯一能减轻他头疼的东西——此时他又想起了自己的头疼病——他看到了一个点燃的灯笼,一个红灯笼,它闪着亮光,黑暗中像一条无形龙的眼睛。他知道,那是日夜都营业的一家满洲人开的茶馆。他悄悄地迅速朝四周看了看,犹豫片刻,最后决定穿过马路,走过去推门。

他走进一个挂着竹帘的狭窄过道,里边的灯光很暗,过了很长时间他才发现,里边不只他一个人,还有一个年老的中国人坐在一把椅子上打瞌睡。他没跟那个人打招呼就掀开帘子进去了,一股潮湿和闷热从眼前那个房间朝他冲过来,里面充满香气,一下子就让他厌恶。昏暗的灯光中一个客人也没有,从远处的某个地方传来轻轻、单调的絮语声,听起来像是祈祷或者诅咒。

就在他走进来的同一瞬间,从炉子左边的一个红色门帘后边冒出一个女人。她把他领到靠近窗子的一张空桌子旁边,鞠个躬,走了,没过多久她就端着一盆温水和一块当手巾用的破布回来了。他摘下帽子和手套,把它们放在旁边的椅子上——不知为何他不想把它们交给这个女人——洗了洗手,订了一壶茉莉花茶,他还没来得及解开大衣的扣子,她就端上了茶。

他一边慢慢地饮茶,一边怀疑地朝房间四周看。那个女人重新下去了。那里挂着带有黑色穗子的红绿两色的纸灯笼,旁边是无人坐的桌子,炉子上面坐着水壶,烟味儿呛人,压抑、几乎让人警觉的寂静,还有越来越大声的单调、令人不解的絮语。

奉天真是人间地狱！

他应该把这些事写信告诉母亲吗？

他难道不应该把这些事写在他一直想写给母亲的那封信的开头吗？他几次想写，但一转眼又放下了，他找不到合适的理由，也没有真挚的情感——或者说得直白一点儿，就是搞不清他为什么要写这样一封信。

奉天是人间地狱！一个散发着血腥、腐臭、残酷、衰败和越来越多的仇视的城市！

不过他也应该告诉她初期的等待和彷徨、沙河战役、败退、雨水、严寒和大堆被剖膛破腹的尸体。应该告诉她那天夜里发生的具有决定性意义的事件，那天夜里，他的连队在沙河坡设防几个小时。告诉她，在黑暗中敌人突然开火，然后沉静下来，他很惊恐，不知道阵地下面的山谷里隐藏着什么。尽管漆黑一团，枪炮重新响起的时候，阵地还是骚动起来。告诉她他的任务是立即向远在几公里之外的司令官报告形势。告诉她草原上野蛮的骑兵、在他周围爆炸的手榴弹。告诉她阵地上杀声四起。告诉她他亲眼目睹自己那匹聪明、漂亮和忠诚的马被炸成几段，他目睹月光下马的白色肠子流出来。

但是还要告诉她自己从昏迷中苏醒过来的事！

啊，苏醒过来的事最重要！

还有寂静！

还有无际的星空！

还有那一瞬间，就算它在现实中确实发生过，不过似乎不完全属于他自己。尽管如此，至少应该在信里有所表述，因为它对他的生命有决定性意义。不仅仅对他活在奉天，而且对他过去的生活也是——虽然他不确信以何种方式。因为难道不是在那一瞬间，当时他躺在——或者认为自己躺在——山谷的低洼处，在黑暗中瞪大着眼看黑暗，好像一切都变了，仿佛他以某种怪异的方式停止存在并同时重生了吗？

但是为了什么呢？

为了这种不现实的黑暗，这种寒冷，这种令人讨厌的气味？

话又说回来，他为什么要给她写信？为什么要给她或者其他人写信？不仅在他的心目中，而且在他们的心目中，他不是属于有去无回的人，还写信干什么？

啊，当她已经把他视为必死无疑的人，他为什么还要给她写信？

他双手抱住头哭起来。

他哭自己的无奈。

哭很快就要发生的事情。

哭再也看不到母亲，看不到她、父亲、其他的兄弟姐妹和小索耐季卡。

他哭——由于某种他不知的原因——由于意识到他重生了。

他感到太阳穴里的血的涌动，意识到又要犯病了，疼痛挤压额骨：疼痛、刺耳的声音和恐惧。

写信？他为什么要写信？

一个多么可笑的想法！多么荒唐和令人厌恶！

他突然一惊，站了起来，直挺挺地站着。

他听到什么了？他不是听到一种特别沉闷的声音吗？好像是从房间深处某个角落的红色门帘里传出来的吧？

难道是……？

对，此时他敢肯定！

他知道了：那是杨丛！

片刻前，他听到的是杨丛从那里传出的笑声。

她原来躲在这里。就在这里，她就躲在他每天去皇宫的路上经过的这家茶馆。

总算找到了！

他总算可以看到她了，总算可以摸她，抚摩她，可以把她带回一切开始又很快结束的那个房间。

他朝前跨了一大步，掀开门帘，再朝门槛迈一步，定在了那里，惊异地瞪大眼睛，他不相信自己的眼睛。不相信杨丛不在这狭窄、漆黑的地方，啊，这里唯一存在的东西是两把椅子和一张小桌子，桌子上摆着几个没洗过的杯子和一篮子高粱团子，那里还有一个鸡笼和一张矮小的床，刚才为他服务的那个女人躺在上面睡觉。

当他看见那女人憔悴的黄脸时，他被吓了一跳。

他转过身，迅速穿过房间，掀开竹帘过去，刚才那个老人已经不在靠近墙根的地方坐着。他推开门，冲到外面。他没有犹豫，啊，朝哪个方向走他也没想，他沿着主街朝中国城区方向跑去。

脑袋中有东西在敲打，额头的疼痛越来越厉害，越来越重。

他抽噎、哭泣，紧闭牙关，免得喊叫起来，免得因为头痛而喊叫起来。他更多的是因为自己估计的错误，是因为自己的愚蠢而发疯。他怎么会如此愚钝！他怎么会犯这么大的错误！此时他才恍然大悟！啊，他突然明白了他早就应该明白的事情：杨丛没有走！自然也没离开他，那一切都是他胡思乱想，是他在做梦，是他的焦急和想象，或者纯粹是由于担心——随后他强迫自己，把刚才的想象当作现实。此时她就在他的房间。在他寻找她的期间,她自始至终都待在那里,等待,蜷缩在他的床头,似睡非睡。

但是他必须抓紧时间。她随时会醒来,如果她醒了,就会发现他怎么不在了。

街道空无、寂静。过了几个街区他拐进他自认为院子应该坐落的那个胡同,跑步经过他认不出的几栋房子,黑暗中他无法确定自己身在何处,无法确定他看到的真是一个院子,或者是空地,或者是被烧毁的房子。他被什么绊了一下,差一点儿摔倒,幸亏手疾眼快扶住了一道墙,继续往前跑。本来应该是熟皮子铺在的地方,这时候突然冒出了一堵墙和过去从未见过的几处歪七扭八的矮树丛,这时候胡同本来应该往左拐却朝右拐了过去,他又鬼使神差一般转了回来——至少他自己觉得是这样——回到了他刚才的出发地,他慢慢开始明白他又迷路了。

啊,他很快明白了,他在转圈打转转儿。

他只是转了一圈儿。

他完全失去了方向感,不知道自己身在何处,不知道朝哪个方向走。

就像后边有人追他!

有谁藏在他背后的黑暗中!那个人跑得跟他一样快,仿佛和他一同呼吸,那个人的脚步就是他自己的回声!

正是这一点令他觉得特别可怕——仿佛现在,这一分钟追他的人是他自己的影子!

他恍恍惚惚继续惊恐地往前跑,迅速穿过那些狭窄的胡同——他已经不在乎它们通向哪里,在绝望、气愤之中,他越来越认识到,他的追寻劳而无功一场空。

这时一个清脆的响声,突然且刺耳,像是手枪的射击声。

一道闪亮的白光!

他倒下了。

第　三　章

1

林荫道寂静、荒凉。发亮的马路在中午的骄阳下好像在昏昏欲睡。枝繁叶茂的大树构成一座宏伟的拱门,下部好像是密实的黑色城堡围墙,上部透出强烈的的白光。照片很清晰。然而它给人一种虚幻、几乎梦幻的印象,好像它即将融化、消失在光与阴影的博弈中。

一切都在静静地呼吸、沉默——不过也有期待。

好像转瞬间就会有谁从阴影中分离出来。好像远方那个黑点,在那个明亮的隧道出口附近,实际可能是一个人的侧影——可能是父亲——正往什么地方走,也可能,但愿如此,也可能在回家的路上,他刚在扎舍卡那边的森林里骑完马或者沿河刚刚散完步。

随后:沃龙卡河的一个岬角。暮色,灰白的天空,黝黑、绸缎般明亮的河面。两棵高大的白桦树,树干和浓密的枝叶倒映在河水里,线条显得很不自然地清晰,啊,尽管有一种清晰,但很不自然,显得很矛盾,这给整个画面增加一种多变的特征。

或者是一种变幻无常。

好像一片真实的树林会因突然的一阵风,而转瞬间销声匿迹。

随后出现了:多尔古-哈莫夫尼切斯卡亚胡同里的花园。

前景是一片大杨树，背景是掩映在郁郁葱葱花园中的高大、荒凉的住房。像其他两张照片一样，这第三张照片的前景也被高大的树干、光与阴影之间的博弈和树干较为暗淡的部分占据着，树冠周围有着较为明亮的边饰图案——啊，这张照片也散发着同样奇特的隐形存在与不存在的合成特征。有结实与开始松散的合成特征。

有寂静，有沉默。

也有期待。

2

为什么偏偏挂这三张照片?

他的母亲拍了几百张,啊,肯定有上千张照片,为什么她要挑选这三张,他反复想着这件事——这些照片里没有一个人。只有一块空场地。

她想在这条荒凉的林荫道、平静的河湾和莫斯科那栋看起来好像是废弃的房子里寻找什么呢?

他僵住了,听自己嗵嗵的心跳。

最后他听到的难道不是母亲在空荡荡的走廊里走路的回声吗?他听到的难道不是她裙子发出的摩擦声和她沉重、稍微有些嘶哑的呼吸声吗?

突然他好像产生一阵轻微的眩晕。

慌乱中他不由自主地扫了一眼放在他眼前写字台上的很多东西:手稿、信件、照片、素描,带有深红色天鹅绒封面的大型日记本,喝完一半水的茶杯,母亲忘在这里的单柄眼镜,有发黑的银质墨水瓶的笔墨用具。他抬起眼睛:在他前面的是高深的窗孔,右面,一块棕色木头墙板、盾牌和一把椅子,上面放着母亲的帽子、手笼、手套和皮毛围巾。

一种恐惧感油然而生。他产生一种难以抗拒的逃走的念头。

然而——这不是他一直向往的瞬间吗?

难道不是他梦寐以求的瞬间吗?在漫长、劳累的途中他不是急切地盼望到达这里,现在不是如愿以偿了吗?与一直以为他仍然待在远方的母亲即将见面的想法在他刚才下火车或者当雪橇滑出伊维尔斯基大门里的黑暗进入马涅日广场惨淡的暮色时,不是充满了他吗?这时候一大群鸽子从结满冰的石板上飞起,结成半圆形消失在特维尔斯基方向,平静的广场上空唯一能听到的声音是铁匠铺里打铁的声音和在同一瞬间雪橇驶进亚历山大公园里发出的刺耳声音。当他随后好长时间以来第一次——此时对他来说好像生平第一次——看见莫斯科河乌黑明亮的冰,河对岸,沿着别尔森耶夫沿河路,几只冻结在冰里的驳船,船艄斜桁像甲虫一样无助地在空中滚动。从河里刮来的微风带来浓重的冰水和煤烟味儿,这时候他注意到乞丐像往常一样聚集在救世主大教堂外边,尽管天气很冷,在卡门桥附近几个老女人身上披着给马保温用的被子在卖榛子、咸蔓越橘和蜡烛,这时候教堂的钟敲打四点,一种平静、虔诚的深深感情油然而生,这种感情促使他在克里姆斯基桥附近下了雪橇,步行走过剩下那段路。

他慢慢地走着,沿着河边散步的路朝酿造厂方向走去。他不时地停下来,朝四周看一看,边看边听,心中越来越充满神秘感——往事的一切似乎都清清楚楚地出现在他的周围,那么清晰、那么逼真,他对街道、房屋、河流以及一排排黑色杨树充满一种奇怪的感觉,仿佛他用新目光看到的这一切其实已经不存在。

沿河满是高高的雪堆。街道空无一人。尽管如此,他仍然能感觉到不久前走过这里的人的存在,仿佛他们的声音还留在空气中，把平静变成了另外一种更高现实的响板。当他经过啤酒厂那座红砖建筑并打算斜穿过沿河路时，有一瞬间——丝毫也没有让他感到惊奇——他似乎看到阿廖沙的娇小身影沿着啤酒厂后院通向河边的那条羊肠小路跑过来，啊，他真的觉得阿廖沙朝他跑过来，推着自己那个桶铁箍环，那条黄色围巾在傍晚铅灰色天空的背景下飘动着，像是在问候。

啊，一切都是那么神奇、美好，那么清澈、轻松和透明！

他拐进多尔古-哈莫夫尼切斯卡亚胡同。那里的气味依旧——酸的麦芽汁、马粪、煤烟；远方，屠宰场周围，有一股轻微的血腥味儿，还有一种更加酸臭的味道，他一直不知道从何处来的。一股微风卷起一阵雪，结晶的雪片像小瀑布一样让他顿时觉得心跳加快，喉咙紧缩。随后他很快来到奥博连斯基胡同，工厂区的天空被西沉太阳最后的霞光染成红色，院子围墙上的树冠披上一层惨淡、灰蓝色的光。

他迅速走进大门，内心突然有了某种痛苦的感觉。

他推开门，走进前廊。还没来得及跺掉靴子上的雪就匆忙冲进大厅，一股淡淡的烟和烟丝的味道扑面而来，这是一股他多么熟悉的味道，转眼间他的爱犬赫迪就跑过来，通常它用尖叫对他表示欢迎和亲昵。受突然产生的犹豫心理驱使，他走进大厅一半就停下了脚步。从半开的门他看到昏暗中的餐厅，在同一瞬间他意识到超常的寂静占据着这栋房子。他屏住呼吸仔细听着楼上客厅的动静，试图辨别出那沉闷的声音是有人在说话还是有人在弹钢琴，但是他唯一能分辨的是，一个远处的钟的嘀嗒声和自己的心跳声。又犹豫了片刻以后，他最终走进了餐厅。桌子中间大型枝形烛台上只有两支蜡烛在燃烧，飘动的火焰把长长的影子投在雪白的桌布上,照耀着所有还剩着水的玻璃茶杯、吃剩下一半肉饼的盘子、一碗枣和几块皱皱巴巴的亚麻布餐巾。

他怀着越来越大的失望也到其他的房间寻找,他到处能看到他们留下的痕迹,好像在他出现前刚刚离去:在父母卧室的床头柜上有一本翻开的书,儿童卧室里的床还没有整理,他和米沙曾经住过的那个房间里一盏煤油灯曾经点过,有一扇窗子仍然开着,远处的床上乱扔着几件衣服。

直到他走进那个绿色的房间,站在窗子前边,直到他看见了花园里那个滑冰场像一只闪着微光的眼睛,才突然想起,母亲肯定到历史博物馆去了,白天通常这个时候她会坐在博物馆塔楼的房间里写自传,她已经用了很长时间,她说这部自传内容广泛,不知道在她有生之年是否来得及完成。

这时候他立即离开房间,马上起身去博物馆。

他到底在那里等了母亲多长时间?半个小时?一个小时?抑或更长?

不管怎么说,在此期间他不仅又细想了想那三张照片,即林荫道、河流岬角和花园那三张神秘的、吸引人的照片,还阅读了摊在他面前的很长一段日记——这一阅读使他从多尔古-哈莫夫尼切斯卡亚到这里坐雪橇行程中产生的不安和当他在塔楼房间里没有找到母亲产生的失望突然变成了一种负罪感。好像他,了解了母亲最隐秘的思想——摊开的几页日记讲述了小万尼奇卡之死——就有某种罪过。

触及了某种被禁止的东西。

或者说实际上他大概不是觉得罪过而是觉得心里不悦吧?

面对母亲有关死亡的种种思想有一种深度的反感吧?

对于母亲在日记中表露的伤感和无奈很反感，似乎不仅孩子的死在折磨她，不仅孩子的死是几乎难以忍受的损失，她似乎还被一种感觉折磨，即她深深的绝望让她成了一个坏人，她实际上没有权利悲伤，啊，她的悲伤实际上是一种背叛——既是对孩子，也是对上帝本人的一种无法原谅的背叛，还有她的爱情，与她这次的悲伤一样强烈的爱情是不愉快的，她的爱情完全不是精神的和健康的，而是肉体的、病态的，因此也是自私的。

他对她所有的自责，她一阵阵的罪恶感以及不断的懊悔感到反感。

他对她深信自己无辜感到反感。

但是他最反感的是她对死去的孩子的痴迷，对小万尼奇卡卷曲、明亮的头发和乐观、酷爱幽灵故事的颂扬，以及对他绿色的采蘑菇篮子、他生动的信、他蓝色天鹅绒上衣和他严肃的灰色眼睛的颂扬，最后——他的反感过度到厌恶和惊愕——她准确地描写了在万尼奇卡被埋葬以后她怎么样多次见到这个死去的孩子。孩子怎么样在梦中走到她身边。她怎么样能感到在与孩子本人有关的事情和地点无处不在。最后，她不仅在清醒状态下能看到他，还能与他交谈，啊，万尼奇卡确实曾在公园长满苔藓的石座上和她紧紧靠在一起，他在世的时候，他们经常坐在那里。

"我听到了他的声音，"母亲在日记中写道，"我摸着他的小手，就像初夏夜里的一股清风。"

就在这个时候她出现在敞开的门口。

她发福了——他脑子里立即想到——黑，笨重，还明显变老了！

随后他遇到了她的目光——而后一股绝望的情感充满全身。

绝望和恐惧。

因为他在她的眼神中看到的不是惊奇。不是惊奇，也不是喜悦。啊，他在她眼睛最深处看到一闪而过的表情，迅速而短暂，就像水面上吹起的一道波纹，它完全不同于以往，某种她自己明显不愿意承认并且还竭力掩盖的一种表情。

是失望！

失望和出乎意料！

对，有极短的瞬间甚至出现了她的犹豫、她的自卫，仿佛他的出现不仅让她失望还让她充满了恨。但她很快来到他身边，拥抱他，用干涩的嘴唇亲吻他，笑起来，祝福他，重新亲吻他，抚摸他的脸颊，小声说着她对于看到他感到特别幸福。

随后她哭了起来。

他们在写字台对面的小沙发上坐了下来。她拉住他的手，把他的手放在胸前。她强调，对于他能安然无恙归来，对于他马上就到博物馆塔楼房间找她表示由衷的感谢。她散发着淡淡的体香和花露水味儿，苍白的脸布满汗珠。当她为他画十字时，他也哭了起来，他一边抽泣一边结结巴巴地请她原谅。请她原谅自己没有事先通知自己的到来。因为一切发生得都很突然。因为他在前线已经伤病。在沙河战役中他身受重伤，不得不进行手术，截去一段额骨。因此他经常眩晕、头疼，最后变得很严重，连长只得打发他回家。可能最重要的还是，这样他就被迫离开自己的岗位，这个岗位他本来就不应该申请。

他请求她原谅。

然后——啊，然后他不停地抽泣并违心地承认——他曾对自己发誓，永远不让任何人知道——承认他实际上没有任何回家的想法，他去满洲里的唯一目的是想战死在那里。啊，他在那里唯一的想法就是死，他在一个月的回家旅途中，唯一的目标就是使自己坚强起来，结束自己的生命。

后来他经常问自己，他的记忆是否真的正确，他似乎记得母亲愣住了，这时候他重新看到了她嘴角周围不满意的皱纹，他听到她用因强压愤怒而变得颤抖的声音宣称，他的这些思想，他的这些病态、可怜的自杀想象，都是因为他过的一种糟糕的生活造成的。他要摆脱这样的生活，同时改变自己的生活习惯，从而变成一个比较好的人。幸福是每一个人的义务，因此有人不幸福那完完全全是咎由自取。

后来他想，也许他们也讲过其他的事。他大概也打听过奥尔佳和孩子们的情况。大概也关心过父亲的身体是否健康。大概母亲向他讲过玛沙、古利亚的情况，或者为他高声朗读自己日记的某些片断。也可能他们什么也没说，只是默默地坐着，每个人都陷入自己的沉思。

究竟是哪一种情况，他还是不能清楚地回忆起。

相反，有一件事他永远忘不了，永远铭记心中——带着惊人的、水晶般的清晰——就是在瞬间慢慢占据他身心的恐惧。他越来越理解为什么母亲出乎意料地在塔楼房间发现他的时候，以这种眼光看着他，眼光里不是高兴，而是深深的、不折不扣的失望。明白她的确像他曾经怀疑的那样，从一开始就很清楚——他去满洲里是为了去死。明白母亲在他出发之前就已经认为他死了并且为他哀悼。在他离家期间，她成功接受了这个现实——这个损失实际上意味着，现在她不再需要为他所过的不道德的生活担心。因此，当她在博物馆的塔楼房间半明半暗的写字台旁边看到他时，她认为自己看到了一个幻影。

一个幽灵。

一个幽灵！

啊，父亲有怎样可怕的力量能以这样的方式实现自己的意愿！

就在母亲看到他的相同瞬间，他——不仅在她的眼里，也在他自己的眼里——变成了行尸走肉，就像父亲曾经预言的那样。

3

在多尔古-哈莫夫尼切斯卡亚胡同只住了几天，他便乘夜班火车到彼得堡去。他在这里过得很郁闷，白天心情忧郁，不停地发脾气、逃避、绝望、担心，越来越愤怒，夜晚思绪万千、噩梦不断，还无缘无故哭起来。他走得很匆忙，打算在首都[①]只待几天，他有一种预感，如果他在家再多待一秒钟可能就因仇恨窒息而死。

啊，他怎么不仇恨他们呢！

这些天他怎么会不仇恨母亲呢？她每天早晨从餐桌的另一面不安地打量他！当玛沙把凉凉的手放在他的额头上，并用冷淡的语气问他要不要一点儿头痛药的时候，他怎么能不暗暗生她的气?！还恨和鄙视父亲，父亲靠在椅背上，重复母亲的话，说只有可怜冷漠的人才渴望结束自己的生命，又立马问他，安德烈，对库罗帕特金在战争中的作用有什么看法。还有，他不仅对坦妮娅、谢廖沙和列夫，而且对父亲所有的学生、仆人都感到气愤，啊，他们带着虚假的微笑对他的归来表示由衷的高兴，对他表示同情和祝福，但是每一秒钟他都能从他们偷偷的目光和表情上得到证实，他们是

---

① 此时俄国首都为圣彼得堡。

虚情假意！

啊，他确实恨他们！

但是，当他坐在驶往火车站的雪橇上时，觉得最可恨和最让人藐视的还是他自己！

他的怯懦！

他的胆小怕事！总是阻止他采取具有决定性意义的每一步！

他的犹豫不决！使他变成了参战本应该避免他成为的那种人。

因此，他慌乱地想，他应该逃离的时间长一些。多待一段时间再回多尔古-哈莫夫尼切斯卡亚胡同，或者再回亚斯纳亚·波利亚纳。

他大概应该住在塔普登科沃，自从转到孩子们名下后，庄园已经不属于他，而是属于奥尔佳，不过在她和孩子住在伦敦的时候，他还是可以租用的。

他真的应该住在塔普登科沃吗？

但是，啊，想到那里空荡荡、冷冷清清的房间，他感到异常的悲凉！

他为什么还要拿如烟的往事折磨自己呢？

他为什么不搬到远处去——在最南方的省份找个差事，或者，可能更好，到国外去？

只要不再回家，怎么做都行！

他心里很清楚，家等待他的是什么。他明白，他们对他的生活所表达的无声的目光和几乎难以察觉的表情意味着什么。他们关于社会的所有讲话——社会！好像他们能够欺骗他！——社会正在崩毁，因为人们不务正业，道德沦丧。

他心里很清楚，他们期待他的是什么！

戏的最后一幕——他，就像自己的原型和同类人费加一样，必死无疑！

但是这次他可不再糊涂了！

现在结束自己的生命，执行自己之前的意愿并朝自己前额开一枪的想法，是不可取的！

那样做就等于应验了父亲的话！

那样做就等于让他的剧作战胜了生命！

那样做他就成了父亲手里可以任意捏的一把泥！

一个可笑的傀儡。

啊，那实际上就等于否定了每一种形式的自由，甚至是否定现实！

因此他必须做出新的有决定性意义的决定！

啊，他突然想起，他必须拒绝死！必须放弃一切自杀的念头！他确实当了很长时间幽灵，一种无血肉的阴影，一种幻想的产物。如今他必须为自己的生存而战。他要向一切陌生、可恶和腐朽的东西开战，向无底的黑暗开战。这种黑暗不再仅仅威胁他自己。它们像毒瘤，像腐臭的污泥浊水传遍全国，威胁现存的一切。威胁上帝创造的一切——啊，威胁人类本身。

罪恶？他坐着雪橇高速通过乌古利纳亚广场时心里想。实际上他的罪恶不恰恰在于他想认输吗？

不正是他想死吗？

不正是他自己让别人，让父亲操纵自己的命运，让自己束缚在他们各种观念的框框里吗？

啊，他要看清楚这一切多么困难！

一切都混在了一起:不仅仅有诅咒,这诅咒好像悬在他们所有人头上,不仅仅有胎死腹中的孩子,不仅仅有蜡黄色小孩尸体小脸上奇怪的乞求表情和腐烂开始时出现的斑点——啊,那可怕的形象永远刻在他的脑海中——还有所有外部发生的事,所有这些对社会基础进行的讨厌的攻击,这些好像每天都愈演愈烈的罢工、暴动、纵火和谋杀潮。

如此的丑行!背叛和罪恶!

怎么会有这等事情?怎么会没有人出来阻止这类事情发生呢?

在同一瞬间,雪橇驶进了尼古拉耶夫斯基火车站。他向车夫付了车费,命令那位急忙跑过来的搬运工把他的行李送到去彼得堡的火车上,他成功搞到一个头等包间,顺路买了一瓶伏特加,在售票处旁边的一个摊位上买了几个肉饼,随后赶紧去追已经到了月台上的搬运工,在仔细察看已经摆放好的行李以后,他付了此人几个戈比,然后坐在棕色的皮沙发上,满意地呼吸着那熟悉的皮子、润滑油和木柴烟的味道,就在火车启动的时候,他突然想到,春天他一定要住在彼得堡,接受他长期梦想的军官培训,一年以后,按照医生的说法,他的病会痊愈,他要去做出乎所有人的预料,包括他本人的事,他将重返战场,重返满洲里,那时候他将不是士官,也不会去为了死,他将率领自己的连队去争取胜利。这个突如其来的想法让他兴奋不已,好像是一个美好、绝佳的报复——同时他有一种朦胧和无法确定的感觉,这样的举动,这样重返战场,在某种程度上将结束困扰他生命的诅咒,啊,仿佛已经发生的因为重复将永远消失,好像从未发生过一样。

他在彼得堡火车站醒来，好像在梦中又梦见了阿廖沙，是一个奇怪的梦，模模糊糊，很快就消失了。

这是一个美丽的早晨，天空清澈、蔚蓝，街道闪闪发亮。他叫了一辆雪橇直奔欧罗巴大饭店，在那里临时租了一个豪华套间。随后在那里的餐厅匆匆吃了早餐，一点儿白面包，几块熏鲟鱼和一瓶高档卡赫齐亚葡萄酒，然后进城去实施自己的计划，他兴致勃勃，要尽可能迅速安排好一切，他还有一点儿担心，所有的计划——尽可能快地租一套合适的住房，搞到推荐信，请到一位有军官身份的人，愿意为他私人授课，不用通常拿钱贿赂就能在夏天拿到文凭，买一匹新的纯种马，以某种方式把自己的决定通知父母，这个决定至少要花掉母亲三千至四千卢布——所有这些计划，所有这一切，对他来说突然变得不仅绝对值得，而且也是他唯一的出路，他也担心一切可能变成泡影。

但是一切按他的构想在进行。

啊，好像已经没有任何力量可以阻止他前进，好像有更高的意志在支持他，好像他的决定比他自己想到的更深刻、更有意义！

他处处遇到好心人。就在第二天上午他礼节性去拜访沙哈夫斯卡娅公爵夫人时，他成功得到了租借给他靠近涅瓦大街的一套小公寓的承诺，那有几间美丽、朝阳的房间，属于公爵夫人一位表亲，此人现在住在巴黎，最早也要到秋天才返回彼得堡。当天上午，在偶然出现在首都的古利亚·克莱因米赫尔和尼古林卡·比比科夫的帮助下，买了一些必不可少的用品，主要有他想为自己缝制西服和礼服用的布料、新的靴子、羊皮手套和一件有着美丽麝鼠皮领子的大衣，还到兵营说服一位战士，即一位从图拉附近地区来的年轻人，接受他的聘用，在春天当他的随从。忙碌了整个白天以后，晚上七点钟的时候，他才与古利亚和尼古林卡一起去消遣，到马林斯基剧院去听拉宾斯基演唱歌剧《叶甫盖尼·奥涅金》中连斯基这个角色，然后继续活动，首先到梅德维杰饭店，他们在那里吃了一顿美餐，有香蘑汤、鹅、烤牛排、鲜露笋、鹌鹑和奶油布丁，举杯共饮了最高档的红、白葡萄酒，随后到芬诺特 & 奥利维尔饭店，不是因为那人多或者想换一换口味儿，而是因为那里有茨冈人乐队，他们的演奏水平超过其他任何彼得堡饭店里的演奏水平，最后，在夜里两点钟的时候，到了阿克瓦里乌姆歌舞厅，离关门时间还有几个小时，他们及时行乐，又喝了几瓶葡萄酒，与三名最漂亮的妓女说好继续庆祝下去，不仅到第二天早晨，还要到白天，到第二天夜里，在欧罗巴大饭店的豪华套间，在古利亚·克莱因米赫尔的住处以及在彼得堡另外几家最豪华酒店的包间里。

到第三天晚上，消息才传到他们耳朵里。

这已经是第三个昼夜觥筹交错之后的事，在这些醉生梦死的日日夜夜充满嘭嘭的开瓶声，打牌，柔软、白嫩的玉臂和炽热的情爱时刻，三驾马车沿着涅瓦河狂奔，穿过夏园，在雪橇的角上或者在古利亚的宾馆惨淡的上午阳光里休息片刻——光的一种突变，一阵意想不到的笑声，热乎乎的皮肤、灰尘和香粉气味儿，他已经忘记的那种强烈的郁闷又回来了，但是奇怪的空闲瞬间留下的厌倦与无聊很快就消失在新的吃喝行乐之中，有更多美味儿可口的饭菜，红色的天鹅绒布帘后边有着新的香槟酒狂欢，打牌输掉更多的钱，新的、更加短暂和越来越可有可无的拥抱——就在他们到达宫堂特酒店的时候，第一次听到人们讲述星期天发生的事情，啊，他们第一次听到别人小声议论示威者与警察发生冲突，其血腥与残酷程度超过首都以往任何一次。[①]

他们很快还得到更多事情的细节。

在宫堂特酒店，他们遇到来自古利亚军团的几位军官，侍者们不时地交头接耳，坐在门附近的客人也如此——他们知道，这里所有的人都在讲星期天发生的事情，讲述着加邦[②]神父带着大规模游行队伍拥向皇宫的事，讲述着警察和哥萨克骑兵认为无法阻止住浩浩荡荡的游行工人便开了火，很多人，啊，大概有几百人死亡。

但是这种传闻不仅不准确和互相矛盾，还有很多想象成分，很难让人真的相信。接下来的几个昼夜这类传闻更加耸人听闻——据说，在彼得堡大街上，还有报纸上，都这么说：群众抱有和平的想法，甚至是为了向沙皇表示自己的敬意，而警察和被调来的士兵所以开枪，不是为了自卫，而是为了显示自己的力量，甚至纯粹为了杀人，还说，被打死的人数可能达到三四千，根本不是当局说的几百，据说死者当中有很多妇女和儿童，士兵用马刀砍死母亲怀抱中的婴儿，用枪点射爬到树上的小男孩，他们爬到那里只是为了看热闹或者为了躲避被潮水般涌来的人群踩死——他们，古利亚、尼古林卡和他自己，还有所有的军官和预备役军官，现在每天晚上都聚集在狩猎俱乐部或者在某位年长的将军家里，开始忍不住问，是什么势力在支持这些传闻呢？啊，这些传闻背后隐藏着什么？很明显，很多传闻是虚假的谣言，至少是言过其实。

谁应该对如此扭曲现实、抹黑一切神圣负责？哪个人或者哪

① 指1905年“流血的星期天”。1905年1月9日（星期日），15万男女及儿童向冬宫进发，准备向沙皇求助。在冬宫附近，他们遇到向和平群众开火的士兵。数千人受伤，几百人被打死。

② 加邦（1870—1906），神甫，沙皇暗探局的奸细。

些人在把社会支柱描绘成一群嗜杀成性的豺狼中捞到好处？

描绘成魔鬼的工具。

除了革命势力还能是谁呢！

除了这些罪恶的灵魂还有谁自称是社会主义者呢？

或者，像有些人说的，也可能是犹太人！

人们议论纷纷那是很自然的——他很快就感受到这些话的诱惑力，看到体现出来的恶，看到从无形、无底的黑暗中出现真实敌人的可能性是怎样让人不安——自然，是犹太人在背后支持报纸上写的和周围人们小声议论着的一切，不仅在酒馆、在大街上和贫民窟，也在剧院和沙龙里。

所有这些事自然都是犹太人干的！

事情不是明摆着吗，传闻是粗暴颠覆现存一切的阴谋的组成部分。报复计划的一部分，计划里有谋杀、罢工、暴力和各种煽动——据说用不着任何怀疑，从一开始就是犹太人鼓动工人和农民——此事在政府的纵容下全国已经闹了很长时间。

啊，谁知道呢，俄国军队在满洲屡遭失败说不定也是犹太人的阴谋在背后支持吧？

因为，难道还有更逻辑的解释？

还有，长期以来，政府——当然，在合法的基础上并为了保护处于危险之下的当地居民——长期压制和采取各种方式限制的人们现在突然想获得自由，并要从上帝指派来教育训诫人民的人手中夺权。

他很快朝涅瓦河方向走去。他刚刚参加一个聚会——是持续了整夜的各种聚会之一，在这些聚会中，人们纷纷议论忠于沙皇的保皇派，讨论黑色百人团①，讨论一个已经存在很久的反革命组织，这个组织不仅可能已经与某些右翼政治家领导人建立了良好的关系，还与秘密警察相勾结，在其中的一个聚会上，为了沙皇、为了教会和祖国他们喝了更多的酒，在政治讨论的刺激下，他们赌得比平时更疯狂、数额更高，他像往常一样，向古利亚·克莱因米赫尔借了一百卢布。

“我们必须得有所行动！”

人们不是这样呼唤吗？

“现在已经到了反击的时候！到了让人民看清楚谁是他们真正的敌人的时候了！”

就这样，怒气冲天，气氛越来越带有爆炸性：

“我们必须要以其人之道还治其人之身！”

“这群狗娘养的！”

“这种败类！”

“应该把他们吊在就近的路灯柱子上，枪毙他们，对他们要斩草除根，不留后患！”

这是一个寒冷、星光明亮的夜晚。河边火光点点，风不时地带来焦油和煤烟味儿。他走过长长的特洛伊斯基桥，那里寒风凛冽，快速走过德瓦尔佐夫沿河路，斜穿过马尔索沃草地，然后沿着邻近的林荫道朝莫伊卡河走去。在运河附近，他无意间看到一位披着磨损到发白的皮袄的老头，他蜷缩在一个树墩上卖热的荞麦煎饼。随后他听到涅瓦大街上一辆夜班有轨电车发出刺耳的咔吱咔吱

① 黑色百人团，沙俄君主派分子于1905年组成的保皇武装恐怖组织，该团是沙皇政府镇压革命的得力工具。黑色百人团在1917年二月革命后被取缔。

声，还有关门的声音以及远方传来的狗吠声，就在他走进寂静、黑暗的米哈伊洛夫斯基公园的同一瞬间，那些突然的不现实的巨大响声全部消失了。夜里下过雪，一切都在雪中，大地、树冠、雕像、靠背椅和步行小路都覆盖着薄薄的一层雪，一层好看的新雪在附近路灯的照耀下闪着微光。

突然他感到一种奇怪的不安。又出现了那种感觉，仿佛他忘记了什么，仿佛记忆中的某种东西在他脑海里一闪而过，不过转瞬间又消失了。

不安——但是也有期待。

他放慢脚步，缓缓前行，几乎犹豫不前。

好像周围的一切都处在变化之中。

啊，他突然觉得，此时这座城市的天空已经不是街道遍地血渍，仇恨的怒火在地下燃烧的城市的天空，不是运河岸边漂浮着由于被水浸泡而肚子过分膨胀的死老鼠，空气经常污浊并充满烟囱排放的刺鼻烟味的城市的天空——不，这好像是一片广袤原野的上空。抑或不是现实中的天空——实际上——是他童年乡村教堂里那蔚蓝、群星密布的苍穹。

他不是还能闻到一股轻轻的燃香所产生的烟味儿吗？

他不是还能隐约听见人们做弥撒时唱的圣歌吗？

他止住脚步，一动不动地站了一会儿。踌躇、犹豫，极为警惕地听着黑暗与寂静中的动静。

那里究竟在发生什么？

不远处露出一个被雪覆盖一半的靠背椅。他朝那里走了过去。他在椅子的一边坐下，背靠着椅子背儿，闭上眼睛。

大概他打了个盹儿。

有瞬间他觉得自己好像回到了亚斯纳亚·波利亚纳的公园：那是晚上，能听到从村子里传来的声音。他和伊利亚站在中水塘岸边，他五岁，正在教他滑冰的伊利亚把一只手放在他的肩膀上保护他。月亮照耀着漆黑的冰面、浴棚的茅草屋顶和扔在他们面前地上的滑冰鞋。这时候伊利亚弯下身来对着他微笑，他感到心在激烈地跳动，就在他睁开眼的同一瞬间，他看到宁静、覆盖着白雪的米哈伊洛夫斯基公园展现在自己面前，他突然明了——带着愤怒和恐惧的混合心理——正是它在消亡，所有这些闪光、美好和神秘的东西，在他灵魂底部深藏的一切，无言的和半有形的，这一切都不言而喻，并无法解释地证明着另一种更高的现实的存在。一切美好的东西正在被革命势力卷进污泥浊水，被践踏、被丑化和消灭。

"不!"想到这一点他很恐惧，"不，这种事情不能发生!"

要不惜一切代价加以阻止！他必须尽其所能阻止这种灾难的发生！奉献自己所有的力量，给以他力所能及的反击!

最近在俱乐部内到底发生了什么呢?

人们在议论什么呢？他自己做了什么保证？他信誓旦旦保证了什么?

啊，难道那天在散离之前，他没有被分配任务?

一项任务!

这一点正是他久盼的！一项任务！必须实施的一项绝密行动!

复活大教堂的天空闪着惨淡的光。带着强烈的自信，啊，在暂短、眩晕的瞬间他甚至感到自己很幸福，他向自己许诺，绝对不会犹豫。绝对不会因为虚伪的同情而可耻后退，也不能出于同情而心软——同情不是别的，而是不折不扣的胆小！

他以自己生命中最神圣的事物发誓，永远都不违背刚刚给自己的誓言，永远都不背叛现在他意识到的任务。但任务的更深层次的内容和具体形式他还只是猜测。他以这个完美瞬间发誓，以公园迷梦般的宁静发誓，以微微的寒冷和烟味发誓，以这个城市嘈杂声发誓，以及，首先以对那天的回忆发誓，回忆中他只有几岁大，伊利亚教他在亚斯纳亚·波利亚纳的中水塘滑冰。

转瞬间他就奔跑起来。

现在可不能浪费任何时间！

第二天早晨他就起身赴莫斯科，把自己春天留在彼得堡接受军官培训的决定告知父母。他在多尔古-哈莫夫尼切斯卡亚停留了几天，安排自己的一些事，会见自己的朋友，强迫自己到历史博物馆塔楼房间拜访母亲，硬着头皮一连几个小时听母亲高声朗读自己的日记片断，怀着沉重的心情翻看母亲为他拿出的几百张有关亚斯纳亚·波利亚纳生活的照片——有公园里的午餐桌子，暮色中打槌球和在廊房里喝茶的情景，有玛沙和父亲身着白色衣服在暗绿植物中隐身一半的照片，有林荫道跳动的树影和库兹明茨克厢房的照片。他到塔普登科沃去了一次，赞扬了季莫费这位同父异母的哥哥，这是他眼下唯一真正能信赖的人，因为他精心喂养庄园里的马，他既对他也对管理人下达近几个月应该怎么样做的命令，随后，就在当天晚上，在莫斯科又待了不长时间以后就返回了彼得堡——这次也很匆忙，几乎像是逃难，耳边响着父亲向他告别时说的关于道德、堕落的威胁性的话语——返回了不安日益严重的城市，这里的动荡不是与日俱增，而是与时俱增。

这里不断传出新的罢工警告,袭击、暴力的传言像野火一样四处蔓延。

在彼得堡他很快就陷入这样一种境况:他无法分清这一天与那一天,啊,甚至星期和月也好像融化在一连串纠缠在一起的、没有任何可见联系的事件中!生活像奇怪的、不确定的存在,早上的拜访,午后的骑马,越来越偶尔的军事战略课和拜访裁缝,还有餐馆、舞会和晚上的打牌,啊,还有涅瓦河上越来越明亮的夜空、深蓝色的蒸汽船、后来初春夏园阴凉处女人的笑声,都完全被俱乐部夜晚的聚会排挤开,聚会越来越有阴谋的性质。俱乐部里整夜举行的激烈讨论会,制作传单,拟定计划,所有这一切,更不用说局外人不得而知的该组织与警察的合作,都必须秘密进行,要采取最严密的防范措施,很快他就把作为军官返回满洲里的计划抛到脑后,而他自己几乎没有发觉。

城市里重新飘浮着垃圾的味道,空气中弥漫着灰尘和污物。

还有各种谣言。

有人说,在奉天附近发生了决定性战役——这次战役的规模超过历史上任何一次,不仅在参战的人数上,还有其残酷和损失方面。啊,据说,这次失败是前所未有和让人难以置信的,有几十万俄国士兵阵亡,不再有任何胜利的可能——对这个谣传,大家很快取得一致意见,它有些言过其实,可信度也如此,不言而喻,是犹太人进行颠覆活动的又一表现形式。

"还有更糟糕的,"古利亚的朋友,一位年迈的士官说,为了防止臭气吸到嘴里他用一块手绢堵着嘴,"更糟糕的是,现在叛乱已经扩展到农村,这自然是到处流窜的犹太人鼓动的结果。"

他们走进帕萨日附近的一家咖啡店。

太阳透过彩色玻璃窗照射进来。古利亚用厌恶的表情看着他们俩。

“看这个”，他一边说一边把《俄罗斯新闻》摊在饼干盘子上，“你们看看到底是怎么一回事！农民先是命令地主和他的家庭离开自己的房子，然后拿走一切，谷物、蔬菜、牲畜和值钱的东西，辞退所有的仆人，把庄园一把火烧掉，这样地主们就无法再回到那里和夺回自己的权力，他们最后把土地转交给乡村公社，然后平分给大家。”

“警察呢？”

“警察什么也不敢做，因为农民手里有武器。”

“哥萨克骑兵呢？”

“派来支持地主的哥萨克骑兵什么事也没做就返回了兵营，因为农民把房子都烧了，他们无法找到合适的驻地。”

古利亚对着桌子深深地低着头。

“最可怕的事，”他小声说，“全国各地的农民都考虑仿效——用类似的办法，这一点毫无疑问地表明，他们的行动是由革命势力组织的。”

过了一段时间以后，一周，也可能是一个月，首都广泛流传，要举行总罢工。五月底他们听到新消息，俄国在战争中投降，很快，由于战争失败，又涌出了一连串消息，关于暴动的阴谋，关于背叛沙皇和祖国的极恶劣的事件，还说他们所有人的生命都处于危险之中。

他六月中旬离开彼得堡，内心充满疑虑和烦躁。

他明白，过了多事的春天之后，他们自然要加倍努力，反对越来越狡猾、越来越猖狂的敌人。同时他们必须强化日益具有决定性意义，也越来越危险的斗争。

同样很清楚，他们必须要小心、慬慎，增强防范意识。

不过为什么要严守秘密？

对于将要发生的事情为什么他们只能知道一点儿皮毛——只知道这件事将在全国发生，并且很快，可能就在夏天或者秋天？

夏季分开之前，他发誓秘密地、按照每个人认为最适当的方式继续从事春天已经开始的活动，有什么意义呢？他已经加入"黑色百人团"。

他在亚斯纳亚·波利亚纳住了下来。没有住在塔普登科沃，因为他无法忍受每天都会想起奥尔佳和孩子们所带来的痛苦。他把自己安顿在亚斯纳亚位于底层的父亲旧工作室，加了一个隔断，如今那里已经变成两个半间。他在里边那个半间睡觉——外边那个半间是父亲的秘书杜尚·彼得罗维奇睡觉和办公的地方。

这个季节天气异常地热。

绿草如茵。

黄昏中紫丁香花的香气沁人心脾。

他期待着。

他每天都在寻找征兆。寻找行动信号或者寻找将要发生某种变化的消息。

六月底他得到列利亚·谢韦尔佐夫死亡的消息。

列利亚死了——他在对马岛决定性的战役中阵亡！

他哭了。

他责骂列利亚。

在他收到电报那天晚上很晚的时候,他去了茨冈人的村子。他喝得酩酊大醉,回家的路上倒在一个泥水沟里失去了知觉,黎明的时候他醒了——浑身冻僵,痛苦万分,确信他自己应该以某种他无法理解的方式对列利亚之死负责。

同一天晚上戈登魏泽尔在大厅里为他们弹钢琴。

绿色越来越浓郁。

菩提树花开了。

大家——像以往所有的初夏一样——总有不少于二十人聚集在花园午餐桌子周围。银具在阳光下闪闪发亮。

“这怎么可能呢?”他想,“生活似乎一切如常,这怎么可能呢?大家欢笑,喝葡萄酒,评论粮价,怎么像什么事也没发生一样?”

晚上大家玩地滚球或打槌球。

他每天早晨醒来的时候,总好像梦见过不久前忘记的什么。梦见了阿廖沙?或者可能是索耐季卡?

“唯一的出路,”父亲一边斩钉截铁地说一边从胡子上捋掉几粒饼干渣儿,“对于那些被剥夺了土地的地主来说,绝对唯一的出路就是他们自己变成自食其力的人!”

父亲已经掉光牙的嘴对着他微笑,喝了一口凉茶,若有所思地从窗子往外看。

有瞬间屋子里死一样地寂静。

“如果是这样的话,”他似乎听见自己内心在回答,“只有往自己的前额开枪了,没有别的办法。”

他马上后悔了。

怎么还是往自己的前额开枪呢?

哪里来的这种命令?

他怎么能如此轻率行事?

他骑着马到图拉,试图看一看那里正在发生什么事。人们期待他的是什么。

但是眼下图拉的一切似乎都很平静。

他怎么能保证会没有人知道他内心的想法呢?

在最近喝茶的时候,父亲不是用审视的目光打量他吗?

父亲屡次发火和固执的沉默意味着什么?他不停地抱怨胃疼,还不停地抱怨他们所有人,抱怨他们用诡计、要求和不尊重妨碍他过一种他认为的美好、正确的生活,这意味着什么?母亲一阵一阵地哭泣,她突然开始变得温情和越来越沉迷往事,这意味着什么?

他彻夜难眠,对杜尚·彼得罗维奇关他们房间之间的门大发脾气,紧张地听花园昏暗处传来的声音。

他听到的是什么?

脚步声?

陌生人的说话声?

还是一只公鸡由于紧张发出的轻轻的咯咯声?

有一天晚上大家喝茶的时候他说漏嘴了,说他现在是一个保皇党联盟的成员,这是一个由政论家格林格穆特①领导的团体——不过他很快后悔了,他自问为什么如此草率行事?

但是在这种情况下他能做什么呢?

怎么忍受这种毫无音讯和无止境的等待?

他和父亲以及弟兄们一连几个晚上打文特牌。

---

① 俄国右翼激进派政治活动家,黑色百人团运动创始人和主要思想家之一。

他帮助母亲找来带武器的花园看门人。

他偷偷观察警察在村子里进行搜查,没收藏在那里的——他知道是什么——武器。

有一次,他骑马从亚斯纳亚到图拉去的路上,他突然被剧烈的恐惧包围,害怕转瞬间一群被激怒的农民拦住他的马,把他从马鞍上揪下来,用镰刀或草叉刺死他——而后他催马扬鞭,狂奔回亚斯纳亚,什么事也没做成。

几个星期过去了,但平安无事。

一天早晨,他到塔普登科沃看了看。

马车刚刚进了院子,他就迫不及待地找到季莫费。

季莫费,这位古怪、愚忠的同父异母哥哥,啊,随着年龄的增长,他长得越来越酷似父亲!跟父亲一模一样——同样驼背,同样花白胡子,同样敏锐的目光,特别是走路的姿势,身体稍微前倾,一只手放在背后,另一只手叉在腰带上。

季莫费跟他自己一样,也喜欢马!

这一天大部分时间他们是在马厩旁边度过的。

太阳高悬天空,空气由于灰尘和酷热好像在颤抖,季莫费把马一匹一匹地牵出来进行观察,他们一起让马在热得发红的院子里转圈,评价它们走路的姿态、气势,用双手捋它们流着汗的前胸,检查它们腿部的肌肉、鬃毛和蹄子,一种奇怪的感觉油然而生,他越来越激动,他好像在醉梦里听自己讲话——不仅在讲奉天城外悬挂的装着人头的笼子或者讲索耐季卡,她小的时候,经常在廊房前边的高草丛中玩耍,不仅讲从满洲里返回旅途中异常冰冷的火车,讲有一天早晨他看到那位死去的俄国士兵冻在贝加尔湖的冰面上，他脸朝上，瞪着白眼珠，讲他晚上经常失眠，害怕入室抢劫，害怕夜里有人从窗子往房里扔炸弹和做噩梦——令他自己也吃惊的是，他还能听到自己用同样明白无误的语调信任地向季莫费讲述他的对革命者、犹太人和他加入的黑色百人团的看法。

他听自己在讲很快就要传遍全国那些传单的内容。

在讲哪些人应该对战败、农民暴动、奥德萨和萨马拉的阴谋负责。

“我们的组织，”他听见自己在讲，“日益强大。我们的联络点无处不在，在最上层也有我们的人。”

他还小声地说了些关于警察、司法大臣，啊，和沙皇本人的话。

随后——不是出于他本意——讲了他自己被分配的任务。

啊，他确实讲了这项任务，实际上连他自己对它也一无所知！

他绞尽脑汁，苦心思索这项任务的性质。吹嘘它的意义，介绍除了在他想象中根本没有发生过的事件，并描绘他们打算怎样行动的最不可思议的细节。

他越来越激动。

在短暂的欣喜与不断爆发的气愤和仇恨之间徘徊。

絮语：前两天夜里有人从窗子向比比科夫家射击！

小声嘟囔：犹太人难逃干系！

暗示：将要发生的事情、将使暴乱者遭受双倍打击的报复会让所有的人目瞪口呆。

让他明白：过不了多久，反对者将被粉碎。过不了多久，他们所有的人，一个不剩，都将被逮捕并驱逐出境，俄罗斯将像昔日一样伟大、繁荣。

季莫费听着。

然后擦了擦额头上的汗水，说了些含混其词的话，看了看太阳，把身上闪着汗珠的那匹马牵进马厩的黑暗处，转身消失了。

就在同一天晚上，安德烈返回了亚斯纳亚。

日子一天天过去，但平安无事。

在图拉，至少表面上，一切还像昔日那样平静。

夏天渐渐过渡到秋天。天气越来越凉。公园的草地覆盖着黑色、腐烂的树叶，在太阳升起之前有短暂的时间，光秃树冠上的树挂闪着银色的光。

十一月初的一个早晨，大家集中在楼上的大厅里。室内充满灰色的光。母亲坐在安乐椅上，背对着大屏风，她身着黑色的衣服，脖子和手腕上戴着薄薄的黑色花饰，面色苍白，表情严肃。坦妮娅坐在她右边，像母亲一样穿着黑色衣服，表情沉重，红肿的眼眶里露出惊恐的目光，其中一个脸颊由于久治不愈的牙疼而肿起来，玛沙坐在左边，腰挺得很直，严肃而刚毅。古利亚紧挨着玛沙站着，一只手放在她的肩上，像平时那么帅气而友善，有些心不在焉的笑容凝固在一种古怪的鬼脸上。他自己坐在窗子底下紧靠通往楼梯间大门的地方，离其他人很远，他把目光投向旁边的棋盘，黑白棋格上落了一层薄薄的黄色灰尘。列夫、萨沙和杜尚·彼得罗维奇仍然坐在早餐以后还未收拾的大长餐桌旁边。列夫修长的白手指不停地触摸着桌布，他的颧骨绷得那么紧，看起来好像随时都有可能断裂。萨沙机械地搅着茶杯，小小的银勺不时地发出碰撞杯沿的清脆响声，那声音以某种奇特的方式似乎使她的身姿显得更加沉重，使室内的光线更加幽暗，桌子周围的面孔更加苍白。谢廖沙坐在钢琴旁边，他低着双肩之间那长着浓密、灰白头发的脑袋，双手放在膝盖上，那姿势好像抬手开始演奏，或者仅仅想象出音乐，就马上能驱赶走坐在母亲对面安乐椅上父亲发出的无情、单调的声音。

父亲读着他刚刚收到的契尔特科夫的一封信。这是一封很长的信，里边充满惊呼、感叹和绝望：在奥德萨发生一次大屠杀，持续了三天，大大超过两年前在基希纳乌和戈梅利发生的几乎灭绝犹太民族的大屠杀。

契尔特科夫详细描述了这次事件。

他一开始这样讲，像公众都已经知道的，啊，甚至已经传到沙皇耳朵里的那样，暴乱的起因说法非常含糊——警察消灭了犹太人的武装自卫队。

说是为了安全！是这样解释的！

或者说是为了阻止暴乱继续发展。

读到这里时，父亲停顿了片刻。他抬起头、惊奇地嘟囔说："奇怪！太奇怪了！"

随后他继续读。他读得很慢，声音很低、很轻，经常轻到变成耳语。

他读着，那些情绪激动、其中有不少喝醉了酒的人群，在警察撤走以后不久，在没有任何人阻止的情况下，冲进犹太人居住的地区。

他们放火，把整个地区烧光。

他们把人从房子里赶出来，用鞭子抽他们，挖掉他们的眼睛，砍掉他们的手、脚和生殖器官，或者把他们留在街头淌血，或者把他们当场处死。

妇女们遭到强奸、刀砍或者吊死在就近的路灯柱上。

婴儿被扔进水槽里溺死或者从窗子扔出去，在冻得坚硬的地面上摔得粉身碎骨。

他读信的时候，周围鸦雀无声。

当他读到关于婴儿那段的时候，他把信放在膝盖上。

“成百人被打死，”他小声说，“成千人受伤或者断肢，很多人伤得很重，很难说他们还能活多久。”

随后唯一能听到的是墙上挂钟的嘀嗒声和远处传来的几个孩子清脆的说话声。

大家一动不动地坐着，等待下边还会发生什么事情。

突然从父亲嘴唇上方传出一声抽泣，一种抽泣或者号叫，好像一条被鞭打的狗，粗野、狂暴。转瞬间他抽泣得浑身颤抖。他尝试着从安乐椅上站了起来，茫然地朝四周看了一会儿——在他重新落座之前，用双手捂住脸，然后静静地哭了起来，那么静，再也听不到他的嘴唇上方发出的声音。

母亲和坦妮娅也哭了起来。

玛沙迅速离开房间，古利亚和萨沙紧随其后。

谢廖沙举起双手，让它们在琴键上放了片刻，然后又让它们重新回到膝盖上。

他自己呆呆地站在那里，茫然地看着荒芜的院子。

三天以后又传来日托米尔市另一场屠杀的消息。第二天更多消息相继而来，在十月十八日至二十九日之间，在全国差不多七百多个地方同时发生可怕的屠杀——形式完全一样。

“其他人能知道多少呢？”此时他必须自问。

“他们能意识到他是参与者吗？”

“毫无疑问，”父亲一边小声说一边把盛满汤的勺子从嘴边又放回盘子里，“毫无疑问，所有的这些屠杀的发生都是事先精心策划好的。这些屠杀肯定得到警察的支持，他们受到军方的保护，政府中高层人士很清楚将要发生的事情。但这怎么可能呢？”

“究竟在发生什么？”父亲一边小声说一边用饱含泪水的眼睛看着他们，“究竟在发生什么？”

在此期间，他自己尽量远离他们——他越来越坚信，父亲看穿了他。父亲可能对一切了如指掌。父亲因为他，安德烈，流的眼泪不少于为可怕的屠杀造成的牺牲者。

有一天夜里他又梦见了阿廖沙。他清楚地看到阿廖沙娇小的身影从百花盛开的果园跑来。这时候他再也忍受不了，匆匆逃回塔普登科沃。

他把自己关在塔普登科沃的工作室里。他拒绝走出去，他让自己的厨娘把饭用托盘送进来吃。夜里他在自己的工作室里徘徊，一遍又一遍地叨念着相同的话，有时候确信自己快要发疯了。

天气渐渐变冷。

初雪已经降下。

日月如梭，日子融合在一起，很快变成唯一的灰色、空虚和麻木的瞬间。

他事先能料到报复会变成这个样子吗？

他真的不明白正在发生什么事情吗？

他用双手使劲压着太阳穴。试图吃一点儿肉饼，但马上感到很恶心：被打碎头颅的孩子！像小猫一样被溺死的婴儿！

他经常试图回忆他与季莫费的谈话。

那次他究竟谈了什么？他描绘的将要发生的事情后来真的应验了吗？

一天下午，他穿着睡衣、皮袄和靴子有意无意地到马厩去找季莫费，正好在马厩黑暗角落里碰到了他，他们呆呆地站了片刻，他突然渴望说一些友善的话，但犹豫起来，说了一些含混不清的话，随后很快就讲了一大堆抱怨的话——说季莫费不勤快，说他对他视而不见，说他站在那里一言不发——随后他转身气呼呼地离开那里。

自然，他想，他自己的想象都实现了。

他哭了。

他在空荡、寂静的工作室里徘徊，不知道何去何从——因为他参加或者不参加直接屠杀真有区别吗？他亲手把婴儿扔到水里与只是采取另外的类似报复手段有区别吗？

归根到底他是否仍然对屠杀负有责任？

像每一个参加暴行的人那样负有同等责任？

因为他自己的意志、诺言，因为他散发的传单、在俱乐部里向组织效忠的宣誓，因为他自己的思想、想象和报复的渴望，他要负同样的责任吗？

他整夜坐在窗前的安乐椅上，有的时候打一打盹儿，做噩梦惊醒以后浑身冒冷汗，心脏猛烈跳动，对自己的呼吸、嘴里去不掉的黏稠感到很讨厌，对于自己苍白的蛋形脸后边窗子里冷酷、漆黑和布满星星的夜空感到很不舒服。

他经常早晨就喝得酩酊大醉，而且越来越频繁。

他想，他应该见一见管理人，但一直拖着不办。

他本来想让女仆做一些新的事情，但不想开口跟她说话。

他对自己说，他应该给早晨收到的母亲来信写回信——但是他连打开读完的心思都没有。

头疼得越来越严重。头疼和冒冷汗。

他喝很酽的热茶，里边加很多糖，喝掺有白兰地的生鸡蛋黄，有时候吃一块面包、几块饼干或者一把干枣儿。其他的一切都让他感到恶心和胃疼难忍。

为什么总也摆脱不掉父亲沙哑和低声的话语对他的困扰？

他为什么无法获得安宁？

他为什么永远无法逃避？

有一天早晨，一夜未眠之后，他穿上衣服，骑马外出打猎。他背着猎枪，带上两只最好的猎狗，一只长毛猎犬，一只英国猎犬。

天气严寒刺骨。他骑着马朝东奔去，穿过森林，朝捷里亚金基方向走。雪有一米厚，最初一段路他信马由缰。过了村子以后，猎狗很快发现了猎物的踪迹，他催马扬鞭，拼命追寻——但是他很快发现，就连他现在开始的疯狂打猎也没有给他带来任何轻松，啊，没有，尽管他骑马奔跑的速度比平时快，尽管他骑马跋涉在覆盖积雪的田野上，强迫自己的马奔驰在长满树木的陡峭河岸上，几乎一刻不停地等待他的猎狗寻觅野兽的踪迹，所有这一切，不管是紧张的追捕、轻轻的松脂味儿、雪上薄冰、汗流浃背的马匹、被子弹击中的猎物拼命逃跑时留下的血迹或眼神，都不能使父亲的低声细语有瞬间的停歇。

后来当暮色降临时,他发现自己的两只猎犬倒在森林中的一块雪地上,它们已经猝死,嘴角淌着血,头和腿严重变形,这一切似乎都在他的预料之中。

他知道这是必然的结果。

像是一种警告!

一种最初的预兆!

同一天夜里,他梦到了索耐季卡。

他梦见自己回到了亚斯纳亚,天很黑,索耐季卡穿着带有蓬松袖的黄色短连衣裙,摇摇晃晃地走在一座桥的最边上。

在她下边很深的地方,污黑的沃龙卡河水闪闪发亮。

他试图向她喊话,让她小心别掉下去,但发不出声音。他又尝试了一次,仍然没有成功,双唇就是发不出声音。

转瞬间索耐季卡就失去了平衡,一头栽到黑暗中。

这时候他惊醒了,似乎刚才听到了她从院子里发出的银铃般清脆的笑声,他嘴唇干裂,心咚咚地跳,头重脚轻。

该起床了,他习惯性地想。

起床,用温水洗脸、刮脸,为胡子涂蜡和往身上抹香水,穿戴整齐,像要迎接客人造访一样。赶快到楼下大厅喝咖啡,骑马到捷里亚金基去取报纸和查看一下养狗场。

但他没有那样做,他只是招呼来女仆,请她为他取来一瓶葡萄酒和几块饼干。

这意味着什么?他胡乱地思索着,玛沙几个月之前,三个月或者四个月,又生了一个胎死腹中的婴儿,这意味着什么?

在奥德萨事件以后数周,坦妮娅生下一个女婴,啊,多么奇怪,几乎是同时——女婴的确活下来了,但人们对他说,她很小而且很脆弱,未必能长大,这意味着什么?

难道他们都有死亡的悲伤标记?

死亡的悲伤标记或注定死亡?

雪开始慢慢消融。白天越来越长,阳光变得无孔不入和更加无情。

他在楼上自己的屋子里徘徊。

他突然停住脚步。

闻一闻味道。

这难道不是浓烈的、刺鼻的烟味儿?

这一天余下的时间,他一直坐在窗前的那把安乐椅上,子弹上了膛的手枪放在膝盖上,仔细听着慢慢黑下来的花园里的动静。

有一天他惊奇地发现,已经到了春天,桦树长出了嫩芽,雪花莲初放。

他从梦中爬起来,惊恐、茫然。

这不是狗在叫吗?

他仔细听着。

啊,此时他确信听到了,从远处养狗的院子传来拖着长音的轻轻狗吠声!

好像这正是他期待的。他掀开被子,冲出房间,像平时那样,没刮胡子,穿着睡衣,跑过院子,穿过公园。他迅速经过一半被毁坏的凉亭、果园和马厩,气喘吁吁地沿着通向小河的羊肠小路跑向狭窄木桥对面的养狗院子,那里黑色屋顶隐约出现在榛树丛与野李子树丛之中。

此时一分钟都不能耽搁！

在某种可怕的事情发生之前，他一定得赶到那里！

不过他还是突然停住了脚步。

啊，就在他通过那座古老的木桥时，就在他把一只手放在长满苔藓的桥栏杆时，他停住了脚步，一动不动，好像中了魔法一样，眼睛死死地盯着缓缓流动的河水。

注视着水面轻轻的涟漪。

让目光扫过芦苇、羊齿草、弯弯曲曲的树根、芭蕉和耀眼的黄色金凤花。

他看着从河底污泥中生成的一个气泡怎么样冒出水面，在阳光下闪了瞬间——随后就破碎了。在泛绿的水面上留下一个慢慢扩散的圆环。

和解！——他胡乱地想着。

他用一只手捋了一下自己的秃头，咳嗽了一下，他非常惊奇，直到这个时候他才注意到来自腐烂物里的酸臭味儿。

“和解！”他又想了一遍。

和解以及——可能最重要的是——服从！

随后他开始慢慢行走，好像试探着前行。他过了桥，拐上榛树丛右边一条小路。他不时地驻足片刻，朝四周看一看，用手小心翼翼地揉一下眼睛，或者把睡袍拉得更贴身一些。他很茫然，感到很疲倦。

开着白花的灰色野李子树丛让他想起了某种往事——他已经忘了很久，但让他充满了全新的感觉。

淡淡的欣喜和满足的感觉！

就在他到达养狗院子的同一时间，就在他看到那些狗怎么样在狂吠并疯狂冲撞遛狗院子围栏时，他知道了自己要做什么。在他漫无目的地看着那群激动、狂吠的狗时，他做出了决定——他迅速转过身，返回住所，穿好衣服，喝了一杯茶，召集来管理人、女仆和季莫费，向他们做了关于庄园、房屋和马厩的管理方面的交代，命令备车，他要返回亚斯纳亚·波利亚纳。

父亲说，对他重新回来感到欣慰。

像往常那样，晚上大家聚集在大厅里，谢廖沙为大家弹钢琴，然后他们吃晚饭，议论即将到来的牧草收成。

五月过渡到六月。草木繁茂，晚上林荫道两边枝叶浓密的桦树冠变成一堵墙，密不透风的墙。一天晚上，他在去马厩的路上无意间看到父亲和玛沙坐在茉莉花丛前边的木制沙发上。

他们靠得很紧。

玛沙穿着白色连衣裙，父亲穿着垂及脚面的白色衬衫，他们明亮的身影清楚地投射到几乎全黑的树冠上。他们的嘴唇动着，好像在进行一场声音不大但激烈的交谈，玛沙的膝盖上放着一本翻开页的日记，偶尔用指尖碰一下父亲紧握的双手。

一张如此漂亮的画面！——他脑子里立即想到。

一张如此漂亮的画面！

他停留下来——突然感到很压抑、很纠结，但是无法立即离开那里。

直到那一瞬间过去。

直到父亲突然一扬手，他，安德烈，觉得父亲这个手势是想拥抱自童年起这儿有的一切：林荫道、公园、白色宅邸、网球场和蜂房,父亲用这个动作意在告诉他,一切都是可以原谅的,好像就在同一时刻,这个手势让暮色消失了,鸟儿安静下来,夜不见了,父亲那只手重新放回膝盖上之前,大家又都坐在充满清晨阳光的廊房里。

蜜蜂在盛开的金银花中嗡嗡地飞,绿草在阳光下好像冒着烟。

他们刚刚吃过早饭。仆人们还没来得及把煮茶的铜壶拿走,白色的桌布上布满面包渣儿、皱皱巴巴的餐巾纸和红萝卜叶子。被树叶筛过的阳光照射进来,母亲用手遮住太阳,玛沙笑个不停。

“生命是一个慢慢垂死的过程,”父亲说,“我们所有的人都在一天一天接近死亡。”

他心不在焉地用指尖捋着自己灰白的长胡子,补充说:

“这样不错！这样确实不错!”

日落黄昏。

大家喝茶。就着茶吃糖李子肉饼、樱桃果酱和面包圈。父亲吃得很香。玛沙用一只手托着头,亲昵地注视着古利亚。

萨沙请大家住到下周一起庆祝她二十二岁生日。

母亲问萨沙,她的支气管炎是否好了一些。

然后大家一边品茶、拾盘子里的面包渣儿或者用银勺子在桌布上画来画去,一边听古利亚讲前天一家大报上刊登的一则电讯,说波兰的几名警察向路过的一辆马车射击,当场打死两个妇女和三个孩子。第二天报纸又加以更正:开枪射击的人不是警察而是一群革命者。紧接着一天后又加以解释,整个事件纯属子虚乌有。

母亲叹了口气。

父亲舔干净勺子,平静地宣布,在他看来完全没必要读这类电讯。

列夫讲图拉的一个传闻，那里有四十个暴徒被逮捕。

“四十个，”他一边说一边用长长的白手指捋着自己漆黑、闪亮的锥形胡子，“这四十人在橱柜和床底下都藏了炸弹。”

“逮捕有什么用？”母亲叹气说，“至少今后五十年随时都会继续发生这类不安的事件。”

“你瞎说什么呀。”萨沙不屑一顾地说。

“大公爵，”他，安德烈，一边继续说一边千方百计让大家坚信，“我的好朋友尼古拉伊·尼古拉耶维奇坚信，再过四到五年一切都会太平下来。”

“那他就是一个拙劣的预言家。”父亲刻薄地说。

戈登魏泽尔在钢琴旁边坐下来，弹一首茨冈人浪漫曲。玛沙听着音乐，把头靠在古利亚的肩膀上。

夜幕降临。

“这样不错，”父亲说，“确实不错！”

八月渐渐隐去，时间到了九月。树叶开始变黄。果园里的苹果成熟了。晚上的时候，村子里的女人们搬着梯子，带着耙子和空苹果篮子走过去。

“这个夏天，”他想，“跟我小的时候的夏天一模一样。”

他还思考，想写一本关于父亲的书，以此来表达对父亲的爱和感谢，这本回忆录他已经构思很久，然而至今没有动笔。

他做过尝试，写过几页，但是很快就放弃了。

让他吃惊，也让他受折磨的是——他写在纸上的词语、句子都显得荒唐、虚伪，是彻头彻尾的谎言。

又有两个月过去了。院子里已经进入十一月。

一天上午，地面上仍然覆盖着一层霜。公园笼罩在一片灰色的雾中，通向沃龙卡河的小路旁边的草已经枯黄，蓟菜和蓝铃花的叶子已经枯萎。黑色枝条上的玫瑰茄变成了红色。野李子往下滴水珠。古利亚、玛沙和杜尚·彼得罗维奇走在小路前边，他跟在他们身后，大家默默地走着，每个人都在想自己的心事。玛沙的长裙子轻轻地拖拉在成堆的落叶上。他自己落后在其他人后边，肩上扛着猎枪，带着三只总是拴着链子的俄罗斯猎犬——这是他最近从大公爵那里获赠的礼品，以代替上次打猎猝死的那两只。

从某个地方飘来一股浓烈的烟味儿。

老苹果园树底下有很多腐烂的苹果。

他们经过养蜂院、长满苔藓的靠背椅，小路在疯长在一起的杨树林附近分岔。猎狗狂吠，激愤地挣脱着链子。古利亚翻起皮领子。就在他们走进桦树林的同一时刻，玛沙转过身来，笑着问，是不是该把猎犬放开了。如果不把它们放开，他带来它们有什么用。

他回答说，最好等他们到了沃龙卡河再说。

树林中幽暗、阴冷。这时候他们加快了脚步，为了保持体温，但也是为了跟上拼命想挣脱链子的猎犬的速度。在河边，就在他们进入河岸开阔地的时候，他们同时看见一只狐狸，一只健壮的大狐狸，可能是一只雄性的，它愣了片刻，头朝前低着，抬起一只爪子，随后溜进树林里。这时候他把猎犬紧紧拉到身边，他刚刚给它们解开链子，它们就狂吠着跳进冰冷的河水里，游上岸，箭一样冲向河对岸树林的边缘，消失在狐狸逃跑的方向。猎犬的叫声渐渐消失了，留下一片寂静，连最小的声音——树枝折断、树叶的沙沙声和轻声的咳嗽——都似乎带有一种特殊和神秘的含义。玛沙靠在一棵树上,古利亚坐在她的双脚旁边,杜尚·彼得罗维奇吸着烟斗。他自己紧张地注视着河对岸的动静。

他们等待。等了一刻钟,半小时,可能是一个小时。

他感到很空虚,脑子里一片空白。只意识到阴冷、潮湿的雾,浓烈的腐烂味儿,看到那黑色的树枝在明亮的河面上慢慢移动,转瞬间被卷进旋涡,消失在河的岬角后边。

“父亲,”他突然自言自语地说,“我相信父亲对今冬东部地区饥荒的忧虑比我们认为的还要沉重。他说这次饥荒比发生在一八九七年相同地区的饥荒还要严重。”

他看着空中飘落的树叶,旋转,最后落在潮湿的草地上。

“父亲真不幸,”他说,“对受苦受难人的忧虑令他彻夜难眠。如果这次依然如此,不会让我感到意外。如果他,尽管年迈,去萨马拉安排帮助灾民的事,我也不会感到意外。他会组织援助物资的运送、搭免费灶棚和写求助信。”

“父亲,”他说,“是一位受人尊敬的人物。他把公正看得高于自己的生命。记得有一次,当时我们还都是孩子,我们正在吃饭,他让我们朝窗外看。当时是冬天,院子里结冰了,很滑。然后那里,那里……”

他没有说下去。

“玛沙,”他恳求似的招呼着,“玛沙!”

但说完就走了,没有等回答,他走到一块石头旁边坐下。

杜尚·彼得罗维奇在靴子后跟上磕掉烟斗灰。古利亚轻声咳嗽一下。玛沙把戴着黄色手套的手放在古利亚的肩膀上,那样子好像是一只准备飞走的金翅鸟。她迷梦般地看着那条河。

她大概没有听见他在说什么吧？

他的话大概令她反感和不屑一顾。

“几天前，”她沉思地说，“我想就是在前天吧，父亲来到我身边，当时我正坐在打字机房写东西。他站在门槛旁边，用眼盯着我说，确切地说是小声说，我变了。说我彻底变了。很明显，过去的我曾经令他欣慰，他说，如今，你突然变得跟过去一样。”

她用靴子尖踩了踩污黑、潮湿的一堆树叶。重复着：

“变得跟过去一样。”

然后她抬起头，用惊恐、乞求的目光看着他们。

“但是，”她小声说，“变成谁——我曾经是谁？”

她把大衣裹得更紧一些，她说她感到冷，被冻僵了，不想再等待了，左肩疼，这时古利亚跳起来，用自己狩猎用的厚围巾裹住她并开始搓她的手掌。然后建议挽住他，她这样做了，然后笑了笑，吻他的面颊，并且说，无论如何都到了回家的时候。时间肯定很晚了，家里肯定煮好茶等着他们。他们通过切本日附近的杉树林回家。就在他们经过那口老水井时，正好遇到母亲，她拿着一篮子蘑菇。母亲兴致很好，她问打猎的情况，问猎犬是否令他们满意。

她一反常态，和他们一起结伴回家。

他们在大厅里喝茶。古利亚赞美猎犬。他说，它们的狩猎天性、速度大大超过了他的预想。

喝完茶，玛沙拿来吉他。

她坐在靠近大厅门的安乐椅上，开始演奏。弹了几个和音，唱了两句歌，改奏另一种曲子，试着弹了一首很短的作品，但很快就放下了吉他。

她抱怨说，她太累了，左肩疼。

玛沙的话让母亲慌了手脚，她赶快找来一瓶樟脑软膏，涂在她单薄的肩膀和苍白、细长的项颈上，两个肩膀瘦骨嶙峋，就像鸟儿的翅膀，母亲还强迫她喝下掺有香槟酒的一杯热牛奶，最后还说玛沙有点儿发烧，命令她上床休息。

“这样的事，”母亲警告说，“可不是闹着玩的。”

她说得正确。

当夜玛沙的病情加重。早晨四点钟的时候，他被说话声和脚步声惊醒。他起床，披上睡袍，从正在熟睡的杜尚·彼得罗维奇身边经过，匆忙走进漆黑的楼梯间。在灯光微弱的走廊里他遇到了坦妮娅，她十分惊慌，说玛沙的体温已经升到四十度，肩疼加重，在谵妄中辗转反侧。他回到楼上不能再入睡，犹豫不决要不要去母亲那里，不过他在漆黑大厅的墙角沙发上坐下来，在那里等待黎明到来。

他责骂自己不懂事，责骂自己愚蠢和逞能，过了那么多小时才让猎犬回来。

天渐渐亮了。家里又重新充满不安。

第二天吃早饭的时候父亲，家里唯一不知道玛沙病了的人，说他夜里梦见了玛沙，他发现她躺在大厅的地板上，他朝她弯下身去，立即看到她半闭着眼睛，他以为她已经死了。这时候母亲明显生气了，告诉他玛沙真的病了，正躺在床上发高烧，她肩疼和眩晕，父亲一句话没说，端起茶杯就离开了房间。下午晚些时候，当大家惊恐不安地集中在底层客厅里商量，派人请哪些医生来时，父亲来了，他友善地笑着，劝大家不必担心。

第二天阿法纳西耶夫医生来了。经过一小时的疹断他得出结论,玛沙得了肺炎,特别是左肺严重。

他安排了咖啡碱和樟脑的注射。

又过了两天,玛沙的病情不见好转,高烧不退。她轻微咳嗽,大部分时间处于半昏迷状态,但是她完全清醒时特别烦躁。她不安地在床上翻来覆去,用手抓被子,呼吸急促。她的问话特别多。

她问自己的病情。她想知道自己得了什么病,是否严重,他们还相信她能恢复健康吗。

她问自己会不会死。

“真奇怪,”她说,“人必有一死,真奇怪。”

但是她问得最多的还是自己的童年。

她说她想不起来过去的事情。因此她希望他们一定要把一切讲给她听。

他们一定要把记得的事情告诉她。

后来她想知道,她真的变了没有。

她想知道,她怎么样变成了跟过去一样的她。

当天晚上派人去莫斯科请舒洛夫斯基医生来。

舒洛夫斯基第二天乘下午火车就到了。两位医生会诊,决定继续打针,此时受大家的不安感染的父亲在玛沙床边度过了好几个小时,当他抚摸着她的手安慰她时,突然抑制不住大哭起来,他说,他本来相信,玛沙最好不用所有那些使她更烦躁和不安的药物,但是现在他准备接受所有治疗方案,只要这能稍微安慰她的亲人,特别是日夜守护在玛沙身边、极度绝望和像她一样脸色苍白的古利亚,不管这种安慰会多么轻微。

但是一切已经无济于事。

玛沙越来越虚弱。她没有力气再问什么。她已经开始咳嗽,不能吃东西,只能喝一点儿水,大部分时间处于昏迷状态,严重眩晕的时候完全失去知觉。

家里鸦雀无声,人们踮着脚尖走路,说话的声音很低,大部分时间坐在她房间外边幽暗的接待室里。

舒洛夫斯基到达三天以后,大家被召集到玛沙身边:古利亚、父亲、母亲、谢廖沙、坦妮娅、萨沙、古利亚的姐姐玛丽娅·尼古拉耶芙娜和他,安德烈。医生小声宣告,一切希望都没有了,病入膏肓,他们说了几句安慰的话,画了十字,与杜尚·彼得罗维奇一起退回隔壁的房间。

那是十一月二十六日晚,八点钟刚过。

玛沙背后顶着枕头,在床上半坐半卧。她的头发被扎成辫子梳到脑袋四周,就像她少女时那样。在微弱的床头灯照耀下,她的辫子就像一个光圈。她的脸色灰白,皮肤发亮并奇怪地紧绷。眼睛闭着。嘴唇微微干裂。几滴口水在嘴角发亮。

他们坐在她的病床周围。室内死一样沉静,唯一能听到的声音是玛沙微弱的喘气。

他们一动不动地看着玛沙,注视着她脸部的每一个变化、每一次呼吸、每一个动作和每一个生命的征兆。

十一点钟过后不久,当等待让他们进入梦一般虚幻状态的时候,玛沙突然睁开了眼睛。就在她看见他们的相同时刻,一道阴影掠过她的脸——痛苦,可能更多的是恐惧。她费力地把头转向父亲,拉住他的手,紧贴在自己的胸口,又一次昏迷过去。

又过了一个小时。

接待室的钟敲打十二点。

几分钟以后,玛沙重新睁开了眼睛,又用手抓被子。这次她碰到古利亚的手时,亲昵地抚摸着并叫他的名字。

她一次又一次地小声叨念着。

“古利亚,”她小声叫着,她的声音那么亮、那么清,就像一个孩子,“古利亚……”

过了很短一会儿,她就死了。

屋里充满沉静。大家呆呆地站着,在最初的瞬间不是因为痛苦和悲伤的打击,而是好像进入虚幻的境地,感到震惊、害怕,甚至羞耻,从生到死的过渡是那么简单,完全没有留下任何痕迹。玛沙从一个活人到一具尸体的变化没有任何明显的先兆。

直到父亲的声音轻而严厉地打破了这种呆滞。

“她平静地死了,”他说,“她死得平静,有尊严。”

这时候古利亚从紧靠病床的椅子上站起来,朝玛沙尸体低下头,亲吻她的前额,随后迅速离开房间。过了几分钟母亲照着他的样子做,还有谢廖沙、坦妮娅、萨沙和玛丽娅·尼古拉耶芙娜。他自己与父亲一起又在那里待了一会儿。他站在床头附近,一动不动,屏住呼吸,无法把目光从玛沙蜡黄的脸上移开,他闭着眼睛,半张着嘴。父亲弯下身体,把玛沙的一只手握在自己手里。

几分钟过去了,可能一刻钟,甚至半小时。

突然传来脚步声、轻轻的说话声和瓷器的碰撞声。这时候他跑出了房间。他想到了眼前就要发生的事情,玛沙的尸体将被清洗,被褥将被换掉,想到蜡烛、鲜花,如果得到母亲允许,甚至还会焚香，他感到很厌烦。他在漆黑的大厅还是碰到了他们，母亲、坦妮娅和玛沙的贴身女仆。他迅速从他们身边走过，一句话没说，他在通向走廊的门槛转过身来——直到这个时候，就在这同一瞬间他看到了坦妮娅手中拿的那个蓝色盥洗盆和她手上戴的新熨过的白色手套，他才感到痛苦，直到这个瞬间他才明白发生了什么。一股强烈的悲伤冲击着他，他感到浑身乏力，幸好在最后时刻他抓住了门框，把身体靠在上面，才没有摔倒。

他在那里站了多长时间，他不知道。

厅里的钟打了一点。

他突然想起，他必须马上去找古利亚。

他穿过长长的走廊到前厅，摸索着爬上漆黑的楼梯，经过图书室，最终在厅里找到古利亚。古利亚背对着窗子坐在椅子边上，脸色苍白、凝重，神情恍惚。

"古利亚，"他说，"你今天夜里可以睡在杜尚·彼得罗维奇和我的房间里。我马上就吩咐仆人加一张床。"

他们——古利亚、杜尚·彼得罗维奇和他自己——围着窗子前边那张小小的烟桌一直坐到黎明。古利亚完全崩溃了。前半个小时他一言不发、脸色苍白，后来突然哭了起来，一直哭个不停，浑身像发疟子似的发抖，不过后来慢慢变成抽泣，好像暂时变得轻松一些，能打起一点儿精神，不仅一支接一支地吸烟，还能听杜尚·彼得罗维奇讲自己母亲死亡时的情景，当他又平静了一些以后，他开始讲玛沙。

啊，他真的讲起了玛沙。

他请他，安德烈，也讲一讲玛沙的事。

夜慢慢过去，雪开始飘落在十一月灰暗的花园里，室内充满暗淡、不安的光，这时玛沙出现在他们面前，温柔、可亲、强健——惊人地活泼。

这就是古利亚和玛沙第一次见面时的那个冬天，他记得玛沙当时就是这个样子。那时候他还是一个年轻的大学生，这个家庭的亲戚，住在多尔古-哈莫夫尼切斯卡亚胡同的家里。年轻的玛沙身材消瘦、修长、严肃，但是有一种内在的激情既吸引他又让他感到胆怯。

“当她用一双灰色眼睛看着我时，”他说，“好像她促使我第一次认真看自己是什么样子——很棒，尽管我的外表肯定令她觉得可恨，尽管她肯定鄙视我笔挺的穿着、轻浮和贵族气，她还是觉得我值得爱。”

“玛沙，”他说，“当我们彼此熟悉以后，发现她特别喜欢笑，她热爱音乐、鲜花，喜欢偷偷地吃各种甜食。当我向她求婚时，她搂住我的脖子忘情地亲吻我，她毫不犹豫地答应了，丝毫没有说还要征求别人的意见。”

“玛沙，”他说，“是一个纯粹的好人。”

随后他沉默了。他掸掉西服上的几根烟丝，咳嗽了几声。

“在玛沙身上，”他继续以不好意思、近乎害羞的语调说，“在玛沙身上没有任何毛病。没有任何恶意。

然而——在她身上有别的东西。一种说不清道不明的东西。一种特别奇怪、难以捉摸的矛盾。

或者说分心太多。

好像她总是在奔忙。好像她总是出现在她不应该出现的地方。”

说到这里他打住了。他深深地吸了几口烟，然后聚精会神地听他，安德烈，讲更年轻时的玛沙。留在他脑海里的玛沙，穿着农民服装，在水塘冰冷的水里洗衣服，在骄阳下把牧草搂到一起。她手提药箱到村子里给农民看病。她画复活节彩蛋、打槌球，在库兹明茨克的厢房里教村子里的孩子读书。古利亚听着，评论着他听到的这些事。他提出问题，不明白的地方请求再解释一下，他想知道当时玛沙连衣裙的颜色，在不同的场合讲什么，想知道她怎么样照看自己的弟弟和妹妹和她对母亲的态度。不过他自己也说出自己的想法，补充、着色，因此玛沙的形象又有了新的细节。

夜总算过去了，灰色的光充满房间，他们的回忆也随之而去。然而他自己的回忆还在，他总是觉得挥之不去，而是越来越清楚、越来越详细、色彩越来越浓——它们改变了性质。

啊，真是如此——他对玛沙的记忆变了。

很惊奇——出现在他们面前的玛沙，记忆和想象中的玛沙比过去真实的玛沙更活泼、更亲切和更清晰。

多么眩晕、奇妙的想法。同时——更重要的是——可怕！

啊，想到这一点确实令他气愤！真讨厌，他想，真令人反感！还有比只是别人意识中的反映更屈辱的事吗？不是别的，而是想象的产物、形象，当然，有时给人印象深刻、光彩、美好，但是形象不值得曲解、损坏，并注定要褪色、消失。

古利亚弯下腰，又点了一支烟。

“玛沙，”他突然说，在同一瞬间吹灭火柴，“玛沙很疼爱你！玛沙很疼爱你，一直全身心地疼爱你！”

他看着古利亚，不明白他说的是什么意思。

在同一瞬间父亲出现在门口。

父亲把一本书紧紧地抱在怀里，他的胡须没有梳理过，眼睛哭得红肿。

“玛沙,”他说,“死得很平静。玛沙死得很平静而且死得其所。”

随后他沉默了,又含混不清地说了些别的,准备离开房间。但是他又退回一步,然后站住,看着他们,继续说,用祈祷的语调,更接近咒语——而最主要的是充满威胁。

“死亡,”他叨念着,“死亡对我来说是那么自然。如果问我怕什么,那肯定不是死亡。”

“啊,死亡不会让我害怕。”

“让我害怕的是罪恶。”

“是那些罪行。”

他犹豫了。

然后他深深地吸了口气。

“玛沙,”他小声地说,“死得很平静。”

“但是如果我能知道她有什么罪过就好了。如果我有机会知道她……玛沙……”

随后他转过身,消失在楼道的黑暗中。

一周以后,玛沙被埋葬在尼科利斯科耶陵园,紧靠阿廖沙的坟旁。那是一个寒冷而晴朗的日子,蓝蓝的天空、皑皑的白雪。

那一夜他难以入睡。眼前一次又一次浮现棺木下葬的情景。

“棺木的保护能力太弱了,”他想,“根本无法防潮、防冷,无法防从每一个新缝隙和每一个新洞不断渗入的黑色泥土。”

他眼前又浮现了棺木里玛沙的躯体、脑袋、交叉的胳膊、滑下来一点儿丝袜中瘦小的膝盖和薄薄的双脚。

多么孩子般的信任！——他想。

这个容易轻信别人的躯体被人放在这里腐烂掉！

慢慢地腐烂，变黑和变成碎末！

他从床上起来，坐在窗子旁边，喝了几杯伏特加，等着玛沙的形象消散，虫蛀的躯体被酒醉的薄雾席卷而去。

但还有这种无底的黑暗！

无边、危险的黑暗！

他感到头痛的老毛病又来了，额头胀痛，感到身体有些不适，眩晕——他立即决定第二天就动身去图拉。

他决定最终离开亚斯纳亚·波利亚纳而移居图拉。

没有任何其他出路！

他必须得离开！

他必须得摆脱旧有的生活方式！必须远离一切恶习、酗酒和一切半真半假，摆脱粘在他生命上的黑暗、阴郁和命中注定的逐渐摧毁他的所有卑鄙与肮脏。

4

就在第二天一大早他就起程了，匆匆忙忙，没有向任何人透露自己的计划，中午十二点他就到达图拉，住进靠河边的一家旅馆，决定当天下午就去找州长，请求他帮助。

过去他从来没做过这种事。

他一定要找一份工作！在图拉谋一份差事，以此开始一种全新的生活！

事情进展得很顺利——阿尔齐莫维奇州长接待了他，请他喝茶，帮助他租了一位过世的亲戚在基辅斯卡亚大街上的一栋房子，友善地听他介绍自己的情况，对他找份差事的请求很感兴趣，答应考虑这件事，并很快聘请他为自己的私人助理。他对他各个方面都很欣赏，到哪儿去都带着他，对他一件接一件地委以重任，很快发展为默默地、不拘小节地将他视为这个家的儿子，胜过任何一位亲密助手——啊，在他到达图拉仅仅个把月以后，他就在州长家几乎度过所有的时间，他在那里吃早饭，在那里工作，经常在那里喝茶或者下棋到深夜，与和他关系越来越知心、越来越信任的米哈伊尔·维克托罗维奇①能进行几个小时的交谈。

然而没过多久,整个情况一下子就变了。

叶卡捷琳娜·瓦西里耶夫娜,米哈伊尔·维克托罗维奇的妻子,在彼得堡住了很长时间医院以后回来了,米哈伊尔·维克托罗维奇一下子变得拘谨和沉默起来,有一段时间他们三个人一起时,米哈伊尔·维克托罗维奇晚饭以后开始很快躲进自己的办公室,借口是他有很多文件要写,白天会议太多,他感到疲倦,需要休息和安静一下,这种情况导致他自己很快就整个晚上单独与叶卡捷琳娜·瓦西里耶夫娜在一起,并且很快便与她一起看戏、出席城里的各种宴会,或者,最经常的是,在家里的小客厅俩人单独一起喝茶。

他们互相交谈。

他讲,她听,她的眼睛一直看着自己膝盖上的刺绣,嘴角挂着隐约的微笑。他一边向她讲述自己的童年,一边仔细观察她脸上每一次变化,他一边向她描述自己怎么样与阿廖沙度过夏天,一边欣赏她白嫩的额头、像孩子一样圆润的手,他一边描述自己怎么样在扎谢卡骑马,一边发现在她左耳朵下边有一块胎记,同一侧的脸颊上有一个酒窝,他讲述在游泳换衣服的房子附近引诱水蛇出洞,尝蔗梅汁,看林间草地上的罂粟花、女贞天蛾,春天的果园百花盛开,秋天时成熟苹果的香味儿在离他们住的房子以外两公里的公路上都可以闻到——他讲的时候,目光一直无法离开她白嫩双手上的窝,让他不可思议的是,她只年长他一岁,但已经是六个孩子的母亲。

---

① 州长阿尔齐莫维奇的名和父称。

无独有偶，正像他母亲一样，她也是在十八岁时与一个比她年长十六岁的男人结了婚。

她看着他微笑。

这时候他向她讲了自己与奥尔佳的婚姻，关于奉天的生活，关于仍然在折磨他的顽固的头痛。

在他说自己始终不明白奥尔佳为什么同意与自己结婚时，他想，她的头发今天晚上比他们第一次见面时显得更厚、更金黄和更漂亮。她说话的声音显得更清脆，抬起戴顶针的手的动作显得更稚气和自然。

另一次，此后不久，他向她倾诉了住在塔普登科沃的孤独。

讲在彼得堡过的花天酒地的生活。

各种吃喝玩乐。

输了大笔的钱、债台高筑，各种各样的妓女、茨冈女人、女演员和他生活中走马灯式的结过婚的女人。

“我就是一个这样的人，”他说，“我一直就是这样一个人。在所有人的心目中，我就是一个腐朽、意志薄弱和遭人痛骂的人。啊，甚至连我父亲的一部剧作也是这样塑造我的。”

“这样的描写，”最后他轻声补充说，“让我怀疑我是否还有权利活着。”

“怀疑我现在，”他担心地说，“是否真的还活着。”

光洒在她的脸上。她放下手中的刺绣，聚神会神地看着他，弯下腰，抓住他的手。

“您给我描述的形象，”她说，“不是我心目中的形象。我心目中的形象完全是另一个样子。”

随后她又拾起刺绣解释说，她丝毫不在意关于他人格的所有传闻，这些传闻早就传到她耳朵里。她认识的这个人，晚上和她一起喝茶、聊天的这个安德烈比别人跟她说过的安德烈要友善、直率和富有活力得多，跟其他人心目中的那个人完全不同。

“在我的眼中，”她说，“您是一个完美无缺的纯粹好人。”

第二天在花园里看到她时，他知道自己爱上了她。

她从凉亭附近的一条花径小道朝他走过来时，手里领着她最小的孩子，并兴致勃勃地与她的爱子，九岁的米哈伊尔说着话，这时候他第一次注意到雪已经融化，大地强烈地散发着泥土和腐烂树叶的气味儿，当她在看到他的同一时刻停住了脚步，犹豫了一下，但随后就做了个手势，让孩子去找等候在那里的保姆。他知道，他爱她不像他过去爱过的任何女人。

他们两个人刚刚单独在一起，他就迫不及待地向她宣布了自己的爱。

他立即拥抱她、亲吻她，小声说没有她他无法活下去，请求她同意做他的妻子。

她惊恐地推开他。她不连贯地说了些什么，请他考虑一下她的处境，捏了一下他的手作为告别并迅速离开。但是就在同一天晚上，当他们像往常一样单独待在小客厅里时，当他再次宣誓自己的爱和请她相信他的话当真时，她哭了并解释说，她也爱他，准备为了他而放弃自己的丈夫，一旦有了可能就与他结婚。

他感激和高兴极了，亲吻她并迅速离开那里，在随后的两天里他没有见着她,担心自己误解了她或者她反悔了。

当第三天他返回州长家的时候,仆人拒绝放他进去:无论作为公务人员还是作为这家的客人,他都不再受欢迎。第二天阿尔齐莫维奇把他召唤到身边,没有请他坐下,眼睛一次也没有离开过单人纸牌,用冰冷的语调宣布,他,安德烈,辜负了他对他的信任,他在图拉不再受欢迎,尽管如此,他本人还是想推荐他到奥廖尔任一个职务。

阿尔齐莫维奇的话让他大怒。

他气愤地看着绿色写字台毡布上消瘦的手指、放着还在冒烟雪茄的烟灰缸和散放的扑克牌。

他轻轻躹躬,虚情假意地表示对推荐的谢意并宣称,他早在这次见面之前就已经决定辞职,因此不再需要任何调动。

“对于已经发生的事情,”他平静地说,“是命中注定。这不是我自己能左右的——我既没有这种能力,也没有这种愿望。”

随即他便最后一次离开州长的家。

傍晚越来越长,暮色越来越诱人、蔚蓝、芳香。

他在极为秘密的情况下与叶卡捷琳娜约会:在共同的朋友家里短暂地约会,在城市公园短时间散步,偶尔到远处一家餐厅吃饭。

他很幸福。

内心充满期待和信心。

但是他越来越不耐烦。他们等待的到底是什么?为什么能使他们一下子就摆脱过去的决定性时刻迟迟不来?

最后他建议，在不让任何人知道的情况下到莫斯科约会。

“这是，”当他发现她有些犹豫时说，“这是绝对必要的。我们需要更多的更长时间的约会。我们需要花时间讲清楚已经发生的事情，最终还要计划好我们的未来。”

他在莫斯科为叶卡捷琳娜·瓦西里耶夫娜在大都会酒家安排了一个房间。他自己，为了慎重，与古利亚在斯拉维扬斯基市场宾馆共同租了一个套间。

在剧场、饭店或者在莫斯科大街上，他们俩总是与古利亚结伴，除了简短、礼节性词语以外，他们自始至终避免涉及或者彼此谈到别的话题——一旦他们不忙于一些表面上的事情，他们就在他的房间里约会，宣誓彼此的爱，互相拥抱，关系越来越炽热、动作越来越粗鲁，最后她顺从他的亲吻、抚摩、疯狂的揉搓，当他们做爱他插入时，他幸福得哭了起来，他在她的秀发里喃喃低语，说她现在是他的妻子，而他是她真正的丈夫，并且还一次又一次地发誓说，他知道，他变了，她的爱情已经让他获得了重生，啊，在她的目光照耀下，他已经变成了他向往已久的那种人。他禁止她返回图拉。恳求她赴彼得堡见自己的父母，从那里在父母的帮助下与米哈伊尔·维克托罗维奇办理离婚手续。而他自己，搞到一份旅行签证以后，在未告知父母自己的决定情况下，将奔赴英国寻找奥尔佳，请她同意结束他们的婚姻。

经过整整一周的旅行，先后在华沙、柏林、巴黎和鲁昂换火车，在波浪翻滚的英吉利海峡度过几乎一昼夜，想象着即将到来的与奥尔佳会面的时刻，内心倍感郁闷和揪心的折磨，一个星期天一大早他到达克里斯特切尔奇，他雇了一辆马车，来到塔科顿大厦入口处，附近教堂正好敲响做礼拜的钟声。

他在马车上坐了片刻。

他不知道自己要不要下车。不能断定奥尔佳、索耐季卡和伊利尤什卡①是否真的生活在这里。不知道他们是否还生活在这座高大的砖造的房子里，它有成排的烟囱、斜屋顶，周围长着密密麻麻的树木，好像围墙。他们是否就在这里吃饭，在这里喝茶，在郁郁葱葱的花园里玩耍，睡觉开着窗子，对着带有浓烈的黄杨树、烟和咸海水味道的潮湿的风。

他这样想着，直到他突然发现奥尔佳从二楼一扇关着的窗子平静地看着他。

会面丝毫不像他想象的那样。

奥尔佳在外廊里接待了他。

她仔细听他讲离婚的请求，轻轻低着头，双手放在膝盖上，她说她接受他的建议，只要她留在英国，他就可以租住塔普登科沃，她很快就会吩咐保姆，把孩子们送到他身边来。她问，长途旅行之后是否饿了，他打算在这里待多久，他是否愿意让她为他安排洗一次澡，随后，还没等他对她的不冷不热的态度做出反应就离开了房间。

他在塔科顿大厦待了一周。

大部分时间是他带着索耐季卡和伊利尤什卡坐在一辆租来的汽车里游玩。

他在城里最好的商店给他们买礼品，听他们俩讲话，他对于这个戴着白色帽子的懂事小姑娘和长着扁脸、黑色圆眼睛的五岁男

① 伊利亚的昵称。

孩子是他的孩子感到惊讶。

他离开的时候，奥尔佳和孩子们送他到码头。

当轮船绕行防波堤时，他最后看到的是码头上索耐季卡穿着白色衣裙的身影——索耐季卡手拉着平静地站在旁边的小弟弟，带着既惊奇又聚精会神的表情，好像竭力在回忆最近出现在她眼前，但已经忘记了的事情，就在她从他视觉范围快要消失的时候，她举起了手，但不是挥手告别，在最初的瞬间，他觉得那动作似乎是无意间手指碰了一下帽檐儿。

转瞬间她就消失了。

七天以后他回到了图拉。

时间已经到了五月末，街头买卖兴隆，圣三主日到来之前，家家都装饰了桦树叶和五颜六色的彩带。他下了火车个把小时之后碰巧在大街上遇到了叶卡捷琳娜·瓦西里耶夫娜。当她看见他时，立即兴奋起来，他默默地握住她的手，用力地握着，向她讲一切如愿以偿，现在他是自由身，可以与她结婚了。

这时候她告诉他，自己的处境变得很麻烦，米哈伊尔·维克托罗维奇拒绝离婚，他命令她，即使单单为了孩子，到芬兰他们家的别墅度夏，几天之后，她将不得不到那里去。他听了火冒三丈。

“这些，”他吼叫着，“都是废话！十足的荒谬！你现在属于我！属于我而不是任何其他人！”

他克制着自己的愤怒宣布，事到如今不能有任何拖延。在她去芬兰一周以后，他将去彼得堡，住进欧罗巴大饭店，在那里等待她归来。

“星期三，六月十日那天，我将等待你出现在饭店，”他小声在她耳边说，“如果正好过十天我们再次见面——上帝保佑，我们从此再也不分开！”

他说，他自己第二天就到亚斯纳亚·波利亚纳去找自己的父母，把这一切都告诉他们。一天，最多两天以后，在她起程之前，他一定及时让她知道这次见面的情况。

在她保证将尽力满足他的愿望后，他们告别了。

他在下午四点钟到达亚森卡火车站，登上了等在那里的四轮马车，他命令车夫快马加鞭，从车站到亚斯纳亚的整个路上，他都挺直腰板坐在座位的最边上，头戴新买的草帽，双手扶着散步用的拐杖银手柄，越来越惊奇地呼吸着熟悉的焦油和苹果花的味道。当他驶进大门时，守门人的狗从窝里冲了出来，这时候他听到大水塘洗衣服台阶上传来的女人的声音。他感到很幸运，用不着自己高声叫了。

林荫道很荒凉。白色的车道好像在午后的雾中沉睡。阳光透过稀疏的树冠枝叶洒在地上。

一切都在平静地呼吸——但是也有期待。

他让车夫放慢车速。在座位上坐正。摘掉草帽，用手捋了捋湿漉漉的秃顶。他不禁微笑了。

在路口的明亮处出现了一个黑影。

一个幻影？

或者是一个人的侧影？

他朝前探着身体仔细看——他马上看到父亲的身影从树荫中闪出来。

父亲从林荫道走过来欢迎他！

当马车行驶到他觉得能遇到父亲目光时，命令车夫停下，他从车上下来，朝父亲走去，举起一只手向他问候。父亲对于能看到他回来感到很高兴，握住他伸出的手，用力握着，低声地叫着他的名字，然后陪他一起走过林荫道剩下的那段路，走向院子和白色宅邸。在库兹明茨克厢房附近，他们看见谢廖沙正和一个陌生人兴冲冲地交谈。

“森克维奇，”父亲朝那两个人的方向点了一下头并小声说，“斯摩棱斯克来的一位年轻军医，今天早晨来的，为了听一听我对《圣经》里耶稣基督咒骂无花果树那个地方的看法。一位很懂事的年轻人。聪明、善良。各方面都是一位道德楷模。”

他们斜穿过院子，经过长着榆钱的榆树、含苞未放的牡丹和一群被吓得咯咯叫着朝厨房那边跑去的母鸡。

“我最近几天夜里睡得很不好，”父亲说，这时候他们在室外的台阶上站了片刻，“可能又闹流感了。黎明的时候我一次又一次被窗外的夜莺惊醒。”

“你母亲不在家，”他一口气解释说，“她昨天晚上乘夜班那趟火车去莫斯科了。”

厅里很暗很凉爽。寂静中唯一能听到的是来自打字机机房里的噼噼啪啪的打字声。他们走上台阶，穿过冷清的大厅和让人感到憋气、满是灰尘的客厅，进入父亲的工作室。父亲像往常一样坐在写字台后边的位子上，指着夹在写字台和高大书架之间的客用安乐椅让他，安德烈，坐。太阳从开着的窗子照射进来，白色窗帘在微风中轻轻飘动。拉斐尔的天使画看着俄罗斯大百科全书。紫罗兰味儿夹杂着轻微的煤油和书上灰尘的味道，这种味道是那么熟悉，促使他心跳加快，头上冒出汗珠。

他遇到了父亲审视的目光。

“我去了英国，”他一边说一边轻轻地咳嗽了一下，“我见到了奥尔佳和孩子们。”

随后他主动讲了这次长途旅行的细节，多地的停留、他经过的城市、旅伴和租用过的不同车辆。主动讲了坐船渡海的辛苦、惊涛骇浪、破旧的船舱、没滋没味儿的英国饭菜、克里斯特切尔奇的砖房子、乡村女修道院和契尔特科夫①辉煌的塔科顿大厦。

“除了住房、会所、餐厅和工作室以外，”他解释说，尽管他知道父亲对这些情况早就知道，“里面还有出版公司，《自由言论》就在那里印刷的。”

令他自己也吃惊的是，他还讲了很多关于奥尔佳的情况。

他描述她考虑事情周到、她的友善和她对索耐季卡和伊利尤什卡的爱。

他把那里的花园也描述一番，她和孩子们在那里散步，教他们认识各种花和植物的名字，和他们一起玩球。

他说，每天下午她经常坐在平台上的一把柳条编的椅子上，看着孩子们跟家里的白色小狗玩儿。

“奥尔佳，”他停了一下说，“跟过去一模一样。

“她喜欢穿白色上衣，脖子上同样戴着柔软的蔷薇形缎带结，她还像过去一样，喜欢穿宽大、松软的裙子。

“她在脑后梳起发髻，跟他第一次见到她的样子完全一样。

“像那个时候——啊，跟那个时候完全一样——她散发着淡

① 他是奥尔佳的姐夫。

淡的好像是花露水的味道。”

说到这里他慌乱地停了一下。

重新咳嗽起来。

本来还想说一些关于孩子的情况，但立即后悔了，从袖口抽出手绢，擦一擦头上冒出的汗，在安乐椅上朝前稍微探了一下身体。

“我所以去找奥尔佳，”他小声说，目光紧盯着父亲的拳头，“我找奥尔佳唯一的原因是，想请求与她离婚。”

他眼睛朝上看着。

父亲的脸不露神色，猜到他在想什么是不可能的。

父亲带着和从前一样审视的目光，紧张、聚精会神的表情。

“奥尔佳，”他继续说，“她毫不犹豫地同意了我的建议。”

这时候父亲朝前探了一下身体，把自己的手放在他的手上，使劲握了握，含着眼泪请求他也不要犹豫。

“不用害怕，”他小声说，“敞开心扉，照实说！把一切都讲出来！一切！有什么说什么，不用遮遮掩掩！”

父亲友善的语调、出乎预料的温和让他感动不已，几乎失去控制。有一瞬间他必须强忍着眼泪，使出全身的力气不让自己抽泣着狂吻父亲的手，跪在父亲脚下表达自己对他的爱和感谢。

随后他恢复了平静。

这时候他第一次提到叶卡捷琳娜·瓦西里耶夫娜的名字。他讲他们第一次见面的情景，关于他们的交谈，关于他们的爱情，关于他们想结婚，想使他们的关系合法化，如今这是唯一有意义的。

“叶卡捷琳娜·瓦西里耶夫娜·阿尔齐莫维奇，”他说，“我一生寻求的就是这个女人。她是唯一能使我幸福、唯一能把我从沾染生活恶习和败坏中解救出来的女人。”

父亲说,他深深地被他改变自己的决心打动了。

他想知道更多的情况。

他问叶卡捷琳娜·瓦西里耶夫娜的个性,长得怎么样,她的思想,她每天忙什么事情。他想知道她的习惯、她的穿着打扮、她的愿望和她教育孩子的方法。

“告诉我一切!”他又小声说一遍,“告诉我一切!”

对父亲的兴趣和理解产生的幸福感促使他尽一切可能,尽量深入、生动地回答每一个问题。

他越讲越激动,越讲越高兴。

一切突然变得那么简单!

真美好,那么阳光和轻而易举!

直到过了有一个小时,杜尚·彼得罗维奇突然小心翼翼地敲门并同样小心翼翼地提醒,有一位从西伯利亚来的别斯特里亚科夫先生,一位手持求助信的年轻人,已经在楼下大厅等了半个小时。

父亲站起来,迅速离开房间。

“明天再来,”他在门口说,“十点钟你在这里,我们继续心平气和地谈话。”

他在扎谢卡那边的森林里单独一个人骑了很长时间的马。天气温暖,林间草地繁茂,河边洼地处黄色的金凤花盛开。他勒住马,静静地听着,听着田鼠在树叶中轻轻的活动声,听着来自远方的狗吠声。

当天晚上他与谢廖沙下棋。

夜里他梦见了玛沙。他似乎看到了她穿着白色衣裙坐在远处花园的靠背椅上。她在看书。在她抬起头,遇到他的目光的同一瞬间,他醒了。那一夜余下的时间他一直躺在床上再没睡着,一直盯着漆黑的室外和黎明——对于父亲带着友善和洞察力听他的陈述——内心感到迷茫、慌乱和惊奇。

就在大厅的钟敲打十点的时候,他准时敲了父亲工作室的门。他新刮了脸,用了香水,疲倦但充满期待。

他们把中断的上次谈话又继续了四个小时。

此时的谈话比上次更加公开、真诚和互信——最后他们分手时,父亲又饱含泪水拥抱他,小声说他对发生的这件事只能表示遗憾,但是他仍然爱他,安德烈,全心全意地爱他,他对他怀有极大的同情,他希望这一切能有完美的结局,他自然会信守诺言,不会把他因为受到信任而得到的信息告诉别人——他兴奋和感激得哭了起来,最后,他还抓住父亲的手,低下头,让嘴唇在父亲满是斑点的花白皮肤上轻轻碰了一下。

就在当天晚上他返回了图拉。火车晚点了,他在亚森卡火车站等了近半个小时。他坐在月台旁边的一个靠背椅上。太阳正在落山,一只只母鸡沿着护栏啄食吃,紫丁香散发着香味儿。

他想,他从来没感到过像此时这样幸福。

他从来没有感到过像此时这么强烈、发自内心地爱父亲!

他急不可耐地想尽快把与父亲的谈话内容告诉叶卡捷琳娜·瓦西里耶夫娜,告诉她父亲的亲情、善意。啊,告诉她,关于父亲——可能正是因为他这样做,也有些可疑吧?——甚至祝福他们的爱情和期待他们的生活。

当他到达图拉的时候已经是午夜。街灯在蓝色的夜里像金球在滚动。空气和暖、芳香。

他从空无一人的胡同步行回家。

他不时地停下脚步。

他心里想着,多么奇妙的平静。

多么神秘的安宁。

到家以后,他喝了一杯凉红醋栗茶,决定第二天吃过早饭以后就提交离婚申请和会见律师,并以某种方式让叶卡捷琳娜·瓦西里耶夫娜知道,他已经回来了,盼望与她交谈。

但是第二天一大早,他刚刚睡醒,叶卡捷琳娜·瓦西里耶夫娜的贴身女仆就手里拿着一封信出现在他面前,叶卡捷琳娜在信中说,她想知道他是否已经回到家,能否接待她——越快越好,十万火急!

她在信中说,她有非常重要的事通知他。

她想做什么?

有什么事会如此紧急?

他没心思吃早饭,在大厅里徘徊近一个小时,他眼睛不安地朝窗外看,一根接一根地抽烟,试图使自己平静下来。

他想,我必须得振作精神。像这个样子无法与她见面。

在同一时刻叶卡捷琳娜·瓦西里耶夫娜已经站在门口——脸色苍白、气急败坏,眼睛哭得红肿。

信是父亲写来的!

"读吧!"她小声说,"读吧!"

当他看见字写得密密麻麻的信纸时,他的双手颤抖起来。

“亲爱的叶卡捷琳娜·瓦西里耶夫娜,”父亲开头写道,“今天安德烈到我这里来了,讲了你们的关系、你们的计划等等。请不要责怪我,亲爱的不幸的妹妹,如果我的话伤害了您;我想跟您说的是,由于这是一件可怕的事情,我不得不顾情面而直截了当地说出我内心必须说的话!”

说什么?父亲必须说的是什么?

“您犯了不仅是最粗暴而且是一个女人和一个母亲能够犯的最令人不能容忍的一种罪,除此以外,在您犯了这样的罪以后,没有像所有最单纯、还没有丧失良心的女人,我指的不是基督教女徒,没有像她们那样,没有害怕自己的罪责,没有忏悔,没有意识到自己的堕落、屈辱,没有想方设法避免重复同样的罪行,而是以某种欺骗手段通过离婚得以继续犯罪,把罪恶变成可以原谅的东西。”

他抬起头,与叶卡捷琳娜的目光相遇。

“读吧!”她小声说,“读吧!”

“亲爱的妹妹,您是病态的,您不知道您正在做什么。

“请您三思,认清您的行为的卑鄙,认清您打算犯的罪的残酷。

“我对安德烈和您抱有很大的同情,因为你们俩都是戴罪之人,但最主要的还是考虑到等待你们的前途。”

他怀着恐惧的心情回忆着父亲的眼泪、温和的目光和友善的告别语。

“我看到的这个前途就像我看到我写字台上的墨水瓶一样清楚。我看到的东西是很可怕的。那将是一种奇特的共同生活,是因为与这样一个人结成的家庭关系造成的,他最轻浮、最奢侈、恶习多多，他自以为是、粗暴，缺少一丝一毫的道德原则，由于双方都有挥霍无度的恶习，必然会导致贫穷，双方都抛弃了原有的家庭，良心会受到责备或者有挥之不去的痛苦。

“三思吧，亲爱的妹妹，回归您原有的生活！

“但是，千万不要按照您荒唐、罪恶的计划走下去，您很可能会灭亡——既是精神的也是肉体的。”

末了说：

“原谅我，确实请您原谅我，请相信我发自内心的对您怀有的爱和同情。”

他眼前一阵发黑，心如刀割，一阵强烈的苦痛充满全身。

爱！

同情！

他抽泣起来。

随后他一阵痛骂。他喊叫着，拍打额头，开始在大厅里徘徊，身体摇摇晃晃像个酒鬼，拳头愤怒地在空中挥舞。

“真讨厌！”他喊叫着，“他让人恶心！是十足的骗子！”

他哀声抱怨着。

“我恨他！”他朝前冲过去，“我恨他！”

这时候叶卡捷琳娜突然拦住了他，她脸色苍白、嘴唇发抖，她用半乞求半命令的动作把手放在他的肩上。

“安德留沙，”她小声说，“别太激动！”

但是他无法平静下来。他愤怒地冲过去，背对着她，用拳头猛击镶着框的镜子，镜子哗啦一声从中间碎裂。

有片刻时间鸦雀无声。

“真讨厌！”他又重新喊叫起来，“讨厌！讨厌！讨厌！”

他继续在屋里折腾。双手按着太阳穴。像孩子一样哭泣着。敞开浆硬了的衬衣领子，用力喘着气。浑身疼痛、乏力，最后他冲到窗前，把窗子敞开。

空气！他需要更多的空气！

在同一瞬间叶卡捷琳娜·瓦西里耶夫娜的声音传到他耳朵里，她用几乎听不到的声音乞求他克制自己。

她说，他一定得冷静下来，如果她在这里再待几分钟就会有人开始寻找她，把她抓个正着，会用暴力把她从这里拖走——与其不停地抱怨，不如振作起精神，让她知道她要不要给他父亲回信。

这时候他一下子冷静下来。

他迅速走到她身边，拥抱她，亲吻她的手，请她忍耐一段时间，到时候他们在彼得堡再相会，鼓励她要坚强，安心回家，他平静地向她保证，他爱她，没有任何东西可以阻止他们实施他们的计划和实现他们的爱情，那不是犯罪，而是上帝送的礼物，是一种幸运和再生，她在任何情况下都可以给他父亲写信。

“卡佳！”他一边温情地说一边重新亲吻她，“我亲爱的卡佳！”

随后他递给她帽子和遮阳伞。

两天以后，他给父亲写了一封信，信里充满他能使用的最仇恨、最粗暴的语言。

他想，父亲这一生过去从来没收到过类似的信。

六月十日他按约定出现在彼得堡。上午十一点钟他站在欧罗巴大饭店外面的台阶上，看到叶卡捷琳娜·瓦西里耶夫娜乘坐一辆四轮出租马车到来。他把她领到自己的房间，一整天与她在一起，像一个得救的溺水者一样拥抱她，再一次对她海誓山盟，说第一瞬间他就决定了自己的选择，他一遍又一遍嘴对着她的头发重复这句誓言，这些海誓山盟将永远构成他对她爱情的基石，同样可以肯定的是，他们亲自掌握自己命运的时刻已经来临，他们将最终告别过去，因此他不会让她再回到米哈伊尔·维克托罗维奇身边去，她现在属于他，只属于他，不属于任何其他人，当天晚上他们就要在极其秘密的情况下离开彼得堡去图拉，在没有任何人知晓的情况下共同生活在塔普登科沃。

"米哈伊尔·维克托罗维奇，"他说，"他只能面对现实，除了同意离婚以外别无选择。如果他还是加以拒绝，我们就挑战世界，不结婚而同居。"

当天晚上很晚的时候，他们起程了。叶卡捷琳娜在火车站发了两封电报，一封给自己的父母，另一封给米哈伊尔·维克托罗维奇。

他自己给季莫费发了电报，把自己的决定告诉他。

一开始他们没有找到单独包间，而是当夜在走廊里度过了几个小时，无语、脸色苍白、惊恐。凌晨四点钟的时候，他成功为叶卡捷琳娜在女士专用车厢里找到一个座位，他自己在她的门外一直待到黎明，一支接一支地抽烟，思考着如果他们被发现怎么办，徒劳地想尽早从整个这场剧的纠结中摆脱出来。早晨的时候，他们总算找到一个包间，他们锁上门，享用他从餐车上买来的美食、茶和各种小菜，他们小声、激动地互相交谈，默默地紧紧地靠在一起，目光凝视田野上渐渐暗淡的光。

到达图拉的时候，他们等所有的旅客都下了车，才在黑暗的掩护下走向等在那里的三驾马车。他麻烦季莫费把马赶得快一些，让马厩长工骑着马、举着火把在前边引路，在城外绕道走。

他们颠上颠下、风风火火在夜里行驶。

这个季节的夜阴沉而奇特地黑暗。

就在马车驶进塔普登科沃大门的同一瞬间，他突然怀疑他们是不是被人发现了，是否有埋伏在等待他们，米哈伊尔·维克托罗维奇是否躲在黑暗的林荫道的某个地方，准备与武装的民团把叶卡捷琳娜劫走。他派马厩长工先去侦察一下，在他得知一切都平安无事时，最后才命令季莫费放慢速度，尽量轻声走完剩下的那段到房子的路程。

他们下了车。

一动不动地站了片刻。出奇地宁静。鸦雀无声。潮湿的青草吐露着芳香。

然后他们走上通向平台的台阶——走向这光线暗淡的舞台，桌子上白色的桌布和白色的玫瑰散发着极其强烈的光，香槟酒瓶的银制容器好像在空中飞旋，蓝色的葡萄好像是玻璃制作的。

多么奇妙的生活开始了！

他们感到相聚的每一个瞬间都是那么美好！

每一个动作！

每一句话！

每一个行动！

每天早晨共同醒来。共同在平台上吃早餐。共同在花园里散步。一块儿查看马厩,晚上互相高声朗读。

第五天的时候,叶卡捷琳娜的父母通过古利亚给他送来一封信,她的父母在信中说,米哈伊尔·维克托罗维奇现在已经同意离婚。叶卡捷琳娜应尽快回到彼得堡父母家,以便亲自参加离婚谈判,还说,随后在她重返图拉,最终把自己的命运与自己所爱的安德烈结合之前,她应该与自己的母亲在德国的巴特索登共同度过夏天。

就在当天她收拾行李,下午便离开了图拉。

他自己留在塔普登科沃。

六个多星期一晃就过去了。

每天他们都互相通信。

信中充满爱的表白、誓言和对未来的憧憬。

六月中旬叶卡捷琳娜在信中说,米哈伊尔·维克托罗维奇坚持,在离婚后的头三年她一次也不得探望自己的孩子,连她的爱子米哈伊尔也不例外,在此之后,只有在他允许的情况下她才能探望他们,而孩子们绝对不允许去看望她,直到男孩子们满十六岁,女孩子结婚为止。

七月底她写信说,医生证实,她重新怀孕了。

八月初他收到来自巴特索登的第一封信。

这时候他再也忍受不住,便亲赴德国。

他在福格尔斯山山脚下的一个小型疗养地找到了她。

晚上他们沿着河边散步。

“我的父母,”他一边向她解释一边看着漆黑发蓝的河水,“我的父母仍然千方百计反对我们的结婚计划。”

他还说，他去柏林的时候，顺路在莫斯科看望了母亲，母亲禁止他带叶卡捷琳娜·瓦西里耶夫娜跨进亚斯纳亚的大门。

“但是，”当他们来到布鲁恩公园的同一瞬间他安慰她说，“一旦我们结了婚，他们就会改变态度。”

九月初他们终于等来了他们的律师的来信——他们现在可以返回彼得堡和图拉，以便在最后的文件上签字。

当天晚上他们就离开了德国。

在华沙的一家旅馆，他们突然被要求护照，虽然他们最近一月一直以托尔斯泰先生和托尔斯泰太太自居，在叶卡捷琳娜的坚持下，他们不得不在没到最后的情况下，租了各自单独的房间。这一节外生枝令他大发脾气，一连几个小时他对她高声喊叫、粗口不断，后来他突然意识到她的处境，懊悔、惊恐地跪在她脚下，雨点般亲吻她的手，请求她原谅。

在彼得堡他们分手。她待在父母家，而他则去图拉会见自己的律师，到塔普登科沃为她的到来做好各种安排，随后在十月四日一大早他就去了莫斯科，为婚礼做准备。到了莫斯科以后，他从车站直接到救世主大教堂，寻找神父，请他为自己和他未来的妻子在十一月初的某个日子证婚。

神父拒绝！

这对他是当头一棒，问其原因得知，以波别多诺斯采夫为首的圣主教公会下达命令，敢给托尔斯泰伯爵证婚的神父将被驱逐到西伯利亚。他怀着惊恐在随后几天奔波于莫斯科所有的教堂——得到的都是负面信息。

整个莫斯科没有一位神父敢无视主教公会的规定为他们

证婚！

十一月六日叶卡捷琳娜到达莫斯科，她住进了斯拉维扬斯基市场宾馆他的套间。同一天古利亚·奥博连斯基也与他们会合，像他们俩一样，脸色同样苍白、气愤。经过很长时间的讨论，古利亚建议，他们到莫斯科周围的教堂试探一下，他们派出代理人到最远的村庄，他们自己则访遍最近的村庄。

“一定能行，”他安慰他们俩，“肯定能收买乡村某个最贫穷的神父。”

第二天他们就开始实施自己的计划。他们深知时间的宝贵——最多还有一周就到十一月十四日圣诞斋戒日，到了那天就禁止结婚了。但是他们的努力很快就证明是徒劳的，一天接一天晚上，古利亚和他以及两个代理人都无功而返。

不管给多少钱，连最贫穷的乡村神父也不敢违抗主教公会的禁令！

时间已经到了十一月十三日。还差不到一天就要前功尽弃。他们三人坐在斯拉维扬斯基市场宾馆的大厅里。叶卡捷琳娜织一块婴儿毯子，不停地掉眼泪。古利亚和他抽烟。古利亚正了正自己的领带，一边咳嗽一边说，如果玛沙活着的话，她轻而易举就能说服那个固执的神父接受他们的建议。

“这样做，”他小声说，“还不用花钱贿赂。”

就在这同一瞬间，两个代理人出现了，说一切都安排好了，他们必须抓紧时间，赶快乘最后一趟火车到奥卡去，再从那里坐四十公里雪橇到这个省最遥远的村庄，经过长时间的说服，那个神父答应为他们证婚。他们马上动身，古利亚、叶卡捷琳娜、两个代理人和他自己，一头扎进等候在那里的出租马车驶向库尔斯克火车站，在第三次铃响时准时到达，在奥卡顺利租到两辆雪橇，艰难地通过布满积雪、月光照耀下的大地，浑身冻得发僵，还担心他们可能无法及时到达。到达那个村庄时离斋戒日仅剩一个小时，他们直奔将要为他们证婚的那个教堂，证婚的仪式匆忙和极其简单。随后他们轻松、心满意足地在神父又黑又小的房子里喝加蜂蜜的茶，吃带有李子酱的肉饼，向神父付了钱，告别了将在村子里过夜的代理人，返回莫斯科，在那里，他们心情激动，对具有同样心情的古利亚千恩万谢，与他吻别后立即奔向图拉和塔普登科沃，十一月十五日午夜过后不久到达那里，他们既疲惫不堪又感到很幸福。

此时叶卡捷琳娜已经怀孕第七个月。

两个人都确信，孩子将是一个女孩儿，已经决定女孩儿取名玛沙。

十一月十七日他给自己的父母发了电报，满怀豪情和信心。

“我的婚礼已经在十四日举行。幸福。安宁。安德留沙。”

一连几天他都沉浸在终于可以与父母和解的想法之中，盼望着与他们见面，他确信能在最近几天内实现。

但是他的电报如石沉大海。

日子一天一天过去。每天上午他都亲自早早地骑着马到捷里亚金基去取邮件，但每次都空手而归，他越来越失望。

一天一天变成一周一周。

从亚斯纳亚没有传来任何音信!

没有一封信,没有一个人来访,连一封简短的电报也没有!

一种不安的情绪折磨着他。

不安和无法呼吸的感觉使他再也耐不住在家里的寂寞。这促使他在马厩里一待就是几个小时。到村子那边的森林里独自一个人骑马散心。或者到图拉的商店去买东西。

最后在他三十岁生日的前一天,收到母亲的一封电报。

她的电报很短,没有向他们祝贺结婚之喜,只是邀请他和他的新婚妻子在他生日那天去亚斯纳亚。

从她的措辞看,他最终认定,最主要是父亲想让他们到那里去。

他们在黎明的时候到达亚斯纳亚。

林荫道还很黑,只有在地平线附近好像有些亮光。

他们待在那里的两天里,父亲几乎一直避而不见。只有在吃饭的时候他才露面,阴沉着脸,没有一次搭理叶卡捷琳娜·瓦西里耶夫娜,甚至没有朝她那边看一眼。

与此相反,母亲的友善大大出乎他们的预料。

第二天上午一大早,地面仍然覆盖着一层霜,公园笼罩在灰色的雾中,蔷薇花在发黑的枝条上闪着红光,三个人——叶卡捷琳娜、母亲和他自己朝沃龙卡河方向散步。

从远处某个地方飘来一股浓烈的烟味儿,老苹果园树底下掉了一大片腐烂的苹果。

干树叶在他们脚下沙沙作响。

母亲看着叶卡捷琳娜·瓦西里耶夫娜友善地笑着。

他自己觉得此时比过去任何时候都幸福。

平静,重新充满信心。

“爱情呀!”他想,“爱情可以改变一切!”

啊,一旦你自己知道被爱了,你就会幸福!一旦你感受到另一个人把爱的目光投向你时,你就会遂心如愿。

突然他因厌恶而哆嗦——这些话他很熟悉。

他过去不知道有多少次听到这些话!

他惊恐地寻找叶卡捷琳娜的手,找到以后用力地握着,此举让她吃惊地抬起头,露出微笑,也紧握他的手回应,并亲昵地把头靠在他的肩上。

“叶卡捷琳娜·瓦西里耶夫娜,”母亲一边说一边用近视眼仔细看一棵老得发黑的松乳菇,“叶卡捷琳娜·瓦西里耶夫娜,亲爱的孩子,请允许我称你为卡佳①吧。”

就在他们到了沃龙卡河的时候,太阳喷薄而出。他们站了片刻,看着黑色、闪闪发亮的树冠,强烈感受到浓重、潮湿的雾和刺鼻的腐烂味儿,明亮的水面上慢慢漂过来的片片黄色树叶,在旋涡里旋转以后很快消失在河的岬角后面。

卡佳扶着一棵树,靴子尖踏进一堆潮湿的黑色树叶里。

“真奇怪,”母亲说,“这里到现在还没下雪。”

他会心地笑了笑。她的话顿时让他内心充满温情。他多么想

① 卡佳是叶卡捷琳娜的小名。

对她说，他爱她，想对她重提一段往事，那次她赞扬他自己会穿衣服了，当时他只有几岁。真想告诉她，当时他感到多么幸福。多么想对她说，她穿的白色连衣裙和手腕、脖子上戴的花边饰物多么漂亮。

然而他没有这样做，他却走向卡佳，把胳膊放在她的肩上，问她冷不冷，是不是该回家了。

第二天他们就离开了亚斯纳亚·波利亚纳。就在快要动身的时候，当时他们已经准备登上等在那里的轻型四轮马车，父亲突然出现在院子里。他匆忙走到他们身边，一边小声咳嗽一边面带尴尬微笑递给他们一封信，一句话没说，便匆忙返回屋里。

他们阅读那封信，那辆轻型四轮马车沿着林荫道驶出。

“你，安德留沙，过着一种如此可怕的生活，你的良心上有那么多的污点，这使我不能不对你担心，如果你还像以往那样过着一种没有丝毫道德观念的生活。

“你必须记住，这是你最后的考验。

“放弃为你失去了一切的这个女人，或者与她一起过一种不三不四的生活将是很危险的！

“所以你不得不对自己要求非常严格，对她忍耐、温顺、自我牺牲。

“这就是我要对你说的一切。

“使你变成一个新的、更好的人同样也是她的任务。

“使用自己的爱情力量把你变成名副其实的好人。”

轻型四轮马车经过大水塘，驶过白色门柱，朝右拐，继续前行，慢慢驶过村子。

厚重的灰白天空笼罩着他们。

他一下子觉得一切都停止了——四轮马车行驶在大地上就像一种幻觉，啊，这一瞬间发生的一切仅仅是镜子中的影子、梦幻，是对已经发生的事情的某种记忆。

“生活？”他想，“人的生活？”

“被称作生活的东西到底为何物？”

几个小时以后，当四轮马车到了塔普登科沃白色宅邸时，他知道某种东西发生了变化。

几乎无法察觉。

就像光的变化或者视角的变化，几乎看不到。

他爱卡佳！

他确实爱她！

他依然坚信，他的爱情是值得的。

然而——还是有些变化。

似乎有些枯燥无味儿，似乎有些厌烦。

有些空虚，以及他拒绝承认的无聊。

他们在花园里散步，查看马厩，晚上互相为对方高声朗读。他们制定未来计划，想方设法从对过去秘密通话和热烈约会的记忆中榨取出新的甜味儿。

初雪降临。天气越来越冷。

有一天他发现自己的左轮手枪丢了！

很多年以来他一直把自己的手枪上了子弹放在床头柜的抽屉里！

他立即愤怒地派人叫来警官,命令他带着自己手下的人去村子里搜查,发现肇事者要严加惩处,以免再次发生类似事情。

为什么单单手枪被盗?最近一段时间他反复问自己。

这次失盗究竟意味着什么?

难道是一次新的革命的开始?难道现在轮到塔普登科沃遭到农民破坏和掠夺?

或者——他们真的知道他与黑色百人团有瓜葛?这件事纯粹是一种报复?他们真想要他的命?他们真想摧毁他的权力,看他倒在血泊之中,埋葬他的前途?

夜里他连续做噩梦,醒来时浑身出冷汗,心跳加快,口臭,舌根发紧,窗外的夜空漆黑,繁星密布。

头疼病又犯了。因此他喝加很多糖的酽茶,吃加香槟酒的生鸡蛋黄,有时候吃一片面包、几块饼干或者一把干枣儿。别的东西咽不下去或者吃了胃痛。他经常在工作室徘徊几个小时,经常突然止步,听花园里的动静,命令室内女仆天一黑就拉上窗帘,多次怀疑自己闻到了火灾冒出的烟味儿,认真考虑过为了安全把卡佳转移到亚斯纳亚·波利亚纳去。

他更加频繁地在梦中看到列利亚·谢韦尔佐夫的脸——离得那么近,活灵活现,清楚极了。

二月十七日,即伊利亚生日前三天,卡佳生下一个女孩子——小玛沙。

他大大赞美卡佳一番!

他感到此时比任何时候都幸福!

他的母亲来拜访他们。

他把孩子抱到她面前，放在她手里，亲吻她的手，说着对她的到来十分感激的话。

又过了一段时间——为什么他越来越感到空虚？现在发生的一切过去不是也发生过吗？

除了重复还有什么呢？

不过是往事的重复和再现而已吧？

他为什么经常发现季莫费偷偷地打量他？

有一天早晨，当他看见惨淡的上午阳光里布满白霜的树冠闪闪发亮时，当他从楼上的一扇窗子看到笼罩在薄薄太阳雾中的花园和有着长长蓝色杨树阴影的院子时，他感到莫名其妙的压抑。

当他从高处看到花园是那么漂亮，眺望远处的田野、山冈和森林的风景是那么广阔无垠时，他激动得几乎要掉下眼泪。

在同一天晚上，当他看见卡佳在客厅里弹钢琴时——这时候他看见她的脸影映照在光亮的琴盖上，这时候占据他内心更多的是类似恐惧的感觉。恐惧——还有厌烦！

积雪开始融化。白天越来越长，越来越明亮。

他的厌烦越来越强烈。

厌烦，心里不宁静，越来越感到压抑。

有一天，在他从村子那边的森林里骑马回家的路上，几乎是身不由己地在村边的酒馆下了马。

他走到茨冈人经常去的酒馆那个地方，要了伏特加，在那里一直待到午夜。

有了第一次以后，他越来越难以摆脱那个地方。每天下午他像一个梦游患者一样很快离开自家的白色宅邸——不到下半夜他不返回在家等待他的卡佳身边。

过了不久，他开始去图拉，一连几天待在那里不归。

晚上越来越明亮，越来越长。暮色越来越有诱惑力，越来越蓝，越来越芳香。

突然——他自己也感到惊奇——他发现自己有了新的爱好！

啊，突然，几乎连他自己也不明白，他被吸引到漆黑的门洞里边无所不包的热闹境界里，带篷的出租马车、幽暗的餐馆和拉上窗帘的旅馆房间——那里能看到白嫩的皮肤、迷人的乳房和肢体、张口的红唇，那里有媚笑、轻淡的香水味儿、诱人的甜言蜜语，各种呼叫、呢喃细语和海誓山盟，这一切只有在黑暗中才显示出迷人的力量。这些当他几个小时后从图拉返回塔普登科沃，回到胆怯地等待他的卡佳身边时就变得苍白。这些当他一跨进家门槛就停止存在。

然而那些已经没有任何实际意义的誓言，在他遇到卡佳怀疑的目光时，似乎反而成了他的挡箭牌，他没有负罪感，而是充满激烈和不可调解的醋意。

啊，真的是他对卡佳的不忠——还是卡佳早有了准备背叛和抛弃他的想法？

他们之间的关系日趋紧张。

有一天晚上十点钟，卡佳突然出现在他的工作室，他有些意想不到。她紧靠门槛站着，腰挺得很直，双手扣在胸前，很明显全身充满痛苦。他立即迎上去,拉住她的手,放到自己嘴边。但是当她把他推开并哇的一声哭起来时,他转瞬间却大发脾气。

她绝望地对他发出一连串责难。

她一会儿痛哭不止,一会儿大发脾气,责怪他违背自己所有的诺言、他们的整个爱情,为了爱情她牺牲自己过去所有的生活。随后她又重新上气不接下气地抽泣起来。

这时候他对她大声喊叫起来,说她错了,出现的一些事情与他们的生活没有任何关系,他爱她,啊,他爱她、宝贝她胜过自己的生命,她现在的举动是危险的,非常不公正,他宣称,尽管她有一定的道理,但反过来,她的责难会伤害他们的爱情!是她的粗言秽语和刻薄玷污了他们之间一切美好的东西!

“坦白地说,”在他喊叫的同时,他的声音变成了一种抽泣,“坦白地说,实际上是你厌烦了我!是你随时准备抛弃我!是你,像处于你这种地位的所有女人一样,早已经欺骗了我,至少思想上是这样——根本上是一回事,这意味着,你,在内心深处早已经抛弃了我!”

这时候她立即走到他面前,拥抱他,请他收回自己的话,她保证爱他,请求他原谅,她让他多虑了——这番话让他的愤怒立即烟消云散,他深深地懊悔和绝望,跪下来,抱住她,轮到他请求原谅。

工作室风波之后有一段平稳时间。

他很少离开塔普登科沃。

白天他们都一起度过,一起吃早饭、在花园里散步,晚上在平台上互相为对方高声朗读。

五月过渡到六月。

这个季节不同寻常地热，青草被晒得冒烟儿，黄昏中的紫丁香香味儿沁人肺腑。

七月变得酷热、干燥。土地龟裂。青草、树叶、苗圃和花园棕色的家具上落了一层薄薄的尘土——毫无疑问收成是很多年来最差的。

八月初管理人就告之，有三台收割机需要更新。

几周后庄园有多只奶牛患上严重的口蹄疫，一半的奶牛必须宰杀掉。

木材价格下跌。

临近夏末，从他的债主发来的讨债信一封接一封——按惯例这是很自然的——要求偿还旧的赌债，他早忘了或者以为已经还了。

九月初，情况实在扛不住了。

他还有什么选择吗？

除了像通常那样到亚斯纳亚·波利亚纳乞求母亲给钱还能有什么别的办法呢？

当天下午三点钟，他的车驶进亚斯纳亚的大门。林荫道很荒凉。阳光透过稀疏的树叶洒在地上。

一切都在平静地呼吸，鸦雀无声。

他在院子里正好碰到父亲，他惊奇地向他伸出手，仔细打量着他——没有问他来的原因——到最后也没说一句话，转过身继续朝养蜂院走去。他自己赶快走进房子找到母亲。

他发现她正跪在自己卧室里的圣像画前面。

他在门口站了很长时间，不知道她是否发现自己来了。后来她站起来,动作缓慢、吃力,过来跟他见面。他慌乱地亲吻她伸出来的手,坐在紧靠门的那把安乐椅上。室内很热。木樨草散发着香味儿。挂在墙上棕色或黑色相框里的照片总是让他感到压抑。

他说明了自己的来意。

说自己来这里为了向她要钱。

八千卢布——一笔可怕的钱数,他自己意识到了这一点,但是这个数目还不及他需要的一半呀。

当他看到她一惊,当他看到她深深的沮丧和失望时,他马上后悔自己刚说的话。

"请原谅我,"他小声说,"请原谅我!"

这时候她站起来,走向窗子并打开,背对着他站着,头朝窗台低着。

"这个,"她说得缓慢、讥讽,每个音都很重,"这个是预料中的事!"

她的话就像给了他当头一棒。他低下头,开始绝望地哭泣。他请求她发一发善心。请求她不要责怪他,要理解他的处境——要知道这些债是他旧生活习惯遗留下来的,他要这些钱正是为了最终变成一个较好的人。

啊,为了变成一个较好的人!

这时候她转过身来看着他。深深地叹了口气,小声地说了些什么,他没有听清楚。她开始朝门走去。转眼间就消失在屏风后边,不过很快又回来了,在床头柜上寻找什么东西,没找到,顺手拿了挂在墙上、梳妆台上边的那顶宽边白色遮阳帽。

"不行!"当她从镜子里打量他的时候突然说,"不行,这次我不想帮助你!这次你得为自己的行为承担后果!"

随后她系好脖子下边的帽带，找到自己的白色遮阳伞，准备离开房间。到门槛时她止步了。

他们默默地互相打量了一会儿。

"这样的话，"他抽泣着说，"这样的话只剩下一件事——朝前额开一枪了事！"

他听到她轻蔑地哼了一声和她的裙子轻轻的摩擦声，她迅速穿过走廊，消失在通往厨房的台阶上。

有好几分钟他麻木地坐着。寒冷。难过。对自己的话感到羞耻。当他突然想到旧习难改的观点时，内心充满恐惧！什么时候都无法改！啊，实际上不管他怎么样想方设法改，他从奉天回来快五年了，他仍然是行尸走肉，没有任何改变！

当晚他离开亚斯纳亚，绝望而消沉。

令他吃惊的是——吃惊并如释重负——三天以后母亲来了一封电报，她在电报中说，为了能给他要的八千卢布，她卖掉了几亩林地——不是为了他，因为她已经不再相信他，而是为了卡佳和小玛沙。

这时候他找到卡佳，亲吻她，宣称现在他想明白了他们的处境，庄园收成不好，因此他认真考虑到彼得堡找一份差事。

他保证，这份差事马上就可以给他们带来他们所需要的安定、有保障的生活。

秋天的时候他就开始行动，可能有点儿三心二意——好像他还是不敢相信这种转变的可能性——做了几次尝试，想在彼得堡找一个合适的职位。

一周一周过去，变成一个月一个月——岁月蹉跎，他仍然没注意到这一点。

这种感觉似乎更加经常，他对时间的感觉越来越麻木，对他来说时间好像几乎不存在了。好像时间已经不再有某种准确的含义。啊，好像时间不是一秒一秒在动，而是变成了一个房间，一个封闭的房间，他在里面正慢慢窒息而死。

会发生这样的事，身边的一切都让他大发脾气：家具、地毯、装饰物、墙上的肖像和自己装在金制相框里的照片，他诅咒所有这些东西，它们对他来说曾经似乎很神秘，似乎是他生存的一个条件，如今已经失去了意义，似乎这些东西要永远束缚他的命运，啊，有一次竟发生了这样的事，他突然失去了自我控制，疯狂地抓起身边壁炉架子上那件瓷器，那是卡佳在他命名日送给他的珍贵花瓶，用力把它摔在地上，花瓶被摔得粉碎，碎片飞得满屋子都是。

第二天他打猎归来时，看到了可怕的景象：从塔普登科沃白色宅邸的窗子里冒出滚滚黑烟！

村民们喊叫着四处奔跑！

而——真正让他恐惧的是——廊房下面泥泞的草地上一片狼藉，家具、地毯、装饰物、肖像和照片！熊熊火苗从厨房的窗子蹿出来，卡佳哭着。

愤怒，啊，他被气得简直发了疯，他立即投身灭火工作——灭火工作由于某种原因仅限于慌手慌脚地搭起了一个通向水井的通水槽。他命令农民立即运来大型灭火喷水管。让大家赶快启动水泵。教给管理人和季莫费怎么样使用水泵。在农民的帮助下修好了漏水的橡皮管子——以疯狂的速度，吼叫着下达命令，骂着慌乱不知所措的仆人，他们手提水桶乱跑，这只会使整栋房子泡在水中,底层的绝大多数窗子都毁掉,最后修好的水管拉到了着火点跟前,在最后瞬间成功阻止火势从厨房蔓延到房子的其他部分。

他始终在同样的狂怒中行动。

啊,大火被扑灭以后,家当被搬进屋里重新摆好,卡佳、玛沙和保姆被送到亚斯纳亚·波利亚纳,他经常在冷清、闲置的屋子里徘徊,看着那些破败的景象,烟熏火燎、光秃的墙壁,泡在水中的地板,被毁坏的窗子、破碎的窗帘和七零八落的东西,他感到愤怒,这是一种有着新想法的推动力的愤怒,他突然一反常态,不再瞻前顾后。他感到,在为时不晚的时候,要赶紧一成不变地恢复刚才还被他诅咒的秩序,他现在总算明白了,那是他安身立命的基础。愤怒促使他不敢怠慢,他要用救火时的疯狂节奏立即行动,把还很烫手、冒着烟的厨房残存物搬出来,擦干净污水,给被破坏的窗子钉上硬纸板——这个工作到黎明的时候也没停,他、季莫费和其他用人几乎不停顿地干了十个昼夜,只允许自己在工作室的沙发上睡几个小时,直到把厨房重新建好、修理好被毁坏的窗子、擦干净地板、糊好墙纸、重新油漆好家具、把地毯和装饰物照原样摆好,直到把所有的事情做好、一切恢复原貌为止。

随后几天很冷,大地雪白、宁静。

当他走进修葺一新的房子时,经常觉得少了点儿什么。什么东西——他要知道就好了。

失火两个月以后奥尔佳从英国回来了——完全出乎意料。

十月份父亲通过给贸易和工业大臣季米里亚泽夫写信,成功为他在彼得堡安排了一个职位。

四月他被调到坦波夫。

到坦波夫去！

正好到坦波夫！

除此以外，他们在初期自然要住在北方饭店，差不多六年前，他母亲到这里送他上前线就是住在这家饭店——啊，此时他又看到了这家饭店蓝绿色正面外观，看到了绿色水榆树掩映下的爱神塑像，前厅散发出的酸臭而熟悉的味道扑面而来，他又感受到这座城市的酷热、不安和躁动的气氛，他好像又听到了呼叫、远处的狗吠、微弱的马嘶声和马蹄声，这一切都融进带有蔬菜垃圾、马粪、屠宰场的血腥味儿的似火的骄阳中，而——最主要的——他觉得这一切在母亲出现在他面前那一瞬间已经结束，他似乎看到母亲哭过的面孔在变化，在她小声对他说他像画上的人一样漂亮时，露出了幸福、明朗的微笑。

过了两周他们离开了饭店，搬到靠近河边的一套房子里，这套光线暗淡、阴郁的房子进一步加大在这座城市里的陌生感——这座城市枯燥、不卫生和压抑的感觉与日俱增，在最初阶段，他们曾多次讲——但是没有实施自己的计划——有没有可能搬到乡下的一栋房子里，在那里可以近距离接触那位年迈、肥胖的州长穆拉托夫，他属于黑色百人团，他经常以鬼鬼祟祟和令人不悦的语调私下里对他说，他和首都的最高层有联系，等不了多久反对派、所有那些讨厌的革命者和社会主义者，都将被粉碎、逮捕或驱逐，俄罗斯将变成像昔日一样伟大、繁荣的国家。能近距离接触穆拉托夫和那位友善但怪异的地主菲拉托夫，后者崇拜父亲的作品，喜欢用父亲小说中的引文来回答他的问题，从而让他更加糊涂。

七月末，三个月来他们第一次回亚斯纳亚·波利亚纳看望父母。

他从坦波夫火车站发了一封电报，告诉到达图拉的准确时间，请求派一辆车到那里接他和卡佳。经过两个昼夜疲惫不堪的长途旅行，他们在图拉下了火车，他在拥挤的月台上看到了自己的母亲，在第一瞬间他以为是她来接他，他赶紧跑到她面前，拉住她的手亲吻，并问她怎么从亚斯纳亚·波利亚纳跑这么远的路到图拉来接他和卡佳——但是他马上发现，尽管天气很热，她还是穿着黑色衣服，眼睛哭得红肿，精神完全崩溃和绝望。

她推开他，断断续续地说，她现在想永远离开这里，不想再活了，一切都过去了，他很难想象，她每天在亚斯纳亚过的都是什么生活。

“他恨我，”她抽泣着说，“他恨我，盼着我死了比什么都好。”

随后她大哭起来。

他提心吊胆地命令刚刚赶到身边的车夫把卡佳、玛沙和保姆送到亚斯纳亚·波利亚纳，小声对卡佳说，她到达以后要想方设法安慰父亲，告诉他，他想和母亲搭邮政车回来，然后一直看着卡佳、手里抱着小玛沙的保姆和车夫一起消失。随后他挽起母亲的手，把她领到车站大厅的餐厅，把她安排在最清静的一张餐桌上，要了凉红醋栗茶和两杯甜酒，在她对面坐下，请她不要激动，讲一讲到底发生了什么。

后来他们喝茶、品甜酒，用白色亚麻布餐巾擦头上的汗，受着闷热的折磨，后来当他们穿过绿色的原野、芳香的苜蓿地、金黄色的黑麦田和凉爽的桦树林时，亚斯纳亚·波利亚纳生活的一幕幕浮现在他的脑海，它们的阴郁、不理智和可怕让他内心越来越充满恐惧。

尽管他过去经常听到父母之间争吵，但从来没有想象过会出现现在她描述的情况！现在看来不仅仅是他们不断地吵嘴，不仅仅是在他们之间发生令人讨厌的种种事情。她还讲，父亲越来越经常把自己和契尔特科夫关在一起，在这种情况下她只好侦察他们，在他工作室门外偷偷地听他们谈话，从平台上窥视他们，或者趁他们不注意破门而入，她还不时地检查他所有的文件，她怀疑他不仅想毁掉这个家，还想将他们最私密的生活公布于众，他在自己的日记中把她描绘成最可怕的恶魔，还多次威胁说要永远抛弃她，她多次想结束自己的生命，用鸦片毒死自己，跳进中水塘溺死，或者像这次，卧轨自杀算了。

“这都是，”她小声说，“这都是契尔特科夫的错误！弗拉基米尔·格利戈里耶维奇·契尔特科夫，这个摇尾乞怜的伪善者、谎言家和阿谀奉承者，是一切罪恶的根源！啊，契尔特科夫纯粹就是魔鬼，是打扮成人的恶魔！”

随后她又放声大哭起来。

“我恨他，”她抽泣着说，“我恨他的又矮又胖的身材、光秃的头顶、锥形的胡子、荒唐的灯笼裤、笔挺的西装背心、金表链和装饰华贵的散步拐杖。”

她讲，父亲盲目、固执和倔强地认为契尔特科夫就是好，拒不承认他是说谎者和阿谀奉承之人，父亲把自己写的一切东西都交给他，所有的日记本、所有的书信和所有未发表的手稿，不管她怎么乞求，说她需要这些东西，不仅写自己的自传需要，也为了保护他们大家的生活情况不让公众知道，父亲就是不同意给她，父亲还按照契尔特科夫的建议威胁说，所有的东西，啊，一切的权利，还有其他的作品，包括已经发表的，在他死后，都属于契尔特科夫，而不属于他自己的家庭，原因很简单，契尔特科夫能让他相信，他毕生的作品不会让某个个人得到好处，而是要普惠大众，这自然就是说——她用充满刻薄的声音——父亲想在他死后阻止自己的家庭成员坐享其成，过他们已经过惯了的，他们既不愿意也没有能力改变的衣食无忧的生活。

“你一定要知道，”她小声说，“如果契尔特科夫得逞，在你父亲死后我们大家都会一贫如洗、身无分文。”

在同一瞬间她俯下身来，死死抓住他的手。

“而只有你，”她恶狠狠地说，“只有你能为我报仇，让那个魔鬼死——你是唯一尊敬我、真心诚意爱我的人！”

她迅速而惊惶地看了他一眼，进一步朝他俯下身，在他耳边喘着气说，一切很快就要来不及了，她敢肯定，父亲已经秘密准备签发一份新的遗嘱，也许还没来得及完成，在这份遗嘱当中，她怀疑的一切和刚才转告他的部分内容用白纸黑字都写好了。

她说话的主要用意他慢慢明白了。

父亲准备做的事情他慢慢看清楚了。

父亲有意欺骗他们！他想剥夺自己妻子、自己孩子和孩子的孩子的一切权利！他想使他们变得一贫如洗，目的是，在他自己咽下最后一口气的同一瞬间，让他们大家、他们的地位、他们的特权和我们自己决定自己生活的可能性都停止存在——啊，他明白了，父亲确实想把他们大家的生命与他一起拉进死亡的黑暗当中。

马车从亚斯纳亚两个门柱中间驶入，看门人的狗从窝里蹿出，从大水塘远处传来村妇的声音。

林荫道寂静、荒凉。

院子里没有人出来迎接他们。

他扶着母亲下车的时候发现，她穿着黑衣服的沉重身体像发疟疾一样颤抖着，只能吃力地靠在他的胳膊上才勉强不会倒下。就在这个时候父亲迎面朝他们走来。他走得很慢，向前弯着腰，拄着拐杖。平时修饰整齐的胡须向四周散落，他的头轻轻地摇了摇。他走到他们身边时，他推开他，安德烈，愤怒而轻蔑地看了他一眼，能明显看出，他使出了自己最后的力气：他颤颤巍巍拥抱母亲，并同时放声大哭起来。随后两位老人一动不动地在烈日下站了很长时间，手挽着手哭泣，小声地互道原谅——随后他们转过身，缓慢、吃力地穿过院子，走进外廊的阴凉处。

他在父亲的工作室找到他。要求知道他已经立下遗嘱的事是否属实——根据这个遗嘱他拥有的一切都将交给契尔特科夫。

父亲咳嗽着，清了一下嗓子，眼睛看着别处，宣称他不屑回答这类问题。家里像往常一样宾客盈门。花园里摆好桌子，周围每次都不会少于二十人。

一大群学生围着父亲，陪他散步，他坐在那棵乞丐树下放的靠背椅上，他们聚集在周围，向他请教各种问题，听他讲解《圣经》中各个段落，请求他朗读自己新作的片段。

契尔特科夫无时无处不在——啊，父亲身边总有契尔特科夫在，他活跃地交谈，轻轻歪着头听，亲吻父亲的双颊或站在他坐的椅子后边，一只手轻轻地放在他的肩上，另一只手摸着父亲膝盖上的手稿，好像担心，他的目光离开须臾手稿就会不翼而飞。

看来已经无法再提及秘密遗嘱的事。

一周以后他再也忍耐不住了，便一个人返回坦波夫，而卡佳更愿意在亚斯纳亚度过夏季余下的日子。

他在八月初返回了坦波夫，正好是六年前他离开这座城市起程去满洲里。

随后几周酷热、烦躁，每天都一样，卡佳的来信也是，里边充满奇怪和梦幻般虚无的细节。

他越来越经常出现一种十分讨厌的感觉，好像自己即将醒来并置身于开往奉天的臭气熏天的火车上。

九月初他劝卡佳离开亚斯纳亚·波利亚纳，重新与他在坦波夫相聚。

随后他自己到亚斯纳亚待了很短一段时间，总共不到两个星期，在列夫、伊利亚、米沙和谢廖沙的帮助下，试图搞清楚父亲的遗嘱到底是怎么回事，但是他又迅速离开那里，对于整个家似乎逐渐被契尔特科夫和那些可恨的学生接管的趋势感到愤怒。

天气仍然很温暖。白天灰蒙蒙的，阴雨、乏味。

十一月二十四日他接到母亲的一封电报，她在电报中请求他立即返回。

两天以后，天黑后不久，他的出租马车驶进亚斯纳亚·波利亚纳荒凉的林荫道。

天下着小雪。地面散发出清新、带有酸味儿的腐烂树叶味道。

就在马车停在外台阶前面时，他有了不祥的预感，啊，在同一瞬间他发现，厨房的门大开着，巨大的白色宅邸有一半深陷黑暗之中，他马上意识到一切为时已晚。

他发现母亲一个人坐在大厅里，她穿着黑色衣服，蜷缩着身体，眼睛哭得红肿，茫然地看着黑暗处。

“我早就知道了！”她小声说，“我早就知道了！”

她坐在椅子上，前后慢慢地摇晃着，她的头轻轻颤抖着，她的嘴唇不时地挤出一种奇怪的叫声，好像在抽泣或者在费力地喘气。他在她身边坐下，握住她的双手，请她别着急。

“安德留沙吗？”她迷迷糊糊地问，“是你，安德留沙？”

然后她转过头去。

“我现在最喜欢黑暗，”她小声说，“喜欢黑暗，喜欢安静，喜欢星星。”

他帮助她躺到床上。叫人给她送来一杯加香槟酒的热牛奶，让她喝下去，盖一条毯子预防她受凉。他不让她讲话，让她平静下来，坐在她身边，直到她在床上翻来覆去折腾几个小时以后真正睡着了。

当夜晚些时候，谢廖沙、米沙和伊利亚聚集在一层有圆形屋顶的房间里的煤油灯周围讲述，母亲在父亲的马靴里发现了一本秘密日记，她不仅从里边得知他写了一份新的遗嘱，是他在森林里偷偷写的，萨沙、杜尚·彼得罗维奇和契尔特科夫为证人，就在同一天他向她保证，他爱她，送给她一束白玫瑰，还知道了这份遗嘱证实了她的最大担心。

父亲死了以后，他们大家将一无所有。

他问，他们是否相信父亲还可以改弦更张。但是他们回答，他们曾经试过,但父亲顽固地加以拒绝,甚至不许他们提及此事。

那天夜里他梦见了玛沙。他梦见那是夏天,她穿着白色连衣裙,走在绿色的大自然里。

第二天天气阴沉、寒冷,梦幻一般——当谢廖沙弹钢琴的时候,那琴声好像从很远的地方传到他们耳朵里。

母亲已经平静下来,她保证说,她对所有的儿子都能来,除了可怜的列夫,感到欣慰,她要尽家里的可能安排好晚餐,她希望他们为她高声朗读当天的报纸。

父亲把自己锁在自己的工作室里。午饭后当父亲与杜尚·彼得罗维奇一起外出骑马,母亲又不安起来,她走到窗子跟前,朝暮色中看,并不停地问,父亲是否像他们认为的那样去了扎谢卡或者只到村子里转一转。

……又不安起来,她走到窗子跟前,朝暮色中看,并不停地问……

第二天夜里他又梦见了玛沙。这时候他看见她坐在公园的靠背椅上,紧挨着父亲,他们俩都穿着白色的衣服,玛沙一只手轻轻地摸着父亲的肩膀。

他被激动的说话声和跑步声惊醒。他披上早晨穿的长袍赶紧往楼道里跑。就在他到达大厅时,外层门开了,坦妮娅和萨沙半拖着母亲进来——她浑身湿透,披头散发,歇斯底里地哭着,用全身的力气想挣脱开。

"让我去死吧,"她哭着说,"你们为什么不让我去死?"

“我们把她从中水塘捞起来。”萨沙用因愤慨而颤抖的声音说。

父亲已经走了！他在夜里秘密离开亚斯纳亚·波利亚纳，给妻子写了一封告别信，要求她任何时候都不要打听他的下落！

此时他们日夜守着母亲。

她不睡觉。

她不停地哭。

她大声喊叫，他们一定要让她去死，她拒绝吃饭。

第五天的时候《俄罗斯语言》报一位记者发来一封电报——这位记者在电报中请求允许他采访母亲，原因是父亲病倒在阿斯塔波沃火车站。

当天下午母亲带着米沙、坦妮娅、他、拉斯捷加耶夫医生和其中一名护士从图拉登上火车。

当天很晚的时候他们到达阿斯塔波沃，在车站碰上黑压压的一大群人和一大片闪光灯，他们赶紧退回车厢里，经过一段时间讨论，成功说服车站领导把他们乘坐的几节车厢拖到旁边的轨道上，让他们不限期地停在那里，母亲和坦妮娅用一个车厢，米沙和他在靠左边的那个车厢，护士在靠右边那个。医生去了车站大厅，半小时以后返回来时带来这样的信息，父亲病情严重，得了肺炎，两个肺都被感染，发高烧，考虑到父亲年事已高和不稳定的精神状态，所有的医生都认为，最妥当的办法是，暂时不让他知道他的妻子和儿子已经来到阿斯塔波沃。

医生不想让他们探视父亲！

啊,尽管父亲的病情似乎一直在不断恶化,他们还是拒绝家属走近他!

母亲一天比一天糊涂。

室外阴沉、寒冷。大群穿着黑灰色衣服的人聚集在这小小的火车站周围,他们在严寒中颤抖着,雨加雪飘落下来,浓烈的烟味儿呛人。

他们没有安宁之处。当他们迅速走向车站大厅时,后边跟着好奇的人们。当他们在小餐馆吃饭时,被一大群记者包围。当他们想在自己的车厢里休息时,必须先拉上窗帘,防止大家从车厢周围偷偷往里看。

两天以后卡佳到了。

现在很明显父亲已经不行了。

他们的等待越来越焦急。

母亲几乎不停地哭,只睡很短的时间,一会儿也离不开人照顾。

第四天早晨四点钟的时候,有人敲车厢的门,他们被叫醒。是萨沙,她让大家马上到车站大厅去,父亲躺在那里已经病入膏肓。米沙和他马上叫醒母亲,帮她走出车厢,搀扶她、安慰她。她昏昏沉沉,当萨沙说,他们必须得快走,因为父亲已经昏迷,活不了太久了,她哇的一声哭起来。他们迅速经过清静的候车室,跨过铁轨,进入车站旁的小花园,黑暗中有几个人影。一位医生在门槛处等着。他领着他们穿过灯光昏暗的大厅,拉开一个门帘,小心翼翼地推开一个小房间的门。

在他们迈过门槛的那一瞬间，室内死一般的寂静。所有人的脸都对着他们，大家用暗淡、阴郁的表情看着他们。父亲狭窄的铁床顺着墙放着，床头顶着窗子。在那个小床头柜上有一盏亮着的灯，罩一块绿色的布。四位医生、萨沙、谢廖沙、坦妮娅和两个他们不认识的学生聚集在床的周围，在床边的一把椅子上坐着契尔特科夫。短暂的犹豫以后，母亲走向病床。契尔特科夫违心地站起来，把座位让给她。父亲躺在那里，身后支着枕头，脸色比过去任何时候都苍白，薄而皱巴的嘴唇有些发蓝，鼻孔翻着，鼻子显得大了很多。胡须散落在被罩上，双手紧握放在胸前。他呼吸沉重，喘着粗气，紧闭的眼皮不时地颤抖一下。母亲朝他弯下腰，亲吻他，抚摸他的双颊，开始小声地在他耳边说什么，很激动，但说的声音很小，只能听懂个别的话。

他自己和米沙紧靠门站着。

屋里很闷很潮湿。

很挤、很脏、很不舒服。

那里——还是——那种讨厌的味道！

还是那种樟脑、酸奶和淡淡的汗臭味儿！疾病、死亡和开始腐烂的味道！

他立即明白了——他等待的话永远也不会说出来了，父亲的话，能改变一切并能一下子把他从诅咒中解放出来，这个诅咒从很多年前一个除夕夜父亲第一次提到自己的新剧作起，也许，更早之前，就一直悬挂在他头上，有这样力量的父亲的话，将永远，永远不被说出。

啊，他突然感到恐惧，他想，和解永远不可能了。

不会有和解！

不会有原谅!

永远也不会有——解脱!

母亲一直小声地说着话。父亲仍然闭着眼睛躺在那里。

从他的嘴唇里挤出一声深深的叹息。

眼皮一阵轻轻的颤抖。

随后一切都停息了。

母亲一声喊叫扑到父亲的躯体上。其中一位医生小心地把她重新扶到靠近床边的椅子上。

父亲死了!

“父亲,”他想,“死了!”

他的心碎了,转身跑进黑暗中。

5

他置身于一个光线暗淡的房间里,或者更确切地说不是在一个房间里,而是在半明半暗之中,在一个变化万千的大地上:那里有高大的黑色树干,一种好像是从大地升起的惨淡的暮色,音乐,但是还没有成形就静止了,他突然知道了,怀着恐惧突然看到了,隐约出现在树木之间的黑色东西是父亲的棺材,此刻正在下葬,缓慢地,以令人纠心的缓慢动作沉入新掘的墓穴里,但是随后,在最后瞬间突然停住了,黑暗变得更加密实,又重新有了房间的边界与样子,一半陌生的房间,他逐渐认出大厅,就是彼得堡那套房子里灯光暗淡的大厅,在同一瞬间,他看到外层门敞开着,棺材,那口正慢慢从大门抬出、顺台阶而下的黑色沉重的橡木棺材,不是父亲的——而是他自己的!是他自己的躯体正慢慢顺着黑暗的台阶、穿过大门运出去——运到福尔施塔茨卡亚大街和林间大道的强光中——太阳在水晶般透明的树冠上闪耀,一大群悲痛者围绕在灵柩台后面,那是由六匹马拉着的巨大、装饰华贵的灵柩台,一切都是那么气派、豪华和奢侈:鲜花大放异彩,花圈缎带在微风中飘动,一排长长的车马闪烁着金光银光,马蹄踏着舞步向前,浅红色的亚历山大·涅夫斯基教堂隐约出现在远方,街道两边站满了好奇者,他们交头接耳小声议论着是为哪一个地位显赫的人举行如此隆重的葬礼，他们指点着他的母亲、他的姐妹和他的弟兄，卡佳、奥尔佳和孩子们，指点着衣冠华贵的女人、所有的公爵和身着检阅礼服的将军们，指点着特霍尔热夫斯基和克利沃谢因大臣本人，指点着来自他自己军团的同伴，他们排成一长队骑着马、举枪致敬，指点着来自芬诺特 & 奥利维士大酒店以美人娜塔莎·莫洛佐娃为首的花花绿绿茨冈人合唱团，指点着已经接近教堂的这个壮观的送葬队伍，指点着下一瞬间就会出现的那耀眼的舞台、美妙的合唱、神父的弥撒、女人的眼泪和所有墓旁庄严的讲话，它们将伴随着焚香和鲜花的味道融合在刺眼的阳光中，所有这一切都是为了他，为了赞颂这个尸体，这个脸色蜡黄，有着高前额、得体胡须和紧握双手的尸体，就是他。突然——噢，危险！——棺材开始下沉到泥土里！棺材开始消失在油黑难闻的腐烂物中。黑暗越来越密实地包围他，他感到呼吸越来越困难，就在他快要毁灭时，突然一阵头晕目眩，他猛然被从睡梦中抛出。

他睁开眼，发现自己被密实、伸手不见五指的黑暗包围着。在最初的瞬间，他感觉不到自己的身体，不知身在何处，也不知道此前发生了什么。脑子一片空白，昏昏沉沉。直到他突然分辨出一个山坡的侧影，觉得头上天空很高，意识到那是无垠的夜空，繁星密布，灰色的云一飘而过，看到半个惨淡的月亮。

他突然想到，怎么这样寂静。出奇的寂静和安宁！

一种神奇的宁静！

他好像被托起，好像在旋转！存在就是一切，一切就是存在！

但是在同一瞬间他感到钻心的疼，浑身一阵难受，他痛苦地意识到房子的轮廓，浅绿色的墙纸，床上镀金的钮状物，墙上的挂钟和高大的黑色梨木柜子。他费力地把头转向窗子，想搞清楚此时是夜里还是白天，他只看到拉上的窗帘，深绿色厚天鹅绒窗帘遮住了所有的光，他轻声呻吟一声，想从床上坐起来，但很快又软弱无力地躺回枕头，同时发现卡佳坐在他的床边，他刚才一直没有注意她是怎么进屋的，怎么坐在他身边的。她的脸色是那么苍白！苍白，眼睛哭得红肿！他可怜的卡佳！第一瞬间他想安慰她，想对她说些客气话。或者向她讲一讲自己的梦，啊，他想对她说，他在梦中看到了自己豪华的大型葬礼。但是他随后想到，她的眼泪不是因为他的病而流的，而是因为他又欺骗了她，由于他为了戈列梅金娜而背叛了她，他自己也不知道为什么，实际上那位戈列梅金娜一开始对他来说是无关紧要的。她的眼泪不是因为他生病流的，而是因为他是一个如此的坏人，最初的这个想法使他充满懊悔和羞耻，但是当她俯下身时，当她温柔、严肃、审视地看着他时，当她把一只手放在他额头上时，当她把一杯水送到他嘴边强迫他喝下去并用亚麻布餐巾擦干净他的嘴时，这个想法立即消失了。他还是决定对她讲这个梦，想找到最恰当的词，但是在同一时刻他又头疼起来，钻心、激烈的疼痛，很快心如刀割，被迫改为慌乱地去寻找她的手，她的手？她的手在哪里？他想，她是那么漂亮，出奇的漂亮！当她伸出一只手去拿床头柜上的一个瓶子时，浅绿色的光晒在她的脸上，她把瓶子里的东西往勺子上倒了几滴，送到他的嘴边，说服他咽下去，然后用樟脑精擦洗他的额头，小声安慰他说，这是鸦片，喝下去马上见效。他把她的手拉到嘴边亲吻，温情、长时间亲吻，疼痛消失了，一种酥软的舒服感充满全身，他又重新陷入黑暗，是一种无形的半黑暗，似阴影，飘乎不定，充满松散的片段：有声音，有动作，有几个陌生人、房子或者树木难以分辨的轮廓，然后，父亲的声音,父亲的话语突然非常清楚地再现,这些话他过去听过很多次——这些话的意思是,他,安德烈,身无分文,没有头衔,没有名气,没有惊人的体力,没有,啊,他一无所长。

他又醒了,大汗淋漓。

屋里灯光暗淡,卡佳又坐在他的床边,或者说她一直坐在那里,他充满了伤感和被抛弃感,他最后一次体验这种感觉还是在很小的时候,那时他还不会说话。他突然大哭起来。

"卡佳,"他抽泣着说,"你一定要派人把亚济科夫叫来!维克多·安德列耶维季·亚济科夫审判官!他欠我一大笔钱!"

他重新想坐起来,但还是力不从心,他又无力地沉到枕头上。

"卡佳!"他绝望地叨念着,"卡佳!"

她对他说要安静。说别洛戈洛维医生不允许他劳神费力,说他病很重,要集中精力与病魔斗争。说别洛戈洛维医生禁止他接待来访者,他,安德烈,绝对不能忧伤。别洛戈洛维医生!这位别洛戈洛维医生是他多年的朋友,直到几天前,如果不是几周前的话——他不知道他已经病了多久,他们还在绿色的客厅一起喝葡萄酒,一直交谈到第二天早晨。他对别洛戈洛维讲,他已经决定作为志愿军参加对德国和奥地利的战争,这场战争已经给俄国造成重大损失,如今威胁着沙皇和整个俄罗斯国家,这位医生积极支持他的决定,他赞扬的正好是卡佳痛恨的。

"啊,"他惊奇地想,"卡佳确实恨这个决定!"

实际上她讨厌这个决定跟讨厌生活在彼得堡一样。跟她讨厌决定出卖塔普登科沃一样。

但是她幻想什么?

正在发生的事情她知道多少?她知道农民的计划吗?她知道

遍及农村的所有罪恶和所有仇恨吗？她知道背叛、暴力和攻击的浪潮吗？而他确信，国家不久就会陷入血泊之中。她相信塔普登科沃的生活还会像过去一样继续下去。她不知道童年以来喜欢的东西，如公园沉睡般的宁静、暮色中白色连衣裙的沙沙作响、引人发笑的灯笼裤、女贞天蛾、浴棚、苹果飘香以及美妙的滑冰、坐雪橇野游、舞会和狩猎活动，这一切正在被消灭。被连根拔除！统统毁掉！

消亡！

对，消亡——就像他的身体正在变化的那样！

他们以为他什么也不知道，他们在小声讨论他的病情时以为他睡着了。但是他听到了他们的谈话。他们在讨论化脓处和血中毒。关于长期饮酒造成的肠损坏。关于细菌通过肠穿孔进入血液。关于息肉膨胀、腹膜发炎和肝功能减弱。他都听到了，明白了！他知道他的躯体正在消亡，从内部慢慢和无情地腐烂掉！

这位别洛戈洛维医生。

早在他们在绿色客厅最近的谈话中，他已经感受到一些情况了吗？

没有，可能没有。

那天晚上他们过得不是特别快乐吗？他们喝了美味的卡赫齐亚红葡萄酒，抽了医生最近访问罗马时带回来的上等苏门答腊雪茄，一连几个小时讨论迄今为止的战争进程、俄罗斯可怕的损失，自然，还有由此导致的一切动乱与不安，回忆了阵亡的他们共同的朋友，但最主要的还是这样的事实：尽管有密探和叛徒，但战争的喜讯终将会传来，俄罗斯一定会成功摆脱战争。

因为这个结果是很自然的！俄罗斯自然会胜利！

他自己在任何情况下,一旦身体恢复健康,会马上投入战斗!没有任何东西,啊,没有任何东西能阻止他!

他不是心血来潮、一时激动!

实际上他早就知道自己应该做什么!

随后一切都变得轻松起来。那么光明和那么舒服!

那是父亲的脸。父亲张开没牙的嘴对着他微笑。啊,甚至笑出了声,举起帽子跟他打招呼——是一个欢迎的姿势或者是一个告别的姿势,这不重要。

看那根蜡烛!

那根蜡烛此时好像——啊,要发生什么事?——它好像突然开始融化、发白和变干,像泥土一样变干,然后破碎,慢,很慢,摔得粉碎,腐蚀,变成一片尘埃,这尘埃让人呼吸困难并且很快就会钻进他的鼻孔和嘴——啊,好像只要瞬间他就会窒息而死。

空气!

他一定要有足够的空气!

一声喊叫。一道闪光。他又惊醒了,心嗵嗵地跳,嘴发干,大汗淋漓,迷迷糊糊地问:他看到的是什么?

难道不是一颗手榴弹在外面的黑暗中爆炸了吗?

不是正在打仗吧?

这气味真讨厌!讨厌的樟脑、酸奶和汗腥味儿!这种臭气——来自他的躯体!对,现在他感觉出来了——是他的躯体在发臭!是从他体内散发出的腐烂味道!

他终于明白了。他清楚地看到,他们走到门槛就立即停住了,他们总是在第一瞬间后退一下,他们,卡佳、医生、他的兄弟和他的朋友,千方百计掩饰自己的厌恶和无奈,然后再带着一样的、半歉意的微笑迅速走到他的床边，在有着红色靠背的安乐椅上坐下，问他感觉怎么样。

但是他们等着瞧吧！一旦他恢复健康有了力气，他就将作为志愿者投入战争！他要为国捐躯！他一定要完成自己的这个宿愿！

他已经下定决心！

他终于知道了自己应该做什么。

终于知道了！

终于知道了——不过他还能有什么其他选择呢？

他胡乱地想着，他还剩下什么呢？如果过去的一切正在消失，无可挽回地被毁掉、被变成废墟和被消灭。如果实际上他们已经被剥夺一切。如果不仅塔普登科沃被卖掉，莫斯科的房子也如此，那是位于多尔古-哈莫夫尼切斯卡亚胡同上的白色大宅邸，有花园、游乐室、大型马厩和花园房。如果萨沙从母亲手里买下了亚斯纳亚·波利亚纳并把森林赠给了农民，现在大部分桦树林、扎谢卡、切本日和大面积各种果园里的树木已经被砍掉。如果卡佳——卡佳也如此——失去了待产的孩子！如果他的很多朋友都死了。如果母亲，他每次到亚斯纳亚·波利亚纳去看望她——她出于善心才住在那里——越来越老了，啊，她现在半失明、胆怯，有双颤抖的双手，白天好像大部分时间都在客厅的沙发上在瞌睡中度过，一旦有人来看她，她就强迫人家为她高声朗读她已经去世丈夫写的日记——他理解这一点，读的都是他们婚姻最初年代的日记，米沙和他自己小时候的日记，家里总是亲朋满座时期的日记，父亲在日记中表达了他们的爱情，强烈而生动。

他，确切地说，还剩下什么呢？

那个早晨！

个把月之前那个可怕的早晨！他怎么能不恨那个早晨呢！他记得，他和同伴一起在宫堂特酒店吃早餐，阳光洒在早餐桌子、香槟酒、鲜花、银餐具、水晶杯子上，大家谈笑风生。这时候特霍尔热夫斯基突然出现了。脸色苍白、紧绷，刚刚与克利沃谢因大臣本人见面回来。这时候特霍尔热夫斯基受到大家的欢迎，他朝四周看了看，突然喊叫起来——啊，他从来没有如此绝望过，从来没有气得如此颤抖——说他们什么也不明白，看不见周围在发生什么，而在地狱边上美餐。他们没有搞清楚他说话的意思，而是把特霍尔热夫斯基拉到餐桌旁边，给他的杯子斟满香槟酒，为他的到来欢呼，为教会、沙皇和祖国干杯。

他，安德烈，难过地呻吟一声，把头转到一旁：啊，那看破一切的目光、那些话语和那十足的绝望！

正因为如此——他除了朝前额开一枪还能有其他选择吗？除了自杀还有别的路吗？

除了用这样或那样的方式剥夺自己的生命还有别的出路吗？

真的——到最后——真的要屈服，让父亲的意志胜利！真的让先知满意，让占卜灵验和让语言变成现实！

但是——如果他不能恢复健康怎么办？如果他不能战胜疾病，而疾病反而战胜他怎么办？毕竟医生说得对，他的躯体正在从里边腐烂。如果他的躯体慢慢腐烂，不可逆转——最后像烂苹果一样破裂怎么办？那意味着什么？

是死亡欺骗了父亲？欺骗了父亲和他自己？

还是他，安德烈欺骗了他们所有的人？

真的是生病才是他解脱之路？

啊,他的思想很混乱。一切都在聚合,扩散,生长,有了惊人的比例,共同挤压他,重重地压在他的胸口上,让他重新感到呼吸困难,大口大口地喘气。

还有气味,他又重新感受到它了！这时候他看到,他们怎么在门槛处后退,他们是卡佳、别洛戈洛维医生,另一个人的面孔他没有看清是谁。

列夫！

对,是他的弟兄列夫站在门口。脸色苍白,表情凝重,皮肤紧贴在头盖骨和消瘦的双颊上。像平时一样严肃和衣冠楚楚。不可理解——如果没有一闪而过的一丝厌恶、不好意思的微笑和额头上的小汗珠的话。在最初的瞬间他不知道列夫是准备离开房间还是刚刚来。他闭着眼睛,费力地呼吸着。

他既不想知道什么,也不想问什么。

抬起目光——他惊奇地发现列夫坐在紧挨着他床边有红色靠背的安乐椅上。他被强烈的绝望困扰着。多么希望能把刚才的梦讲给列夫听。讲他梦见了自己的葬礼,一切都是那么隆重、漂亮和感人。

"列夫?"他听到自己的声音,"列夫……?"

但是他说的是什么?他为什么讲战争而不讲自己的梦?他为什么小声说为了祖国、教会和沙皇他要去当志愿兵?

而为什么列夫沉默不语?

"你记得吗,列夫?你记得那次我们……?"

多么寂静！多么闷热！

各种气味儿,潮湿闷热,远处墙上的挂钟嘀嗒、嘀嗒地响着,像一个疲劳的心脏。对,像一个肿胀、流汗的躯体里的一个疲劳的心脏——他被圈在这样一个躯体里。

空气！他需要更多的空气！

但这是怎么啦？怎么会出现这种变化？他突然看到，坐在他旁边有红色靠背的安乐椅上的实际上不是列夫——那是索耐季卡！

对，确实是索耐季卡。他的索耐季卡。漆黑的头发高高地盘着，白色的连衣裙，脖子和手腕上都有边饰。她已经长大了！一个真正的女士！

她多大年龄？

十六岁——啊，四月她将满十七岁！

噢，自从那个初夏以来多长时间都过去了，当时他看着她在塔普登科沃廊房台阶前边长得很高的青草中玩儿，两条短而弯曲的腿在蒲公英、勿忘我草和细叶芹之间跑来跑去，小心翼翼，有些不适应，一举一动都带着惊人和不可理解的认真。当她突然中止玩耍的时候，马上跑到最底下一个台阶坐下，阳光灿烂，青草芳香，有什么东西正在一去不复返。

“索耐季卡，”他小心地说着，“小索耐季卡！”

在同一瞬间她消失了。

他不再知道此时是白天还是夜晚。某种梦的片段。奇怪的来自远方的声音。疼痛，间隔一段时间就把他抛向现实的表面，就像把一个溺水者冲向荒凉的岸边。有只手摸着他的前额，某种苦涩、难闻的东西湿润着他的嘴唇——就这样：突然一种解脱、几乎是一种快乐的感觉。

光慢慢亮了起来。

刚才卡佳不是在这里吗？

"我是谁?"他胡乱地想着,"被我称作'我'的人是谁? 我身在何处? 我孤身一人待在空旷的宇宙里,慢慢地转,确切地说在飞旋——但是并不能自由,而是要围绕一个我看不清的中心。对,就是如此! 一个无形的中心——不过还是有一个东西拉住我,像一条脐带,或者有一个带有引力作用的东西。"

他并不害怕。

不,他不害怕,他感觉到的是不一般的激动,他心里一直在想,这个中心,他围绕着运动的中心——啊,此时他看清楚了,比过去清楚多了——是一排排字母,是很多刻在铅上的小小的文字,沉重的文字,带有圆角,紧密地排在一起,构成文字。

文字——像他自己一样似乎在转圈、飞旋。

文字——像他一样处于慢慢的舞动状态。

啊,这些文字——这一点既奇妙,又恐怖! ——构成这个宇宙的中心。

这些陌生的文字!

还有那些密不透风、令人恐惧和可怕的黑暗!

"卡佳,"他乞求着,"卡佳!"

这时候他看到,她坐在自己旁边的安乐椅上。

"卡佳,"他小声说,"你能原谅我吗?"

她没有回答。只是把他的手送到嘴边亲吻。

这时候他问,她为什么仍然不能适应彼得堡的生活。问,她是不是没有发现他们的房子明亮、通透,林荫道冬天闪光漂亮,夏季宜人飘香。问,她难道不觉得带着小玛沙在公园里散散步很开心。蓝色的蒸汽船在春天的暮色中滑行,彼得-保罗大教堂的尖顶在朝霞中闪闪发亮,夏园里白色大理石塑像掩映在绿葱中,难道不觉得这一切有多么赏心悦目？还有音乐厅、餐馆和娱乐场。

“你不明白，”他小声说，“没有比这些更好的事情了。”

说到这里他的声音变成了抽泣。

在同一瞬间他看到了母亲！

啊，在同一瞬间他看到，母亲紧靠着安乐椅站着，双手放在卡佳的肩上，穿着黑色的衣服，笨重，两眼哭得红肿。

她的突然、意想不到的出现让他充满恐惧。

他想一定是有人叫来母亲。有人把母亲请到他床边。

“来到我死亡的床边。”

他默默地把手伸给母亲。

看着她朝手弯下腰去。

轻轻地感受到她的嘴唇。

在同一瞬间他自己听到——大吃一惊——一阵刺耳的笑声。

“卡佳，”他小声说，“卡佳！……”

此时他想刮脸！他们必须马上找来他的理发师！

如果他不是那么疲倦该多好啊！

他疲倦得要命！

天渐渐亮了。大街上传来车轮的声音。有人在用力咳嗽。

快看，理发师来了！这是理发台、脸盆、剪刀、梳子、瓶子、刀。好啦，现在他可以借助枕头坐起来。

如果不是像现在这样困难地坐起来该多好啊！如果五脏六腑不疼得像刀割多好啊！如果整个过程没有痛苦的、难以忍受的疲倦该多好啊！

肥皂、蜡和樟脑多么呛人！

肥皂沫进入他的鼻子。

剃须刀。

手指在他的下巴和脖子底下动。

啊，为什么，为什么这么虚弱！

他呻吟着。呼吸沉重，大口喘气。

镜子！他一定要一面镜子！

但是鸦雀无声。大家都消失了？

对，窗帘似乎又重新拉上。疼痛已经消失。

那边——很远但很清楚——肯定是母亲的声音。

但是她在说什么？

她真的在说……？

对，她说，他想，他唯一想的是——成为一具漂亮的尸体。

一具漂亮的尸体？

因为这个原因他们才把刮胡子用的镜子放在被子上？那面装饰着发黑的银框的小小刮胡子用的镜子？

它那么重！拿着多困难！

但是——难道这是他吗？

那张惨白发黄的脸、上了蜡的胡须、闪亮的眼皮？那个样子真的是他？那个方形头盖骨、高高的额头、两鬓剪得短短的头发、扁平发亮的下巴、微微隆起的鼻子、下陷的双颊和干裂起皮的嘴唇？

一具漂亮的尸体？

这就是人们看到的？

这就是留在人们记忆中的？

他就是那样的脸，但又完全不是。

不对，他迅速地转动脑筋。

不对！

一切都不会像他们想的那样！他愚弄他们！他不会——他与他们作对，不让他们的希望和父亲的意愿成真——剥夺自己的生命！

因为现在不是他进行选择——是死亡选择了他！

他要在死亡中，在黑暗，在无际的黑暗中重生——那里文字等待着他。

文字！

对，文字在歌唱！

文字是光明的旗帜，他将在旗帜上飞旋！

光明的旗帜，燃烧的碎片，闪光的树叶！

星星……

译后记

本书作者卡罗拉·汉松（1942—　）是瑞典今日文坛一颗耀眼的明星，特别是她2011年获得以瑞典诺贝尔文学奖获得者维尔纳尔·冯·黑登斯塔姆（1859—1940）的庄园命名的厄沃拉里德文学奖以后，更加引人注目。

卡罗拉大学时攻读俄罗斯文学，博士论文为《论俄罗斯文学中早期的现代主义》，后著有《与莫斯科妇女们交谈》（1980）和《妇女与俄罗斯》（1981）。《安德烈》是卡罗拉描写托尔斯泰后代的小说三部曲中的第一部；第二部是《书上有我的名字》，描写十月革命以后流亡西方的伊利亚·托尔斯泰的命运；第三部是正在创作中的关于托尔斯泰女儿的《玛沙》。卡罗拉其他的长篇小说有：

《梦中的孩子》（1983）

《静物画》（1985）

《耶路撒冷来的男孩》（1987）

《两座庭院》（1989）

《到蓝房子去》（1991）

《斯泰因霍夫》（1997）

《可爱的人》(2000)

《大师的梦》(2005)

卡罗拉曾获得多种奖励和荣誉,其中有:

瑞典文学院奖(1991)

伯尼尔奖(1992)

九人奖(1992)

隆德克维斯特奖(1992)

瑞典广播电台长篇小说奖(1995)

《瑞典日报》文学奖(1997)

希利奖(2005)

九人奖(2006)

厄沃拉里德奖(2011)

瑞典著名作家、文艺评论家、瑞典文学院院士佩尔·维斯特贝里(1933—　)在授予卡罗拉厄沃拉里德文学奖的颁奖仪式上说:"卡罗拉是一位有着自己灵魂原野的欧洲作家,她语言的独特和对人类灵魂执着的发现视角不是依赖传统的叙事手法和肤浅的情节,按照萧伯纳的观点,那些都是严肃文学所诅咒的。我们看重她对语言魅力和神奇性的敏感以及行云流水般的语言技巧。"

卡罗拉的很多作品都是描写逝去的亲人、朋友或历史上的重要事件、人物。这是因为记忆是人类生活的重要组成部分。她使用委婉、绵长的语言成功抓住转瞬即逝的东西,然而它们都是生活之网中的真实。她的手法是再现,而不是臆测,着墨不多,但所绘图画清晰、生动,如重彩画。她像一位作曲家,谱出天籁,再现陈年旧事,让我们看到难以看到光源中的一缕光线。

准确地再现往事是困难的，就像分毫不差地接上断线一样不易做到。我们权且把卡罗拉当作一位神秘主义者，不可全信。她的作品中不是照抄历史和人物的各种真实的命运。她写的是小说，是文学作品，她反映的是人物更深层次的命运。

巴金先生曾经说过，托尔斯泰是俄罗斯的良心。在这部小说里，托尔斯泰不是主人公，但作者仍然用大量篇幅描写他的人道主义和爱心，比如他在自己庄园附近的村子里为穷苦儿童办学校，一些地方发生迫害犹太人和其他少数民族的暴力活动，一些省份发生饥荒，都让他忧心忡忡、彻夜难眠。他亲自为各地灾民筹集救灾物资。特别感人的一幕是，在他离家出走、病死在阿斯塔波沃车站之前，秘密写下遗嘱，把他所有的已经发表和未发表的书稿都交给他得意门生和友人契尔特科夫，经过他献给全体俄罗斯人民，不让家里任何人坐享其成。

有一个悬念贯穿这部小说的始终。托尔斯泰对安德烈说，他正在创作一个新剧本，反映两个男人的不同的命运，一个心地善良，却遭到很多不幸，一生颠沛流离，在公众的心目中，他不仅一事无成，还被视为一个坏人。另一个人性情冷漠、无爱心，过着一种无可厚非的悠哉的生活，却受到大家的尊敬和爱戴。前者就是指安德烈。他有很多缺点，但是他有一颗善良的心。父亲鼓励他，人生的真正意义是，用自己的一生创造完美的理性和正义的事业。安德烈是典型的纨绔子弟，喜欢吃喝玩乐；他意志脆弱，没有克服缺点的决心；他有空洞的爱国心，愿意为祖国、为沙皇战死，但他身心疲惫，到死也无法实现。但是他毕竟是贵族子弟，在他生命的最后时刻，叫来理发师，为他理发、梳理，目的是成为“一个美丽的尸体”！

我国读者对于托尔斯泰非常熟悉,他的不朽之作《复活》《战争与和平》和《安娜·卡列宁娜》等家喻户晓,介绍托尔斯泰及其后代的作品也很多,但是换一个角度,从一个瑞典专攻俄罗斯文学的女博士、女作家笔下了解这一切也许会产生一种新鲜感。

李之义

2014年7月6日